ଭବନାଥ ଏବଂ ଅନ୍ୟମାନେ

ଭବନାଥ ଏବଂ ଅନ୍ୟମାନେ

ଜଗନ୍ନାଥ ପ୍ରସାଦ ଦାସ

ବ୍ଲାକ୍ ଈଗଲ୍ ବୁକ୍ସ
ଭୁବନେଶ୍ୱର, ଓଡ଼ିଶା

BLACK EAGLE BOOKS
Dublin, USA

ଭବନାଥ ଏବଂ ଅନ୍ୟମାନେ / ଜଗନ୍ନାଥ ପ୍ରସାଦ ଦାସ

ବ୍ଲାକ୍ ଇଗଲ୍ ବୁକ୍ସ : ଭୁବନେଶ୍ୱର, ଓଡ଼ିଶା • ଡବ୍ଲିନ୍, ଯୁକ୍ତରାଷ୍ଟ୍ର ଆମେରିକା

BLACK EAGLE BOOKS

USA address:
7464 Wisdom Lane
Dublin, OH 43016

India address:
E/312, Trident Galaxy, Kalinga Nagar,
Bhubaneswar-751003, Odisha, India

E-mail: info@blackeaglebooks.org
Website: www.blackeaglebooks.org

First International Edition Published by
BLACK EAGLE BOOKS, 2023

BHABANATH EBANG ANYAMANE
by **Jagannath Prasad Das**

Cover & Interior Design: Ezy's Publication

ISBN- 978-1-64560-353-5 (Paperback)

Printed in the United States of America

ସୂଚିପତ୍ର

ଶବ୍ଦଭେଦ

ଆମେ ସମସ୍ତେ କଲେଜରେ ପଢ଼ିବାବେଳୁ ହିଁ ଜାଣିଥିଲୁ ଯେ ଭବନାଥ ଦିନେ ନା ଦିନେ ପାଗଳ ହୋଇଯିବ। ସେ ସେତେବେଳେ ବି କବିତା ଲେଖୁଥିଲା ଏବଂ ନିଜକୁ ଏକ ସାଂଘାତିକ ପ୍ରେମରେ ପଡ଼ିଛି ବୋଲି ଭାବୁଥିଲା। ଅବଶ୍ୟ କଲେଜରେ ପଢ଼ିବା ସମୟରେ ସମସ୍ତେ କବିତା ଲେଖିଥାନ୍ତି ଏବଂ ନିଜକୁ ପ୍ରେମରେ ପଡ଼ିଥିବାର ଭାବିଥାନ୍ତି। କିନ୍ତୁ ଭବନାଥ ଏକାଧାରରେ ଆମ ସମସ୍ତଙ୍କଠାରୁ ଗମ୍ଭୀର ପ୍ରକୃତିର ଥିଲା ତଥା ବହୁତ ବେଶି କଥା କହୁଥିଲା। କଲେଜ ପାଖ ଛୋଟ ଚା ଦୋକାନରେ ସମସ୍ତେ ତା କଥା ଶୁଣି ଶୁଣି ବିରକ୍ତ ହୋଇ ଚାଲିଯିବା ପରେ ବି ସେ ଦୋକାନର ମାଲିକକୁ ତାର କଥା କହିବାରେ ଲାଗୁଥିଲା। କଲେଜରେ ତାର ବିଶେଷ ବନ୍ଧୁ କେହି ନ ଥିଲେ ବୋଲି ବି ଭବନାଥ ସମସ୍ତଙ୍କ ସହିତ ସାମାନ୍ୟ ସଂପର୍କ ରଖିଥିଲା।

ଭବନାଥର କବିତା ଲେଖିବାର ସାମର୍ଥ୍ୟ ବିଷୟରେ ଆମର କଲେଜ ବେଳେ ବିଶେଷ ଆସ୍ଥା ନ ଥିଲା। ଭବନାଥ ଅଦ୍ଭୁତ କବିତା ସବୁ ଲେଖୁଥିଲା ଏବଂ ତାର କବିତା ଯେ କୌଣସିଠାରେ ପ୍ରକାଶ ପାଉ ନ ଥିଲା, ସେଥିରେ ଆଶ୍ଚର୍ଯ୍ୟ ହେବାର କିଛି ନଥିଲା। ମୋର ମନେଅଛି ଯୋଉଦିନ ହାତରେ ଗୋଟିଏ ପତ୍ରିକା ଧରି ଭବନାଥ ଝଡ଼ ଭଳି ଚା ଦୋକାନରେ ପହଞ୍ଚିଲା ଏବଂ ତାର ପ୍ରଥମ ପ୍ରକାଶିତ କବିତା ଆମକୁ ଦେଖାଇଲା। ଦୋକାନରେ ସେତେବେଳକୁ ବେଶ ଭିଡ଼ ଥିଲା। ଆମେ ଚାରିଜଣ ବସିଥିବା ଟେବୁଲ ପାଖକୁ ଗୋଟାଏ ଚଉକି ଟାଣି ଆଣି ବସି ଭବନାଥ ସେଦିନ ଆମକୁ ତାର ପ୍ରଥମ ପ୍ରକାଶିତ କବିତା ଆମକୁ ଶୁଣାଇଥିଲା। କବିତାର ଶୀର୍ଷକ ଥିଲା ଆରୋହ-ଅବରୋହ ଓ କବିତାଟିର ଦୈର୍ଘ୍ୟ ଥିଲା ମାତ୍ର ଛ'ଟି ଧାଡ଼ି।

ଦୁବଘାସ ବରଗଛ
ପିମ୍ପୁଡ଼ି ହାତୀ
ମଣିଷ ଈଶ୍ୱର ॥
ଈଶ୍ୱର ମଣିଷ
ହାତୀ ପିମ୍ପୁଡ଼ି
ବରଗଛ ଦୁବଘାସ ॥

କବିତାଟି ଯଦି ଗୋଟିଏ ଜଣାଶୁଣା ପତ୍ରିକାରେ ପ୍ରକାଶ ପାଇ ନ ଥାନ୍ତା, ତାହେଲେ ଆମେ ଭବନାଥର ଏଇ କାବ୍ୟିକ ପ୍ରୟାସକୁ ହସି ଉଡ଼ାଇ ଦେଇଥାନ୍ତୁ, ତାର ଅନ୍ୟ ସବୁ କଥାଭଳି। କିନ୍ତୁ ସେ ସେତେବେଳେ କଲେଜରେ ଏକମାତ୍ର ପ୍ରକାଶିତ କବି ହୋଇ ଥିବାରୁ ଆମକୁ ତାର ଭାଷଣ ଶୁଣିବାକୁ ହୋଇଥିଲା। ଏଇ ଛୋଟ କବିତାର ଆଳରେ ସେ ଆମକୁ ବୁଝାଇବାକୁ ଲାଗିଲା ଯେ ଗୋଟିଏ କବିତା ପଛରେ କେତେ ସାଧନା ଦରକାର। ଉଦାହରଣ ସ୍ୱରୂପ, ଭବନାଥ ବୁଝାଇଲା, ଏଇ ଛ' ଧାଡ଼ିର କବିତା ପଛରେ ତାକୁ କିପରି ଛ'ମାସ ସମୟ ଲାଗିଥିଲା; ଏ ଆରୋହ କିପରି କେବଳ ଦୁବଘାସରୁ ବରଗଛ ଏବଂ ପିମ୍ପୁଡ଼ିରୁ ହାତୀ ହିଁ ନୁହେଁ, ଦୁବଘାସରୁ ପିମ୍ପୁଡ଼ି ଏବଂ ପିମ୍ପୁଡ଼ିରୁ ମଣିଷକୁ ମଧ୍ୟ। ଏହି ଆରୋହ ସହିତ କିପରି ଡାରଉଇନ୍ଙ୍କର ନ୍ୟାଚୁରାଲ ସିଲେକ୍ସନ୍   ସିଦ୍ଧାନ୍ତ ସବୁ ଅଙ୍ଗାଙ୍ଗୀଭାବେ ଜଡ଼ିତ, ସେ କଥା ମଧ୍ୟ କହିବାକୁ ଭୁଲି ନ ଥିଲା ଭବନାଥ ଏବଂ ଶେଷରେ ସେ ଇଲିଅଟ୍, ପାଉଣ୍ଡ ପ୍ରମୁଖଙ୍କର ନଜିର ଦେଇ ଭଲ କବିତା କଣ ସେ ବିଷୟରେ ଛୋଟ ବକ୍ତୃତା ଦେଇଥିଲା।

ଏଥରକ ତା କଥାକୁ କେହି ହସରେ ଉଡ଼ାଇ ଦେଇ ନ ଥିଲେ ଏବଂ ମୁଁ ଭାବୁଚି, ଆମ ଭିତରୁ ଯୋଉମାନେ ପ୍ରତିଷ୍ଠିତ କବି ହେବାର ସ୍ୱପ୍ନ ଦେଖୁଥିଲେ, ସେମାନଙ୍କ ଭିତରୁ କେହି କେହି ଈର୍ଷାନ୍ୱିତ ମଧ୍ୟ ହୋଇଥିଲେ। ଆମେ ସବୁ ଚା ପିଇସାରି ଉଠିବାକୁ ବସିଥିଲୁ, କିଏ ଜଣେ ଦୁର୍ଭାଗ୍ୟବଶତଃ ପିମ୍ପୁଡ଼ିର ଉକାର ହ୍ରସ୍ୱ ନା ଦୀର୍ଘ, ଏ ବିଷୟରେ ପ୍ରଶ୍ନ କଲା। ଭବନାଥ ଯେମିତି ଏ ପ୍ରଶ୍ନ ପାଇଁ ପ୍ରସ୍ତୁତ ଥିଲା। ସେ ନିଜର ଝୋଲାରୁ –କହିବା ବାହୁଲ୍ୟ, ଆମ ଭିତରେ ଭବନାଥ ଏକମାତ୍ର କବି ଥିଲା ଯେ କି କବି ଭଳି ପୋଷାକ ପିନ୍ଧୁଥିଲା ଏବଂ କାନ୍ଧରେ ଝୋଲା ପକାଉଥିଲା –ଗୋଟିଏ ଅଭିଧାନ ବାହାର କରି ଦେଖାଇଲା ଏବଂ ପ୍ରମାଣ କଲା ଯେ, ସେ ଦେଇଥିବା ବନାନ ହିଁ ଶୁଦ୍ଧ। ଏହାଛଡ଼ା ସେ ଆହୁରି ମଧ୍ୟ ବର୍ଣ୍ଣନା କଲା ଯେ ଗୁରୁଚଣ୍ଡାଳ ଦୋଷରେ ଅଭିଯୁକ୍ତ ହେବାର ସମ୍ଭାବନା ସତ୍ତ୍ୱେ ସେ କାହିଁକି ପିପୀଲିକ ବା ପିପୀଲିକା ଶବ୍ଦ ବ୍ୟବହାର ନ କରି ପିମ୍ପୁଡ଼ି ଶବ୍ଦ ବ୍ୟବହାର କରିଥିଲା।

ଏ କବିତାର ପ୍ରକାଶ ପରେ ଭବନାଥ ନିଜକୁ ଏକ ପ୍ରତିଷ୍ଠିତ ଲେଖକ ବୋଲି ମନେ କରିବାରେ ଲାଗିଲା ଏବଂ ଦାଢ଼ି ବଢ଼ାଇବାକୁ ଆରମ୍ଭ କଲା। ଯଦିଓ ତାର ଅନ୍ୟ କୌଣସି କବିତା ଅନେକ ଦିନ ପର୍ଯ୍ୟନ୍ତ ପ୍ରକାଶ ପାଇ ନ ଥିଲା, ସେ କଲେଜରେ କବି ଭାବରେ ସ୍ୱୀକୃତି ପାଇ ସାରିଥିଲା।

ସେ ଏଥରକ କଥା କଥାକେ ତାର ଝୋଲାରୁ ଅଭିଧାନ ବାହାର କରୁଥିଲା ଏବଂ ବିଭିନ୍ନ ଶବ୍ଦର ଅର୍ଥ ଓ ପ୍ରୟୋଗ ବିଷୟରେ ଯୁକ୍ତିତର୍କ କରୁଥିଲା। କେହି ଏ ବିଷୟରେ ପଚାରିଲେ ଓଲଟା ଯୁକ୍ତି କରୁଥିଲା, ଶବ୍ଦ ହିଁ ତ ବ୍ରହ୍ମ ! ଏବଂ ବାଇବେଲର ଉକ୍ତି ଉଦ୍ଧାର କରୁଥିଲା : ପ୍ରାରମ୍ଭରେ କେବଳ ଶବ୍ଦ ହିଁ ଥିଲା ଏବଂ ଏଇ ଶବ୍ଦ ହିଁ ପରିଣତ ହେଲା ଈଶ୍ୱରରେ।

ଫାଇନାଲ ପରୀକ୍ଷା ପରେ ଆମେ ଯେତେବେଳେ ଶେଷଥର ପାଇଁ କଲେଜ ଛାଡ଼ିଲୁ, ସମସ୍ତେ ନିଜର ଠିକଣା ବିନିମୟ କରୁଥିଲେ ବି, ଆଉ ବେଶି ଦିନ କେହି କାହାରି ସହିତ ସମ୍ପର୍କ ରଖିବା ସମ୍ଭବ ହୋଇ ନ ଥିଲା। ତା ପରେ ଚାକିରି କରି କିଏ କୁଆଡ଼େ ଚାଲିଗଲେ। ମୋର ଚାକିରି ହେଲା ଅନ୍ୟ ସହରରେ। ମଝିରେ ମଝିରେ ପତ୍ର ପତ୍ରିକାରେ ମୁଁ ଭବନାଥର କବିତା ଦେଖୁଥିଲି ଏବଂ ସେଇ ସୂତ୍ରରେ ଭାବି ନେଇଥିଲି ଯେ ଭବନାଥ ବି କୁଆଡ଼େ ଚାକିରି ବାକିରି କରି ରହିବଣି, ଆଉ ହୁଏତ ମଝିର ମଝିରେ ସଉକରେ କବିତା ଲେଖୁଥିବ। ତାର କବିତା ସବୁ ମୋ ପାଇଁ ସମ୍ପୂର୍ଣ୍ଣ ଦୁର୍ବୋଧ ଥିଲା ଏବଂ ଭବନାଥକୁ ପୂର୍ବରୁ ଜାଣିଥିବାରୁ ମୁଁ ମଝିରେ ମଝିରେ ଏକଥା ମଧ୍ୟ ଭାବୁଥିଲି ଯେ ପାଠକମାନଙ୍କୁ ନିର୍ବୋଧ ସାବ୍ୟସ୍ତ କରିବା ପାଇଁ ବୋଧହୁଏ ସେ ଏଭଳି କବିତା ସବୁ ଲେଖୁଛି।

ଛୁଟିରେ ମୁଁ ଯେତେବେଳେ ଘରକୁ ଆସୁଥିଲି, ପୁରୁଣା ସାଙ୍ଗମାନଙ୍କ ସହିତ କେବେ କେମିତି ଦେଖା ହୋଇ ଯାଉଥିଲା ଏବଂ ସେଇମାନଙ୍କ ପାଖରୁ ମଝିରେ ମଝିରେ ଭବନାଥ କଥା ଶୁଣିବାକୁ ମିଳୁଥିଲା। ଭବନାଥ ସେତେବେଳକୁ ଗୋଟାଏ ଖବରକାଗଜ ଅଫିସରେ ଚାକିରି କରୁଥିଲା ଓ ତାକୁ ସମସ୍ତେ ଜାଣୁଥିଲେ କବି ଭାବରେ। ଥରେ କୌତୂହଳବଶ ହୋଇ ମୁଁ ତାଙ୍କ ଅଫିସକୁ ଫୋନ କଲି ଓ ଭବନାଥ ମୋ କଥା ଶୁଣି ଖୁସି ହେଲା। ସେଇଦିନ ସଂଧ୍ୟାରେ ଆମର ସେଇ ପୁରୁଣା ଚା' ଦୋକାନରେ ଦେଖା କରିବାର ଠିକ ହେଲା।

ମୁଁ ଚା' ଦୋକାନରେ ପହଞ୍ଚିବା ବେଳକୁ ଭବନାଥ ଆସି ନ ଥିଲା। ଚା' ଦୋକାନ ନିଶ୍ଚୟ ଠିକ ସେଇ ଆଗ ପରି ଥିଲା, କିନ୍ତୁ ମତେ ଜଣାଗଲା ସେଇଟି ଯେପରି ଆହୁରି ସଂକୀର୍ଣ୍ଣ ଓ ଆହୁରି ଅପରିଷ୍କାର ହୋଇଯାଇଛି। ଏ ଅନୁଭୂତି ମୋର ପ୍ରସାରିତ ଦୃଷ୍ଟିକୋଣ ଯୋଗୁଁ ହେଉଚି କି ନା ଭାବିବା ବେଳକୁ ଭବନାଥ ଆସି ପହଞ୍ଚିଲା। ଚା'ର ଅର୍ଡର ଦେଇ ଭବନାଥ କହିଲା ଯେ ତାର ଡେରି ହେବାର କାରଣ ହେଉଚି ତାର ଗୋଟାଏ ଶବ୍ଦ ନେଇ ସମ୍ପାଦକଙ୍କ ସହିତ ଝଗଡ଼ା ହୋଇଗଲା। ଏ କଥା ଶୁଣି ମୁଁ ଜାଣିଲି ଯେ, ସେ ବର୍ତ୍ତମାନ ପୁଣି ଶବ୍ଦର ତାତ୍ପର୍ଯ୍ୟ ଉପରେ ଗୋଟାଏ ବକ୍ତୃତା ଦେବ। କିନ୍ତୁ ସେ ପର୍ଯ୍ୟନ୍ତ ଭବନାଥ ମନ ଭିତରୁ ସମ୍ପାଦକଙ୍କ ସହିତ ଝଗଡ଼ା କଥାଟା ଯାଇ ନ ଥିଲା ବୋଧହୁଏ; ସେ ଚୁପଚାପ ବସି ରହିଲା। ମୁଁ ତାକୁ ଏଥର ଭଲ ଭାବରେ ଅନାଇ ଦେଖିଲି। ଭବନାଥ ସେଇ ଆଗ ଭଳି ରହିଛି, ଠିକ ସେମିତି କବି କବି ଏବଂ ପାଗଳା ପାଗଳା ! ମୋର ଯେଉଁ ସବୁ ପୁରୁଣା ବନ୍ଧୁଙ୍କ ସହିତ ସାକ୍ଷାତ ହେଉଥିଲା, ଆମେ ସବୁ ଆମର ପିଲାଛୁଆଙ୍କ ପାଠପଢ଼ା, ଜିନିଷ ପତ୍ରର ଦରଦାମ ଆଉ ଆମର ସ୍ୱାସ୍ଥ୍ୟ ଇତ୍ୟାଦି ବିଷୟରେ କଥାବାର୍ତ୍ତା କରୁଥିଲୁ। କିନ୍ତୁ ଏକମାତ୍ର ଭବନାଥକୁ ଦେଖିଲି, ସେ ଠିକ ଆଗପରି ରହିଚି ଆଉ ତାର କୌଣସି ମାନସିକ ପରିବର୍ତ୍ତନ ହୋଇ ନାହିଁ, କାରଣ ସେ ପୁରୁଣା କଥାରୁ ସମ୍ପର୍କ କାଟି ଦେଇ ନାହିଁ।

ଚା' ଦୋକାନର ମାଲିକ, ଯାହାକୁ ମୁଁ ଆଠବର୍ଷ ପରେ ଚିହ୍ନିପାରିଥିଲି କିନ୍ତୁ ସେ ମତେ ଚିହ୍ନିପାରି ନ ଥିଲା, ସେ ଭବନାଥ ପାଖକୁ ଆସି ତାର ଭଲ ମନ୍ଦ ପଚାରିଲା। ଭବନାଥ ଦୁଃଖରେ ମୁଣ୍ଡ ହଲାଇ କହିଲା, ତାର ସବୁଦିନ ଚା' ଦୋକାନକୁ ଆସିବାକୁ ଇଚ୍ଛା, କିନ୍ତୁ ସବୁଦିନ ଡେରି ହୋଇଯାଉଛି। ତା କଥା ଶୁଣି ମୁଁ ଭାବିଲି ଯେ ସେ ବୋଧହୁଏ କୌଣସି ଦାୟିତ୍ୱସଂପନ୍ନ କାମରେ ରହିଛି। ମୁଁ ଯେତେବେଳେ ତାକୁ ତାର ଅଫିସ କଥା ପଚାରିଲି, ସେ ପକେଟରୁ ଗୋଟାଏ ମାଗ୍ନିଫାଇଙ୍ଗ ଗ୍ଲାସ ବାହାର କରି ମତେ ଦେଖାଇଲା। ମୁଁ ତାକୁ ତାର ଆଖି ବିଷୟରେ ପଚାରିବାକୁ ଯାଉଥିଲି, ଭବନାଥ କାଚଟା ପକେଟରେ ରଖି ଝୋଲାରୁ ଅଭିଧାନ ବାହାର କଲା ଓ ମୋ ଆଡ଼କୁ ବଢ଼ାଇ ଦେଲା। ଅକ୍ଷରଗୁଡ଼ିକ ଖୁବ ଛୋଟ ଛୋଟ ଥିବାରୁ ମୋର ପଢ଼ିବାରେ କଷ୍ଟ ହେଉଥିଲା। କିନ୍ତୁ ମୁଁ ଦେଖିଲି ଯେ ଭବନାଥ ଅନାୟାସରେ ତାକୁ ପଢ଼ିଗଲା। ତାପରେ ସେ ମତେ ଜଣାଇଲା ଯେ ତାର ପ୍ରଧାନ କାମ ହେଲା ଖବରକାଗଜ ଅଫିସରେ ପ୍ରୁଫ ଦେଖିବା। ଆଉ ପ୍ରତି ଶବ୍ଦକୁ ଠିକ ଠିକ ଦେଖିବାକୁ ହେଲେ ଖାଲି ଦୃଷ୍ଟିଶକ୍ତି ହିଁ ପର୍ଯ୍ୟାପ୍ତ ନୁହେଁ, ପ୍ରତ୍ୟେକ ଶବ୍ଦକୁ ଅନ୍ୟ ଶବ୍ଦଠାରୁ ଅଲଗା କରି ତାକୁ ତନ୍ନ ତନ୍ନ କରି ଦେଖିବାକୁ ହୋଇଥାଏ।

ଚା' ପିଇ ସାରି ଆମେ ଯାଇ ପୁରୁଣା କଲେଜର ଲନ୍‌ରେ ବସିଲୁ। ମୁଁ ଦେଖିଲି ଯେ ମୁଁ ଏଇ ପୁରୁଣା ପରିବେଶ ସହିତ ନିଜକୁ ଖାପ ଖୁଆଇ ପାରୁ ନ ଥିଲି; କିନ୍ତୁ ଭବନାଥ ବେଶ୍ ଆରାମରେ ଘାସ ଉପରେ ଚକା ପକାଇ ବସିଲା ଓ ମତେ ମୋ କଥା ସବୁ ପଚାରିଲା। ମୁଁ ମୋର ଚାକିରିର ପ୍ରଗତି ଓ ସ୍ତ୍ରୀ, ପରିବାରଙ୍କ ବିସ୍ତୃତ ବିବରଣୀ ଦେବା ପରେ ଯେତେବେଳେ ତା କଥା ପଚାରିଲି, ସେ ସଂକ୍ଷେପରେ ଉତ୍ତର ଦେଲା, କଲେଜ ବେଳେ ଯେମିତି ଏକା ରହୁଥିଲା ସେମିତି ରହୁଚି, ଆଉ ଯେତେବେଳେ ସମୟ ହଉଚି କବିତା ଲେଖୁଚି। ସେ ମତେ ତାର କବିତା ଖାତାଟା ଦେଖିବାକୁ ଦେଲା। ତାର ସେଇ ପୁରୁଣା ଆରୋହ-ଅବରୋହ କବିତା ପରେ ସେ ଅନେକ କବିତା ଲେଖି ସାରିଥିଲା। ଯଦିଓ ତାର କବିତ୍ୱ ବିଷୟରେ ମୋର ଭଲ ଧାରଣା ନ ଥିଲା, ମୁଁ କହିଲି, ଭଲ କରିଚୁ, ଲେଖାଲେଖି ଅଭ୍ୟାସ ରଖିଛୁ। ସେ ମୋତେ ଓଲଟା ପଚାରିଲା, କଣ କବିତା ଫବିତା ପଢୁଛୁ ଆଜିକାଲି ? ମୁଁ କହିଲି, ହଁ, କେତେବେଳେ କେମିତି ଦେଖି ନିଏ। ଭବନାଥ ତାର କବିତା ଖାତାକୁ ଯତ୍ନ ସହକାରେ ନେଇ ପୁଣି ଝୋଲାରେ ରଖିଲା ଓ ଦୁଃଖସୂଚକ ଚୁ ଚୁ କଲା। ମୁଁ ଜାଣିଲି ଏଥରକ ଭବନାଥର ବକ୍ତୃତା ଆରମ୍ଭ ହେବ, ଏବଂ ତାହା ହିଁ ହେଲା।

ଆଉ ଟିକିଏ ଭଲ ଭାବରେ ଚକା ପକାଇ ଭବନାଥ କହିଲା, ଖାଲି ଆଖି ପକାଇ ଦେଲେ ତ ପଢ଼ା ହୁଏନା ! କବିତା ପଢ଼ିଲେ ପ୍ରତିଟି ଶବ୍ଦକୁ ତନ୍ନ ତନ୍ନ କରି ଦେଖିବାକୁ ହୁଏ। କଥା ଉପରେ ଜୋର ଦେବା ପାଇଁ ସେ ଏଥରକ ହାତର ଯବକାଚଟି ନେଇ ହଲାଇବାରେ ଲାଗିଲା, କହିଲା, ପ୍ରତିଟି ଶବ୍ଦକୁ, ପୂରା ବାକ୍ୟଟାକୁ ପଢ଼ିଲେ ବି କିଛି ଲାଭ ନାହିଁ। ଯେମିତି ହ୍ୟାମଲେଟରେ ହ୍ୟାମଲେଟ ତାର ମା'କୁ କହୁଚି, ୟୁ ଆର ୟୋର ହଜ୍‌ବ୍ୟାଣ୍ଡସ୍ ବ୍ରଦର୍ସ ୱାଇଫ୍।

ନିହାତି ସାଦାସିଧା କଥା ଏବଂ ପ୍ରତିଟି ଗୋଟିଏ ସାଧାରଣ ଶବ୍ଦ : ତମେ ତମ ସ୍ୱାମୀର ଭାଇର ସ୍ତ୍ରୀ। କିନ୍ତୁ, ପୂର୍ବାପର ସଙ୍ଗତିରେ ଏଇ ଶବ୍ଦମାନେ କିଭଳି ମାରାତ୍ମକ ହୋଇ ପାରନ୍ତି, ଦେଖିଲୁ ? ଏଇ କେତୋଟି ଶବ୍ଦ ତାର ମା'କୁ ତାର ନିଜର ଆତ୍ମାକୁ ଦେଖିବାକୁ କହୁଛନ୍ତି ଏବଂ ତାକୁ ତାର ନିର୍ବୋଧତା, ତାର ପାପ ଏବଂ ତାର ଜଘନ୍ୟ ବ୍ୟବହାର ବିଷୟରେ ସଚେତନ କରି ଦେଉଛନ୍ତି। ଟିକିଏ ଚୁପ ରହି ଭବନାଥ କହିଲା, ଅର୍ଥ ପାଇଁ ଆମକୁ ଅନେକ ସମୟରେ ଶବ୍ଦ ଭିତର ଦେଇ ବାହାର ପୃଥିବୀକୁ ବି ଯିବାକୁ ପଡ଼ିବ।

ଭବନାଥ ଚୁପ ରହିଲା ଓ ମୁଁ ଏଇ ଅବସରରେ ତାର ଦାର୍ଶନିକ ବକ୍ତୃତାକୁ ହୃଦୟଙ୍ଗମ କରିବାକୁ ଚେଷ୍ଟା କଲି। ଶେଷରେ ମୁଁ ଏଇ ଉପସଂହାରରେ ପହଞ୍ଚିଲି ଯେ ହୁଏତ ସେକ୍ସପିଅରଙ୍କ ଭଳି ଲେଖକଙ୍କ ଲେଖାରେ ଶବ୍ଦ ବାହାରେ ତାର ଅର୍ଥ ନିହିତ ଥାଇପାରେ, କିନ୍ତୁ ମାମୁଲି କବିତା, ଯେମିତି ଭବନାଥର ଆରୋହ- ଅବରୋହ, ସେଥିରେ ଆଉ କି ଗୂଢ଼ ଅର୍ଥ ଥାଇପାରେ ?

ମୋର ଏ ଧାରଣା ଭୁଲ ଥିଲା, ସେ କଥା ମୁଁ ଜାଣି ପାରିଲି ଅନେକ ଦିନ ପରେ। କଥାପ୍ରସଙ୍ଗରେ ମତେ ଭବନାଥ କହିଥିଲା, ଏଇ ଶବ୍ଦ ହିଁ ଦିନେ ନିଆଁ ହୋଇ ସବୁ ଜାଳିଦେବ। କିନ୍ତୁ ଭବନାଥର କବିତାର ସ୍ଫୁଲିଙ୍ଗ ବାହାରି ଯେ ସମାଜରେ ଅନ୍ୟାୟ ଅତ୍ୟାଚାର ପ୍ରତିରୋଧ କରିବା ପାଇଁ ଇନ୍ଧନ ଯୋଗାଇବ, ସେ ବିଷୟରେ ମୋର ଯଥେଷ୍ଟ ସନ୍ଦେହ ଥିଲା। ଭବନାଥ ଯେତେବେଳେ ତାର କବିତା ପାଇଁ ଜେଲ ଗଲା ବୋଲି ଶୁଣିଲି, ମୁଁ ବୁଝିଲି ଯେ ନିଶ୍ଚୟ କୋଉଠି କଣ ଗୋଟାଏ ବଡ଼ ଭୁଲ ହୋଇ ଯାଇଚି। ପରେ ମତେ ଜଣାପଡ଼ିଲା ଯେ ଭବନାଥ ଜେଲ ଯାଇଥିଲା ତାର ଆରୋହ-ଅବରୋହ କବିତା ପାଇଁ କିମ୍ବା ଠିକ ଭାବରେ କହିବାକୁ ଗଲେ କବିତାର ଅଧକ ପାଇଁ। ମୁଁ ସେତେବେଳେ ଅଧିକ ଦୂରରେ ଥିଲି ଏବଂ ବିସ୍ତାରିତ ଭାବରେ ଖବର ପାଇ ନଥିଲେ ବି ଏ ବିଷୟରେ ଯାହା ଜାଣିଲି ତାର ମର୍ମ ଏଇପରି : ଦଶ ବାର ବର୍ଷ ପୂର୍ବେ ତାର କବିତା ଲେଖିବାବେଳେ ଭବନାଥ ଜାଣି ନଥିଲା ଯେ ହାତୀ ଚିହ୍ନ ନେଇ ଜଣେ ପ୍ରାର୍ଥୀ କେଉଁ ସୁଦୂର ଭବିଷ୍ୟତରେ ନିର୍ବାଚନ ଲଢ଼ିବେ ଏବଂ ବିରୋଧୀ ଦଳର ପ୍ରାର୍ଥୀ ତାଙ୍କର ଉଚ୍ଚାକାଂକ୍ଷାର ଦୁଷ୍କରତା ପ୍ରତିପାଦନ କରିବା ପାଇଁ ଆରୋହ କବିତା ବ୍ୟବହାର କରିବେ। ଏଇ ବାଦବିସମ୍ବାଦରେ ଭବନାଥର ନାଁ ଉଠିଲା ଏବଂ ହାତୀ ମାର୍କା ପ୍ରାର୍ଥୀ ଭାବିଲେ ଯେ ଯଦି ଭବନାଥ ତାଙ୍କ ପାଇଁ ନିର୍ବାଚନରେ ପକ୍ଷ ନେଇ ଗୋଟିଏ ଇସ୍ତାହାର ଦିଏ ତାହେଲେ ତାଙ୍କର ସୁବିଧା ହେବ। କିନ୍ତୁ ତାଙ୍କର ସମସ୍ତ ବାର୍ତ୍ତାବହଙ୍କୁ ଭବନାଥ ପ୍ରତ୍ୟାଖ୍ୟାନ କରି ଦେଲା ଏବଂ ଶେଷରେ ବିରକ୍ତ ହୋଇ ସ୍ୱୟଂ ହାତୀ ପ୍ରାର୍ଥୀଙ୍କୁ ଗୋଟିଏ ରୋକଠୋକ ପତ୍ର ଲେଖିଦେଲା ଯେ, ସେ ଯାହା କହିବାର କଥା ତାହା କବିତାରେ କହିଛି ଏବଂ ସେ ବିଷୟରେ ଆଉ ତାର କିଛି କହିବାର

ନାହିଁ। ଭବନାଥର ଦୁର୍ଭାଗ୍ୟକୁ ହାତୀ ନିର୍ବାଚନରେ ଜୟଲାଭ କଲା ଏବଂ ତାର କିଛିଦିନ ପରେ ଜରୁରୀ ପରିସ୍ଥିତିର ଆଳରେ ଭବନାଥ ଜେଲ ଗଲା।

ଭବନାଥ ସାଙ୍ଗରେ ମୋର ପୁଣି ଯେତେବେଳେ ଦେଖା ହେଲା, ମୁଁ ସେତେବେଳକୁ ଆମ ପୁରୁଣା ସହରକୁ ବଦଳି ହୋଇ ଆସିଥିଲି ଓ ଭବନାଥ ଜେଲରୁ ଖଲାସ ହୋଇ ସାରିଥିଲା। ମୁଁ ଶୁଣିବାକୁ ପାଇଲି ଯେ ହାତୀ ନିର୍ବାଚନ ମକଦ୍ଦମାରେ ହାରିଯିବାରୁ ହିଁ ଭବନାଥ ଜେଲରୁ ମୁକୁଳିବା ସମ୍ଭବ ହୋଇଥିଲା। ହାତୀର ହାରିବାରେ ଖୁସି ହୋଇ ଯେତେବେଳେ ବିରୋଧୀ ଦଳ ଭବନାଥର କବିତାର ଅବରୋହ ଅଧିକ ବ୍ୟବହାର କରିବାକୁ ଚାହିଁଲେ, ଭବନାଥ ସେମାନଙ୍କୁ ବି ସିଧା ମନା କରିଦେଲା। ଜେଲ ଯିବାବେଳେ ତାର ଚାକିରି ଚାଲି ଯାଇଥିଲା ଏବଂ ଜେଲରୁ ଫେରିବା ପରେ ସେ ତାର ପୁରୁଣା ଚାକିରି ଫେରି ପାଇଥିଲା ବହୁ କଷ୍ଟରେ। ଜେଲରୁ ଫେରି ଭବନାଥ ବେଶ ପ୍ରସିଦ୍ଧି ଲାଭକରି ସାରିଥିଲା। ତାର କବିତାମାନ ବିଭିନ୍ନ ପତ୍ରପତ୍ରିକାରେ ପ୍ରକାଶ ପାଇଲା ଏବଂ କବିମାନଙ୍କ ଭିତରେ ତାର ନାଁ ନିଶ୍ଚୟ ଗଣା ହେଉଥିଲା।

ମୁଁ ତାକୁ ଫୋନ କରିବାରେ ସେ ମତେ କଲେଜ ବା ଦୋକାନରେ ଭେଟ ହେବ ବୋଲି କହିଲା। ମୁଁ ସେତେବେଳକୁ ମୋର ଚାକିରିରେ ଆଉ କିଛି ଧାପ ଉପରକୁ ଉଠିଥିଲି ଓ ସେଇ ପୁରୁଣା ଚା ଦୋକାନକୁ ଯିବାକୁ ସଂକୋଚ ବୋଧ କରୁଥିଲି। ଶେଷରେ ମୁଁ ତାକୁ ମୋର ଘରକୁ ଆସିବାକୁ କହିଲି। କିନ୍ତୁ ଭବନାଥ ତା ନିଜ ଘରେ ଏକା ଅଛି, ଏବଂ ତା ଘରେ କଥାବାର୍ତ୍ତା କରିବାକୁ ସୁବିଧା ହେବ ବୋଲି ତା ଘରକୁ ଡାକିଲା। ମୁଁ ଯେତେବେଳେ ସଂଧ୍ୟାବେଳେ ମୋର ଗାଡ଼ିକୁ ଅନେକ ଦୂରରେ ରଖି ଛୋଟ ଗଳି ଭିତରେ ପଚାରି ପଚାରି ତା ଘରେ ପହଞ୍ଚିଲି, ସେ ମତେ ଅପେକ୍ଷା କରିଥିଲା। ତା ଛୋଟ ବଖରାକ ଘର ଭିତରେ ଅନେକ ବହି ଜମା ହୋଇଥିଲା। ଖଟର ଗୋଟାଏ କଣରୁ ବହି ଆଡ଼େଇ ସେ ମୋର ବସିବା ପାଇଁ ଜାଗା କଲା। ମୁଁ ଯେତେବେଳେ ତାକୁ ତାର ଜେଲ ଯିବା କଥା ପଚାରିଲି, ସେ ମତେ ସହଜ ଭାବରେ ତାର ଉତ୍ତର ଦେଲା, ଜେଲ ଯିବା ନେଇ ତାର ମନ ଭିତରେ କୌଣସି ଗ୍ଲାନି ନଥିଲା। ବରଂ ସେ କହିଲା ଯେ ଜେଲ ଭିତରେ ସେ ତାର ମାନସିକ ସ୍ଥିତିକୁ ସଜାଡ଼ି ନେବାପାଇଁ ସୁବିଧା ପାଇଥିଲା, ଯାହା ଫଳରେ କି ସେ ଭାବୁଚି ସେ ଏଥରକ ଆହୁରି ଭଲ କବିତା ଲେଖି ପାରିବ।

ସେ ମୋ ପାଇଁ ଚା' କରିବା ପାଇଁ କଣରେ ଥିବା ଷ୍ଟୋଭ ପାଖକୁ ଗଲା। ମୁଁ ଜାଣିଲି ଯେ ସେ ତାର ନିଜର ଚଳିବା ବିଷୟରେ ସ୍ୱୟଂସଂପୂର୍ଣ୍ଣ। ମୁଁ ଆହୁରି ମଧ୍ୟ ଲକ୍ଷ୍ୟକଲି ଯେ ଭବନାଥ ବେଶ୍ ଗମ୍ଭୀର ହୋଇଯାଇଛି। ତାର ଚେହେରା, ଚାଲିଚଳନ ଓ କଥାବାର୍ତ୍ତାରୁ ଜଣା ପଡୁଥିଲା ସେ ଯେମିତି ଗୋଟାଏ ଉଚ୍ଚ ବୌଦ୍ଧିକ ସ୍ତରରେ ପହଞ୍ଚି ଯାଇଛି। କଲେଜରେ ପଢ଼ିବାବେଳେ ପରିହାସର ଉପଲକ୍ଷ୍ୟ ଥିବା ଭବନାଥ ଏ ଭବନାଥଠାରୁ ସଂପୂର୍ଣ୍ଣ ଅଲଗା ଥିଲା

ଏବଂ ବର୍ତ୍ତମାନ ମତେ ତାର ଆରୋହ-ଅବରୋହ କବିତା ଆଉ ହାସ୍ୟାସ୍ପଦ ମନେ ହେଉ ନ ଥିଲା। ଭବନାଥର ନୂଆ ବ୍ୟକ୍ତିତ୍ୱ ଯେମିତି ତାର ପୂରା ଅତୀତକୁ ବି ଗୋଟାଏ ନୂଆ ରଙ୍ଗ ଦେଇ ଦେଇଥିଲା।

ଚା'ର ପାଣି ଯେତେବେଳେ ଫୁଟିବାକୁ ଆରମ୍ଭ କଲା, ମୁଁ ଭବନାଥକୁ ପଚାରିଲି, ତୁ କଣ ସତରେ ଭାବୁଛୁ ଶବ୍ଦ ଜରିଆରେ ବିପ୍ଳବ ସମ୍ଭବ ହୋଇପାରେ ?

ଗ୍ଲାସରେ ଚା' ଢାଳୁ, ଢାଳୁ ଭବନାଥ କହିଲା, ତୁ ତ ଶଳା ଏଷ୍ଟାବ୍ଲିଶମେଣ୍ଟର ଗୋଟାଏ କୁତ୍ତା, ତୁ କଣ ବୁଝିବୁ ? ଭବନାଥ ପାଖରୁ ମୋର ସରକାରୀ ଚାକିରି ପ୍ରତି ଆକ୍ଷେପ କରି ଏପରି କଥା ଶୁଣିବା ପାଇଁ ମୁଁ ପ୍ରସ୍ତୁତ ନ ଥିଲି। ମୁଁ ରାଗିଯାଇ ହାତରେ ଧରିଥିବା ବହିଟା ତଳକୁ ଫିଙ୍ଗିଦେଇ ଉଠି ଠିଆହେଲି। ଭବନାଥ ଗୋଟାଏ ଗ୍ଲାସ ଚା' ଆଣି ମୋ ପାଖରେ ରଖିଲା ଓ ମୋ ହାତଧରି ଖଟ ଉପରେ ବସାଇଲା। ନିର୍ଲିପ୍ତ ହସ ହସି ସେ ମତେ କହିଲା, ଦେଖିଲୁ, ଦି ଚାରିଟା ଅସଂଲଗ୍ନ ଶବ୍ଦ କେମିତି ଜଣକୁ ରଗାଇ ଦେଇ ପାରେ ? ମତେ ପ୍ରକୃତିସ୍ଥ ହେବାକୁ ଯଦିଓ ବେଶ୍ କିଛି ସମୟ ଲାଗିଲା, ଭବନାଥ ତାର ବକ୍ତବ୍ୟକୁ ବେଶ୍ ତୀକ୍ଷଣ ଏବଂ ସଠିକ ଭାବରେ ପହଞ୍ଚାଇ ପାରିଥିଲା ମୋ ପାଖରେ। ସେ ଯେତେବେଳେ ଶବ୍ଦର କ୍ଷମତା ବିଷୟରେ ମତେ ବୁଝାଇବାରେ ଲାଗିଲା, ମୁଁ ମିନିଟକ ତଳର କଥା ଭୁଲିଗଲି ଓ ଭବନାଥ ପ୍ରତି ମୋର ଏକ ସଶ୍ରଦ୍ଧ ଭାବ ଉପୁଜିଲା।

ଶବ୍ଦ ହେଉଛି ଗୋଟାଏ ଅସ୍ତ୍ର, ମତେ ଭବନାଥ ବୁଝାଇଲା, ତାକୁ ଯେ ଯେତିକି ସଫଳ ଭାବରେ ବ୍ୟବହାର କରିପାରିଲା, ସେ ସେତିକି କ୍ଷମତାଶୀଳ। ଆଲିସ ଇନ୍ ଦି ୱଣ୍ଡରଲ୍ୟାଣ୍ଡରେ ହମ୍ପଟି ଡମ୍ପଟି କଣ କହିଥିଲା ? ମୁଁ ଯେତେବେଳେ ଗୋଟାଏ ଶବ୍ଦକୁ ବ୍ୟବହାର କରେ, ମୁଁ ଯାହା ଚାହେଁ ଶବ୍ଦ ତାହା ହିଁ ବୁଝାଏ, ବେଶି ନୁହେଁ କି କମ ନୁହେଁ। କିନ୍ତୁ କେତେଜଣ ଲେଖକ ଏ କଥା କହି ପାରିବେ ? ମୁଁ ଝିଅଟିକୁ ଭଲପାଉଛି ଓ ତା ପାଖକୁ ଚିଠି ଲେଖୁଚି ପ୍ରେମ ନିବେଦନ କରି। କିନ୍ତୁ ମୋର ସମସ୍ତ ପ୍ରଚେଷ୍ଟା ସତ୍ତ୍ୱେ ମୋର ଚିଠିମାନଙ୍କରୁ ଝିଅଟି ଏ କଥା ବିଶ୍ୱାସ କରିବାକୁ ନାରାଜ ଯେ ମୁଁ ତାକୁ ପ୍ରକୃତରେ ଭଲପାଏ ବୋଲି। ଏଥିରୁ କଣ ଜଣାଗଲା ? ଏଥିରୁ ଜଣାଗଲା ଯେ ମୋର ଶବ୍ଦମାନଙ୍କ ଉପରେ କୌଣସି ନିୟନ୍ତ୍ରଣ ନାହିଁ।

ଏହି କଥାର ଅବସରରେ ମୁଁ ଭବନାଥକୁ ପଚାରିଲି, କଲେଜରେ ପଢ଼ିବା ବେଳେ ତୁ ସେଇ ଯୋଉ ଝିଅଟିକୁ ଭଲ ପାଉଥିଲୁ, କଣ ହେଲା ? ଭବନାଥ ହଠାତ୍ ଗମ୍ଭୀର ହୋଇଗଲା ଓ କହିଲା, ହଁ, ତତେ ସବୁକଥା କହିବି, କିନ୍ତୁ ଆଉ ଦିନେ କହିବି। ଭଲ ହେଲା, ପୁରୁଣା କଥାଟା ମନେ ପକେଇ ଦେଲୁ। ନ ହେଲେ ଆଜିକାଲି ଆଉ ମନେପଡ଼େ ନାହିଁ। ମୋ କବିତାରେ ତାର ଅମୂର୍ତ୍ତ ଛାଇ ସିନା ପଡ଼ିଥାଏ, ସେ ଆଉ ମନେପଡ଼େ ନାହିଁ।

ମୁଁ ସେଦିନ ତା ପାଖରୁ ଉଠି ଆସିଲି। ଜାଣେନା ତାକୁ ସେ କଥାଟା ପଚାରିବା ଠିକ ହେଲା କି ନା। ମୋର ମନେ ହେଲା ହୁଏତ ଭବନାଥ ସେଦିନ ନ ଖାଇ ନ ପିଇ ଅନିଦ୍ରା ରହି ପୁରୁଣା କଥା ସବୁ ଭାବିଥିବ, କାରଣ ମୁଁ ଫେରି ଆସିବା ବେଳକୁ ସେ ସଂପୂର୍ଣ୍ଣ ଅନ୍ୟମନସ୍କ ହୋଇ ଯାଇଥିଲା। ମୁଁ ଦେଖିଲି ମୁଁ ଏଥରକ ଭବନାଥ ପ୍ରତି କ୍ରମଶଃ ଶ୍ରଦ୍ଧାଶୀଳ ହୋଇଯାଇଛି। ଏ ଭିତରେ ମୁଁ ଭବନାଥର ପ୍ରକାଶିତ କବିତା ବହିଟି ଆଣି ପଢ଼ିଲି। ଏଥିରୁ ଯଦିଓ ପ୍ରଥମ ପ୍ରଥମ କିଛି କବିତା ମୁଁ ବୁଝିବାକୁ ସମର୍ଥ ହେଲି, ତାର ପରବର୍ତ୍ତୀ ସମୟର କବିତା ମୋର ବୁଝିବାର ବାହାରେ ଥିଲା।

କିଛିଦିନ ପରେ ମୁଁ ତା ଘରକୁ ଯାଇ ତାର କବିତାର ଦୁର୍ବୋଧ୍ୟତା ବିଷୟରେ କହିଲି। ସେ ସେଦିନ ଖୁବ ଭଲ ମିଜାଜରେ ଥିଲା ଆଉ ମତେ କହିଲା, ତୋର ଯଦି ସମୟ ଅଛି, ଦି ଚାରି ଘଣ୍ଟା ରହ, ସବୁ ବୁଝେଇ ଦେବି। ମୁଁ ବସିବାକୁ ଯାଉଥିଲି। ସେ କହିଲା, ନା, ଆଜି ବାହାରେ ଯାଇ ବସିବା। ତା ଘରେ ତାଲା ଦେଇ ଆମେ ଦୁଇ ଚାରିଟା ଅନ୍ଧାର ଗଳି ଟପି ଯୋଉ ଜାଗାରେ ପହଞ୍ଚିଲୁ, ସେଇଟା ଗୋଟାଏ ନିର୍ଜନ ଜାଗା, ଯୋଉଠି ଗୋଟାଏ ପୁରୁଣା ଛୋଟ ପୋଖରୀ ଥିଲା। ସେଠାରେ ଆଉ କେହି ନ ଥିଲେ। ଚାରି ପାଖରେ ଗଛ ସବୁ ଥିବାରୁ ବାହାରର ଆଲୁଅ ଏ ଜାଗାକୁ ଆସୁ ନଥିଲା। ଟର୍ଚ୍ଚ ଜାଳି ଭବନାଥ ପୋଖରୀ କୂଳରେ ଯୋଉ ଭଙ୍ଗା ସିମେଣ୍ଟ ବେଞ୍ଚ ଥିଲା ଦେଖାଇ ଦେଲା ଏବଂ ଆମେ ତାରି ଉପରେ ବସିଲୁ। ଟର୍ଚ୍ଚ ଲିଭାଇ ଦେବା ପରେ ସବୁ ପୁଣି ଅନ୍ଧାର ହୋଇଗଲା। ଭବନାଥ କହିଲା, ବ୍ୟସ୍ତ ହୁଅନା, ଟିକିଏ ପରେ ଜହ୍ନ ଉଠିବ।

ତା ପରେ ଭବନାଥ ଚୁପ ରହିଲା। ମୋର କର୍ମବ୍ୟସ୍ତ ଜୀବନ ଭିତରେ ମୋ ପାଇଁ ଏ ଏକ ନୂଆ ଅଭିଜ୍ଞତା ଥିଲା। ମାଇଲିଏ ଦୂରରେ ମୋର ଗାଡ଼ି ରଖି ଗୋଟାଏ କବି ସହିତ ଏମିତି ଆସି ପୋଖରୀ କୂଳରେ ବସି ଜହ୍ନକୁ ଅପେକ୍ଷା କରିବା ଏକ ଅଦ୍ଭୁତ ଅନୁଭୂତି। ଏଇ ଜନହୀନ ନିସ୍ତବ୍ଧତା ଭିତରେ ବସି ରହି ମୁଁ ଭବନାଥର କବିତା କଥା ଭାବିଲି। ତାର କବିତାର ଅସଂଲଗ୍ନ ଧାଡ଼ି ସବୁ ମୋର ମୁଣ୍ଡ ଭିତରେ ପହଞ୍ଚିଲେ। ମତେ ଜଣାଗଲା ସେସବୁ ଯେମିତି ସଂପୂର୍ଣ୍ଣ ଅସଂଲଗ୍ନ ନୁହନ୍ତି ଏବଂ ସେମାନଙ୍କର ପରସ୍ପର ସହ ଜଡ଼ି ହୋଇ ରହିଥିବା ଭିତରେ ଏକ ଗଭୀର ଅର୍ଥ ନିହିତ ଅଛି। ମୁଁ ଏପରି ଏକ ସ୍ଥିତିରେ ଥିଲି ଯେଉଁଠି ଦୁବଘାସ ବରଗଛ ପିମ୍ପୁଡ଼ି ଓ ହାତୀ ସମସ୍ତେ ସ୍ୱୟଂସମ୍ପୂର୍ଣ୍ଣ ଓ ସାର୍ଥକ।

ନୀରବତା ଭାଙ୍ଗି ଭବନାଥ ପ୍ରଥମେ କଥା କହିଲା। ତାର କବିତାର ଦୁର୍ବୋଧ୍ୟତା କଥା ନ କହି ସେ ମୋତେ ତାର ପୁରୁଣା ପ୍ରେମ କଥା କହିବାକୁ ଆରମ୍ଭ କଲା। ତୋର ସେ ଝିଅଟି କଥା ମନେ ଅଛି ? ସାଏନ୍ସ ପଢୁଥିଲା। ଭବନାଥ ମତେ ପଚାରିଲା। ଏତେ ବର୍ଷ ପରେ ମୁଁ ଠିକ ଭାବରେ ଝିଅଟି କଥା ମନେ କରି ପାରୁ ନ ଥିଲି, କିନ୍ତୁ ମୋ ମନ ଭିତରେ ଗୋଟାଏ ପୁରୁଣା

କଲେଜ ବେଳର ଚେହେରାକୁ ବାଛି ନେଇଥିଲି, ଯୋଉଟା ହୁଏତ ସେଇ ଝିଅଟିର ନ ଥିଲା। ମୁଁ ସେଇ କାଳ୍ପନିକ ଝିଅଟିର ଚେହେରା ସହିତ ଭବନାଥର କଲେଜ ବେଳର ଚେହେରାକୁ ମିଶାଇ ଭବନାଥ କଥା ଶୁଣିବାକୁ ଲାଗିଲି। ସେତେବେଳକୁ ଗଛ ଉପରେ ଜହ୍ନର ସାମାନ୍ୟ ଅଂଶ ଦେଖା ଯାଉଥିଲା ଓ ପୋଖରୀର ଅଳ୍ପ ପାଣି ଚକ୍ ଚକ୍ କରିବାକୁ ଆରମ୍ଭ କରିଥିଲା।

କଲେଜରେ ପଢ଼ିବା ଚାରିବର୍ଷ ଯାକ ଆମେ ପରସ୍ପରକୁ କେତେ ଯେ ଚିଠି ଲେଖିଛୁ ତାର ସୀମା ନାହିଁ, ଭବନାଥ କହିଲା, ଏମିତିକି ଥରେ ଥରେ ଦିନକୁ ଦି ଦି'ଟା ଚିଠି ବି ଲେଖିଛୁ। ସେ ଯେତେବେଳେ ଛୁଟିରେ ଘରକୁ ଚାଲି ଯାଉଥିଲା, ଆଉ ଦି ଚାରି ଦିନ ତା ପାଖରୁ ଚିଠି ଆସୁ ନ ଥିଲା, ମୋର ମନେ ହଉଥିଲା ମୋର ନିଶ୍ୱାସ ବନ୍ଦ ହୋଇଯିବ ଆଉ ମୁଁ ମରିଯିବି। ଫାଇନାଲ ପରୀକ୍ଷା ଦେଇ ସେ ଘରକୁ ଚାଲିଯିବା ପରେ କିଛି ଦିନ ଆଉ ଚିଠି ଆସିଲା ନାହିଁ। ମୁଁ ତା ଘରକୁ ଯାଇ ତାର ଖବର ନବା ଉଚିତ ହେବ କି ନାହିଁ ଏ କଥା ଭାବୁ ଭାବୁ ଦିନେ ତାର ଚିଠି ଆସିଲା ଯେ ତାର ବାହାଘର ଠିକ ହୋଇ ଯାଇଛି। ମୋ ମୁଣ୍ଡରେ ବଜ୍ରପାତ ହେଲା। ମୁଁ ଖାଇବା ପିଇବା ଛାଡ଼ି ବିଛଣାରେ ପଡ଼ି ରହି ଭାବିବାରେ ଲାଗିଲି। ଥରେ ଥରେ ମନେ ହେଲା ମୁଁ ଯାଇ ସେଠାରେ ପହଞ୍ଚି ବାହାଘର ବନ୍ଦ କରିଦେବି। ପୁଣି ଭାବିଲି ସେ ଯଦି ମତେ ଏ ବିଷୟରେ କିଛି ନ ଲେଖି ବାହାଘରର ଖବର ଦେଲା, ହୁଏତ ତାର ବାହା ହୋଇଯିବା ହିଁ ତା ପାଇଁ ଭଲ ହେବ। ମୁଁ ଚୁପ ରହିଲି ଓ ସେ ବାହା ହୋଇଗଲା।

ଛ' ମାସ ପରେ ତା ପାଖରୁ ଚିଠି ଆସିଲା। ସେ ଲେଖିଥିଲା ସେ ଆଉ ବଞ୍ଚି ପାରିବ ନାହିଁ; ଭବନାଥ ଯେମିତି ଆସି ତାକୁ କୁଆଡ଼େ ନେଇଯାଏ। ପ୍ରଥମେ ଭବନାଥ ବୁଝିପାରିଲା ନାହିଁ କଣ କରିବ। ତାର ଚିଠି କାଳେ ଆଉ କାହା ହାତରେ ପଡ଼ିପାରେ ଜାଣି ବି ସେ ଗୋଟିଏ ସତର୍କତାପୂର୍ଣ୍ଣ ଚିଠି ଲେଖିଲା। ତାର ଜବାବ ବି ଆସି ପହଞ୍ଚିଲା ଅଳ୍ପ ଦିନ ଭିତରେ। ତାପରେ ସେମାନେ ପୁଣି ପୂର୍ବପରି ପତ୍ରାଳାପ କରିବାରେ ଲାଗିଲେ। ସେ ସବୁବେଳେ ଚିଠିରେ ଲେଖେ, ମତେ ଆସି ନେଇଯାଅ। ଭବନାଥ ତାକୁ ଅନେକ ବୁଝାଏ ଚିଠିରେ, ଆଉ ଭାବିଚିନ୍ତି ସବୁ କାମ କରିବାକୁ କହେ। କିନ୍ତୁ ଝିଅଟିର ସେଇ ଏକା କଥା।

ଶେଷରେ ଭବନାଥ ନିଶ୍ଚୟ କଲା, ଯାହା ହେଉ ସେ ଝିଅ ପାଖକୁ ଯିବ ଏବଂ ସେ ଏକଥା ଝିଅ ପାଖକୁ ଲେଖିଲା। କିନ୍ତୁ ଏଇ ସମୟରେ ଚିଠି ଆସିଲା ଯେ ସେ ଖୁବ ମନବ୍ୟସ୍ତରେ ଅଛି, କାରଣ ତାର ସ୍ୱାମୀଙ୍କ ଦେହ ଖରାପ। ଭବନାଥ ଭାବିଲା, ଯଦି ସେ ଲୋକଟି ମରିଯାଏ, ସବୁ ସମସ୍ୟାର ସମାଧାନ ହୋଇଯିବ ଏବଂ ସେ ଏକଥା ମଧ୍ୟ ଝିଅଟିକୁ ଜଣାଇଲା। ତାର ଅଳ୍ପ କିଛି ଦିନ ପରେ ହିଁ ଝିଅର ଚିଠି ଆସିଲା ଯେ ତାର ସ୍ୱାମୀ ଭୁଲ ଔଷଧ ଖାଇ ମରିଗଲେ। ତା ସହିତ ସେ ଏ କଥା ବି ଲେଖିଥିଲା ଯେ ତାକୁ ତାର ଅନେକ ଗୋପନୀୟ କଥା କହିବାର ଅଛି। ଭବନାଥ ଯେପରି ଶୀଘ୍ର ତା ସହିତ ସାକ୍ଷାତ କରେ।

ଭବନାଥ ଏ ଚିଠିର ଅନେକ ଦିନ ଯାଏ ଜବାବ ଦେଲା ନାହିଁ କିମ୍ବା ଝିଅ ସହିତ ଦେଖା କରିବା ପାଇଁ କୌଣସି ଚେଷ୍ଟା କଲା ନାହିଁ। ସେ ପ୍ରତିଦିନ ଆଶା କରୁଥିଲା ଝିଅ ପାଖରୁ ଆଉ ଗୋଟିଏ ଚିଠି ଆସିବ। ଯେତେବେଳେ ଅପେକ୍ଷା କରି ଆଉ ଚିଠି ନ ଆସିଲା, ଭବନାଥ ବାହାରି ପଡ଼ିଲା। ସେ ଜାଣି ନ ଥିଲା ଏତେ ଦିନ ହେଲା ସମ୍ପର୍କ ନ ଥିବା ଝିଅ ସହିତ ତାର କି ପ୍ରକାର ସାକ୍ଷାତକାର ହେବ। ଅପରିଚିତ ସହରର ଅଜ୍ଞାତ ଘର ସାମନାରେ ପହଞ୍ଚି ସେ ଛୋଟ ପିଲାଟିଏ ହାତରେ ଝିଅକୁ ଖବର ଦେଲା। ପିଲାଟି ଆସି ଜଣାଇଲା ଯେ, ସେ ଭବନାଥକୁ ଦେଖା କରି ପାରିବ ନାହିଁ। ତାର ଖବର ଦେବାରେ ଭୁଲ ହୋଇଥିବ ଏଇ ଆଶାରେ ସେ ଠିଆ ହୋଇ ରହିଲା ଓ ଶେଷରେ ଝିଅର ନାଁ ଧରି ଡାକିଲା। ଝିଅ ଆସିଲା। ତାକୁ ଭବନାଥ ବିଧବା ବେଶରେ ଦେଖିବ ବୋଲି ଭାବିଥିଲା; କିନ୍ତୁ ଝିଅଟି ଯେତେବେଳେ କବାଟ ଖୋଲିଲା ସେ ଅଳଙ୍କାରରେ ସୁସଜ୍ଜିତ ଥିଲା ଏବଂ ତା ଦେହରେ ଲାଲ ରଙ୍ଗର ଶାଢ଼ି ଥିଲା। ଭବନାଥ ଘର ଭିତରକୁ ଯିବା ପାଇଁ ପାଦ ବଢ଼ାଇଲା। ଝିଅ ଥରେ ମାତ୍ର ତା ଆଡ଼କୁ ଅନାଇ ଜୋରରେ 'ନା' ବୋଲି କହିଲା ଓ ତାର ମୁହଁ ଉପରେ କବାଟ ବନ୍ଦ କରିଦେଲା।

ଏତିକି କହି ଭବନାଥ ଚୁପ ରହିଲା। ସେତେବେଳକୁ ଜହ୍ନ ଉପରକୁ ଉଠି ସାରିଥିଲା ଓ ସେଇ ନିର୍ଜନ ସ୍ଥାନଟି ଜହ୍ନ ଆଲୁଅରେ ଛମ ଛମ କରୁଥିଲା। ଏ ପରିବେଶ ସହିତ ଭବନାଥର ଗଳ୍ପ ଏକ ଐନ୍ଦ୍ରଜାଲିକ ବାତାବରଣ ସୃଷ୍ଟି କରିଥିଲା। ସେ ଗପର ଚରିତ୍ରମାନଙ୍କ ସହିତ ଯେମିତି ଭବନାଥ ଓ ମୋର ମନେ ପଡୁଥିବା କାହାଣୀର ପୁନରାବୃତ୍ତି ହିଁ ଦେଖୁଥିଲି।

ଏଇ ଇନ୍ଦ୍ରଜାଲକୁ ହଠାତ କାଟି ଦେଇ ଭବନାଥ କହିଲା, ତୁ ମତେ କବିତାର ଦୁର୍ବୋଧତା କଥା ପଚାରୁଥିଲୁ ପରା ? ମନେକର ମୁଁ ଯୋଉ କଥା ତତେ କହିଲି, ସେ କଥାଟାକୁ ନିଆଯାଉ। ଏଇ କଥାରୁ ବର୍ତ୍ତମାନ ସବୁ ଚରିତ୍ରଙ୍କୁ ବାଦ ଦିଆଯାଉ। ହୁଏତ ଅନ୍ୟ ସମୟରେ ଭବନାଥର ଏ କଥା ମତେ ଅସଂଲଗ୍ନ ଏବଂ ଅଯୌକ୍ତିକ ବୋଧ ହୋଇଥାନ୍ତା। କିନ୍ତୁ ମୁଁ ଦେଖିଲି ଏ କଥା ସମ୍ଭବ, ଏବଂ ମୁଁ ଭବନାଥ, ସେ ଝିଅ, ତାର ସ୍ୱାମୀ, ତାର ସଂସାରକୁ ସେଇ ଗପରୁ ଅଲଗା କରିଦେଲି।

ଭବନାଥ କହିଲା, ବେଶ୍। ଏଥରକ ସେଥିରୁ ସମସ୍ତ ସଂଳାପ, ସମସ୍ତ ଭାବପ୍ରବଣତାକୁ କାଟି ଦିଆଯାଉ। ମୁଁ ଆଖି ବନ୍ଦ କରି ସେ ସବୁକୁ ଭୁଲିଗଲି। ଏଥରକ ଆଉ କଣ ରହିଗଲା ? କଣ ? କିଛି ଦୁଃଖ, କିଛି ଅନ୍ତର୍ଦାହ, କିଛି ବୁଝିବା ?

ଭବନାଥ ଏଥରକ ଉଠି ଠିଆ ହେଲା ଓ କହିଲା, ଏଥର ଚାଲ ଯିବା ଏବଂ ଆମେ ସେଇ ଜହ୍ନ ଆଲୁଅର ନିର୍ଜନ ଦ୍ୱୀପ ଭିତରୁ ବାହାରିବା ବେଳେ କହିଲା, ଏଥର ବୁଝିଲୁ କବିତା କଣ ? ଯାହା କିଛି ବାକି ରହିଗଲା, ତା ହିଁ କବିତା।

ଗାଡ଼ି ନେଇ ଘରକୁ ଫେରିବା ବେଳେ ମୁଁ ଠିକ କରିପାରୁ ନ ଥିଲି ଯେ ଭବନାଥ ମତେ ଯୋଉ ଗପଟି କହିଲା ସେ ତାର ଜୀବନରେ ଘଟିଥିବା ଘଟଣା, ନା ମତେ କବିତାର

ଦୁର୍ବୋଧତାକୁ ବୁଝାଇବା ପାଇଁ ଗୋଟିଏ ଉଦାହରଣ ମାତ୍ର ଥିଲା। ତେବେ ସେଦିନ ରାତିରେ ମୁଁ ଭବନାଥର କବିତା ବହି ଖୋଲି ପଢ଼ିଲି ଏବଂ ଦେଖିଲି ଯେ ତାର ପ୍ରତ୍ୟେକ କବିତାର ତାତ୍ପର୍ଯ୍ୟ ଅଛି ଏବଂ ମୁଁ ତାର ସବୁ କବିତା ବୁଝି ପାରୁଥିଲି।

ତା ପରେ ମୁଁ ସହରରେ ଥିବା ପର୍ଯ୍ୟନ୍ତ ଭବନାଥ ସହିତ ମଝିରେ ମଝିରେ ଦେଖା କରୁଥିଲି। ଭବନାଥ ନୂଆ କବିତା ଲେଖିଲେ ମତେ ପ୍ରଥମେ ଦେଖାଉଥିଲା ଓ ମୁଁ ତାର ରସ ଆସ୍ୱାଦନ କରି ଖୁସି ହେଉଥିଲି। ମୋର ପୁଣି ଅନ୍ୟ ଜାଗାକୁ ବଦଳି ହୋଇଗଲା ପରେ ବି ଭବନାଥ ମଝିରେ ମଝିରେ ଡାକରେ ମୋ ପାଖକୁ ଚିଠି ଲେଖୁଥିଲା ଓ ତାର ନୂଆ ନୂଆ କବିତାମାନ ପଠାଉଥିଲା। ମଝିରେ ଅନେକ ଦିନ ତା ପାଖରୁ ଚିଠି ନ ପାଇ ମୁଁ ଥରେ ବ୍ୟସ୍ତ ହୋଇ ତା ପାଖକୁ ଚିଠି ଲେଖିଲି। ଚିଠିର ଉତ୍ତର ଅନେକ ଦିନ ପରେ ଆସିଲା। ଚିଠି ସହିତ ଯୋଉ କବିତାଟି ଥିଲା, ପ୍ରଥମେ ମୁଁ ସେଇଟିକୁ ପଢ଼ିଲି। ଅଦ୍ଭୁତ ଧରଣର କବିତା ଥିଲା। ଏପରି ଅନେକ ଅକ୍ଷର ସମଷ୍ଟିର ଶବ୍ଦ, ଯାହାର କୌଣସି ଅର୍ଥ ନାହିଁ। କୌଣସି ଶବ୍ଦର କୌଣସି ଶବ୍ଦ ସହିତ ସଂପର୍କ ନାହିଁ। କେବଳ କିଛି ଶ୍ରୁତିମଧୁର ଶବ୍ଦ। ଆଉ ଚିଠିରେ ଭବନାଥ ଲେଖିଥିଲା, ଶୁଣି ଖୁସି ହେବୁ ଯେ ମୁଁ ପୁଣି ପ୍ରେମରେ ପଡ଼ିଛି। ଏବେ ମୁଁ ପଢ଼ିଲି ଯେ, ଆମେରିକାରେ ଗବେଷଣା କରି ବୈଜ୍ଞାନିକମାନେ ସିଦ୍ଧାନ୍ତରେ ପହଞ୍ଚିଛନ୍ତି ଯେ ଦୁଇଜଣଙ୍କ ଭିତରେ ଭାବ ବିନିମୟର ମୋଟେ ସାତ ପ୍ରତିଶତ କାମ ଶବ୍ଦ ଜରିଆରେ ହୋଇଥାଏ; ଅଠତିରିଶ ପ୍ରତିଶତ ହୋଇଥାଏ ସ୍ୱର ଓ ବାକି ପଞ୍ଚାବନ ପ୍ରତିଶତ ମୁହଁର ଭାବଭଙ୍ଗୀରେ।

ଏ କଥା ପଢ଼ି ମୁଁ ହଠାତ୍ ଠିକ କରି ପାରିଲି ନାହିଁ ଏ କି ପ୍ରକାର ପ୍ରେମ। କଣ ସେଇ ଆଗର ଝିଅଟି ସହିତ ? ନା ପୂର୍ବ ଘଟଣାଟି ଭଳି ଏ ଗୋଟିଏ ସନ୍ଦେହଜନକ ଜିନିଷ ? ଏଥରକ ମୁଁ ଆଉ ଭବନାଥର କବିତା କେଉଁଠାରେ ଦେଖୁ ନ ଥିଲି। ସେ ମଧ୍ୟ ମୋ ପାଖକୁ ଚିଠି ଲେଖିବା ବନ୍ଦ କରି ଦେଇଥିଲା। ଏଇ ସମୟରେ ମତେ କିଏ ଖବର ଦେଲା ଯେ ଭବନାଥ ପାଗଳ ହୋଇଯାଇଛି।

କିନ୍ତୁ ମୁଁ ଜାଣିଥିଲି, ଭବନାଥ ସୁସ୍ଥ ମାନସିକ ଅବସ୍ଥା ନେଇ ତାର ସେଇ ପୁରୁଣା ଘରେ ଅଛି। ଆଉ ମୁଁ ଯେତେବେଳେ ତା ପାଖରେ ପହଞ୍ଚିବି, ଦେଖିବି ଯେ, ଏଥରକ ସେ ତାର ଅଭିଧାନଗୁଡ଼ାକୁ ଗୋଟିଏ ପାଖରେ ଘୁଞ୍ଚାଇ ରଖି ଦେଇଛି ଏବଂ ଗୋଟାଏ ଟେପ୍ ରେକର୍ଡର ସାମନାରେ ବସି ତା ସହିତ ଗମ୍ଭୀର କଥୋପକଥନରେ ବ୍ୟସ୍ତ ଅଛି।

—

ମୃତ୍ୟୁବୋଧ

ମୃତ୍ୟୁ ଦୁଇ ପ୍ରକାରର ହୋଇପାରେ : ଗୋଟିଏ ହେଉଛି ଅନିଚ୍ଛାକୃତ ମୃତ୍ୟୁ, ଯାହା ଅଜ୍ଞ ଲୋକମାନଙ୍କର ମୃତ୍ୟୁ ଏବଂ ଯାହା କିଛି ଲୋକଙ୍କ ପାଇଁ ବାରମ୍ବାର ଘଟିଥାଏ। ବିଜ୍ଞ ଲୋକମାନଙ୍କର ମୃତ୍ୟୁ ହେଉଛି ସ୍ୱେଚ୍ଛାକୃତ ମୃତ୍ୟୁ, ଯାହା କେବଳ ଥରେ ମାତ୍ର ଘଟେ। ଯେତେବେଳେ ସାଧାରଣ ଜୀବନ ଯାପନ, ସେ ଯେ କୌଣସି କାରଣରୁ ହେଉ ନା କାହିଁକି, ସମ୍ଭବ ହୁଏ ନାହିଁ, ବିଜ୍ଞ ଲୋକ ସ୍ୱଇଚ୍ଛାରେ ମୃତ୍ୟୁର ସମ୍ମୁଖୀନ ହୁଏ। ସେ ନିଜର ସମସ୍ତ କାମନାକୁ ମନ ଭିତରୁ ଦୂର କରିଦିଏ ଏବଂ ନିଜକୁ ସମସ୍ତ ସାଂସାରିକ ବନ୍ଧନରୁ ମୁକ୍ତ କରିଦିଏ। ତାପରେ ସେ ଖାଦ୍ୟପେୟ ପରିତ୍ୟାଗ କରି ନିଜର ଶରୀରକୁ ବିଲୀନ ହୋଇଯିବାକୁ ଦିଏ। ତାର ଆତ୍ମା ଶରୀରରୁ ବିଚ୍ଛିନ୍ନ ହୋଇଯାଏ। ବିଭିନ୍ନ କର୍ମମାନେ, ଯାହା ଆତ୍ମା ସହିତ ଜଡ଼ିତ ରହିଥାନ୍ତି, ଆତ୍ମା ସେ ସମସ୍ତଙ୍କର ବନ୍ଧନରୁ ନିଜକୁ ମୁକ୍ତ କରିନିଏ। ଏ ହେଉଛି ଜୈନ ସୂତ୍ରରେ ଲିଖିତ ସଲ୍ଲେଖନାର ତତ୍ତ୍ୱ।

ନିକଟ ଅତୀତରେ ଏଭଳି ସଲ୍ଲେଖନାର ଶପଥ ଗ୍ରହଣ କରିଥିଲେ ସୁଧର୍ମ ସାଗର ମୁନି, ୧୯୭୩ ମସିହା ଅଗଷ୍ଟ ୧୩ ତାରିଖରେ। ସେ ପ୍ରଥମେ ଖାଦ୍ୟ ପରିତ୍ୟାଗ କଲେ ଏବଂ ସେପ୍ଟେମ୍ବର ୯ ତାରିଖରେ ଶେଷଥର ପାଇଁ ଜଳସ୍ପର୍ଶ କଲେ। ଶପଥର ବୟାଳିଶ ଦିନ ପରେ ତାଙ୍କର ଦେହାନ୍ତ ହେଲା ସେପ୍ଟେମ୍ବର ୨୪ ତାରିଖରେ।

ସଲ୍ଲେଖନା ଶପଥରେ ତିନିପ୍ରକାର ମରଣର ଉଲ୍ଲେଖ ଅଛି : ଭକ୍ତ ପ୍ରତ୍ୟାଖ୍ୟାନ ମରଣ, ଇଙ୍ଗିତ ମରଣ ଏବଂ ପାଦୋପଗମନ ମରଣ। ତମେ ବୋଧହୁଏ ବୋର୍ ହୋଇଯାଉଛ, ନର୍ସ। ମୋ ଆଡ଼କୁ ଦେଖ। ପ୍ରଥମେ ପ୍ରଥମେ ମୁଁ ବି ଯେତେବେଳେ ଏ ବିଷୟରେ ପଢ଼ିବାକୁ ଆରମ୍ଭ କଲି, ମତେ ବି କ୍ଳାନ୍ତିକର ଲାଗୁଥିଲା। କିନ୍ତୁ ମୁଁ ଆସ୍ତେ ଆସ୍ତେ ଏ ବିଷୟରେ ଏତେ ମଜ୍ଜିତ ହୋଇଗଲି, ବାରମ୍ବାର ପଢ଼ିଲେ ବି ଆଉ ଏସବୁ ବିରକ୍ତିକର ଲାଗିଲା ନାହିଁ। ଆଚ୍ଛା, ଛାଡ଼। ଏଥରକ ମୁଁ ଅନ୍ୟକଥା କହେ କିମ୍ବା ତମେ ତମର ବୟ ଫ୍ରେଣ୍ଡ କଥା କହ। ଦେଖିଲ, ମୁଁ ତମର ବନ୍ଧୁଙ୍କର ନାଁ ଉଚ୍ଚାରଣ କରୁ କରୁ ତମର ମୁହଁର ବିରକ୍ତ ଭାବ କେମିତି ହଠାତ୍ ବଦଳିଗଲା ? ଠିକ୍ ମୃତ୍ୟୁରୁ ଜୀବନର ପରିବର୍ତ୍ତନ ଭଳି, ନା ?

ଆଜି ମୁଁ ବେଶ ଭଲ ଅଛି ଏବଂ ଭାବୁଚି ମୋର ମାନସିକ ସ୍ଥିତି ବି ଆଗ ଅପେକ୍ଷା ଭଲ ଅଛି। ତମେ ବିଶ୍ୱାସ କରୁନାହଁ ବୋଧହୁଏ। ମୁଁ ଏତେଦିନ ଏତେ ପ୍ରକାର ବିକ୍ଷିପ୍ତ କଥା କହୁଥିବାରୁ ତମେ ବୋଧହୁଏ ଭାବୁଥିବ ଯେ ମୋର ମୁଣ୍ଡ ଭିତରେ କିଛି ଗୋଟାଏ ଗୋଳମାଳ ହୋଇଯାଇଛି। କିନ୍ତୁ ମୁଁ ସଂପୂର୍ଣ୍ଣ ସୁସ୍ଥମସ୍ତିଷ୍କ ଏବଂ ଅନୁଭବ କରୁଛି ଯେ ମୁଁ ମୋର ପୁରୁଣା

ଅବସ୍ଥାକୁ ଫେରି ପାଇଛି। ଆଜି ତମକୁ ମୋ କଥା ଶୁଣିବାକୁ ହେବ। ମୁଁ କଣ ସବୁକଥା ତମକୁ ଆଗରୁ କହିଛି ? ନା, ଆଜି ତମକୁ ପୁଣି ସବୁକଥା ଠିକ୍ ଭାବରେ ମୂଳରୁ କହିବି। ମୋର କମିଜ ପକେଟରୁ ସେ ପର୍ସଟା ଦବ ? ଦେଖ, ମୋ କାର୍ଡରେ କଣ ଲେଖା ଅଛି :

ସନାତନ ପଣ୍ଡିତ

୧୯୩୮-୧୯୮୦

ହଁ, ୧୯୮୦ ମସିହା ବି ଚାଲିଗଲାଣି। କିନ୍ତୁ ମୁଁ ବଞ୍ଚିଛି ଏବଂ ସେଇ ଲାମାର ଭବିଷ୍ୟତ ବାଣୀ ଭୁଲ ହୋଇଯାଇଛି। ପ୍ରାୟ ପନ୍ଦରବର୍ଷ ତଳେ ବନାରସରେ ମୋର ସେଇ ଲାମା ସହିତ ଭେଟ ହୋଇଥିଲା। ସେ ତିବ୍ବତୀ ଲାମା ଲାସାରୁ କୌସାମ୍ବୀ ଯିବା ରାସ୍ତାରେ ବନାରସରେ କିଛିଦିନ ପାଇଁ ରହୁଥିଲା। ମୁଁ ବନାରସରେ ଦିନେ ସକାଳେ ବୁଲି ଯାଉ ଯାଉ ଲାମାକୁ ଗୋଟିଏ ଗଛତଳେ ବସିଥିବାର ଦେଖିଲି। ଖରାଦିନ ସତ୍ତ୍ୱେ ବି ଲାମା ଉଲ୍ର ପୋଷାକ ପିନ୍ଧିଥିଲା ଏବଂ ତା ପାଖରେ ତାର ଜଣେ ଭାରତୀୟ ଚେଲା ବସିଥିଲା। ମୁଁ ଲାମା ପାଖରେ ଯାଇ ବସିଲି। ଲାମା କୌଣସି ଭାରତୀୟ ଭାଷା ବୁଝୁ ନଥିଲା, କେବଳ ମୋ ଆଡ଼କୁ ଚାହିଁ ହସିଲା। ମୁଁ କହିଲି ମୁଁ ମୋର ଭବିଷ୍ୟତ କଥା ଜାଣିବାକୁ ଚାହୁଁଛି। ଲାମା ପାଖରେ ବସିଥିବା ଲୋକଟି କହିଲା, ନା, ସେ ଜ୍ୟୋତିଷ ନୁହନ୍ତି। ମୁଁ ଏ କଥାରେ ସନ୍ତୁଷ୍ଟ ହେଲି ନାହିଁ, କାରଣ ଲାମା ତଥାପି ହସୁଥିଲା। ମୁଁ ବାରମ୍ବାର ପଚାରିବାରୁ ଲାମା ନିଜ ଭାଷାରେ ପାଖ ଲୋକଟିକୁ କିଛି କହିଲା ଏବଂ ଲୋକଟି ମତେ କହିଲା–ଡିସେମ୍ବର ୧୭, ୧୯୮୦। ତାପରେ ଲାମା ହଠାତ୍ ଗମ୍ଭୀର ହୋଇଗଲା ଓ ଲୋକଟି ଆର ପାଖକୁ ମୁହଁ ବୁଲାଇ ବସିଲା। ମୁଁ ଜାଣିଲି ଆଉ ସେମାନଙ୍କୁ କିଛି ପ୍ରଶ୍ନ କରି ଲାଭ ନାହିଁ। ଭବିଷ୍ୟତର ଏଇ ତାରିଖଟିକୁ ହାତରେ ଧରି ମୁଁ ହୋଟେଲକୁ ଫେରି ଆସିଲି।

ସତ କହିବାକୁ ଗଲେ ମୋର ଜ୍ୟୋତିଷ ଓ ସାମୁଦ୍ରିକ ବିଦ୍ୟା ଉପରେ ବିଶ୍ୱାସ ହେଲା ଯେତେବେଳେ ମୁଁ ନିଜର ଦୋକାନ ଖୋଲିଲି। ତା ଆଗରୁ ମୁଁ ଖୁବ୍ ସାହସୀ ଥିଲି; ଭୂତ ପ୍ରେତ, ଈଶ୍ୱର, ଭାଗ୍ୟ, ପୁନର୍ଜନ୍ମ ଇତ୍ୟାଦି କାହାରିକି ମୋର ଭୟ ନ ଥିଲା। ଏପରିକି ମୃତ୍ୟୁକୁ ମଧ୍ୟ ନୁହଁ। କିଏ ମଲେ ମୋ ଆଖିରୁ ଲୁହ ବହୁ ନ ଥିଲା। ମୁଁ ଭାବୁଥିଲି ମୃତ୍ୟୁ କିଛି ନୁହେଁ ଏବଂ ମୃତ୍ୟୁ ପରେ ବି କିଛି ନାହିଁ। ନିର୍ଲିପ୍ତ ଭାବରେ ମୁଁ ସବୁକଥା ସ୍ୱୀକାର କରି ନେଉଥିଲି। କିନ୍ତୁ ଯେତେବେଳେ ମୋ ଉପରେ ସାଂସାରିକ ଦାୟିତ୍ୱ ସବୁ ପଡ଼ିଲା, ମୁଁ ଭବିଷ୍ୟତ କଥା ଜାଣିବାକୁ ଚାହିଁଲି।

ଏବଂ ଭବିଷ୍ୟତ କଥା ଜାଣିବା ହିଁ ହେଉଚି ନିଜର ମୃତ୍ୟୁର ତାରିଖ ଜାଣିବା। କାରଣ ଜୀବନଟା ହଉଚି ଗୋଟିଏ ପରିସମାପ୍ତିର ପ୍ରସ୍ତୁତି ମାତ୍ର। ଜଣା ହଉ, ଅଜଣା ହଉ ମଣିଷ ଏଇ ପ୍ରସ୍ତୁତିରେ ଲାଗିଥାଏ। ଶେଷ ଋଣ ପରିଶୋଧ କରିବା ହିଁ ହେଉଚି ମୃତ୍ୟୁ। କିନ୍ତୁ ତମେ କହିବ ମୃତ୍ୟୁ କେତେବେଳେ ଆସିବ ଓ କେଉଁଠାରେ ଆସିବ କିଏ ଜାଣିପାରିବ ? ବାଗଦାଦର

ବଜାରରେ ବଣିକ ଦେହରେ ଯେଉଁ ବୃଦ୍ଧ ଧକ୍କା ଦେଲା, ସେ ନିଜେ ମୃତ୍ୟୁ ଥିଲା ଏବଂ ତା ମୁହଁରେ ବିସ୍ମୟର ଭାବ ଥିଲା। ମୃତ୍ୟୁରୁ ମୁକୁଳିବା ପାଇଁ ବଣିକ ଘୋଡ଼ା ଛୁଟାଇ ସାମାରାକୁ ଚାଲିଗଲା। କିନ୍ତୁ ସାମାରାର ପାନ୍ଥଶାଳା ଭିତରେ ବୃଦ୍ଧ ତା ପାଇଁ ଅପେକ୍ଷା କରୁଥିଲା। ସାମାରାରେ ହିଁ ସେମାନଙ୍କର ଭେଟ ହେବାର ଥିଲା।

ମୋର ଏତେକଥା କହିବାର ଉଦ୍ଦେଶ୍ୟ ହେଉଚି, ନର୍ସ, ଯେ ମଣିଷ ଏଇ ଗୋଟିଏ ବିଷୟରେ ଅସହାୟ। ସେ ନିଜର ମୃତ୍ୟୁର ତାରିଖ ନିଜେ ଠିକ କରି ପାରିବ ନାହିଁ; କିନ୍ତୁ ମୋର ସଂପୂର୍ଣ୍ଣ ବିଶ୍ୱାସ ହୋଇଥିଲା ଯେ, ମୁଁ ଡିସେମ୍ବର ୧୭ ତାରିଖ ୧୯୮୦ ବୁଧବାର ଦିନ ଦେହତ୍ୟାଗ କରିବି ଏବଂ ଏଥିପାଇଁ ମୁଁ ନିଜକୁ ପ୍ରସ୍ତୁତ କରୁଥିଲି ଯଦିଓ ୧୯୮୦ ଅନେକ ବର୍ଷ ପରେ ଥିଲା। ମୁଁ ଜାଣିଥିଲି ମତେ ଏ ଦେହ ଛାଡ଼ିବାକୁ ପଡ଼ିବ ଯାହା ସହିତ ଏତେଦିନ ବିତିଗଲା ଏବଂ ଯାହା ସହିତ ପୃଥିବୀରେ ମୋର ସବୁଠାରୁ ବେଶି ଘନିଷ୍ଠ ସଂପର୍କ। କିନ୍ତୁ ମୁଁ ଆହୁରି ଜାଣିଥିଲି ଯେ ଏଇ ଦେହ ଛାଡ଼ିଲେ ପୁଣି ମୁଁ ମୁକ୍ତ ହୋଇଯିବି ଦୁଃଖ, ପ୍ରେମ, ବିଶ୍ୱାସଘାତକତାରୁ। ବୟସ, ଦାରିଦ୍ର୍ୟ ଓ ଯନ୍ତ୍ରଣାର ଦୌରାତ୍ମ୍ୟରୁ। ମୋର ଔଷଧ ଖାଇବାର ସମୟ ହେଲାଣି ? ଆଚ୍ଛା, ଦିଅ। ଏଥିରେ ନିଦର ବି ଔଷଧ ଅଛି ନା ? ଦେଖିବାକୁ ଗଲେ ନିଦ୍ରା ବି ଗୋଟିଏ ଛୋଟକାଟର ମୃତ୍ୟୁ। ନିଦ୍ରା ଲୋଭନୀୟ, କିନ୍ତୁ ମୃତ୍ୟୁ ତାଠାରୁ ବି ଅଧିକ ଲୋଭନୀୟ।

ମୋତେ ଆଉ କେତେଦିନ ରହିବାକୁ ହେବ, ନର୍ସ ? ମୁଁ ଭାବୁଚି ଶୀଘ୍ର ଫେରିଯିବି। କିନ୍ତୁ ପୁଣି ଭାବୁଛି ମୁଁ ତ ସବୁ ବନ୍ଦ କରିଦେଇ ଆସିଛି, ପୁଣି ମତେ ନୂଆ ଜୀବନ ଆରମ୍ଭ କରିବାକୁ ପଡ଼ିବ। ତମେ କହିପାର, ତାହେଲେ ବ୍ୟସ୍ତ ହବାର କଣ ଅଛି ? ଆରେ, ତମେ ଯିବାକୁ ବସିଲ ଯେ। ମୁଁ ତ ଏପର୍ଯ୍ୟନ୍ତ ତମକୁ ସବୁ କଥା କହିନାହିଁ। ନା, ଏଥରକ ଠିକ ଠିକ ତମକୁ ସବୁକଥା କହିବି।

କିନ୍ତୁ ଏସବୁ କଥା କଣ ଠିକ ଭାବେ ବୁଝାଇ କହିହୁଏ ? ମୁଁ କଣ ନିଜେ ନିଜକୁ ବୁଝିଛି ? କିମ୍ବା ପ୍ରତ୍ୟେକ ଜିନିଷର କଣ ଗୋଟାଏ ନିଜସ୍ୱ ରୂପ ଅଛି ? ଦେଖ, ମୋର ନାଁକୁ ହିଁ ନିଅ। ପଣ୍ଡିତ ବି ମୋର ନିଜର ନାଁ ନୁହେଁ। ମୋର ବହି ଦୋକାନ ଥିବାରୁ ଏବଂ ମୁଁ ସବୁବେଳେ ସମସ୍ତଙ୍କୁ ମୋର ଅଳ୍ପ ପଢ଼ିଥିବା ଜ୍ଞାନ ବିଷୟରେ କହୁଥିବାରୁ ମତେ ସମସ୍ତେ ଏଇ ନାଁ ଦେଇଥିଲେ ଏବଂ ମୁଁ ଏଇ ନାଁକୁ ଆଦରି ନେଇଥିଲି। ସମସ୍ତେ ମୋର ପ୍ରକୃତ ନାଁ ଭୁଲି ଯାଇଥିଲେ। ଯେମିତି ଦୀନନାଥର ପ୍ରକୃତ ନାଁ ବଦଳରେ ଆମେ ତାଙ୍କୁ ଖାଲି ଜାଣିଥିଲୁ ଦୀନା ମାଷ୍ଟର ବୋଲି।

ଦେଖ, ତମେ ଯିବାକୁ ବ୍ୟସ୍ତ, ଅଥଚ ମୁଁ ମୋ ନିଜ କଥା ଠିକ ଭାବରେ ତମକୁ କହିପାରୁ ନାହିଁ। ନା, ମୁଁ ଏଥର ମୂଳରୁ ଆରମ୍ଭ କରେ, ମୋର ଜନ୍ମଠାରୁ। କିନ୍ତୁ ନିଜର

ଜନ୍ମକଥା କଣ କିଏ ଜାଣିଥାଏ ? ପ୍ରତିଟି ଲୋକ ପାଇଁ ଜନ୍ମ ସେତିକି ବିସ୍ମୟକର ଯେତିକି ତାର ମୃତ୍ୟୁ। ଯାହାହେଉ, ମୋର ଯେତେବେଳେ ହେତୁ ହେଲା, ମୁଁ ମୋର ଦାଦାଙ୍କ ପାଖରେ ରହୁଥିଲି। ପରେ ଜାଣିଲି ଯେ ମୋର ବାପାମା ମରିଯାଇ ଥିବାରୁ ମୋ ଦାଦା ମତେ ପାଳୁଥିଲେ। ତାଙ୍କର ଅନେକ ପିଲାଝିଲା ଥିଲେ। ଦାଦା ଛୋଟ ସରକାରୀ ଚାକିରି କରୁଥିଲେ ଓ ଶାନ୍ତ ପ୍ରକୃତିର ଥିଲେ। କିନ୍ତୁ ଖୁଡ଼ୀ ବଡ଼ ରୁକ୍ଷ ପ୍ରକୃତିର ଥିଲେ ଏବଂ ସବୁବେଳେ ସମସ୍ତଙ୍କ ଉପରେ ବିରକ୍ତ ହେଉଥିଲେ। ମୁଁ ଏବେ ବୁଝୁଛି ଯେ ତାଙ୍କର ଖରାପ ସ୍ୱାସ୍ଥ୍ୟ ଯୋଗୁଁ ବୋଧହୁଏ ସେ ଚିଡ଼ା ପ୍ରକୃତିର ଥିଲେ। ଖୁଡ଼ୀ କଥାକଥାକେ ମତେ ଗାଳି ଦେଉଥିଲେ ଏବଂ ମୁଁ କହିବି ଯେ ସେଥିପାଇଁ ମୋର ପିଲାଦିନ ଅଶାନ୍ତିରେ କଟିଥିଲା। ମୋର ଅନେକ ସମୟରେ ଧାରଣା ହେଉଥିଲା ଯେ ମୁଁ ତାଙ୍କର ନିଜର ପୁଅ ହୋଇ ନ ଥିବାରୁ ସେ ମୋ ଉପରେ ଏତେ ବିରକ୍ତ ହେଉଥିଲେ। କିନ୍ତୁ ମୁଁ ଯଦି ସେତେବେଳେ ଆଉ ଟିକିଏ ଭାବିଥାନ୍ତି, ଜାଣି ପାରିଥାନ୍ତି ଯେ ଖୁଡ଼ୀ ତାଙ୍କ ନିଜ ପିଲାମାନଙ୍କ ଉପରେ ବି ଠିକ ସେତିକି ବିରକ୍ତ ହେଉଥିଲେ। ଘରର ଅଶାନ୍ତି ଯୋଗୁଁ ମୁଁ ସ୍କୁଲରେ ପାଠପଢ଼ାରେ ବି ମନ ଦେଇପାରୁ ନ ଥିଲି। ଦିନେ ସକାଳେ ଏମିତି ଏକ ଅପ୍ରୀତିକର ଘଟଣା ପରେ ମୁଁ ଦାଦାଙ୍କ ଘର ଛାଡ଼ି ଚାଲିଆସିଲି।

ରାସ୍ତାଘାଟରେ ବୁଲି ବୁଲି ମୁଁ ସଞ୍ଜବେଳକୁ ଆସି ମ୍ୟୁନିସିପାଲିଟି ମାର୍କେଟ ପାଖରେ ଠିଆ ହୋଇଥିଲି। କାହାର ଜିନିଷ ବୋଝେଇ ଟ୍ରକ୍ ଆସି ଆଗରେ ରହିଲା। ପାଖରେ କେହି କୁଲି ନ ଥିଲେ। ଦୋକାନୀ ଏପାଖ ସେପାଖ ଦେଖି କହିଲା, ଏ ଟୋକା, ଦେଖୁଚୁ କଣ, ଟ୍ରକ୍ରୁ ଜିନିଷ ଓହ୍ଲା। ମୁଁ ଆଉ କିଛି ନ ଭାବି ଟ୍ରକ୍ରୁ ଜିନିଷ ଓହ୍ଲାଇବାରେ ଲାଗିଲି। ସୌଭାଗ୍ୟକୁ ସେ ଦୋକାନୀର ଲୋକ ଦରକାର ଥିଲା। ମୁଁ ଘରୁ ବାହାରି ଆସିବା ଦିନ ହିଁ ଚାକିରି ପାଇଲି ଆଉ ସେଇ ଦୋକାନରେ ହିଁ ରହିବାରେ ଲାଗିଲି। କିଛି ଦିନ ପରେ ଦାଦା ମତେ ଖୋଜି ଖୋଜି ଆସି ପହଞ୍ଚିଲେ। ମୁଁ କିନ୍ତୁ ତାଙ୍କୁ ସିଧା ମନା କରିଦେଲି ଯେ ମୁଁ ଆଉ ଘରକୁ ଫେରିବି ନାହିଁ।

ଏଇ ଚାକିରିରୁ ଆରମ୍ଭ କରି ମୁଁ କେତେ ବର୍ଷ ଭିତରେ ହିଁ ମ୍ୟୁନିସିପାଲିଟି ପଡ଼ିଆରେ ଖୋଲାରେ ବସି ମୋର ନିଜର ଛୋଟ ମନୋହାରୀ ଦୋକାନ ଆରମ୍ଭ କଲି। ଏ ଭିତରେ ଅନେକଥର ଦାଦା ଆସି ମତେ ଘରକୁ ଫେରିଯିବାକୁ କହନ୍ତି, କିନ୍ତୁ ମୁଁ ଆଉ ଯାଏ ନାହିଁ। ମୁଁ ଆସ୍ତେ ଆସ୍ତେ ମୋର ଦୋକାନକୁ ବଢ଼ାଇବାରେ ଲାଗିଲି। ଏଇ ସମୟରେ ମୋର ପରିଚୟ ହେଲା ଦୀନା ମାଷ୍ଟର ସହିତ। ଦୀନା ମାଷ୍ଟରଙ୍କର ଏଇ ଖୋଲା ପଡ଼ିଆ ଉପରେ ବହି ଦୋକାନ ଥିଲା। ଦୀନା ମାଷ୍ଟର ଖଦଡ଼ ପିନ୍ଧୁଥିଲେ, ଅତି ଶାନ୍ତ ଓ ଭଦ୍ର ପ୍ରକୃତିର ଥିଲେ ଏବଂ ସମସ୍ତଙ୍କ ସହିତ ଭଲ ସଂପର୍କ ରଖୁଥିଲେ। କାହାର କିଛି ସମସ୍ୟା ହେଲେ ସେ ଦୀନା ମାଷ୍ଟର ପାଖକୁ ଯାଉଥିଲା ଏବଂ ଦୀନା ମାଷ୍ଟର ତାକୁ ସାହାଯ୍ୟ କରୁଥିଲେ।

ଯୋଉଦିନ ମ୍ୟୁନିସିପାଲିଟିର ଲୋକମାନେ ଆସି ଆମକୁ ଟଙ୍କା ମାଗିଲେ, ଆମେ ବାହାରେ ଦୋକାନ କରିଥିବା ଲୋକମାନେ ଦୀନା ମାଷ୍ଟରଙ୍କ ପାଖକୁ ଗଲୁ। ଦୀନା ମାଷ୍ଟର କହିଲେ, ନା, ଆମେ ଲାଞ୍ଚ ଦେବା ନାହିଁ। ଶେଷକୁ ମ୍ୟୁନିସିପାଲିଟିର ଲୋକ ଆମ ନାଁରେ କେସ୍ କଲେ। ପୋଲିସ ଆସିଲା ଓ ଦୀନା ମାଷ୍ଟରଙ୍କ ଉପଦେଶ କ୍ରମେ ଆମେ ପୋଲିସକୁ ବାଧା ଦେଲୁ। କିନ୍ତୁ ପୋଲିସ ଜବରଦସ୍ତି ଆମ ଦୋକାନସବୁ ଭାଙ୍ଗିଦେଲା। ଆମକୁ ଜେଲକୁ ପଠାଗଲା। ଜେଲ ଭିତରେ ଆମେମାନେ ପୂରା ଅଠେଇଶ ଦିନ ଥିଲୁ। ସେଇ ସମୟଟି ଅତି ଅପ୍ରୀତିକର ହୋଇଥାନ୍ତା ଯଦି ଦୀନା ମାଷ୍ଟର ଆମ ସାଙ୍ଗରେ ନ ଥାନ୍ତେ। ଦୀନା ମାଷ୍ଟର ଆଗରୁ ଆନ୍ଦୋଳନବେଳେ ଜେଲ ଯାଇଥିଲେ ଏବଂ ଜେଲ ଭିତରେ ବି ମଣିଷ କିପରି ନିଜର ସମ୍ମାନ ରଖି ଚଳିପାରିବ ତାର ଉଦାହରଣ ଥିଲେ। ଆମେମାନେ ଟିକିଏ ଟିକିଏ କଥାରେ ବ୍ୟତିବ୍ୟସ୍ତ ହେଉଥିଲୁ, କିନ୍ତୁ ଦୀନା ମାଷ୍ଟରଙ୍କ ଶାନ୍ତ ପ୍ରକୃତିରେ ଟିକିଏ ବି ପରିବର୍ତ୍ତନ ହୋଇ ନ ଥିଲା। ଯଦିଓ ତାଙ୍କ ଉପରେ ତାଙ୍କର ପରିବାରର ଅନେକ ଦାୟିତ୍ୱ ଥିଲା, ସେ ଟିକିଏ ବି ବିଚଳିତ ନ ଥିଲେ।

ଏଇ ପୃଥିବୀ ବାହାରେ ଯେ ଜ୍ଞାନର ଏକ ସଂପୂର୍ଣ୍ଣ ପୃଥିବୀ ଅଛି ମୁଁ ସେକଥା ଦୀନା ମାଷ୍ଟରଙ୍କ ସଂସ୍ପର୍ଶରେ ଆସି ଜାଣିଲି। ଜେଲ ଗଲାବେଳେ ଦୀନା ମାଷ୍ଟର ତାଙ୍କ ଦୋକାନରୁ କିଛି ବହି ବ୍ୟାଗରେ ପୂରାଇ ଆଣିଥିଲେ। ସେଥିରୁ ଜେଲରେ ଥିବାବେଳେ ସେ ମତେ ପ୍ରଥମେ ସଂପୂର୍ଣ୍ଣ ମହାଭାରତ ପଢ଼ିବାକୁ ଦେଇଥିଲେ। ମୁଁ ଯଦିଓ ମହାଭାରତରୁ କିଛି କିଛି ଆଗରୁ ଜାଣିଥିଲି, ଜେଲର ବନ୍ଦ ପରିବେଶ ଭିତରେ ମହାଭାରତର ଗଳ୍ପମାନ ମତେ ଏକ ନୂଆ ଅଭିଜ୍ଞତା ଦେଲେ। କୌଣସି ବିଷୟରେ ମୋର ସନ୍ଦେହ ହେଲେ ମୁଁ ଯାଇ ଦୀନା ମାଷ୍ଟରଙ୍କୁ ପଚାରୁଥିଲି ଏବଂ ସେ ମତେ ସବୁକଥା ଅତି ପ୍ରାଞ୍ଜଳ ଭାବରେ ବୁଝାଇ ଦେଉଥିଲେ। ତାଙ୍କର ପ୍ରଭାବରୁ ହିଁ ମୋର ପଢ଼ିବା ପାଇଁ ଏକ ଅଦ୍ଭୁତ ଶ୍ରଦ୍ଧା ଜନ୍ମିଲା। ତା ପରଠାରୁ ମୁଁ ସବୁ ପଢ଼ିବାରେ ଲାଗିଲି, ଯାହା ବି ବହି ହାତରେ ପଡ଼ିଲା। କହିବାକୁ ଗଲେ ମୋ ଭଳି ଗୋଟାଏ ନିଃସଙ୍ଗ ଲୋକ ପାଇଁ ବହିର ପୃଥିବୀ ହିଁ ଏକ ପଳାୟନର ଦେଶ ହୋଇଗଲା।

କଣ ପୁଣି ଔଷଧ ଖାଇବାର ବେଳ ହୋଇଗଲା ? ସମୟ କେତେ ଶୀଘ୍ର ଚାଲିଯାଏ। ଦେଖୁ ଦେଖୁ ସକାଳ ଖରାବେଳ ଦେଇ ହଠାତ୍ ସଂଧ୍ୟାବେଳ ଆସି ପହଞ୍ଚେ। କାଲି ସକାଳେ ବର୍ଷା ହେଉଥିଲା, କିନ୍ତୁ ଦେଖ, ଆଜି ସକାଳ କେମିତି ସୁନେଲି ଖରାରେ ଚକମକ କରୁଛି। ହୁଏତ ଇନ୍ଦ୍ରଧନୁ ବି ପଡ଼ିବ। ପୁଣି କାଲିର ସକାଳ କେମିତି ହେବ, କିଏ କହିବ ?

ମୁଁ ତମକୁ କଥା ଦଉଚି, ନର୍ସ, ମୁଁ ତମ କଥା ମାନି ଚଳିବି। ଠିକ ସମୟରେ ଔଷଧ ଖାଇବି ଏବଂ କାଲି ସକାଳକୁ ଆହୁରି କିଛି ଭଲ ହୋଇଯାଇଥିବି। କାଲିର ସକାଳ ଦେଖିବ ଆହୁରି ସୁନ୍ଦର ସକାଳ ଥିବ । ତମେ ଖାଲି ଦି ମିନିଟ ବସ, ନର୍ସ। ମୁଁ ତମକୁ ମୋ ନିଜ କଥା

ସଂକ୍ଷେପରେ କହିବି। ଭୀରୁ ଲୋକ ବାରମ୍ବାର ମୃତ୍ୟୁ ବରଣ କରେ ବୋଲି କୁହାଯାଇଥାଏ। ମୁଁ ସାହସୀ ଲୋକ ବୋଲି ନିଜକୁ ଭାବେ। ତା ମାନେ କଣ ମୁଁ ବାରମ୍ବାର ଜୀବନ ବରଣ କରିଥିଲି ? ମୋର ଗୋଟିଏ ଜୀବନ କଣ ଅନେକ ଛୋଟ ଛୋଟ ଜୀବନର ସମଷ୍ଟି ଥିଲା ? ମୋର ମନୋହରୀ ଦୋକାନ, ମୋର ଜେଲ ଯିବା, ମୋର ବିବାହ, ଏସବୁ କଣ ଗୋଟିଏ ଗୋଟିଏ ସ୍ୱତନ୍ତ୍ର ଜୀବନ ଥିଲା ମୋ ପାଇଁ?

ଜେଲରୁ ଆସି ବହି ଦୋକାନ ଖୋଲିବା କଥା ମୁଁ ତମକୁ କହିଥିଲି ନା ? ଆମେ ସମସ୍ତେ ଆମର ଭୁଲ ପାଇଁ କ୍ଷମା ମାଗି ଭଲ ବ୍ୟବହାରର ବଣ୍ଡ ଲେଖି ଜେଲରୁ ବାହାରି ଆସିଲୁ। କେବଳ ଦୀନା ମାଷ୍ଟର ଭିତରେ ରହିଗଲେ, କାରଣ ସେ କାଗଜରେ ଦସ୍ତଖତ କଲେ ନାହିଁ। ପୁଣି ମ୍ୟୁନିସିପାଲିଟି ପଡ଼ିଆ ଉପରେ ଦୋକାନ ବସିଲା। ମ୍ୟୁନିସିପାଲିଟି ଏଥର ଏ ଦୋକାନ ସବୁକୁ ସ୍ୱୀକୃତି ଦେଲେ। ଦୀନା ମାଷ୍ଟରଙ୍କ ବଦଳରେ ଏଥରକ ବହିଦୋକାନ ମୋର ଥିଲା। ବ୍ୟବସାୟ ଭଲ ଚାଲିଲା। ଆମେମାନେ କିଛିଦିନ ପର୍ଯ୍ୟନ୍ତ ଜେଲକୁ ଯାଇ ଦୀନା ମାଷ୍ଟରଙ୍କୁ ଦେଖୁଥିଲୁ ଆଉ ତାଙ୍କ ପରିବାର କଥା ବୁଝୁଥିଲୁ। ତାଙ୍କର ସ୍ତ୍ରୀ କାହାଘରେ ଚାକରାଣୀ କାମ କରୁଥିଲେ ଏବଂ ତାଙ୍କର ପିଲାମାନଙ୍କର ସ୍କୁଲରୁ ନାଁ କଟି ଯାଇଥିଲା। ଦୀନା ମାଷ୍ଟର କିନ୍ତୁ ଆଗଭଳି ଥିଲେ ଏବଂ ମକଦ୍ଦମାର ବିଭିନ୍ନ ତାରିଖ ଅପେକ୍ଷାରେ ଜେଲ ଭିତରେ ରହୁଥିଲେ। ତାଙ୍କ ନାଁରେ ପୋଲିସକୁ ବାଧା ଦେବା ଇତ୍ୟାଦି ବିଭିନ୍ନ ଦଫାରେ ମକଦ୍ଦମା ହୋଇଥିଲା। ସେ କିନ୍ତୁ ଅବିଚଳିତ ଥିଲେ।

କ୍ରମେ କ୍ରମେ ଦୀନା ମାଷ୍ଟର ଏବଂ ତାଙ୍କ ପରିବାର ସହିତ ଆମର ସଂପର୍କ କମି ଆସିଲା। ଦୀନା ମାଷ୍ଟରଙ୍କୁ ଆମେ ଭୁଲିଗଲୁ। ଦିନେ ଖବର ପାଇଲୁ ଯେ ଦୀନା ମାଷ୍ଟରଙ୍କର ସ୍ତ୍ରୀ ସହର ଛାଡ଼ି ତାଙ୍କ ଗାଁକୁ ଚାଲି ଯାଇଛନ୍ତି। ଅନେକ ଦିନ ପରେ ସେ ପୁରୁଣା କେସ ବି ପ୍ରତ୍ୟାହୃତ ହୋଇଗଲା ଓ ଦୀନା ମାଷ୍ଟର ବି ଜେଲରୁ ବାହାରି ଗାଁକୁ ଚାଲିଗଲେ। ତାଙ୍କ ସହିତ ମୋର ଆଉ ଦେଖା ହେଲା ନାହିଁ। ଥରେ ଭାବିଲି ତାଙ୍କ ଗାଁର ଖବର ନେଇ ଯାଇ ତାଙ୍କୁ ଦେଖାକରି ଆସିବି। କିନ୍ତୁ ତା ବି ହେଲା ନାହିଁ। ମୋର ଦୋକାନର କାମ ଭିତରେ ଆଉ ସମୟ ବାହାର କରି ପାରିଲି ନାହିଁ। ଅନେକ ଦିନ ପରେ କିଏ ଆସି ଖବର ଦେଲା ଯେ ଦୀନା ମାଷ୍ଟର ମରିଗଲେଣି।

ମୋର ଅନେକ ସମୟରେ ଦୀନା ମାଷ୍ଟରଙ୍କ କଥା ମନେପଡ଼େ। ମୁଁ ଜୀବନରେ ଯାହା କିଛି ପାଇଛି, ସବୁ ତାଙ୍କରି ଆଶୀର୍ବାଦରୁ। ସେ ମତେ ଗୋଟିଏ ନିତାନ୍ତ ସଂକୀର୍ଣ୍ଣ ସ୍ଥାନରୁ ଆଣି ଗୋଟିଏ ବିସ୍ତୃତ ପୃଥିବୀ ଉପରେ ପହଞ୍ଚାଇ ଦେଇ ଯାଇଥିଲେ। ସତ କହିବାକୁ ଗଲେ ମୋ ଜୀବନ ଉପରେ ତାଙ୍କରି ପ୍ରଭାବ ହିଁ ବେଶି ପଡ଼ିଥିଲା। ତାଙ୍କର ମରିବା ଖବର ପାଇ ଅନେକ ଦିନ ମତେ ଖରାପ ଲାଗିଲା ଏବଂ ଅନୁତାପ ହେଲା ଯେ ମୁଁ ତାଙ୍କ ପାଇଁ କିଛି କରି ପାରିଲି ନାହିଁ।

ଦୀନା ମାଷ୍ଟରଙ୍କ ମରିଯିବା ମୋ ପାଇଁ ମୃତ୍ୟୁର ପ୍ରଥମ ନିକଟ ଅଭିଜ୍ଞତା ଥିଲା। ମୁଁ ତାଙ୍କର ମରିବାକୁ ଠିକ ଗ୍ରହଣ କରି ନେଇ ପାରି ନ ଥିଲି। ମୋର ଅନେକ ସମୟରେ ମନେ ହେଉଥିଲା ଯେ ଦିନେ ସକାଳେ ହଠାତ୍ ଦୀନା ମାଷ୍ଟର ମୋ ଦୋକାନ ସାମନାରେ ଆସି ପହଞ୍ଚିବେ ଆଉ ତାଙ୍କ ବ୍ୟାଗରୁ ଆଉ କିଛି ବହି ବାହାର କରି ମତେ ଦେବେ। କିନ୍ତୁ ଯେତିକି ସମୟ ବିତିଲା, ଦୀନା ମାଷ୍ଟରଙ୍କର ସ୍ମୃତି ସେତିକି ଫିକା ପଡ଼ି ଆସିଲା।

ଏଇ ସମୟରେ ଦିନେ ମୁଁ ମୋର ଖୁଡ଼ୀଙ୍କର ମରିଯିବାର ଖବର ପାଇଲି, ଆଉ ଅନେକ ବର୍ଷ ପରେ ଦାଦାଙ୍କ ଘରକୁ ଗଲି। ଦାଦାଙ୍କ ଘର, ଯେଉଁଠି ମୁଁ ମୋର ପିଲାଦିନ କଟାଇଥିଲି, ବର୍ତ୍ତମାନ ମୋ ପାଇଁ ସଂପୂର୍ଣ୍ଣ ନୂଆ ଥିଲା। ସବୁ ସମ୍ପର୍କ ବର୍ତ୍ତମାନ ଔପଚାରିକ ହୋଇ ଯାଇଥିଲା। ତେବେ ତାଙ୍କ ଘରୁ ଫେରିବାବେଳେ ମୁଁ ପଛକଥା ଭାବି ଦେଖିଲି ଯେ ଖୁଡ଼ୀ ମତେ ପ୍ରକୃତରେ ଭଲ ପାଉଥିଲେ, ଆଉ ତାଙ୍କ ନିଜ ପିଲାଙ୍କ ପ୍ରତି ତାଙ୍କର ଯେତିକି ସ୍ନେହ ଥିଲା, ମୋ ପାଇଁ ବି ସେତିକି ସ୍ନେହ ଥିଲା। ଏଇ ଉପଲବ୍ଧି ପରେ ମୁଁ ନିଜ ମନ ଭିତରେ ଅନେକ ସାନ୍ତ୍ୱନା ପାଇଲି ଏବଂ ମୋର ନିଜର କୈଶୋର ଅବସ୍ଥା ପ୍ରତି ମୋର ଯେଉଁ ଆକ୍ରୋଶ ଥିଲା, ଦୂର ହୋଇଗଲା।

ମୋର ବହି ଦୋକାନ ଭଲରେ ଚାଲିଲା। ମୁଁ ଅନେକ ପ୍ରକାରର ବହି ଆଣି ଦୋକାନରେ ରଖିଲି। ଅନେକ ସମୟରେ ସ୍କୁଲ କଲେଜ ପିଲାମାନେ ଆସି ଦୋକାନରେ ନୂଆ ନୂଆ ବହି ଓଲଟାଉ ଥିବା ଦେଖି ମୁଁ ବହିକୁ ଉଧାର ଦେବାର ବ୍ୟବସ୍ଥା କଲି। ଏ କଥା ଆମ ସହରରେ ଏକ ନୂଆ ବ୍ୟବସ୍ଥା ଥିଲା। କ୍ରମେ କ୍ରମେ ମୋର ଦୋକାନ ବହି ଉଧାର ଦେବା ଯୋଗୁ ହିଁ ବେଶି ଜଣାଶୁଣା ହୋଇଗଲା ଏବଂ ଛାତ୍ରଛାତ୍ରୀମାନଙ୍କର ଏକ ଆଡ୍ଡା ମଧ୍ୟ। ମୁଁ ନିଜେ ବହୁତ ବହି ପଢ଼ିବାରେ ଲାଗିଲି ଏବଂ ବହି ନେବା ପାଇଁ ଆସୁଥିବା ପିଲାମାନେ ମୋ ସହିତ ବହି ବିଷୟରେ ଆଲୋଚନା କରିବାରେ ଲାଗିଲେ। ମୁଁ କଲେଜରେ ପାଠ ପଢ଼ି ନ ଥିଲେ ବି ନିଜ ଉଦ୍ୟମରେ ଅନେକ ବିଷୟରେ ଅଧ୍ୟୟନ କରିଥିଲି। ଏଇ ସମୟରେ ସମସ୍ତେ ମତେ ପଣ୍ଡିତେ ବୋଲି ଡାକିବାରେ ଲାଗିଲେ ଏବଂ ମୁଁ ମଧ୍ୟ ଗ୍ରହଣ କରି ନେଲି ଏଇ ନାଁକୁ।

ତମକୁ କିନ୍ତୁ ଆଜି ହସିବାକୁ ହବ, ନର୍ସ। ମତେ ଦେଖ, ମରିବା ପାଖରୁ ଫେରି ଆସି ବି ମୁଁ କେମିତି ଖୁସି ଅଛି। ମୁଁ ଯେଉଁଦିନ ତମକୁ ପ୍ରଥମେ ଦେଖିଲି, ଜାଣିଥିଲି ଯେ ତମର ନାଁ ମରିୟମ୍ ହୋଇଥିବ। ଆଉ ତମେ ମତେ ନ କହିଥିଲେ ବି ମୁଁ ଜାଣେ ଯେ ତମର ବୟ-ଫ୍ରେଣ୍ଡର ନାଁ ଜୋସେଫ୍। ଜୋସେଫର ଚିଠି ଆସି ନାହିଁ ବୋଲି ତମର ମନ ଖରାପ। କିନ୍ତୁ ଦେଖ, ଆଜି ଦିନଟି କି ସୁନ୍ଦର ! ତମର ଚିଠି ନିଶ୍ଚୟ ଆସିବ। ଏମିତି ଗୋଟିଏ ସୁନ୍ଦର ଦିନ ବ୍ୟର୍ଥ ଯାଇପାରେ ନା।

ମୁଁ ଆଜି ବେଶ୍ ଠିକ ଅଛି, ନା ? ମତେ ଆଉ କେତେଦିନ ଲାଗିବ ଫେରି ଯିବାକୁ? ତମେ ମୋର ଏତେ ସେବା କଲଣି, ମୁଁ ତମର ଋଣୀ ହୋଇଗଲିଣି। ମୁଁ କିନ୍ତୁ ଯିବା ଆଗରୁ ତମକୁ ସବୁ କଥା କହିବି। ତମେ ମତେ ତମର ବାହାଘରର କାର୍ଡ ପଠାଇବ ତ ? ମୁଁ ଯୋଉଠି ଥିଲେ ବି ଦେଖିବ ନିଶ୍ଚୟ ତମ ବାହାଘରେ ପହଞ୍ଚିବି। ମୁଁ ଜାଣେ ତମକୁ ଗୋଲାପ ଫୁଲ ଭଲ ଲାଗେ। ମୁଁ ସବୁଠାରୁ ସୁନ୍ଦର ଗୋଲାପ ଫୁଲ ଆଣିବି ତମ ପାଇଁ।

ମୁଁ ତମକୁ ମୋ ବାହାଘର କଥା କହିଥିଲି, ନା ? କଣ ବା କୁହାଯାଇ ପାରେ ବର୍ଷକର ସଂକ୍ଷିପ୍ତ ଜୀବନ ବିଷୟରେ ? ଦିନେ ସକାଳେ ଦୋକାନରେ ବସିଚି, ଦାଦା ଆସି ପହଞ୍ଚିଲେ। ସେ ଆହୁରି ବୁଢ଼ା ହୋଇଯାଇଥିଲେ ଏଇ କେତେ ବର୍ଷ ଭିତରେ। ସେ ମୋର ବାହାଘରର ପ୍ରସ୍ତାବ ନେଇ ଆସିଥିଲେ। ମୋର ବୟସ ଅନେକ ହୋଇ ଯାଇଥିଲେ ବି ମୁଁ ବାହାହବା କଥା ଭାବି ନ ଥିଲି। ଦାଦାଙ୍କ କଥାରେ ରାଜି ହୋଇ ବାହା ହୋଇଗଲି। ମୁଁ ସେତେବେଳକୁ ଜାଣି ନ ଥିଲି ଯେ ମୁଁ ଯାହାକୁ ବାହା ହବାକୁ ଯାଉଛି, ତାର ବୟସ ମୋର ବୟସରୁ ଅନେକ କମ ଏବଂ ଏ ହେଉଚି ସେଇ ଝିଅଟି, ଯେ ଚୁପ ଚୁପ ଆସି ମୋ ଦୋକାନରୁ କବିତା ବହି ଉଧାରରେ ନଉଥିଲା।

ବୈବାହିକ ଜୀବନ ଯେ ମଣିଷକୁ ଏତେ ପୂର୍ଣ୍ଣତା ଦେଇପାରେ ମୋର ଧାରଣା ନ ଥିଲା। ମତେ ଲାଗିଲା ଯେମିତି ମୋର ଜୀବନ ସଂପୂର୍ଣ୍ଣ ହୋଇଯାଇଛି। ମୋର ବ୍ୟବସାୟ ଏଥର ଭଲ ଭାବରେ ଚାଲିଲା। ମୁଁ ଦୋକାନ ପାଇଁ ଲୋକ ରଖିଲି। ବଡ଼ ଘର ଭଡ଼ା ନେଇ ରହିଲି। ମୋର ଜୀବନ ସୁଚରିତା ଚାରିପାଖେ କେନ୍ଦ୍ରିତ ହୋଇଗଲା। ମୁଁ ଜୀବନରୁ ଆଉ କିଛି ଚାହୁଁ ନ ଥିଲି ଏଥରକ, କାରଣ ମତେ ସବୁ କିଛି ମିଳିଯାଇଥିଲା।

ଗୋଟିଏ ବର୍ଷରେ ମୋ ଜୀବନର ଏଇ ସୁଖର ଅଧ୍ୟାୟ ହଠାତ୍ ସରିଗଲା। ମୃତ୍ୟୁ ସହିତ ମୋର ଆଗରୁ ଘନିଷ୍ଠ ପରିଚୟ ନ ଥିଲା। ଖୁଡ଼ୀ ମରିଗଲାବେଳେ ମତେ କିଛି ବି ଲାଗି ନଥିଲା। ଦୀନା ମାଷ୍ଟର କେବେ ମଲେ ମୁଁ ଜାଣିପାରି ନ ଥିଲି। କିନ୍ତୁ ସୁଚରିତା ମୋରି ଆଗରେ ଧୀରେ ଧୀରେ ଚାଲିଗଲା, ମୋରି କୋଳରେ ମଥା ରଖି। ପ୍ରସବ ପରେ ହିଁ ସବୁ ଜଟିଳତା ଆରମ୍ଭ ହେଲା। ଜନ୍ମ ହୋଇଥିବା ଶିଶୁଟି ହିଁ ସୁଚରିତାର ମୃତ୍ୟୁର କାରଣ ହେଲା। ସୁଚରିତାର ବିଛଣା ପାଖରେ ବସି ତାକୁ ଧୀରେ ଧୀରେ ମତେ ଛାଡ଼ି ଦୂରକୁ ଚାଲିଯିବାର ଦେଖିବାବେଳେ ମୁଁ ଖାଲି ଗୋଟିଏ ମାତ୍ର କଥା ଭାବୁଥିଲି, ଏ ଛୁଆ ବି ମରିଯାଉ। ଶେଷରେ ମୋରି କଥା ହେଲା। ଶ୍ମଶାନରେ ସୁଚରିତାର ଅଠର ବର୍ଷର ଦେହ, ମୋର ସୁଖ ଶାନ୍ତି ଭବିଷ୍ୟତ, ପୃଥିବୀର ସବୁ ସୁନ୍ଦର ସକାଳ ସଂଧ୍ୟାକୁ ଚିତା ଉପରେ ରଖି ଫେରି ଆସିବାର ଅଳ୍ପ କେତେ ଦିନ ଭିତରେ ହିଁ ପିଲାଟି ମରିଗଲା। ସୁଚରିତା ସହିତ ମୋର ସମସ୍ତ ବନ୍ଧନ କଟିଗଲା।

କିନ୍ତୁ ବନ୍ଧନ ସବୁ କଣ ଏମିତି ସହଜରେ କଟେ ? ମୋର ଜୀବନର ସବୁ କିଛି ବଦଳିଗଲା। ମୁଁ ସୁଚରିତା ପାଖକୁ ଚାଲିଯିବାକୁ ଚାହିଁଲି। ମୁଁ ଏଥରକ ମରିଯିବାର ଅଧିକାର ବିଷୟରେ ପଢ଼ିବାକୁ ଲାଗିଲି। କାଲିଫର୍ଣ୍ଣିଆର 'ହେମ୍ଲକ୍ ' ଏବଂ ଲଣ୍ଡନର 'ଏକ୍ଜିଟ୍ ' ସଂସ୍ଥାମାନଙ୍କ ସହିତ ପତ୍ରାଳାପ କଲି। ମୁଁ ଶେଷରେ ଏଇ ନିର୍ଣ୍ଣୟରେ ପହଞ୍ଚିଲି ଯେ ମୋର ନିଜର ଜୀବନକୁ ନେଇଯିବାର ଅଧିକାର ମୋର ଅଛି ଏବଂ ମୁଁ ସ୍ୱଇଚ୍ଛାରେ ମୋର ମୃତ୍ୟୁକୁ ବରଣ କରିବି।

ଏତିକିବେଳେ ମୋର ସେଇ ତିବ୍ବତୀ ଲାମା କଥା ମନେ ପଡ଼ିଲା। ଡିସେମ୍ବର ସତର ତାରିଖ। ମୁଁ ଏଥରକ ମୋର ଜନ୍ମ ଦିନ ପାଳିବା ବଦଳରେ ମୃତ୍ୟୁ ଦିନ ପାଳନ କରିବାରେ ଲାଗିଲି। ମୋର ବୟସ ମୋର ଜନ୍ମଦିନଠାରୁ କେତେଦିନ ହେଲା ସେକଥା ଭାବୁ ନ ଥିଲି। ମୁଁ ଭାବୁଥିଲି ମୃତ୍ୟୁ ଦିନଠାରୁ ମୋ ଜୀବନ ଆଉ କେତେଦିନ ଅବଶିଷ୍ଟ ଅଛି। ଏଥିପାଇଁ ମତେ କେହି କେହି ଉପହାସ ମଧ୍ୟ କରୁଥିଲେ। କିନ୍ତୁ ମୋର ସ୍ତ୍ରୀର ମୃତ୍ୟୁ ପରେ ମୁଁ ସାମାଜିକ ବନ୍ଧନ ସବୁ କାଟି ଦେଇଥିଲି ଏବଂ କାହାରି କିଛି କହିବାପ୍ରତି ଭ୍ରୂକ୍ଷେପ କରୁ ନ ଥିଲି।

ଯଦିଓ ମୋର ମରିବା ସମୟ ବେଶ୍ କିଛିଦିନ ବାକି ଥିଲା, ମୁଁ ସଂପର୍କ ସବୁ କାଟିବାରେ ଲାଗିଲି। ଅବଶ୍ୟ ଏ କେବଳ ଏକ ମାନସିକ ଅବସ୍ଥା ମାତ୍ର ଥିଲା। କାରଣ ମଣିଷର ଯେତେ ଯାହା ହେଲେ ବି ତାକୁ ବଞ୍ଚିବାକୁ ହୁଏ ଏବଂ ତାର ବଞ୍ଚିବାର ଦାୟିତ୍ୱରୁ ମୁକ୍ତି ନାହିଁ। ମତେ ମୋର ଦୋକାନ ଚଳାଇବାକୁ ହେଲା ଏବଂ ଅନ୍ତତଃ କିଛି ଲୋକଙ୍କ ସହିତ ସଂପର୍କ ରଖିବାକୁ ହେଲା। ମୁଁ ଏବେ ବେଶ୍ ଗମ୍ଭୀର ପ୍ରକୃତିର ହୋଇଯାଇଥିଲି ଏବଂ ସମସ୍ତଙ୍କ ସହିତ କମ କଥାବାର୍ତ୍ତା କରୁଥିଲି। ଫଳରେ ମୋର ବନ୍ଧୁଙ୍କର ସଂଖ୍ୟା କମି ଯାଇଥିଲା।

ମୁଁ ଏଥର ସମୟ ବିନିଯୋଗ କରୁଥିଲି ମୃତ୍ୟୁ ବିଷୟରେ ଜାଣିବା ପାଇଁ। ମୁଁ ଏଇ ସମୟରେ ହିଁ ସଲ୍ଲେଖନା ସମ୍ବନ୍ଧରେ ପଢ଼ିଥିଲି ଏବଂ ଏକ୍ଜିଟ୍ ସଂସ୍ଥାରୁ ପାଇଥିବା କାଗଜମାନଙ୍କରୁ ଆତ୍ମହତ୍ୟା ବିଷୟରେ ଜାଣିବାକୁ ପାଇଥିଲି। ମୋର ମୃତ୍ୟୁ ମୁଁ କିଭଳି ବରଣ କରିବି, ସେ ବିଷୟରେ ମୋର ନିଜର ଏକ ନିର୍ଦ୍ଦିଷ୍ଟ ଧାରଣା ହୋଇ ସାରିଥିଲା। ମୁଁ ଅନେକ ଥର ମୋର ଉଇଲ୍ ଲେଖିବା ପାଇଁ ଭାବି ମଧ୍ୟ ଶେଷରେ ଲେଖି ନ ଥିଲି। ମୋର ଯାହା କିଛି ସମ୍ବଳ ଥିଲା ତାକୁ ସବୁ ଦୀନା ମାଷ୍ଟରଙ୍କ ପରିବାର ନାଁରେ ଲେଖିଦେବା ପାଇଁ ଇଚ୍ଛା ଥିଲା; କିନ୍ତୁ ଅନେକ ଚେଷ୍ଟା ସତ୍ତ୍ୱେ ମୁଁ ସେମାନଙ୍କର ଖୋଜଖବର ପାଇଲି ନାହିଁ। ତାପରେ ମୁଁ ଆଉ ମୋର ସମ୍ପତ୍ତିର ଭବିଷ୍ୟତ ବିଷୟରେ କିଛି ଭାବିଲି ନାହିଁ।

ଆରେ, ତମେ କାନ୍ଦୁଚ ନା କଣ, ନର୍ସ ? ପାଖ କୋଠରୀରେ ସେଇ ସ୍ତ୍ରୀ ଲୋକଟି ମରିଗଲା ବୋଲି? ମଣିଷ କିନ୍ତୁ ଅସୀମ ଶକ୍ତି ଏବଂ ସହନଶୀଳତାର କେନ୍ଦ୍ର। ସ୍ତ୍ରୀ ଲୋକଟିର ସ୍ୱାମୀ ସନ୍ତାନ ସମସ୍ତେ ସ୍ୱୀକାର କରିନେବେ ତାର ମୃତ୍ୟୁକୁ। ପୃଥିବୀ ଅନ୍ତହୀନ ସମ୍ଭାବନାରେ

ପରିପୂର୍ଣ୍ଣ। ଜୀବନ ପୁଣି ଘେରି ନେବ ସମସ୍ତଙ୍କୁ। ତମେ ବିଶ୍ୱାସ କରୁନାହଁ ? ଦେଖ, ମୁଁ ମୃତ୍ୟୁକୁ ଛୁଇଁ ଫେରି ଆସିଛି। ଯେତେବେଳେ ମୁଁ ମୃତ୍ୟୁ ବରଣ କରିବାର ନିଶ୍ଚୟ ନେଲି, ପ୍ରଥମେ ମୋର ଇଚ୍ଛାର ମୃତ୍ୟୁ ହୋଇଗଲା। ତାପରେ ସୁଖର ମୃତ୍ୟୁ। ଭୟର ମୃତ୍ୟୁ; ଦୁଃଖର ମୃତ୍ୟୁ। କିନ୍ତୁ ମୃତ୍ୟୁକୁ ଛୁଇଁ ଆସିବା ପରେ କଣ ହେଲା ଜାଣ ? ମୋର ଏବେ ଆଉ ଭୟ ନାହିଁ, ଇଚ୍ଛା ନାହିଁ, ଦୁଃଖ ନାହିଁ। କେବଳ ଏକ ଅପରିହାର୍ଯ୍ୟ ବଞ୍ଚିବାର ଶକ୍ତି। ଘଟଣାର ସ୍ରୋତରେ ପୁଣି ଜୀବନ ନିମଜ୍ଜିତ ହୋଇଯିବ।

ମୋ ନିଜକୁ ଦେଖ। ମୁଁ ଯଦି ଆତ୍ମହତ୍ୟାର ଚେଷ୍ଟା କରି ନ ଥାନ୍ତି କଣ ତମ ସହିତ ଦେଖା ହୋଇଥାନ୍ତା ? କାଲି ମୋ ପାଇଁ କଣ ଆଣିବ ? କି ପ୍ରକାର ଦିନ ? ଏକଥା ଭାବିଲେ ବର୍ତ୍ତମାନ ମୁଁ ଅନେକ କିଛି ଦେଖି ପାରୁଛି। ଅନେକ ନୂଆ ଚେହେରା। ଅନେକ ନୂଆ ଜାଗା। ଅନେକ ନୂଆ ଅନୁଭୂତି। ଯାହାର କୌଣସି ଶେଷ ନାହିଁ। ବିକଳ୍ପ ନାହିଁ। ମୁଁ ଜାଣିପାରୁଛି ଯେ ମୋର ମୃତ୍ୟୁ ପାଇଁ ଯେତିକି ଅଧିକାର ଅଛି, ବଞ୍ଚିବାର ମଧ୍ୟ ସେତିକି ଅଧିକାର ଅଛି। ଜୀବନର କୌଣସି ସାମୟିକ ଅନୁଭୂତି ମୋ ପାଖରୁ ସେ ଅଧିକାରକୁ ଛଡ଼ାଇ ନେଇ ପାରିବ ନାହିଁ।

ମୁଁ ସେଥିପାଇଁ ମୃତ୍ୟୁକୁ ଅସ୍ୱୀକାର କରନେଲି। ନିଦର ଔଷଧ ମୋର ଗଭୀର ନିଦ୍ରାକୁ ମହାନିଦ୍ରାରେ ପରିଣତ କରିବା ଆଗରୁ ମୁଁ ମୋର ସିଦ୍ଧାନ୍ତକୁ ପ୍ରତ୍ୟାହାର କରିନେଲି। ମୋର ଅବଶ ହାତ ମୋର ଏଇ ନିର୍ଣ୍ଣୟକୁ ମାନି ଟେଲିଫୋନ ଉଠାଇଲା। ମୁଁ ମୋର ହୋଟେଲର କୋଠରୀରୁ ଓହ୍ଲାଇ ଆସି ଡାକ୍ତରଖାନାର ଖଟ ଉପରେ ଶୋଇଗଲି।

ମୋର ଆଉ ହାତ ନ ଥିଲା; ହାତ ଦୁଇଟି ଡେଣାରେ ପରିଣତ ହୋଇ ଯାଇଥିଲା। ମୁଁ କୋଠରୀର ଛାତ ପାଖରେ ଭାସୁଥିଲି। କ୍ରମଶଃ ଅନ୍ଧାର ମିଳେଇଗଲା ଏବଂ ସବୁ ସ୍ପଷ୍ଟ ଦେଖାଗଲା। ତଳେ ଶୋଇଥିବା ଲୋକଟି ନିଜେ ମୁଁ ଥିଲି। ତାପରେ ମୁଁ ପୁଣି ସୁଚରିତାକୁ ଦେଖିଲି। ସୁଚରିତା ମୋ ପାଖରେ ଉଡ଼ି ବୁଲୁଥିଲା। ମୁଁ ଏମିତି ରାସ୍ତା ଦେଇ ଯାଉଥିଲି ଯେଉଁଠାରେ ଆଉ କେହି ନ ଥିଲେ ଏବଂ ମୁଁ ହଠାତ୍ ଜେଲଖାନା ଭିତରେ ପଶିଗଲି। ସେଠାରେ ଚିତା ଜଳୁଥିଲା ଆଉ ଚିତା ଭିତରୁ ଖୁଡ଼ୀ ମୋ ଆଡ଼କୁ ଚାହିଁ ହସୁଥିଲେ। ଲୋକଗହଳି ଭିତରେ ଦୀନା ମାଷ୍ଟର ନ ଥିଲେ କିନ୍ତୁ ସେଇ ଲୋକଟି ଥିଲା, ଯାହାକୁ ମୃତ୍ୟୁଦଣ୍ଡରୁ ବଞ୍ଚାଇବା ପାଇଁ ଦୀନା ମାଷ୍ଟର ଚେଷ୍ଟା କରୁଥିଲେ। ସଦ୍ୟଜାତ ଶିଶୁଟି ମୋ ଆଡ଼କୁ ହାତ ବଢ଼ାଉଥିଲା। ମ୍ୟୁନିସିପାଲିଟିର ଦୋକାନ ସବୁ ଭାଙ୍ଗି ପୋଲିସ ଠିଆ ହୋଇଥିଲେ, କିନ୍ତୁ ତାଙ୍କ ପଛରେ ନୂଆ ଦୋକାନଘର ସବୁ ନିଖୁଣ ଭାବରେ ରହିଥିଲା। ପିଲାମାନେ ଉଡ଼ି ଉଡ଼ି ଆସି ମୋ ଦୋକାନରୁ ବହି ଉଠାଇ ଦେଖୁଥିଲେ ଏବଂ ମୁଁ ସୁଚରିତା ହାତକୁ ନୂଆ କବିତାର ବହି ବଢ଼ାଇ ଦେଉଥିଲି।

ସୁଚରିତା ଫ୍ରକ୍ ପିନ୍ଧି ଠିଆ ହୋଇଥିଲା। ସୁଚରିତା ହସୁଥିଲା। ସୁଚରିତା ମଥାରେ ସିନ୍ଦୂର ଥିଲା। ସୁଚରିତା ସିନେମା ହଲରେ ମୋ ହାତ ଉପରେ ହାତ ରଖୁଥଲା। ସୁଚରିତା ଗର୍ଭବତୀ ଥିଲା। ସୁଚରିତା ସୁନେଲି ଖରାରେ ଚକଚକ କରୁଥିବା ଇନ୍ଦ୍ରଧନୁ ଉପରେ ଶୋଇଥିଲା। ହସ୍ପିଟାଲର ଫାଟକ ପାଖରେ ସୁଚରିତା ନର୍ସର ପୋଷାକ ପିନ୍ଧି ଠିଆ ହୋଇଥିଲା।

ଜୀବନ ବି ଦୁଇ ପ୍ରକାରର ହୋଇପାରେ ; ଗୋଟିଏ ହେଉଛି ଅନିଚ୍ଛାକୃତ ଜୀବନ, ଯାହା ଅଜ୍ଞ ଲୋକମାନଙ୍କର ଜୀବନ। ବିଜ୍ଞ ଲୋକମାନଙ୍କର ଜୀବନ ହେଉଛି ସ୍ୱେଚ୍ଛାକୃତ ଜୀବନ। ତମେ ବୋଧହୁଏ ବୋର୍ ହୋଇଯାଇଛ, ନର୍ସ। ମୋ ଆଡ଼କୁ ଦେଖ। ଆରେ, ତମେ ତ ମରିୟମ୍ ନୁହଁ, ନୂଆ ନର୍ସ ! କିନ୍ତୁ ମୁଁ ତମର ନାଁ ବି ଜାଣେ।

—

ସନ୍ନ୍ୟାସର ରାସ୍ତା

ଆବୁଡ଼ା ଖାବୁଡ଼ା ରାସ୍ତା ଉପରେ ଆମ ଗାଡ଼ି ପୁଣି ଥରେ ଗୋଟାଏ ଖାଲ ଭିତରେ ପଡ଼ିଗଲା। ଡେରେକ ମୋ ଦେହରେ ଧକ୍କା ଖାଇଲା, ତାର ନିଦ ଭାଙ୍ଗିଗଲା ଓ ସେ ଅନ୍ୟମନସ୍କ ଭାବରେ କହିଲା : ଓ, ହେଲ୍ ! ଯଦିଓ ଆମେ ବେଶ୍ ସକାଳୁ ବାହାରିଥିଲୁ, ଖରା ବର୍ତ୍ତମାନ ଖୁବ ପ୍ରଚଣ୍ଡ ଥିଲା। ରାସ୍ତା ଖରାପ ଥିବାରୁ ଆମ ଗାଡ଼ି ଧୀରେ ଧୀରେ ଯାଉଥିଲା ଏବଂ ମନେ ହେଉଥିଲା ଆମକୁ ଆମର ଗନ୍ତବ୍ୟ ସ୍ଥଳରେ ପହଞ୍ଚିବାକୁ ଆହୁରି ବେଶ କିଛି ସମୟ ଲାଗିବ।

ମୁଁ ସେତେବେଳେ ସଚିତ୍ର ଭାଗବତ ପୁରାଣ ପାଣ୍ଡୁଲିପି ଉପରେ ଗବେଷଣା କରୁଥିଲି। ଡେରେକ ଆମେରିକାର ଗୋଟିଏ ମ୍ୟୁଜିୟମରେ ଭାରତୀୟ ପାଣ୍ଡୁଲିପି ବିଭାଗର ସଂରକ୍ଷକ ଥିଲା ଓ ସେଇ ସୂତ୍ରରେ ପତ୍ର ମାଧ୍ୟମରେ ମୋର ଡେରେକ ସହିତ ପରିଚୟ ହୋଇଥିଲା। ଆମେ ଦୁହେଁ ବର୍ତ୍ତମାନ ଯାଉଥିଲୁ ଗୋଟିଏ ସବୁଠାରୁ ସୁନ୍ଦର ପାଣ୍ଡୁଲିପି ସନ୍ଧାନରେ। ଏଇ ପାଣ୍ଡୁଲିପିର କିଛି କିଛି ପୃଷ୍ଠା ଆମେରିକା ଓ ଇଉରୋପର ବିଭିନ୍ନ ମ୍ୟୁଜିୟମମାନଙ୍କରେ ସଂରକ୍ଷିତ ଥିଲା ଏବଂ ତାର ଅବଶିଷ୍ଟ ପ୍ରାୟ ଦେଢ଼ଶହ ପୃଷ୍ଠା ଥିଲା ସ୍ୱାମୀ ଧର୍ମାନନ୍ଦଙ୍କର ସଂଗ୍ରହାଳୟରେ। ଏ ଗୋଟିଏ ମୂଲ୍ୟବାନ ପାଣ୍ଡୁଲିପି ଥିଲା, କେବଳ ଗବେଷଣା ପାଇଁ ନୁହେଁ, ମୂଲ୍ୟ ଦୃଷ୍ଟିରୁ ମଧ୍ୟ। ଇଉରୋପର ଆଣ୍ଟିକ୍ ଦୋକାନରେ ଏଇ ଭାଗବତ ପୁରାଣର ପ୍ରତିଟି ପୃଷ୍ଠାର ମୂଲ୍ୟ ଥିଲା ନ ଶହ ଆମେରିକାନ୍ ଡଲାର।

ମୁଁ ଏଇ ପାଣ୍ଡୁଲିପି କଥା ପ୍ରଥମେ ଡେରେକର ଚିଠିରୁ ଜାଣିଲି। ମୁଁ ମୋର ଗବେଷଣା କାମ ପାଇଁ ବିଭିନ୍ନ ମ୍ୟୁଜିୟମମାନଙ୍କ ସହିତ ପତ୍ରାଳାପ କରୁଥିଲି ଏବଂ ଆମେରିକାର ଏଇ ମ୍ୟୁଜିୟମରୁ ମୁଁ ଉତ୍ତର ପାଇଥିଲି ଡେରେକର ଦସ୍ତଖତରେ। ଡେରେକ ଲେଖିଥିଲା ଯେ ତାଙ୍କର ମ୍ୟୁଜିୟମରେ ଯେଉଁ ତିନୋଟି ପୃଷ୍ଠା ଅଛି, ସେ ପାଣ୍ଡୁଲିପିର ବିଶେଷ ଭାଗ ଭାରତବର୍ଷରେ ହିଁ ଅଛି। ଏଇ ସୂତ୍ରରେ ମୋର ଡେରେକ ସହିତ ପତ୍ରାଳାପ ଆରମ୍ଭ। ଡେରେକ ମଝିରେ ମଝିରେ ଭାରତୀୟ ଚିତ୍ରକଳା ବିଷୟରେ ବିଭିନ୍ନ ଗବେଷଣା ପତ୍ରିକାରେ ପ୍ରବନ୍ଧମାନ ଲେଖୁଥିଲା ଏବଂ ବେଶ୍ କେତେକ ଭାରତୀୟ ଭାଷା ଜାଣିଥିବାରୁ ଗବେଷକମାନଙ୍କ ମଧ୍ୟରେ ତାର ସୁନାମ ମଧ୍ୟ ଥିଲା। ଚିଠିପତ୍ର ଓ ପ୍ରବନ୍ଧମାନଙ୍କରୁ ମୁଁ ଭାବୁଥିଲି ଯେ ଡେରେକ ଜଣେ ବୟସ୍କ, ପ୍ରଫେସର କିସମର ଲୋକ ହୋଇଥିବ। କିନ୍ତୁ ଯେତେବେଳେ ତା ସହିତ ସାକ୍ଷାତ ହେଲା ଦେଖିଲି ଯେ ସେ ଅଦ୍ଭୁତ ଭାବରେ ଅଳ୍ପ ବୟସ୍କ ଥିଲା ଏବଂ ପୋଷାକପତ୍ର ହିପି ଭଳି ଥିଲା। ସେ ମ୍ୟୁଜିୟମରେ

ସ୍ଥାୟୀ ଚାକିରି କରୁ ନ ଥିଲା। ବର୍ଷର ମାତ୍ର କେତେ ମାସ ସେ ଭାରତୀୟ ପାଣ୍ଡୁଲିପି ବିଭାଗରେ କାମ କରୁଥିଲା ଏବଂ ଯାହା ରୋଜଗାର କରୁଥିଲା ସେଥିରେ ଆସି ଭାରତରେ ବାକି ସମୟ ରହୁଥିଲା। ଭାରତରେ ରହିବାବେଳେ ସେ ଭାରତୀୟ ଭାଷା ଶିଖିବାରେ ଏବଂ ଚିତ୍ରକଳା ବିଷୟରେ ଅଧ୍ୟୟନ କରିବାରେ ସମୟ କଟାଉଥିଲା।

ଭାଗବତ ପୁରାଣର ଏଭଳି ଏକ ଅମୂଲ୍ୟ ସଂଗ୍ରହ ମୋର ଏତେ ପାଖରେ ଅଛି, ଡେରେକ ଚିଠି ନ ଲେଖିଥିଲେ ମୁଁ ଜାଣି ପାରି ନ ଥାନ୍ତି। ଆମ ବିଶ୍ୱବିଦ୍ୟାଳୟ ପାଖରୁ ମାତ୍ର ଶହେ ମାଇଲ ଦୂରରେ ଏପରି ଏକ ଆଶ୍ରମର ସଂଗ୍ରହାଳୟ ଅଛି ଯାହାକଥା ଆମେରିକାର ଗବେଷକମାନଙ୍କୁ ଜ୍ଞାତ, ଏ କଥା ମଧ୍ୟ ମତେ ଜଣା ନ ଥିଲା। ଡେରେକ ଦେଇଥିବା ସ୍ୱାମୀଜୀଙ୍କ ଠିକଣାରେ ମୁଁ ଅନେକ ଥର ଚିଠି ଲେଖି କୌଣସି ଜବାବ ପାଇ ନ ଥିଲି। ଠିକଣା ଏକ ଦୁର୍ଗମ ସ୍ଥାନରେ ହୋଇଥିବାରୁ ଏବଂ ସେଠାକୁ ଯିବାପାଇଁ ବସ ଇତ୍ୟାଦିର ସୁବିଧା ନ ଥିବାରୁ ମୁଁ ଯିବି ଯିବି ବୋଲି ଯାଇ ପାରି ନ ଥିଲି। ଏଇ ସମୟରେ ମୁଁ ଡେରେକ ପାଖରୁ ଚିଠି ପାଇଲି ଯେ ସେ ଭାରତକୁ ଆସିବ ଏବଂ ଆଶ୍ରମ ସଂଗ୍ରହାଳୟକୁ ଯିବା ମଧ୍ୟ ତାର କାର୍ଯ୍ୟକ୍ରମରେ ଅଛି। ମୁଁ ଚିଠି ଲେଖି ତା ସହିତ ସେଠାକୁ ଯିବାର ବ୍ୟବସ୍ଥା କରି ରଖିଲି।

ଡେରେକ ସହିତ ମୋର ପ୍ରଥମ ସାକ୍ଷାତ ଅତି ଅଦ୍ଭୁତ ଧରଣର ଥିଲା। ମୁଁ ଏୟାରପୋର୍ଟରେ ପହଞ୍ଚିଲା ବେଳକୁ ପ୍ଲେନ ଆସି ସାରିଥିଲା ଏବଂ ଯାତ୍ରୀମାନେ ଲାଉଞ୍ଜ ଭିତରେ ଭର୍ତ୍ତି ହୋଇଥିଲେ। ମୁଁ ଅତି ସମ୍ଭ୍ରାନ୍ତ ଓ ଗମ୍ଭୀର ଦେଖାଯାଉଥିବା ସୁନାଫ୍ରେମର ଚଷମା ପିନ୍ଧା ଜଣେ ଭଦ୍ରବ୍ୟକ୍ତିଙ୍କୁ ପଚାରି ଜାଣିଲି ଯେ ସେ ଡେରେକ ନ ଥିଲେ। ମୁଁ ଆସି ଗୋଟାଏ କଣରେ ଛିଡ଼ା ହୋଇଥିଲି, ଡେରେକ ହିଁ ମୋ ପାଖକୁ ଆସିଲା। ଏଇ ଭିଡ଼ ଭିତରେ ଯେଉଁ ବିଚିତ୍ର ପୋଷାକ ପିନ୍ଧା ଦାଢ଼ିଆ ଲୋକଟି ତଳେ ଆଣ୍ଠେଇ ତାର କ୍ୟାମେରାରୁ ଖସି ପଡ଼ିଥିବା ଖୋଳଟିକୁ ଖୋଜୁଥିଲା, ସେ ହିଁ ଡେରେକ ଥିଲା। ତାର ଗୋଟିଏ କାନ୍ଧରେ କ୍ୟାମେରା ଥିଲା, ଅନ୍ୟ କାନ୍ଧରେ ଝୁଲାବ୍ୟାଗ। ତାର ଆଉ କିଛି ଜିନିଷ ଥିବ ବୋଲି ମୁଁ ଅପେକ୍ଷା କରୁଥିଲି, କିନ୍ତୁ ଡେରେକ କହିଲା ତାର ସେତିକି ମାତ୍ର ଜିନିଷ। ଏୟାରଲାଇନ ଅଫିସରେ ତାର ଫେରିବାର ଟିକେଟ କଥା ବୁଝି ଆମେ ବିଶ୍ୱବିଦ୍ୟାଳୟକୁ ଆସିଲୁ। ଆମ ଗେଷ୍ଟହାଉସରେ ତାର ରହିବାର ବ୍ୟବସ୍ଥା କରିଥିଲି।

ତାର ପ୍ରବନ୍ଧମାନଙ୍କର ଡେରେକ ଯେତିକି ସଂପନ୍ନ ଏବଂ ପରିଚ୍ଛନ୍ନ ଥିଲା, ବ୍ୟକ୍ତିଗତ ଜୀବନରେ ସେତିକି ବେପରୁଆ ଓ ଅସଂଯତ ଥିଲା। ଗୋଟିଏ ଛୋଟ ଝୁଲା ବ୍ୟାଗ୍ର ଜିନିଷରେ ଯେ କିପରି ଗୋଟାଏ ପୂରା କୋଠରୀକୁ ଭର୍ତ୍ତି କରି ଦିଆଯାଇପାରେ, ଡେରେକର କୋଠରୀ ତାର ନିଦର୍ଶନ ଥିଲା। ଚଟାଣରେ ତାର କ୍ୟାମେରାର ବିଭିନ୍ନ ଅଂଶ ଖୋଲା ହୋଇ ପଡ଼ିଥିଲା ଏବଂ ତାର କାଗଜମାନ ଥାକ ହୋଇ ଭିନ୍ନ ଭିନ୍ନ ସ୍ଥାନରେ ରହିଥିଲା। ଟେବୁଲ ଉପରେ ତାର

ଟୁଥବ୍ରଶ ଓ ସାବୁନ ଇତ୍ୟାଦି ଜିନିଷ ମଝିରେ ଯେଉଁ ଛୋଟ ମିନିଏଚର ଚିତ୍ରଟି ଥିଲା, ସେଇଟି ମୂଲ୍ୟବାନ ଥିଲା। କାନ୍ଥରେ ଟେପ୍ ଦେଇ କୌଣସି ସାଧୁଙ୍କର ଫଟୋ ଟଙ୍ଗା ହୋଇଥିଲା, ଯାହା ତଳେ ଅଗରବତି ଜଳୁଥିଲା। ମାତ୍ର ତିନିଦିନ ପାଇଁ ଏଠାକୁ ଆସିଥିଲା। ଆସିବା ପୂର୍ବରୁ ହିଁ— ପୂରା ଗୋଟାଏ ବର୍ଷ ଆଗରୁ ସେ ଏଇ ତାରିଖ ସବୁ ନିଶ୍ଚିତ କରିଥିଲା—ସେ ଠିକ କରିଥିଲା ଯେ ସେ ଗୋଟିଏ ଦିନ ଆମ ବିଶ୍ୱବିଦ୍ୟାଳୟର ସଂଗ୍ରହାଳୟରେ କାମ କରିବ, ଗୋଟିଏ ଦିନ ଭାଷା ଲାବରେଟରୀରେ ଏବଂ ତୃତୀୟ ଦିନଟି ସେ ଆଶ୍ରମକୁ ଯିବ। ଗେଷ୍ଟ ହାଉସରେ ଗୋଟିଏ ଦିନର ରହଣି ଭିତରେ ତାର ଅସାମାନ୍ୟ ପୋଷାକ ଯୋଗୁ ସେ ବେଶ୍ ଜଣାଶୁଣା ହୋଇଯାଇଥିଲା ଏବଂ ସକାଳେ ହାଫ୍ ପ୍ୟାଣ୍ଟ ପିନ୍ଧି ସାମନା ଲନ୍‌ରେ ଯୋଗାଭ୍ୟାସ କରିବାବେଳେ ସେ ଗୋଟିଏ ବିଶେଷ ଆକର୍ଷଣର ବିଷୟ ହୋଇଥିଲା।

ଡେରେକ ପାଖରୁ ଶିଖିବାର ଅନେକ କିଛି ଥିଲା। ଅନେକ ସାଧାରଣ ବିଷୟରେ ତାର ଜ୍ଞାନ ଅନେକ କମ ଥିଲା। ଅନେକ ବିଷୟରେ ତାର ଆଦୌ ଆଗ୍ରହ ନ ଥିଲା। ଯେମିତି ରାଜନୀତି। ସେ ଖବରକାଗଜ ଦେଖୁ ନ ଥିଲା ଏବଂ ତାକୁ କେହି ଆମେରିକାର କୌଣସି ବିଷୟ ପଚାରିଲେ ସେ ବହୁତ କମ ଖବର ଦେଇ ପାରୁଥିଲା। କିନ୍ତୁ ଭାରତୀୟ ଚିତ୍ରକଳା କିମ୍ବା ଭାଷା ସମ୍ପର୍କୀୟ କୌଣସି ଆଲୋଚନାବେଳେ ତାର ଆଖି ଉଜ୍ଜ୍ୱଳ ହୋଇ ଉଠୁଥିଲା ଓ ସେ ହଠାତ୍ ଏକ ଭିନ୍ନ ମଣିଷରେ ପରିଣତ ହୋଇଯାଉଥିଲା। ସେ ପ୍ରତିଟି କଥାକୁ ଧ୍ୟାନ ଦେଇ ଶୁଣୁଥିଲା ଏବଂ ନିଜେ ସେ ବିଷୟରେ ଯାହା କହୁଥିଲା ତାର ପ୍ରତ୍ୟେକଟି ଶବ୍ଦ ମପାଚୁପା ଓ ନିଖୁଣ ଥିଲା। ତାର ପୋଷାକ, ଚେହେରା ଏବଂ ଅଳ୍ପ ବୟସ ସତ୍ତ୍ୱେ ସେ ସେଇ ମୁହୂର୍ତ୍ତମାନଙ୍କରେ ଜଣେ ପ୍ରବୀଣ ଅଧ୍ୟାପକ ଭଳି ଜଣା ପଡୁଥିଲା। କେବଳ ମୁଁ ନୁହେଁ, ମୋର ଅନେକ ବନ୍ଧୁ ମଧ୍ୟ ଡେରେକ ସହିତ ସାମାନ୍ୟ ପରିଚୟ ଭିତରେ ଗବେଷଣା କରିବାର ନିଷ୍ଠା ବିଷୟରେ ତା ପାଖରୁ ଅନେକ କିଛି ଶିଖିଥିଲୁ।

ଡେରେକର ଆହୁରି ଅନେକ ଭଲ ଗୁଣ ମଧ୍ୟ ଥିଲା। ତାର ଖାଇବା ପିଇବାରେ କୌଣସି ସମସ୍ୟା ନଥିଲା। ସେ ଶାକାହାରୀ ଥିଲା ଏବଂ ଖାଇବା ବିଷୟରେ ସଂଯମୀ ଥିଲା। ସେ ତଳେ ଶୋଇ ଯାଉଥିଲା ଏବଂ ରାତିରେ କୋଠରୀ ଭିତରେ ଗରମ ହେଉଥିବାରୁ ଗୋଟିଏ ରାତି ଯାଇ ଲନ୍‌ରେ ଶୋଇ କଟାଇଥିଲା। ଆମେରିକାରୁ ଭିଜିଟିଙ୍ଗ୍ ପ୍ରଫେସର ହୋଇ ସଦ୍ୟ ଫେରିଥିବା ଆମର ଜଣେ ଅଧ୍ୟାପକ ଡାକିଥିବା ଡିନର ପାର୍ଟିରେ ମଧ୍ୟ ଡେରେକ ପାନୀୟ ଛୁଇଁ ନଥିଲା ଏବଂ ତା ପାଇଁ ଶାକାହାର ଖାଇବାକୁ ଦେବା ପାଇଁ ଗୃହସ୍ୱାମିନୀଙ୍କୁ ବେଶ୍ ବ୍ୟତିବ୍ୟସ୍ତ ହେବାକୁ ପଡ଼ିଥିଲା। ଏଇ ଅଧ୍ୟାପକମାନଙ୍କ ମେଳରେ ଡେରେକ ଠିକ ଖାପଖାଇପାରୁ ନ ଥିଲା। ମୁଁ ଡେରେକକୁ ସମସ୍ତଙ୍କ ସହିତ ପରିଚୟ କରାଇ ଆମର କଥାବାର୍ତ୍ତା ସହିତ ତାକୁ ସମ୍ମିଳିତ କରିବାକୁ ସମର୍ଥ ହୋଇ ନ ଥିଲି ଏବଂ ସେଥିପାଇଁ ଶେଷରେ ମତେ ଭାରତୀୟ ଚିତ୍ରକଳା କଥା

ଉଠାଇବାକୁ ପଡ଼ିଲା। କଥାବାର୍ତ୍ତା ଯେଉଁ ପର୍ଯ୍ୟନ୍ତ ଏଇ ବିଷୟରେ ସୀମିତ ଥିଲା, ଡେରେକ ବେଶ୍ ଉତ୍ତେଜିତ ଥିଲା। କିନ୍ତୁ ଏ କଥା ସରିଯିବାରୁ ଡେରେକ ପୁଣି ନିର୍ଜୀବ ହୋଇ ଗୋଟାଏ କଣରେ ବସି ରହିଲା। ପାର୍ଟିରୁ ଫେରିବାବେଳେ ମୁଁ ଡେରେକକୁ ଛାଡ଼ିବା ପାଇଁ ଗେଷ୍ଟ ହାଉସକୁ ଗଲି।

କୋଠାରୀରେ ପହଞ୍ଚି ଡେରେକ ଅଗରବତି ଜଳାଇଲା ଏବଂ ଅତି ଅପ୍ରତ୍ୟାଶିତ ଭାବରେ କହିଲା, ମୁଁ ସନ୍ନ୍ୟାସ ନେବାକୁ ମନସ୍ଥ କରିଛି। ମୁଁ ଯେତେବେଳେ ତାର ଟେବୁଲ ପାଖରେ ବସି ଅନ୍ୟମନସ୍କ ଭାବରେ ତାର କାଗଜ ସବୁ ଓଲଟାଉଥିଲି, ମୋ ହାତରେ ଡେରେକର ପାସପୋର୍ଟ ଥିଲା ଏବଂ ପାସପୋର୍ଟରେ ଯେଉଁ ଫଟୋଗ୍ରାଫଟି ଲାଗିଥିଲା ସେଇଟିକୁ ମୁଁ ଆଶ୍ଚର୍ଯ୍ୟ ହୋଇ ଦେଖୁଥିଲି। ସେଥିରେ ଡେରେକ ମୁହଁରେ ଦାଢ଼ି ନ ଥିଲା ଏବଂ ସେ କୋଟ୍ ଓ ଟାଇ ପିନ୍ଧିଥିଲା। ବର୍ତ୍ତମାନର ଡେରେକ ସହିତ ତାର ଯେମିତି କୌଣସି ସମ୍ବନ୍ଧ ନ ଥିଲା। ସେଇ ଫଟୋଗ୍ରାଫରେ ଥିବା ଲୋକଟିକୁ ଦେଖୁ ଦେଖୁ ମୁଁ ଡେରେକର ସନ୍ନ୍ୟାସ ନେବାର ଘୋଷଣା ଶୁଣିଲି ଏବଂ ସ୍ୱାମୀଜୀଙ୍କ ଚିତ୍ର ତଳେ ବସିଥିବା ଡେରେକକୁ ଅନାଇ ଭାବିଲି ଯେ ସେ ହୁଏତ ସନ୍ନ୍ୟାସରେ ପହଞ୍ଚି ଯାଇଛି। ମୁଁ ତାକୁ ଏ କଥା କହିବାକୁ ଯାଉଛି, ଡେରେକ ହଠାତ୍ ପଦ୍ମାସନରେ ବସି ଆଖି ବନ୍ଦ କରିନେଲା। ମୁଁ କିଛି ସମୟ ଅପେକ୍ଷା କଲି, କିନ୍ତୁ ଡେରେକ ଆଖି ନ ଖୋଲିବାରୁ ଗେଷ୍ଟ ହାଉସରୁ ଫେରି ଆସିଲି।

ମୁଁ ବି ସେଇ ସମୟରେ ବେଳେ ବେଳେ ସନ୍ନ୍ୟାସ କଥା ଭାବୁଥିଲି। ଯେତେବେଳେ ମୁଣ୍ଡ ଉପରେ କୌଣସି ଦାୟିତ୍ୱ ନ ଥାଏ ଏବଂ କାମର କୌଣସି ଡେଟ୍ ଲାଇନ୍ ନ ଥାଏ, ସମୟ ଆସି ଉପରେ ମାଡ଼ି ମାଡ଼ି ପଡ଼େ। ମନ ଭିତରେ ଅନେକ ଅଦ୍ଭୁତ ଚିନ୍ତା ଆସି ପଶେ। ସେତେବେଳେ ଆଉ ଦିନ ବାର ତାରିଖ କଥା ମନେପଡେ ନାହିଁ। ସକାଳରୁ ସଂଧ୍ୟା, ସଂଧ୍ୟାରୁ ସକାଳ ଗୋଟିଏ ସୂତ୍ରରେ ଗୁନ୍ଥି ହୋଇଯାନ୍ତି। ଅନେକ ଦାର୍ଶନିକ ପ୍ରଶ୍ନ ଆସି ବ୍ୟତିବ୍ୟସ୍ତ କରନ୍ତି ଏବଂ ଜୀବନର ଯୁକ୍ତିଯୁକ୍ତତା ବିଷୟରେ ସନ୍ଦେହ ଜନ୍ମେ। ଭାଗବତ ପୁରାଣ ପଢ଼ା ବନ୍ଦ କରି ମୁଁ ଏଇଭଳି ମୁହୂର୍ତ୍ତମାନଙ୍କରେ ଭାବୁଥିଲି ମୁଁ ଏଥରକ ସଂସାର ଛାଡ଼ିଦେବି। କିନ୍ତୁ ଏ ପ୍ରକାର ଭାବନା କେବେହେଲେ ମୋ ମନ ଭିତରେ ସଠିକ ରୂପ ନେଇ ନ ଥିଲା। ଡେରେକଠାରୁ ତାର ଘୋଷଣା ଶୁଣି ମୁଁ ବି ସନ୍ନ୍ୟାସ କଥା ଭାବିଲି—ମଣିଷର ଏପରି ଏକ ଅବସ୍ଥା ଯେଉଁଠାରେ ଆସକ୍ତି ନାହିଁ, ବିରକ୍ତି ନାହିଁ, ଇଚ୍ଛା ନାହିଁ, ବିକାର ନାହିଁ, ଦୁଃଖ ନାହିଁ, ଉତ୍ତେଜନା ନାହିଁ, ଅନୁତାପ ନାହିଁ, ସ୍ମୃତି ନାହିଁ।

ତା ପରଦିନ ସକାଳେ ଆମେ ଭଡ଼ା ଗାଡ଼ି ନେଇ ଆଶ୍ରମ ଅଭିମୁଖରେ ବାହାରିଲୁ। ରାସ୍ତା ଖୁବ୍ ଖରାପ ଥିଲା। ଯିବା ରାସ୍ତାରେ ମଝିରେ କେବଳ ଗୋଟିଏ ଛୋଟ ସହର, ତା ପରେ ନିଛାଟିଆ ରାସ୍ତା। ଆଗରେ ଆଉ କୌଣସି ବଡ଼ ଜନବସତି ନାହିଁ। ଏଇ ରାସ୍ତାରେ ଯାଉ ଯାଉ

ଡେରେକ ମତେ ସ୍ୱାମୀଜୀଙ୍କ କଥା କହିଥିଲା ଏବଂ ସ୍ୱାମୀଜୀଙ୍କୁ ଜଣେ ପ୍ରକୃତ ସାଧୁ ଏବଂ ଅନେକ ଗୁଣସଂପନ୍ନ ମଣିଷ ଭାବରେ ଚିତ୍ରଣ କରିଥିଲା। ତାଙ୍କ ପାଖରୁ ସନ୍ନ୍ୟାସର ଦୀକ୍ଷା ନେବା ଡେରେକର ଉଦ୍ଦେଶ୍ୟ ଥିଲା। ଡେରେକ ଅନେକ ଦିନ ତଳେ କେବେ କେଉଁ ସ୍ୱାମୀଙ୍କ ପାଖରୁ— ବୋଧହୁଏ ଯାହାଙ୍କ ଫଟୋ ତାର କାଛରେ ଥିଲା—ଧ୍ୟାନର ମନ୍ତ୍ର ନେଇଥିଲା। ସେ ଯଦିଓ ସେଇ ଧ୍ୟାନ ଏ ପର୍ଯ୍ୟନ୍ତ ନିୟମିତ ଭାବରେ କରୁଥିଲା, ତାର ଉପଯୋଗିତା ବିଷୟରେ ବୋଧହୁଏ ତାର ସନ୍ଦେହ ଉପୁଜିଥିଲା। ଗାଡ଼ି ଭିତରେ ବସିବାବେଳେ କିନ୍ତୁ ସେ ମଝିରେ ମଝିରେ ଆଖି ବନ୍ଦ କରି ତାର ମନ୍ତ୍ର ଜପୁଥିଲା ଓ ଅଳ୍ପ ସମୟ ପାଇଁ ଶୋଇପଡୁଥିଲା।

ଏଥର ଗାଡ଼ିର ଝଟକାରେ ଡେରେକର ନିଦ ସଂପୂର୍ଣ୍ଣ ଭାଙ୍ଗିଗଲା ଓ ସେ ଆଖି ମଳି ମଳି ଗାଡ଼ି ଭିତରେ ସିଧା ହୋଇ ବସିଲା। ସକାଳ ନ'ଟା ବେଳରୁ ହିଁ ଜୁନ ମାସର ଖରା ବେଶ୍ ଟାଣ ଥିଲା ଓ ସେ ରାସ୍ତାରେ ଖୁବ କମ ଯାନବାହନ ଯିବା ଆସିବା କରୁଥିଲା। ଡେରେକ ଆମ ଆଗରେ ଯାଉଥିବା ଗୋଟିଏ ଟ୍ରକ୍କୁ ଦେଖାଇଲା। ଟ୍ରକ୍ରେ ବରଫ ବୋଝାଇ ହୋଇଥିଲା ଓ ଟ୍ରକ୍ ଡାଲା ଉପରେ ଗୋଟିଏ ପିଲା ବସିଥିଲା। ପିଲାଟି ବଡ଼ ବରଫ ଖଣ୍ଡରୁ ଖଣ୍ଡେ ଭାଙ୍ଗି ଖେଳୁଥିଲା, ଏବଂ ଛୋଟ ବରଫ ଖଣ୍ଡଟି ତରଳିଗଲେ ଆଉ ଖଣ୍ଡିଏ ଭାଙ୍ଗି ତା ସହିତ ଖେଳୁଥିଲା। ସେ ନିଜର ଖେଳରେ ସମ୍ପୂର୍ଣ୍ଣ ମଗ୍ନ ଥିଲା ଏବଂ ତାର ଦୃଷ୍ଟି ଆଉ କେଉଁଆଡ଼େ ନ ଥିଲା। ସେ ପିଲାଟି ପାଇଁ ତାର ବରଫରେ ଖେଳିବା ବ୍ୟତୀତ ଯେମିତି ଆଉ ସବୁ କିଛି ଅନାବଶ୍ୟକ ଓ ଅଯୌକ୍ତିକ ଥିଲା। ଡେରେକ କହିଲା, ମୋର ଇଚ୍ଛା ହଉଛି ମୁଁ ଏଇ ପିଲାଟି ପରି ବରଫ ଟୁକୁଡ଼ା ଧରି ଖେଳୁଥାନ୍ତି ଏବଂ ଆଉ ସବୁ ପୃଥିବୀକୁ ସଂପୂର୍ଣ୍ଣ ଭୁଲିଯାନ୍ତି !

ରାସ୍ତା ବର୍ତ୍ତମାନ ଆହୁରି ଖରାପ ଏବଂ ଧୂଳିରେ ପୂର୍ଣ୍ଣ ଥିଲା। ଅନେକ କଷ୍ଟରେ, ବାରମ୍ବାର ହର୍ଣ୍ଣ ଦେବା ପରେ ଆମର ଗାଡ଼ି ସେ ଟ୍ରକ୍, ବରଫ ଓ ଏକାଗ୍ର ପିଲାଟିକୁ ପଛରେ ପକାଇ ଆଗକୁ ଗଲା। ଚାରିଘଣ୍ଟା, ପ୍ରଚୁର ଧୂଳି, ନିଛାଟିଆ ରାସ୍ତା ଓ ଡେରେକର ଗାଳି ଦେଉଥିବା ଅନେକ ଶବ୍ଦର ସ୍ୱଗତୋକ୍ତି ପରେ ଆମ ଗାଡ଼ି ଡାହାଣକୁ ମୋଡ଼ ନେଲା ଯେଉଁଠାରେ ରାସ୍ତା କଡ଼ରେ ଗୋଟିଏ ସାଇନ୍ବୋର୍ଡ ଲାଗିଥିଲା ଏବଂ ତୀର ଚିହ୍ନ ତଳେ ଲେଖା ହୋଇଥିଲା:

ସ୍ୱାମୀ ଧର୍ମାନନ୍ଦ ମହାରାଜ

ଗୁରୁକୁଳ ଆଶ୍ରମ–କନ୍ୟାଶ୍ରମ

ଅଳ୍ପ କିଛି ରାସ୍ତା ଯିବାପରେ ଗଛ ଆଢୁଆଳରୁ ଆଶ୍ରମ ଦେଖାଗଲା। ଗୋଟିଏ ଖୋଲା ଅଞ୍ଚଳରେ ବେଶ୍ ଜାଗା ମାଡ଼ି ଆଶ୍ରମର କାନ୍ଥ ଘେରିଛି। ଆଶ୍ରମର ଫାଟକ ପାଖରେ ଆମକୁ ଅପେକ୍ଷା କରୁଥିବା ଲୋକଟି ଆମକୁ ଭିତରକୁ ନେଇଗଲା। ସ୍ୱାମୀଜୀ ଆମ ଅପେକ୍ଷାରେ ତାଙ୍କ କୋଠରୀ ଭିତରେ ବସିଥିଲେ। ବିଭିନ୍ନ ଜାଗାରେ ଭିନ୍ନ ଭିନ୍ନ ଅବସ୍ଥାରେ ମୁଁ ଭେଟିଥିବା ଅନେକ

ସାଧୁଙ୍କଠାରୁ ସ୍ୱାମୀଜୀ କିଛି ଅଲଗା ନ ଥିଲେ। ଡେରେକ ସ୍ୱାମୀଜୀଙ୍କୁ ସାଷ୍ଟାଙ୍ଗ ପ୍ରଣାମ କଲା ଓ ସ୍ୱାମୀଜୀ ଆମକୁ ବସିବାକୁ କହିଲେ। ଆମକୁ ପାଣି ପିଇବାକୁ ଦେଇ ଓ କୁଶଳ ପଚାରିବା ପରେ ସ୍ୱାମୀଜୀ ତାଙ୍କର ପୁସ୍ତକ 'ଭାରତୀୟ ଚିତ୍ରକଳାରେ ଶୁଭ ଚିହ୍ନ' ଦେଖାଇଲେ। ମୋର କିନ୍ତୁ ଆଖି ଥିଲା ସ୍ୱାମୀଜୀଙ୍କ ପାଖରେ ରହିଥିବା ଭାଗବତ ପୁରାଣ ଉପରେ, ଯାହା ମୋର ଏଠାକୁ ଆସିବାର ଏକମାତ୍ର ଉପଲକ୍ଷ୍ୟ ଥିଲା। ସ୍ୱାମୀଜୀ ଏକଥା ଦେଖିପାରିଲେ ଏବଂ ମୋ ହାତକୁ ପାଣ୍ଡୁଲିପିଟି ବଢ଼ାଇଦେଲେ।

ମୋର ଗବେଷଣା ପାଇଁ ଏଇ ପାଣ୍ଡୁଲିପିଟି ଏକ ଅନିବାର୍ଯ୍ୟ ଜିନିଷ ଥିଲା। ମୁଁ କିଛି ପୃଷ୍ଠା ଓଲଟାଇବା ପରେ ଜାଣିଲି ଯେ ଏଇ ପୃଷ୍ଠାଗୁଡ଼ିକ ମୋର ଗବେଷଣାର ଦିଗ ସଂପୂର୍ଣ୍ଣ ବଦଳାଇ ଦେବ। ସ୍ୱାମୀଜୀ ଆମ ପାଖରେ ବସିଥିବା ଲୋକଟିକୁ ମତେ ନେଇ ପାଖ କୋଠରୀରେ ବହିଟିକୁ ଭଲଭାବେ ଦେଖାଇବା ପାଇଁ କହିଲେ। ଏଇ ସମୟରେ ମୁଁ ପ୍ରଥମ ଥର ପାଇଁ ସେଇ ଲୋକଟି ପ୍ରତି ଦୃଷ୍ଟି ଦେଲି। ବେଶ୍ ସୁସ୍ଥ ସବଳ, ଲଣ୍ଡିତ ମସ୍ତକ ଓ ପ୍ରସନ୍ନ ମୁହଁକୁ ଦେଖି ମୋର ପ୍ରଥମ ପ୍ରତିକ୍ରିୟା ହେଲା ଏଇ ଲୋକଟିକୁ ହନୁମାନ ବୋଲି ମନେକରିବା; ଏବଂ ମୁଁ ମନେ ମନେ ଲୋକଟିକୁ ହନୁମାନ ନାଁ ଦେଇଦେଲି। ହନୁମାନ ମତେ ନେଇ ପାଖ କୋଠରୀରେ ବସାଇଲା ଓ ଭାଗବତ ପୁରାଣର ପୃଷ୍ଠାମାନ ବୁଝାଇଲା।

ପାଣ୍ଡୁଲିପିଟି ଦେଖି ମୁଁ ଯେତେ ଆଶ୍ଚର୍ଯ୍ୟ ହୋଇ ନ ଥିଲି, ହନୁମାନର ଜ୍ଞାନ ଦେଖି ସେତିକି ଆଶ୍ଚର୍ଯ୍ୟାନ୍ୱିତ ହେଲି। ମୋର ନୋଟ ଖାତା ଖୋଲାରଖି ମୁଁ ହନୁମାନ କଥା ଶୁଣିବାକୁ ଲାଗିଲି, ଭାଗବତ ପୁରାଣର ଚିତ୍ରକଳା ସହିତ ନିହିତ ଏପରି ଅନେକ ତଥ୍ୟ ଯାହା ମତେ ଜଣା ନ ଥିଲା। ପାଣ୍ଡୁଲିପିଟି ଦେଖିବା ଅପେକ୍ଷା ହନୁମାନ ସହିତ ମୋର ଆଲୋଚନା ମୋ ପାଇଁ ବେଶି ମୂଲ୍ୟବାନ ଥିଲା। ମୁଁ ବାହାରକୁ ଆସି ଦେଖିଲି ଡେରେକ ଓ ସ୍ୱାମୀଜୀ ମୋ ପାଇଁ ଅପେକ୍ଷା କରୁଥିଲେ।

ମୁଁ ପ୍ରଥମ ଥର ପାଇଁ ଆଶ୍ରମକୁ ଭଲ ଭାବରେ ଦେଖିଲି। ଆମେ ଆଶ୍ରମରେ ଯେଉଁ ଭାଗରେ ଥିଲୁ ସେଇଟି ଛାତ୍ରୀମାନଙ୍କ ପାଇଁ କନ୍ୟାଶ୍ରମ ଥିଲା। ମଝିରେ ଗୋଟିଏ ଅତି ଉଚ୍ଚ କାନ୍ଥ ଆରପାଖେ ଛାତ୍ରମାନଙ୍କର ଗୁରୁକୁଳ ଥିଲା। କନ୍ୟାଶ୍ରମର ସମସ୍ତେ, ଛୋଟ ଛୋଟ ଝିଅ ଏବଂ ଶିକ୍ଷୟିତ୍ରୀଙ୍କ ସମେତ, ଧଳାଶାଢ଼ି ଓ ନୀଳ ବ୍ଲାଉଜ ପିନ୍ଧିଥିଲେ। ଏତେବଡ଼ ଜାଗାରେ ସ୍ୱାମୀଜୀ, ହନୁମାନ ଓ ଅଳ୍ପ କେତେଜଣ ଶିଷ୍ୟଙ୍କୁ ଛାଡ଼ିଦେଲେ ବାକି ସମସ୍ତେ ସ୍ତ୍ରୀଲୋକ ଥିଲେ। ସ୍ୱାମୀଜୀଙ୍କ ଦେହରେ କେବଳ ଗୋଟିଏ ଗେରୁଆ କନା ଥିଲା। ହନୁମାନ ଓ ଅନ୍ୟ ଶିଷ୍ୟମାନେ ଧଳା ଲୁଗା ପିନ୍ଧୁଥିଲେ। ଆଶ୍ରମ ଭିତରେ ସୁନ୍ଦର ବଗିଚା ଓ ଅନେକ ଫଳଗଛ ଥିଲା ଏବଂ କିଛି ହରିଣ ଓ ମୟୂର ଯିବାଆସିବା କରୁଥିଲେ।

ସ୍ୱାମୀଜୀ ଆମକୁ ତାଙ୍କର ସଂଗ୍ରହାଳୟ ବୁଲି ଦେଖାଇଲେ। ଜନବସତିର ଅନ୍ତରାଳରେ ଏବଂ ସହରରୁ ଅନେକ ଦୂରରେ ଯେ ଏପରି ଏକ ପରିପୂର୍ଣ୍ଣ ମ୍ୟୁଜିଅମ ଥାଇପାରେ, ମୋର ଧାରଣା ନ ଥିଲା। ହନୁମାନ ପାଖରେ ମ୍ୟୁଜିଅମର ଚାବି ଥିଲା ଏବଂ ହନୁମାନ ପ୍ରତିଟି ଜିନିଷ କଥା ଜାଣୁଥିଲା। ମୋର ଗବେଷକ ଦୃଷ୍ଟି ଜାଣିପାରୁଥିଲା ଯେ ଏଇ ମ୍ୟୁଜିଅମର ସଂଗ୍ରହକୁ ନେଇ ଏକାଧିକ ବହି ଲେଖିହେବ।

ସଂଗ୍ରହାଳୟ ଭଳି ଏଠାର ପୁସ୍ତକାଳୟ ମଧ୍ୟ ଅତି ମୂଲ୍ୟବାନ ଓ ଦୁଷ୍ପ୍ରାପ୍ୟ ପୁସ୍ତକରେ ଭର୍ତ୍ତି ଥିଲା। ମୋର ଦୁଃଖ ହେଉଥିଲା ଯେ ଏତେ ଜିନିଷ ସବୁ କେହି ଦେଖୁ ନାହାନ୍ତି କିମ୍ବା ପଢୁ ନାହାନ୍ତି; ଅଥବା ଠିକ ଭାବରେ କହିବାକୁ ଗଲେ ଏକମାତ୍ର ହନୁମାନ ହିଁ ଏସବୁର ବିଦଗ୍ଧ ପାଠକ ଏବଂ ସଂଗ୍ରହାଳୟର ଆଗ୍ରହୀ ଦର୍ଶକ ଥିଲା। କାରଣ ମୁଁ ତାର ପ୍ରତିଟି ଆଲମାରି ଖୋଲି ବହି ଅଥବା ଦର୍ଶନୀୟ ବସ୍ତୁ ଦେଖାଇବା ବେଳେ ଜାଣିପାରୁଥିଲି ଯେ ସେ ଏସବୁ ଜିନିଷ ସହିତ ଏବଂ ବହିର ପ୍ରତ୍ୟେକ ପୃଷ୍ଠା ସହିତ ଗଭୀର ଭାବରେ ପରିଚିତ। କିନ୍ତୁ ଆମକୁ ଜିନିଷମାନ ଦେଖାଇବା ବେଳେ ହନୁମାନ ଯାହାସବୁ କହୁଥିଲା, ସେଥିରେ ଜ୍ଞାନର ଦମ୍ଭ ନ ଥିଲା, ବରଂ ଏକ ଅତିମାତ୍ରାର ଦୈନ୍ୟ ଓ ନମ୍ରତା ଥିଲା। ସ୍ୱାମୀଜୀଙ୍କ ପାଖରେ ନିଜର ମ୍ରିୟମାଣତା ଦେଖାଇବାକୁ ଯାଇ ସେ ନିଜକୁ ଆହୁରି ସଂକୁଚିତ କରି ଦେଇଥିଲା। ଏକାକୀ କୋଠରୀରେ ମତେ ଭାଗବତ ପୁରାଣର ମର୍ମ ବୁଝାଇବା ହନୁମାନ ଅନ୍ୟ ଲୋକ ଥିଲା। ବର୍ତ୍ତମାନର ଲୋକ ଥିଲା ସ୍ୱାମୀଜୀଙ୍କର ଅନୁଗତ ଭୃତ୍ୟ ମାତ୍ର।

ଆମକୁ ପୁସ୍ତକାଳୟ ଓ ସଂଗ୍ରହାଳୟ ଦେଖାଇ ସାରି ହନୁମାନ ଗଲା ଆମ ପାଇଁ ଖାଇବାକୁ ଆଣିବା ପାଇଁ। ଆଶ୍ରମର ଶିକ୍ଷା ଦୀକ୍ଷା ରୀତି ନିୟମ ଖାଦ୍ୟପେୟ ସବୁ ପ୍ରାଚୀନ ଭାରତୀୟ ପରମ୍ପରା ଅନୁଯାୟୀ ଥିଲା ଏବଂ ଆମର ଖାଦ୍ୟରେ ଲୁଣର ବ୍ୟବହାର ନ ଥିଲା। ମୋର ସନ୍ନ୍ୟାସୀ ହେବାରେ ଏଭଳି ଏକ ଚେଷ୍ଟା ସହାୟକ ହେବା ଆଶାରେ ମୁଁ ଲୁଣ ନ ମାଗି ଖାଇବାରେ ଲାଗିଲି। ଡେରେକ ନିର୍ବିକାର ଭାବରେ ତାର ଥାଳି ଖାଲି କରିଦେଲା। ଖାଇ ସାରିବା ପରେ ଡେରେକ ଓ ସ୍ୱାମୀଜୀ ତାଙ୍କର କୋଠରୀକୁ ଭିତରୁ ବନ୍ଦ କରିଦେଲେ। ମୁଁ ଏଇ ସମୟରେ ହନୁମାନ ସହିତ କଥାବାର୍ତ୍ତା କରି ଖୁସି ହୋଇଥାନ୍ତି, କିନ୍ତୁ ସେ ମଧ୍ୟ ଉଭାନ ହୋଇଯାଇଥିଲା। ତେଣୁ ମୁଁ ମୋର କ୍ୟାମେରା ନେଇ ହରିଣ ଓ ମୟୂରଙ୍କର ଫଟୋ ଉଠାଇବାକୁ ବଗିଚା ଆଡ଼କୁ ଗଲି।

ଗୋଟିଏ ମୟୂର ପଛରେ ଅନେକ ସମୟ ଦୌଡ଼ିବା ପରେ ବି ମୁଁ ତାର ଗୋଟିଏ ହେଲେ ଫଟୋ ଉଠାଇ ପାରି ନଥିଲି ଏବଂ ଏଇ ନିର୍ଣ୍ଣୟରେ ପହଞ୍ଚିଥିଲି ଯେ ଭାଗବତ ପୁରାଣ ପୃଷ୍ଠାର ମୟୂର ହିଁ ମୋର ସାମର୍ଥ୍ୟର ଅନ୍ତର୍ଭୁକ୍ତ। ପୁଣି ଏଇ କଥାକୁ ଏକ ବ୍ୟାପକ ନିୟମ କରି ଭାବିଥିଲି ଯେ ଆମେ ବିଜ୍ଞ ଲୋକମାନେ ବାସ୍ତବ ବିଷୟକୁ ଛାଡ଼ି ତାର ଗୌଣ ପ୍ରତିରୂପ ପଛରେ ହିଁ

ଧାଇଁଥାଉ। ମୟୂର ବର୍ତ୍ତମାନ ମୋଠାରୁ ବହୁତ ଦୂରରେ ଥାଇ ତାର ପୁଚ୍ଛ ମେଲାଇ ନାଚିବା ଆରମ୍ଭ କରି ଦେଇଥିଲା ଏବଂ ମୁଁ ଉପରକୁ ଅନାଇ ଦେଖିଲି ଯେ ଆକାଶ ମେଘରେ ଛାଇ ଯାଇଛି। ମୁଁ ମୟୂର ପଛରେ ଆଉ କିଛିଦୂର ଧାଇଁବା ପରେ ଗୋଟିଏ ଗଛତଳେ ବସିଲି। ବର୍ତ୍ତମାନ ଆଉ ଖରା ନ ଥିଲା। ଆକାଶର ମେଘ, ଗଛର ଛାଇ ଓ ଆସନ୍ନ ବର୍ଷାର ସମ୍ଭାବନା ଏକ ଶାନ୍ତ ପରିବେଶ ସୃଷ୍ଟି କରିଥିଲା। ମୁଁ ଏଇଭଳି ଅବସ୍ଥାରେ ଗଛତଳେ ବସୁ ବସୁ କେତେବେଳେ ଯେ ଘୁମାଇ ପଡ଼ିଲି, ଜାଣେ ନାହିଁ। ହୁଏତ ମୋର ଏଇ ଘୁମନ୍ତ ଅବସ୍ଥା ଅତି କମ ସମୟର ଥିଲା, କିନ୍ତୁ ଏଇ ମୁହୂର୍ତ୍ତ କେତୋଟିରେ ମୁଁ ଆଖି ବୁଜି ଏକ ସୁଖଦ ସ୍ୱପ୍ନ ଦେଖିଲି। ମୁଁ ଦେଖିଲି ଆଶ୍ରମରେ ସବୁ ଝିଅମାନେ ମୟୂରୀ ହୋଇ ନୀଳଶାଢ଼ି ଓ ଧଳା ବ୍ଲାଉଜ ପିନ୍ଧି ଛାପି ଛାପିକା ଖରା ଭିତର ଦେଇ ଧାଉଁଛନ୍ତି। ତାଙ୍କ ପଛରେ ଅଦ୍ଭୁତ ପୋଷାକ ପିନ୍ଧି ହାତରେ କ୍ୟାମେରା ଧରି ଡେରେକ ଡେଇଁ ଡେଇଁ ଚାଲୁଛି ଏବଂ ଏ ଦୃଶ୍ୟ ଦେଖି ଗଛର ଶୀର୍ଷତମ ଡାଳରେ ବସି ହନୁମାନ ଉଚ୍ଚ ସ୍ୱରରେ ହସୁଛି।

ମୁହୂର୍ତ୍ତକର ସ୍ୱପ୍ନ ପୁଣି ମୁହୂର୍ତ୍ତକେ ଭାଙ୍ଗିଗଲା। ଆଖି ଖୋଲି ଦେଖିଲି ମୋ ପାଖରେ ଆଶ୍ରମର ବାର ତେର ବର୍ଷର ଛୋଟ ଝିଅଟିଏ ବସିଛି। ମୁଁ ଏଠି ବସି ତା ସହିତ କଥାବାର୍ତ୍ତା କଲି। ଏଠାର କନ୍ୟାଶ୍ରମର ଅଦ୍ଭୁତ ନିୟମ ସବୁ ଥିଲା। ଯେଉଁ ଝିଅମାନେ ଏଠାକୁ ପଢ଼ିବାକୁ ଆସୁଥିଲେ ସେମାନଙ୍କର ପଢ଼ା ଶେଷ ପର୍ଯ୍ୟନ୍ତ ଘରକୁ ଯିବାର ଅନୁମତି ନ ଥିଲା। ସେଥିପାଇଁ ଝିଅମାନେ ଥରେ ଆସିଲେ ଦଶ ବାର ବର୍ଷ ପରେ ହିଁ ପଢ଼ା ଶେଷରେ ଘରକୁ ଯିବାର ସୁବିଧା ପାଉଥିଲେ। ମଝିରେ ମଝିରେ ସେମାନଙ୍କର ପରିବାରର ଲୋକ ଆସି ଏଠାରେ ସେମାନଙ୍କୁ ଦେଖିବାର ବ୍ୟବସ୍ଥା ଥିଲା। କିନ୍ତୁ ଅଧିକାଂଶ ଛାତ୍ର ଦରିଦ୍ର ପରିବାରର ଥିଲେ ଏବଂ ବହୁ ଦୂରରୁ ଆସିଥିଲେ। ତେଣୁ ସେମାନେ ଥରେ ଆଶ୍ରମକୁ ଆସିବା ପରେ ପରିବାରଠାରୁ ସମ୍ପୂର୍ଣ୍ଣ ବିଚ୍ଛିନ୍ନ ହୋଇଯାଉଥିଲେ। ଝିଅମାନଙ୍କୁ ବାହାରକୁ ଯିବାକୁ ଦିଆ ଯାଉ ନ ଥିଲା ଏବଂ ଏସବୁ ବିଷୟରେ ସ୍ୱାମୀଜୀଙ୍କର ନିୟନ୍ତ୍ରଣ ଅତି କଠୋର ଥିଲା।

ଝିଅଟି ଏକାଧାରରେ ଅତ୍ୟନ୍ତ ସୁଖୀ ଓ ଗଭୀର ଦୁଃଖୀ ଜଣା ପଡୁଥିଲା ଏବଂ ମୁଁ ତା ପ୍ରତି ସହାନୁଭୂତିଶୀଳ ହେବି ଅଥବା ତାର ସୁଖରେ ଭାଗୀ ହେବି ଠିକ କରିପାରୁ ନ ଥିଲି। ମୁଁ ଝିଅଟିକୁ ହନୁମାନକୁ ଡାକିବା ପାଇଁ ପଠାଇଲି ଏବଂ ଏତିକିବେଳେ ଜାଣିଲି ଯେ ଆଶ୍ରମରେ ହନୁମାନ ବ୍ରହ୍ମଚାରୀ ନାଁରେ ପରିଚିତ ଥିଲା। ଅଳ୍ପ ସମୟ ଭିତରେ ବ୍ରହ୍ମଚାରୀ ବେଶ୍ ଖୁସି ହୋଇ ଆସି ମୋ ପାଖରେ ବସିଲା। ମୁଁ ତାକୁ ଆଶ୍ରମ, ସ୍ୱାମୀଜୀ ଓ ତାର ନିଜ କଥା ପଚାରିଲି।

ସ୍ୱାମୀ ଧର୍ମାନନ୍ଦ, ଯେ କି ଏକ ଧନୀ ପରିବାରର ଏକମାତ୍ର ସନ୍ତାନ ଥିଲେ, ଗୃହତ୍ୟାଗ କରିଥିଲେ ଷୋଳବର୍ଷ ବୟସରେ। ତା ପରେ ତାଙ୍କର ପିତାମାତାଙ୍କର ମୃତ୍ୟୁ ପରେ ସମସ୍ତ ସଂପତ୍ତି ବିନିଯୋଗ କରି ସେ ଏଇ ଆଶ୍ରମର ପ୍ରତିଷ୍ଠା କରିଥିଲେ। ପରବର୍ତ୍ତୀ କାଳରେ

ଅନ୍ୟମାନଙ୍କ ସାହାଯ୍ୟରେ ଆଶ୍ରମ ପରିବର୍ଦ୍ଧିତ ହୋଇଥିଲା। ପ୍ରାଚୀନ ଭାରତର ଧର୍ମ ଓ ସଂସ୍କୃତି ବିଷୟରେ ସ୍ୱାମୀଜୀଙ୍କର ଅଗାଧ ଜ୍ଞାନ ଥିଲା ଏବଂ ସେ ନିଜେ ଅନେକ ଧର୍ମଗ୍ରନ୍ଥର ଟୀକାମାନ ମଧ୍ୟ ଲେଖିଥିଲେ। ଏଇ ଗୁରୁକୁଳ ଆଶ୍ରମ ସ୍ୱାମୀଜୀଙ୍କର ପ୍ରାଚୀନ ଭାରତୀୟ ସଂସ୍କୃତିର ଉତ୍କର୍ଷ ପ୍ରମାଣ କରିବାର ଏକ ସାଧନ ଥିଲା ଏବଂ ସେଥିପାଇଁ ସ୍ୱାମୀଜୀ ଆଶ୍ରମରେ କଠୋର ନିୟମମାନ ପ୍ରଚଳନ କରିଥିଲେ। କେହି କୌଣସି ସାମାନ୍ୟ ନିୟମ ଭଙ୍ଗ କଲେ ସ୍ୱାମୀଜୀ ବିଚଳିତ ହେଉଥିଲେ। ଆଶ୍ରମ କିପରି ନିୟମାନୁଯାୟୀ ଚଳିବ ସେଥିପାଇଁ ସେ ନିଜେ ସବୁ ଜିନିଷ ତଦାରଖ କରୁଥିଲେ ଏବଂ ଆଶ୍ରମରୁ ବାହାରକୁ ଯାଉ ନ ଥିଲେ। କନ୍ୟାଶ୍ରମ ଓ ଛାତ୍ରମାନଙ୍କ ଆଶ୍ରମ ଗୋଟିଏ ତତ୍ତ୍ୱାବଧାନରେ ଥିଲେ ମଧ୍ୟ ଦୁଇଟି ଅନୁଷ୍ଠାନ ମଧ୍ୟରେ କୌଣସି ସଂପର୍କ ନ ଥିଲା। ମଝିରେ ଗୋଟିଏ ଉଚ୍ଚ ପାଚେରି ଥିଲା ଯାହା ଉପରେ କଣ୍ଟା ଲାଗିଥିଲା।

ଆଶ୍ରମର ଇତିହାସରେ ଥରେ ମାତ୍ର ଚାରିତ୍ରିକ ବ୍ୟତିକ୍ରମ ହୋଇଥିଲା। ସମସ୍ତ ସତର୍କତା ସତ୍ତ୍ୱେ ଦୁଇଜଣ ଛାତ୍ରଛାତ୍ରୀ ପ୍ରେମରେ ପଡ଼ିଥିଲେ। ରାତିରେ କନ୍ୟାଶ୍ରମର ଫାଟକ ବନ୍ଦ ରହୁଥିବାରୁ ଛାତ୍ରୀଟିକୁ ହିଁ ପାଚେରି ଡେଇଁ ଛାତ୍ରମାନଙ୍କ ଆଶ୍ରମ ଭିତରକୁ ଯିବାକୁ ହୋଇଥିଲା, ଯେଉଁଠାରୁ ଦୁହେଁ ଆଶ୍ରମ ଛାଡ଼ି ପଳାଇ ଯାଇଥିଲେ। ଦୁଇଦିନ ପରେ ପୋଲିସ ଆଣି ସେମାନଙ୍କୁ ଆଶ୍ରମରେ ଫେରାଇଦେଇ ଯାଇଥିଲା। ଦୁହିଁଙ୍କୁ ଅନେକ ପ୍ରକାରର ଦଣ୍ଡ ଓ ନିର୍ଯାତନା ଦିଆଯାଇଥିଲା। ଶେଷରେ ଏକ ସଭା କରି ସେଥିରେ ଝିଅଟିକୁ ନିଜର ଦୋଷ ସ୍ୱୀକାର କରିବାକୁ କୁହାଯାଇ ଥିଲା। ଝିଅଟି ସେତେବେଳକୁ ଭାଙ୍ଗି ପଡ଼ିଥିଲା ଏବଂ ସମସ୍ତଙ୍କର ଦୃଢ଼ ବିଶ୍ୱାସ ଥିଲା ଯେ ଝିଅଟି ତାର ଭୁଲ ମାନି ନେବ। କିନ୍ତୁ ଝିଅଟି ବିନା ଦ୍ୱିଧାରେ କହିଲା ଯେ ସେ ଯାହା କରିଛି, ଠିକ କରିଛି। ସ୍ୱାମୀଜୀଙ୍କ ମୁହଁ ରାଗରେ ଲାଲ ହୋଇଗଲା। ତାଙ୍କର ଆଖି ଜଳିବାକୁ ଲାଗିଲା। ସେ ଝିଅଟିକୁ ବିଭିନ୍ନ ପ୍ରକାରର ଅଭିଶାପ ଦେଲେ। କିନ୍ତୁ ସେମାନେ ଦୁଇଦିନ ପରେ ପୁଣି ପଳାଇଗଲେ। ଏଥରକ ରାତିରେ ପାଚେରି ଡେଇଁ ନୁହେଁ, ଦିନ ଦିପହରେ ସମସ୍ତଙ୍କ ଆଗରେ। ସେମାନେ ଚାଲିଯିବା ପରେ ଆଶ୍ରମରେ ସେମାନଙ୍କର କୁଶ ପୁତ୍ତଳିକାର ଶବସତ୍କାର ହେଲା। ମଝି ପାଚେରି ଉପରେ କଣ୍ଟା ଲଗାଇ ଦିଆଗଲା ଏବଂ ଆଶ୍ରମର ନିୟମ ସବୁକୁ ଆହୁରି କଠୋର କରିଦିଆଗଲା।

ଏସବୁ କଥା ବ୍ରହ୍ମଚାରୀ ମତେ ସ୍ୱାଭାବିକ ଭାବରେ କହୁଥିଲା, ଯେପରି କି ଏସବୁ ଘଟଣାର ନୈତିକତା ବିଷୟରେ ତାର କୌଣସି ମତ ନ ଥିଲା। ସେହି ପିଲା ଦୁହିଁଙ୍କର ବ୍ୟବହାର କିମ୍ବା ସ୍ୱାମୀଜୀଙ୍କର କ୍ରୋଧ ସଂପର୍କରେ ବ୍ରହ୍ମଚାରୀର ସମ୍ମତି ଅଥବା ବିରୋଧ ନ ଥିଲା। ସେ କେବଳ ଏଇ ଘଟଣାଟିକୁ ବର୍ଣ୍ଣନା ମାତ୍ର କରୁଥିଲା। ବ୍ରହ୍ମଚାରୀ ନିଜେ ଏଇ ଆଶ୍ରମର ଛାତ୍ର ଥିଲା। ସେ ଗୋଟିଏ ଅତି ଦରିଦ୍ର ପରିବାରରେ ତିନି ଭାଇଙ୍କ ଭିତରୁ ସବା ସାନ ଥିଲା। ସଂସ୍କୃତରେ ଭଲ କରୁଥିବାରୁ ଏବଂ ସ୍କୁଲରେ ତାର ଖର୍ଚ୍ଚ ବହନ କରିପାରୁ ନ ଥିବାରୁ ତାର

ଭାଇମାନେ ତାକୁ ସ୍ୱାମୀ ଧର୍ମାନନ୍ଦଙ୍କ ଆଶ୍ରମକୁ ପଠାଇ ଦେଇଥିଲେ। ଏଇଠାରେ ସେ ତାର ସମସ୍ତ ଶିକ୍ଷା ସମାପ୍ତ କରିଥିଲା ଏବଂ ତାପରେ ନିଜ ଚେଷ୍ଟାରେ ପୁସ୍ତକାଳୟରେ ବସି ଅଧ୍ୟୟନ କରୁଥିଲା। ସ୍ୱାମୀଜୀଙ୍କର ଇଚ୍ଛା ଥିଲା ତାଙ୍କର ପୁସ୍ତକାଳୟ ତାଙ୍କ ପ୍ରାନ୍ତର ସବୁଠାରୁ ବଡ଼ ପୁସ୍ତକାଳୟ ହେବ ଏବଂ ସେଥିପାଇଁ ସେ ବହୁ ବ୍ୟୟରେ ଅନେକ ବହି ମଗାଉଥିଲେ। ବ୍ରହ୍ମଚାରୀ ହିଁ ବହିର ସଦୁପଯୋଗ କରୁଥିଲା। ମୋର ହଠାତ୍ ମନେହେଲା ଯେ ସ୍ୱାମୀଜୀଙ୍କର ଶୁଭ ଚିହ୍ନ ପୁସ୍ତକ ବ୍ରହ୍ମଚାରୀର ଗବେଷଣା ପ୍ରସୂତ ଯଦିଓ ସ୍ୱାମୀଜୀଙ୍କର ନାଁ ହିଁ ଲେଖକ ଭାବରେ ଥିଲା। ମୁଁ ତାକୁ ଏକଥା ପଚାରିବାରେ ବ୍ରହ୍ମଚାରୀ କହିଲା ଯେ ବହିଟିରେ ଜଣ ବିଷୟବସ୍ତୁ ଅଛି ତାହା ହିଁ ବେଶି ମହତ୍ତ୍ୱପୂର୍ଣ୍ଣ। କଥା କଥାକେ ବ୍ରହ୍ମଚାରୀ ଆହୁରି ମଧ୍ୟ କହିଲା ଯେ ସ୍ୱାମୀଜୀ ତାର ପିତା ସଦୃଶ।

ଏଇ ପିତାପୁତ୍ରର ସମ୍ପର୍କ ମୋ ପାଇଁ ଅନେକ କିଛି ସମାଧାନ କରିଦେଲା। ବ୍ରହ୍ମଚାରୀ ଆଶ୍ରମର ସବୁ କାମ କରୁଥିଲେ ବି କୌଣସି ପାରିଶ୍ରମିକ ନେଉ ନ ଥିଲା। ସ୍ୱାମୀଜୀ ନିଜ ଇଚ୍ଛାରେ ତାକୁ ଯେତେବେଳେ ଯାହା ଦେଉଥିଲେ ଗ୍ରହଣ କରୁଥିଲା। ତାର ନିଜର ପରିବାର ସହିତ କୌଣସି ସଂପର୍କ ନ ଥିଲା। ଆଶ୍ରମ ହିଁ ତାର ସମସ୍ତ ସଂସାର ଥିଲା, ଯେଉଁଥିରେ ସ୍ରଷ୍ଟା ଓ ଈଶ୍ୱର ଥିଲେ ଏକମାତ୍ର ସ୍ୱାମୀଜୀ। ଆଶ୍ରମକୁ ସମ୍ବଳ କରି ବ୍ରହ୍ମଚାରୀ ସମସ୍ତ ଚିନ୍ତାରୁ ମୁକ୍ତ ଥିଲା।

ଆଶ୍ରମର ବଗିଚାରୁ ଫେରି ଆମେ ସ୍ୱାମୀଜୀଙ୍କ ପାଖକୁ ଆସିଲୁ। କୋଠରୀ ଭିତରୁ ସେଇମାତ୍ର ବାହାରି ଡେରେକ ଓ ସ୍ୱାମୀଜୀ ବାହାରେ ଠିଆ ହୋଇଥିଲେ। ସ୍ୱାମୀଜୀ ଆମକୁ କନ୍ୟାଶ୍ରମର ଅଧ୍ୟୟନ ଗୃହ ଦେଖାଇବାକୁ ବାହାରିଲେ। ଠିକ ଏଇ ସମୟରେ ଧୂଳିଝଡ଼ ଆରମ୍ଭ ହେଲା। ନିମିଷକରେ ସାରା ଆକାଶ ଏକ ଅଦ୍ଭୁତ ଧୂସର ରଙ୍ଗରେ ଛାଇଗଲା। ଚାରିଆଡ଼େ ଧୂଳି ଆଉ ଧୂଳି। ଆଶ୍ରମର ଘର, ବଗିଚା, ହରିଣ ଓ ମୟୂର ସବୁଥିରୁ ହଠାତ୍ ରଙ୍ଗ ସବୁ ଲିଭିଗଲା; ସମସ୍ତେ ଯେମିତି ଏକ କଳା-ଧଳା ଆଉଟ୍ ଅଫ୍ ଫୋକସ୍ ଫଟୋଗ୍ରାଫ ହୋଇଗଲେ। ମୁଁ ଭାବିଥିଲି ଯେ ସ୍ୱାମୀଜୀଙ୍କ ସହିତ ଆମେ ସମସ୍ତେ ପୁଣି ଘର ଭିତରକୁ ଚାଲିଯିବୁ। କିନ୍ତୁ ସ୍ୱାମୀଜୀ ଆଗକୁ ଚାଲିଲେ ଏବଂ ଆମେ ତାଙ୍କ ସହିତ ଆଶ୍ରମର ଶ୍ରେଣୀ ଗୃହ ଦେଖିବାକୁ ଗଲୁ।

ବର୍ତ୍ତମାନ ସାମାନ୍ୟ ବର୍ଷା ପଡ଼ିବା ଆରମ୍ଭ ହୋଇଥିଲା ଓ ଧୂଳିଝଡ଼ ବନ୍ଦ ହୋଇଯାଇଥିଲା। ଆକାଶ ଗାଢ଼ କଳା ଥିଲା ଓ ମଝିରେ ମଝିରେ ବିଜୁଳି ଚମକୁ ଥିଲା। ଆମକୁ ସବୁଆଡ଼ ବୁଲାଇ ଦେଖାଇବା ବେଳକୁ ପ୍ରାର୍ଥନା ସମୟ ହୋଇଗଲା। ସାମାନ୍ୟ ବର୍ଷା ସତ୍ତ୍ୱେ ସମସ୍ତେ ଯାଇ ଆଶ୍ରମର ବିସ୍ତୃତ ଅଗଣାରେ ଧାଡ଼ି ହୋଇ ତଳେ ବସିଲେ। ପ୍ରାର୍ଥନା ଆରମ୍ଭ ହୋଇଛି, ଏଇ ସମୟରେ ମୂଷଳ ଧାରାରେ ବର୍ଷା ଆରମ୍ଭ ହେଲା। ପ୍ରାର୍ଥନା କିନ୍ତୁ ଅବ୍ୟାହତ ରହିଲା, ଯଦିଓ ବର୍ଷା ଓ ବଜ୍ରପାତର ଶବ୍ଦ ଭିତରେ ପ୍ରାର୍ଥନାର ସ୍ୱର ସଂପୂର୍ଣ୍ଣ ଲିଭି ଯାଇଥିଲା।

ବର୍ଷାରେ ଅଗଣା ଭିତରେ ପାଣିର ସୁଅ ଚାଲୁଥିଲା, କିନ୍ତୁ ଛାତ୍ରୀମାନେ ତଥାପି କାଦୁଅ ଭିତରେ ବସି ବର୍ଷା ପାଣିରେ ତିନ୍ତି ଗୀତ ଗାଉଥିଲେ। ଆମେମାନେ ଆଶ୍ରମର ବାରଣ୍ଡା ଉପରେ ବସିଥିଲୁ ଏବଂ ମୁଁ ଏ ପ୍ରବଳ ବର୍ଷା ଭିତରେ ଛାତ୍ରୀମାନଙ୍କର ମୁହଁର ଅଭିବ୍ୟକ୍ତି ଦେଖିବା ପାଇଁ ଅସଫଳ ହୋଇଥିଲି। ଅପନ୍ତରାର ଏଇ ଆଶ୍ରମରେ ଧୂଳିଝଡ଼ ଏବଂ ବର୍ଷା ଭିତରେ ପ୍ରାର୍ଥନାରତା ଶତାଧିକ କନ୍ୟାଙ୍କର ଦମିତ କଣ୍ଠସ୍ୱର ମତେ ଏକ ବାସ୍ତବାତୀତ ଅନୁଭବ ଆଣି ଦେଉଥିଲା

ପ୍ରାର୍ଥନା ସରିବାରୁ ଆମେ ପୁଣି ସ୍ୱାମୀଜୀଙ୍କ କୋଠରୀକୁ ଫେରି ଆସିଲୁ। ଆମର କାମ ସରିଯାଇଥିଲା ଏବଂ ଆମେ କିପରି ଫେରିଯିବୁ ତାହା ହିଁ ଆମର ପ୍ରଧାନ ଚିନ୍ତା ଥିଲା। ଏଇଟି ଡେରେକର ଭାରତରେ ଶେଷ ଦିନ ଥିଲା। ଆରଦିନ ସକାଳ ପ୍ଲେନ୍ରେ ସେ ଆମେରିକା ଫେରିଯିବାର ଥିଲା।

ବର୍ଷା ଟିକିଏ କମିବା ମାତ୍ରେ ହିଁ ଆମେ ଆଶ୍ରମ ଛାଡ଼ିଲୁ। ତାଙ୍କୁ ନମସ୍କାର କରି ବିଦାୟ ନେବାବେଳେ ସ୍ୱାମୀଜୀ ଆମ ସାଙ୍ଗରେ ବ୍ରହ୍ମଚାରୀକୁ ପଠାଇଲେ। ଆଶ୍ରମର ନୂଆ ଘର ତିଆରି କରିବା ପାଇଁ ସିମେଣ୍ଟ ପରମିଟ୍ ଦରକାର ଥିଲା ଏବଂ ବ୍ରହ୍ମଚାରୀ ସେଥିପାଇଁ ସହରକୁ ଯାଉଥିଲା।

ବର୍ଷାରେ ରାସ୍ତା ଆହୁରି ଖରାପ ହୋଇଯାଇଥିଲା ଏବଂ ଆମ ଗାଡ଼ି ସେଥିପାଇଁ ଆହୁରି ମନ୍ଥର ଗତିରେ ଚାଲୁଥିଲା। ସ୍ୱାମୀଜୀଙ୍କ ସହିତ ଦୀର୍ଘ କଥୋପକଥନ ପରେ ବି ଡେରେକ ବିଶେଷ ସନ୍ତୁଷ୍ଟ ମନେହେଉ ନ ଥିଲା। ସେ ଭାବାକ୍ରାନ୍ତ ଥିଲା ଓ ଚୁପଚାପ ବସିଥିଲା। କିଛି ସମୟ ପରେ ସେ ହଠାତ୍ ବ୍ରହ୍ମଚାରୀକୁ ପ୍ରଶ୍ନ କଲା, ତମେ କଣ ସନ୍ନ୍ୟାସରେ ପହଞ୍ଚି ପାରିଛ ? ବ୍ରହ୍ମଚାରୀ ହସିଲା। କହିଲା, ମୋର ଧଳା ଲୁଗାକୁ ଦେଖୁ ନାହାନ୍ତି? ସନ୍ନ୍ୟାସରେ ପହଞ୍ଚି ପାରିଥିଲେ ମୁଁ ତ ଗେରୁଆ ଲୁଗା ପିନ୍ଧିଥାନ୍ତି ! ନା, ମୁଁ ଆଉ ସନ୍ନ୍ୟାସୀ ହୋଇପାରିବି ନାହିଁ।

ବ୍ରହ୍ମଚାରୀ କହିଲା ସେ କିପରି ସବୁ ନୀତି ନିୟମ ସଂପୂର୍ଣ୍ଣ ମାନି ଚଳି ପାରିଲା ନାହିଁ। ଏପରିକି ମୁଣ୍ଡବାଳ ଭଳି ସାମାନ୍ୟ କଥାକୁ ବି ସେ ସମ୍ଭାଳି ପାରିଲା ନାହିଁ। ସ୍ୱାମୀଜୀଙ୍କର ସବୁବେଳେ ଲଣ୍ଡିତ ମସ୍ତକ। କିନ୍ତୁ ବ୍ରହ୍ମଚାରୀର କେତେବେଳେ ବାଳ ଲମ୍ବା ହୋଇଗଲାଣି ତ କେତେବେଳେ ଦାଢ଼ି ବଢ଼ିଗଲାଣି। ଖାଇବା ପିଇବାରେ ବି ସେଇ କଥା। ଆଶ୍ରମରେ ଥିବାବେଳେ ତ ସେ ଆଶ୍ରମର ଖାଇବା ଖାଇଥାଏ; କିନ୍ତୁ ବାହାରକୁ ଗଲେ ବ୍ୟତିକ୍ରମ ହୋଇଯାଏ। ବିନା ଲୁଣର ଖାଇବା ଜିନିଷ ମିଳେ ନାହିଁ ଏବଂ ତାକୁ ମଧ୍ୟ ବ୍ରହ୍ମଚାରୀ ନିର୍ବିକାର ଖାଇଦିଏ। ଏପରିକି ଦିନେ ତାର ଜଣେ ବନ୍ଧୁଙ୍କ ଘରେ ମାଛ ତରକାରିରୁ ଆଳୁ ବାହାର କରି ସେ ଖାଇ ଦେଇଥିଲା, କାରଣ ତାଙ୍କ ଘରେ ଆଉ କିଛି ଖାଇବାକୁ ନ ଥିଲା। ଆଉ ସଂଯମ କଥା ? ପଚିଶ ବର୍ଷ ଖାଲି ପାଦରେ ରହିବା ପରେ ସେ ଏ ବର୍ଷ ହାୱାଇ ଚପଲ ହଳେ କିଣିଲା। ନା, ସେ

ସ୍ୱାମୀଜୀଙ୍କ ଭଳି ସନ୍ନ୍ୟାସୀ ହୋଇ ପାରିବ ନାହିଁ। ସ୍ୱାମୀଜୀଙ୍କର କେବେ କୌଣସି ନିୟମରେ ବ୍ୟତିକ୍ରମ ନ ଥିଲା। ସେ ଥିଲେ ପ୍ରକୃତ ସନ୍ନ୍ୟାସୀ।

ବ୍ରହ୍ମଚାରୀ ଏଥରକ ଚୁପ ରହିଲା। ଡେରେକର ଆଉ କୌଣସି ପ୍ରଶ୍ନ ନ ଥିଲା। ସେ ହୁଏତ ସନ୍ନ୍ୟାସରେ ପହଞ୍ଚିବାର ନୂଆ ଅବଲମ୍ବନ ଖୋଜୁଥିଲା ଅଥବା ଆସନ୍ତାକାଲି ତାର ଆମେରିକା ଫେରିଯିବା କଥା ଭାବୁଥିଲା। ମୁଁ ନିଜେ ଠିକ କରି ପାରୁ ନ ଥିଲି ସନ୍ନ୍ୟାସ ପାଇଁ ତରକାରିରେ ଲୁଣ ଖାଇବା ପରିତ୍ୟାଗ କରିଦେବା ମୋ ପାଇଁ କେତେଦୂର ସମ୍ଭବ ହେବ।

ବର୍ଷାର ପ୍ରକୋପ କମି ନ ଥିଲା ଏବଂ ଆମର ଗାଡ଼ି ଅତି ମନ୍ଥର ଗତିରେ ଅଗ୍ରସର ହେଉଥିଲା। ସେତେବେଳକୁ ଅନ୍ଧାର ବି ହୋଇ ଆସୁଥିଲା ଏବଂ ଡ୍ରାଇଭର ହଠାତ୍ କହିଲା ଯେ ଆଉ ଗାଡ଼ି ଚଳାଇବା ସମ୍ଭବ ନୁହେଁ। ତାକୁ କୌଣସିମତେ ବୁଝାଇ ଅନ୍ତତଃ ମଝି ରାସ୍ତାରେ ପଡୁଥିବା ଛୋଟ ସହର ପର୍ଯ୍ୟନ୍ତ ଗାଡ଼ି ନେବାକୁ କହିଲୁ। ସେଠାରେ କିଛି ସମୟ ବିଶ୍ରାମ ନେଇ ବର୍ଷା କମିବା ପର୍ଯ୍ୟନ୍ତ ଅପେକ୍ଷା କରିହେବ। ଅନେକ କହିବା ପରେ ଡ୍ରାଇଭର ଗାଡ଼ି ଚଳାଇବାକୁ ରାଜିହେଲା, କିନ୍ତୁ ସେଠାରେ ପହଞ୍ଚିବା ପାଇଁ କୋଡ଼ିଏ ମିନିଟର ରାସ୍ତା ଆମକୁ ପୂରା ଦେଢ଼ ଘଣ୍ଟା ଲାଗିଲା। ଆମେ ଯେତେବେଳେ ସେଠାରେ ପହଞ୍ଚିଲୁ, ସବୁ ଦୋକାନ ବଜାର ବନ୍ଦ ହୋଇଯାଇଥିଲା। ତଥାପି ପ୍ରବଳ ବର୍ଷା ହେଉଥିଲା ଏବଂ ବ୍ରହ୍ମଚାରୀ ଆମକୁ ଗାଡ଼ିରେ ଛାଡ଼ିଦେଇ ବର୍ଷାରେ ତିନ୍ତି ତିନ୍ତି ତାର ଜଣେ ପରିଚିତ ଭଦ୍ରବ୍ୟକ୍ତିଙ୍କ ଘର ଖୋଜିବାକୁ ଗଲା। ଶେଷରେ ବେଶ୍ କିଛି ସମୟ ପରେ ଆମେ ଯାଇ ସେ ଭଦ୍ରବ୍ୟକ୍ତିଙ୍କ ଘରେ ପହଞ୍ଚିଲୁ। ଘରଟି ଅତି ଛୋଟ ଥିଲା ଓ ଭଦ୍ରବ୍ୟକ୍ତି ସେତେବେଳକୁ ଜରରେ ପଡ଼ିଥିଲେ। ତାଙ୍କର ବାହାର ଘରେ ଆମେମାନେ ଶୋଇବାର ଚେଷ୍ଟା କଲୁ। ଡ୍ରାଇଭର ଗାଡ଼ି ଭିତରେ ରହିଲା। ବର୍ଷା ବନ୍ଦ ହେଲା ନାହିଁ।

ଅଳ୍ପ ସମୟ ଭିତରେ ବ୍ରହ୍ମଚାରୀ ତାର ସେଇ ଓଦା ଲୁଗା ପିନ୍ଧି ଖାଲି ଚଟାଣ ଉପରେ ନିଦରେ ଶୋଇଗଲା। ଡେରେକ ଓ ମୁଁ ଉନ୍ନିଦ୍ର ହିଁ ରହିଲୁ, କାରଣ ଏପରି ଏକ ନୂଆ ପରିବେଶରେ ଶୋଇବା ସମ୍ଭବ ନ ଥିଲା। କେତେ ଘଣ୍ଟା ସମୟ ଏଇପରି କଟାଇବା ପରେ ବର୍ଷା ବନ୍ଦ ହୋଇଗଲା ଓ ଆକାଶରେ ସାମାନ୍ୟ ଜହ୍ନ ବି ଦେଖାଗଲା। ଡେରେକ ଓ ମୁଁ ବାହାରି ଆସିଲୁ। ଗାଡ଼ି ବାହାରେ ଠିଆ ହୋଇ ଡ୍ରାଇଭର ସିଗାରେଟ ପିଉଥିଲା। ସେ ବି ଶୋଇ ନ ଥିଲା। ଆମେ ସେଇ ମୁହୂର୍ତ୍ତରେ ବାହାରି ଯିବାକୁ ଠିକ କଲୁ, କାରଣ ସକାଳେ ଡେରେକର ଫ୍ଲାଇଟ୍ ଥିଲା। ଆମେ ଭିତରକୁ ଗଲୁ ବ୍ରହ୍ମଚାରୀକୁ ଉଠାଇବା ପାଇଁ। ବ୍ରହ୍ମଚାରୀ ନିଦରୁ ଉଠି ସାରିଥିଲା; କହିଲା, ଆପଣମାନେ ଚାଲିଯା'ନ୍ତୁ। ମୁଁ ମୋର ବନ୍ଧୁଙ୍କର ଦେହ ଭଲ ହୋଇଗଲେ ଯିବି। ଡେରେକ ତାକୁ ସିମେଣ୍ଟ ପରମିଟ କଥା ମନେ ପକାଇଦେଲା, କିନ୍ତୁ ବ୍ରହ୍ମଚାରୀ ସେଥିପ୍ରତି

ଭ୍ରୂକ୍ଷେପ କଲା ନାହିଁ। ତାକୁ ବିଦାୟ ଦେଇ ଆସି ଗାଡ଼ିରେ ବସିବା ବେଳେ ମୁଁ ଡେରେକକୁ କହିଲି, ନା, ବ୍ରହ୍ମଚାରୀ ଆଉ ସନ୍ନ୍ୟାସ ପାଖରେ ପହଞ୍ଚି ପାରିବ ନାହିଁ।

ରାତିର ରହସ୍ୟମୟ ମୁହୂର୍ତ୍ତରେ ଜହ୍ନ ଆଲୁଅରେ ଏକ ଅପରିଚିତ ସହରକୁ ଛାଡ଼ି ଚାଲିଯିବା ଏ କାହାଣୀର ଉପସଂହାର ହେବା ଉଚିତ ଥିଲା। କିନ୍ତୁ ଆମ ପାଇଁ ଆହୁରି ନାଟକୀୟ ଘଟଣା ଘଟିବାର ଥିଲା। ଆମ ସହରରେ ପହଞ୍ଚିବାର ଠିକ ପୂର୍ବରୁ ଡ୍ରାଇଭର ଷ୍ଟିଅରିଂ ଉପରେ ଶୋଇଗଲା ଓ ଗାଡ଼ି ଯାଇ ଛକ ଉପରେ ଧକ୍କା ଖାଇଲା। ମୁଁ ମୋର ହାତ ଗୋଡ଼କୁ ଛୁଇଁ ଦେଖିଲି ଯେ ସବୁ ନିରାପଦ ଅଛି ଏବଂ ଗାଡ଼ିରୁ ଓହ୍ଲାଇଲି। ଡେରେକ ମଧ୍ୟ ଆରପାଖରୁ ଓହ୍ଲାଇଲା। ଡ୍ରାଇଭର ସେତେବେଳକୁ ଚିତ୍କାର କରୁଥିଲା କିନ୍ତୁ ଆମେ ଜାଣିଥିଲୁ ଯେ ତାର ମଧ୍ୟ କିଛି ହୋଇ ନ ଥିଲା; ଆମଠାରୁ ଗାଳି ନ ଶୁଣିବା ପାଇଁ ସେ ପ୍ରତିରକ୍ଷାର ପ୍ରସ୍ତୁତି ମାତ୍ର କରୁଥିଲା। ତଥାପି ଆମେ ତାକୁ ଗାଳି ଦେଲୁ ଏବଂ ଯେତେବେଳେ ଦେଖିଲୁ ଯେ ଗାଡ଼ି ଆଉ ଆଗକୁ ଯାଇ ପାରିବ ନାହିଁ, ତାର ଭଡ଼ା ଛିଣ୍ଡାଇ ଦେଲୁ। ଡ୍ରାଇଭର କିଛି ସମୟ ପଇସା ବିଷୟରେ ତର୍କ କଲା ଏବଂ ପୁଣି ତାର କାଳ୍ପନିକ ଆଘାତ କଥା ମନେ ପକାଇ ଚିତ୍କାର କରିବାରେ ଲାଗିଲା।

ସକାଳ ହୋଇ ଆସୁଥିଲା ଏବଂ ଏତେବେଳେ ସହରକୁ ଯିବାପାଇଁ ଆଉ କୌଣସି ଗାଡ଼ି ମିଳିବାର ସମ୍ଭାବନା ନ ଥିଲା। ତେବେ ଏୟାରପୋର୍ଟ ଖୁବ୍ ବେଶି ଦୂରରେ ନ ଥିଲା। ଡେରେକ ତାର ବ୍ୟାଗ ଉଠାଇଲା। ମୁଁ ବହୁତ କ୍ଳାନ୍ତ ଥିଲି ଓ ଅନ୍ୟ ରାସ୍ତାରେ ବିଶ୍ୱବିଦ୍ୟାଳୟ ବେଶ୍ ପାଖରେ ଥିଲା। ଆମେ ବର୍ତ୍ତମାନ ପରସ୍ପର ପାଖରେ ଯେମିତି ସଂପୂର୍ଣ୍ଣ ଅପରିଚିତ ହୋଇଯାଇଥିଲୁ। ମୁଁ ଏଇ ଜାଗାରେ ହିଁ ଡେରେକକୁ ବିଦାୟ ଦେଇ ଫେରିଯିବାକୁ ଠିକ କଲି। ଡେରେକକୁ ଏୟାରପୋର୍ଟର ରାସ୍ତା ଦେଖାଇ ତା ସହିତ ହାତ ମିଳାଇ ମୋ ରାସ୍ତା ଧରିବା ଆଗରୁ ମୁଁ ଛକ ଉପରେ ଗୋଟାଏ ମୁହୂର୍ତ୍ତ ଠିଆହେଲି। ବେଶ୍ କ୍ଷିପ୍ର ପଦପାତରେ ଡେରେକ ଚାଲିଯାଉଥିଲା। ମୁଁ କିନ୍ତୁ ଯାହାକୁ ଦେଖୁଥିଲି ସେ ଅଦ୍ଭୁତ ପୋଷାକ ପିନ୍ଧିଥିବା ଦାଢ଼ିବାଲା ଲୋକ ନ ଥିଲା; ସେ ଥିଲା ପାସ୍ପୋର୍ଟ ଛବିର ଡେରେକ, ଯେ କି ସୁଟ ପିନ୍ଧି ଆମେରିକାରେ ତାର ସହରର ଆକାଶଚୁମ୍ବୀ ଅଟ୍ଟାଳିକାମାନଙ୍କ ମଝି ଦେଇ ଜନବହୁଳ ରାସ୍ତା ଉପରେ ଆଗକୁ ଚାଲି ଯାଉଥିଲା।

—

ସତ୍ୟାସତ୍ୟ

ପଦ୍ମଧର ହାତ ଉଠାଇ ଆଉଥରେ ଘଡ଼ିକୁ ଦେଖିଲା। ସେ ଯାହାକୁ ଅଧଘଣ୍ଟା ସମୟ ବୋଲି ଭାବିଥିଲା, ପ୍ରକୃତରେ ସାତ ମିନିଟ ମାତ୍ର ଥିଲା। ତା ସହିତ ବିଶ୍ୱାସଘାତକତା କରି ସମୟ ଯେପରି ଅତି ଧୀର ମନ୍ଥର ଗତିରେ ଚାଲୁଥିଲା। ସେ ତାର ଓକିଲ ଆଡ଼କୁ ଅନାଇଲା; କିନ୍ତୁ ସେ ମଧ୍ୟ ଏଇ ସମୟ ଭିତରେ ଅନ୍ୟତ୍ର ଚାଲି ଯାଇଥିଲା। ତା ସାମନାରେ କଚେରୀର କାର୍ଯ୍ୟକ୍ରମ ପୂର୍ବଭଳି ଅବ୍ୟାହତ ରହିଥିଲା ଏବଂ ସେଇ ସାକ୍ଷୀଟିର ଜବାନବନ୍ଦି ଏପର୍ଯ୍ୟନ୍ତ ସରି ନ ଥିଲା।

ଏଇଟି ପଦ୍ମଧରର ଦ୍ୱିତୀୟ ତାରିଖ ଥିଲା। ମୋକଦ୍ଦମାର ପରିଣତି ଆଗରୁ ଜଣାଥିଲା। ତାର ଓକିଲ ତାକୁ କହିଥିଲା ଯେ ତାକୁ ସେ ଭଡ଼ାଘର ଛାଡ଼ିବାକୁ ହିଁ ପଡ଼ିବ; କିନ୍ତୁ ସେ ମୋକଦ୍ଦମା କରି ଏଇ ଘର ଛାଡ଼ିବା ସମୟକୁ ଦୁଇ ତିନି ବର୍ଷ ଗଡ଼େଇ ଦେଇପାରିବ। ପଦ୍ମଧର ଆହୁରି ମଧ୍ୟ ଜାଣିଥିଲା ଯେ ଦୁଇ ତିନି ବର୍ଷ ଆଗରୁ ହିଁ ଏଇ ସହରରୁ ତାର ବଦଳି ହୋଇଯାଇଥିବ ଏବଂ ତାର ଆଉ ଘରର ପ୍ରୟୋଜନ ନ ଥିବ । ଏସବୁ ଜାଣିବା ସତ୍ତ୍ୱେ ବି ପଦ୍ମଧରକୁ ଏଇ ନ୍ୟାୟ ବିଚାରର ବିଭିନ୍ନ ପର୍ଯ୍ୟାୟ ଦେଇ ଯିବାକୁ ପଡୁଥିଲା।

ମୋକଦ୍ଦମାକୁ କିପରି ବିଳମ୍ବାନ୍ୱିତ କରାଯାଇପାରିବ, ତାର ଓକିଲ ସେ ବିଷୟରେ ସିଦ୍ଧହସ୍ତ ଥିଲା। ଓକିଲର କହିବା ଅନୁସାରେ ପଦ୍ମଧରର ମଙ୍ଗଳ ଥିଲା ମୋକଦ୍ଦମାର ଯେତେ ବେଶି ତାରିଖ ହୋଇପାରିବ ସେଥିରେ । ସେଥିପାଇଁ ଓକିଲ ଆସି ମଝିରେ ମଝିରେ ପଦ୍ମଧରକୁ କହୁଥିଲା : ଆମକୁ ଆଜି ଆଫିଡେଭିଟ୍ ଦେବାକୁ ପଡ଼ିବ ଅଥବା, ଆଜି ଆମର ଦେହ ଖରାପ ଥିବାରୁ ଆମକୁ ନୂଆ ତାରିଖ ପାଇଁ ଦରଖାସ୍ତ ଦେବାକୁ ହେବ। ଏଇ ଅସୁସ୍ଥତାକୁ ସାବ୍ୟସ୍ତ କରିବା ପାଇଁ ପଦ୍ମଧରକୁ କଲେଜରୁ ଛୁଟି ନେବାକୁ ମଧ୍ୟ ହେଉଥିଲା।

ମୋକଦ୍ଦମା ଦାଖଲ ହେବାର ଛ' ମାସ ପର୍ଯ୍ୟନ୍ତ କୌଣସି ତାରିଖ ହୋଇ ନ ଥିଲା। ପଦ୍ମଧର ଜାଣିଥିଲା ଏ ତାର ଓକିଲର ବାହାଦୁରୀ। ଓକିଲ ଆସି ମଝିରେ ମଝିରେ ବିଭିନ୍ନ ପ୍ରକାର କାଗଜରେ ତାର ଦସ୍ତଖତ ନେଇଯାଉଥିଲା ଏବଂ ଯେତେବେଳ ପର୍ଯ୍ୟନ୍ତ ପଦ୍ମଧରକୁ କଚେରୀକୁ ଯିବାକୁ ପଡ଼ି ନ ଥିଲା ସେ ବେଶ୍ ଖୁସି ଥିଲା। କିନ୍ତୁ ଶେଷରେ ସମୟ ଆସିଲା ଓକିଲ ଆଉ ମୋକଦ୍ଦମାର ତାରିଖକୁ ଗଡ଼ାଇ ପାରିଲା ନାହିଁ। ଦିନେ ସଞ୍ଜବେଳେ ଓକିଲର ଲୋକ ଆସି ପଦ୍ମଧରକୁ ଖବର ଦେଲା, ଆମକୁ କାଲି କଚେରୀକୁ ଯିବାକୁ ହେବ।

ଏଇଟି ପଦ୍ମଧରର କଚେରୀ ଯିବାର ପ୍ରଥମ ଅଭିଜ୍ଞତା ଥିଲା। ସକାଳୁ ଖାଇପିଇ କଲେଜରୁ ଛୁଟି ନେଇ ସେ ଓକିଲ ଘରକୁ ଗଲା ଏବଂ ସେଠାରୁ ସେମାନେ କଚେରୀକୁ ଗଲେ। କଚେରୀରେ ପହଞ୍ଚି ଓକିଲ ପୁଣି ଅନେକ ପ୍ରକାର କାଗଜରେ ତାର ଦସ୍ତଖତ ନେଲା। ଯୋଉ ହାକିମଙ୍କ ପାଖରେ ତାର ମୋକଦ୍ଦମା ଥିଲା, ତାଙ୍କ କଚେରୀଘର ଉପର ମହଲାରେ ଥିଲା। ସିଡ଼ି ପାର ହୋଇ ତାକୁ କଚେରୀ ଘରେ ବସାଇ ଦେଇ ଓକିଲ ଅନ୍ୟ କାମରେ ଚାଲିଗଲା। ହାକିମ ସେପର୍ଯ୍ୟନ୍ତ ଆସି ନ ଥିଲେ, କିନ୍ତୁ ପଦ୍ମଧର ଦେଖିଲା ଯେ, କଚେରୀ କାମରେ କୌଣସି ବ୍ୟତିକ୍ରମ ନ ଥିଲା। ସାକ୍ଷୀ, ପୁଲିସ, ଆସାମୀ, ମୋହରିର, ଓକିଲ, ମହକିଲ ସମସ୍ତେ ବ୍ୟସ୍ତଭାବରେ ଏପାଖ ସେପାଖ ଯିବା ଆସିବା କରୁଥିଲେ ଏବଂ ପଗଡ଼ି ପିନ୍ଧା ପିଅନ ମଝିରେ ମଝିରେ ଥାକ ଥାକ ଫାଇଲକୁ ଏ ପାଖରୁ ସେ ପାଖକୁ କରୁଥିଲା। ବିଭିନ୍ନ ଲୋକ ବିଭିନ୍ନ କାଗଜ ଉପରେ ଦସ୍ତଖତ କରୁଥିଲେ। ପଦ୍ମଧରକୁ ଏ ଗୋଟିଏ ମେଳା ଭଳି ଲାଗୁଥିଲା, ଯେଉଁଠି ନ୍ୟାୟବିଚାର ନେବାକୁ ଆସିଥିବା ଲୋକମାନେ ଟିପଚିହ୍ନ, କୋର୍ଟ ଫି, ଷ୍ଟାମ୍ପ କାଗଜ, ତାରିଖ, ଓକାଲତନାମା ଓ ସମନ ଭଳି ସାମାନ୍ୟ ଜିନିଷମାନ କିଣିନେଇ ଚାଲିଯାଉଥିଲେ।

ପ୍ରଥମ ତାରିଖ ଦିନ ପଦ୍ମଧରକୁ ସବୁକିଛି ନୂଆ ନୂଆ ଲାଗିଥିଲା ଏବଂ କଚେରୀର କାର୍ଯ୍ୟକଳାପ ତାକୁ ବିରକ୍ତିକର ଜଣାଯାଇ ନ ଥିଲା। ହାକିମ ସେଠାରେ ନ ଥିଲେ ଏବଂ ଯଦିଓ ଏକଥା କେହି ସେମାନଙ୍କୁ ସଠିକ ଭାବରେ ଜଣାଇ ନ ଥିଲା, ଲୋକମାନେ କଥାବାର୍ତ୍ତା କରୁଥିଲେ ଯେ, ହାକିମ ପହଞ୍ଚି ଯାଇଛନ୍ତି ଏବଂ ତାଙ୍କ ଚେମ୍ବରରେ ଅଛନ୍ତି। ଏ କଥା ଶୁଣି ପଦ୍ମଧରର ମନେହୋଇଥିଲା ଯେ ହାକିମ ଖୁନ, ରାହାଜନୀ, ଜନାକାରୀ ଜାତୀୟ କୌଣସି ଗୁରୁତର ମୋକଦ୍ଦମାର କାଗଜପତ୍ର ନେଇ ଭିତରେ ବ୍ୟସ୍ତ ଅଛନ୍ତି। ଏଭଳି ଜଣେ ହାକିମଙ୍କ ପାଖରେ ସେ ତାର ଭଡ଼ାଘର ଭଳି ଅତି ଗୌଣ ମୋକଦ୍ଦମା ଦାଖଲ କରିଥିବାରୁ ମନେ ମନେ କ୍ଷୁଣ୍ଣ ଓ ଲଜ୍ଜିତ ହେଉଥିଲା।

ଏଇ ସମୟରେ ଧଇଁସଇଁ ହୋଇ ତାର ଓକିଲ ଆସି ପହଞ୍ଚିଲା। ତାର ଓଠରୁ ପାନର ଧାର ବହିଯାଉଥିଲା ଓ ଝାଳ ଲାଗି ତାର କଳା କୋଟ ଛାପିଛାପିକା ଦେଖାଯାଉଥିଲା। ତାର ମୋକଦ୍ଦମା ଆରମ୍ଭ ହେବ ମନେକରି ପଦ୍ମଧର ସଜାଗ ହୋଇ ବସିଲା; କିନ୍ତୁ ଓକିଲ ତାକୁ ସମ୍ବାଦ ଦେଲା ଯେ, ଆଜି ହାକିମ ଆଉ ଆସିବେ ନାହିଁ। ଏତିକି କହି ଓକିଲ ଯାଇ କିରାଣି ପାଖରେ ଆସନ୍ତା ତାରିଖର ମୂଳ କଲା। ସେଠାରୁ ଆସି ନିଜର ଛାପିଛାପିକା କୋଟରୁ ଅଦୃଶ୍ୟ ଧୂଳି ଝାଡୁ ଝାଡୁ ସେ ପଦ୍ମଧରର କାନରେ ଆଗାମୀ ତାରିଖଟି ଫୁସଫୁସ କରି କହିଲା ଏବଂ ପୁଣି ବ୍ୟସ୍ତ ଭାବରେ ବାହାରିଗଲା।

କଚେରୀ ଘରୁ ବାହାରିବା ବେଳେ ପଦ୍ମଧର ହାକିମଙ୍କର ଚେମ୍ବର କୁହାଯାଉଥିବା କୋଠରୀକୁ ଉଙ୍କିମାରି ଅନାଇଲା। କୋଠରୀଟି ଅତି ସଂକୀର୍ଣ୍ଣ, ଅନ୍ଧକାରାଚ୍ଛନ୍ନ ଓ ଆବର୍ଜନାପୂର୍ଣ୍ଣ

ଥିଲା। କୋଠରୀରେ ଥିବା ଟେବୁଲ ଉପରେ ସମୟ ଲାଗି ହଳଦିଆ ପଡ଼ିଯାଇଥିବା ବିଡ଼ା ବିଡ଼ା କାଗଜ, ପାଣି ନ ଥିବା ସୁରେଇ, ଭଙ୍ଗା ଗିଲାସ, ଅଧା ଶୋଇବା ଅବସ୍ଥାରେ ଥିବା ଦୁଆତ ଏବଂ ଅନେକ ବର୍ଷ ତଳର ଛିଣ୍ଡା କ୍ୟାଲେଣ୍ଡର ଇତ୍ୟାଦି ଇତସ୍ତତଃ ଭାବରେ ରହିଥିଲା। ପାଖରେ ପଡ଼ିଥିବା ଚଉକିର ତିନୋଟି ଗୋଡ଼ ଥିଲା ଏବଂ କେତୋଟି ଇଟା ପରସ୍ପର ଉପରେ ଭରା ଦେଇ ଚତୁର୍ଥ ଗୋଡ଼ର କାମ ସଂପାଦନ କରୁଥିଲେ। ଏଇ ଗୁପ୍ତ କୋଠରୀକୁ ଦେଖିବା ପରେ ହାକିମଙ୍କର ପ୍ରତିପତ୍ତି ବିଷୟରେ ପଦ୍ମଧରର ସାମାନ୍ୟ ସନ୍ଦେହ ହେଲା। କିନ୍ତୁ ତାଙ୍କ ସମ୍ବନ୍ଧରେ ଓକିଲ କହିଥିବା ସର୍ବୋତ୍ତମ ବିଶେଷଣମାନଙ୍କ କଥା ମନେପକାଇ ପଦ୍ମଧର ନିଜ ମନ ଭିତରୁ ସନ୍ଦେହ ସବୁକୁ ଦୂର କରିଦେଲା ଏବଂ ସ୍ଥିର କରିନେଲା ଯେ ଏଇ ଛୋଟ କୋଠରୀ ଆର ପାଖେ ଅନ୍ୟ ଏକ ସୁଦୃଶ୍ୟ ଓ ମନୋରମ ପ୍ରକୋଷ୍ଠ ଅଛି ଯାହା ହାକିମଙ୍କର ଖାସ କମରା।

ଦ୍ୱିତୀୟ ତାରିଖ ଦିନ ପଦ୍ମଧର ବସ ଫେଲ ହେଲା ଏବଂ କଚେରୀରେ ବିଳମ୍ବରେ ପହଞ୍ଚିଲା। ଅତି ସଙ୍କୋଚର ସହିତ ସେ ଓକିଲକୁ ଖୋଜିବାକୁ ଗଲା; କାରଣ ମୋକଦ୍ଦମାରେ ଜିତିବା ହାରିବା ଅପେକ୍ଷା ଓକିଲ ସେ ଡେରିରେ ପହଞ୍ଚିଥିବାରୁ ତାକୁ ଗାଳି ଦେଇପାରେ, ସେ ବିଷୟରେ ପଦ୍ମଧର ବେଶି ସଚେତନ ଥିଲା, କିନ୍ତୁ ଓକିଲ ମଧ୍ୟ ସେ ପର୍ଯ୍ୟନ୍ତ ଆସି ନ ଥିଲା। ପଦ୍ମଧର ସାମାନ୍ୟ ଆଶ୍ୱସ୍ତ ହେଲା ଏବଂ କଚେରୀର ପଛ ବେଞ୍ଚରେ ବସି ସେତେବେଳେ ଚାଲୁଥିବା ମୋକଦ୍ଦମାର ଧାରା ସହିତ ନିଜକୁ ସାମିଲ କରିବାକୁ ଚେଷ୍ଟା କଲା। ବିଚାରକ ତାଙ୍କ ଆସନରେ ଉପବିଷ୍ଟ ଥିଲେ। ତାଙ୍କ ମୁଣ୍ଡ ଉପରର ବିଜୁଳି ପଙ୍ଖାଟି ଅସମ୍ଭବ ଶବ୍ଦ କରି ଘୂର୍ଣ୍ଣାୟମାନ ଥିଲା ଏବଂ ପ୍ରତିବାଦୀ ପକ୍ଷର ଓକିଲ ଅତି ଉଚ୍ଚ ସ୍ୱରରେ ଜେରା କରୁଥିଲେ। ମୋକଦ୍ଦମାଟି ବିଶେଷ ଚିତ୍ତାକର୍ଷକ ଥିଲା ବୋଲି ପଦ୍ମଧରର ମନେହେଲା, କାରଣ ନିୟମିତ ଅନ୍ତରାଳରେ ପରଦାର, ସତୀତ୍ୱ ଓ ଛାଡ଼ପତ୍ର ଭଳି ଶବ୍ଦମାନ ଉଚ୍ଚାରିତ ହେଉଥିଲା ଏବଂ ଉପସ୍ଥିତ ଦର୍ଶକମାନଙ୍କର ହାସ୍ୟ ଉଦ୍ରେକ କରୁଥିଲା।

କାଠଗଡ଼ା ଭିତରେ ଗୋଟିଏ ଛୋଟ ପିଲା ଠିଆ ହୋଇଥିଲା ଯେ କି ଏଇ ପରିବେଶ ଭିତରେ ବିଶେଷ ହତଚକିତ ଓ ମ୍ରିୟମାଣ ଦେଖାଯାଉଥିଲା। ବିଚାରକ ତା ଆଡ଼କୁ କ୍ରୋଧିତ ନ ହେଲେ ବି ଗମ୍ଭୀର ଭାବରେ ଅନାଉଥିଲେ ଯାହା ଫଳରେ ପିଲାଟି ଆହୁରି ସଂକୁଚିତ ହୋଇଯାଉଥିଲା। ପ୍ରତିବାଦୀ ପକ୍ଷ ଓକିଲ, ପଦ୍ମଧରର ଓକିଲ ନୁହେଁ, ଜଣେ ନିପୁଣ ଧନୁର୍ଦ୍ଧର ଭଳି ପିଲାଟି ଆଡ଼କୁ ପ୍ରଶ୍ନର ତୀର ସବୁ ନିକ୍ଷେପ କରୁଥିଲା ଯାହା ହୁଏତ ଜଣେ ଅଭିଜ୍ଞ ସାକ୍ଷୀ ଏଡ଼ିଦେଇ ପାରିଥାନ୍ତା; କିନ୍ତୁ ପିଲାଟିକୁ ପୁନଃ ପୁନଃ କ୍ଷତବିକ୍ଷତ କରୁଥିଲା। ପଦ୍ମଧର ଏ ପର୍ଯ୍ୟନ୍ତ ଏଇ ମୋକଦ୍ଦମାରେ ମନୋଯୋଗ କରିପାରି ନ ଥିଲା; କିନ୍ତୁ ହଠାତ୍ ହାସ୍ୟରୋଳର ଏକ ଉଚ୍ଚ ବିସ୍ଫୋରଣ ପରେ ସେ ଉତ୍କର୍ଣ୍ଣ ହୋଇ ବସିଲା। 'ଲାଇଟ ଲିଭାଇ ଦେବା ପରେ ତମର ମା ଏବଂ ସେ ଲୋକଟି କଣ କଲେ', ଓକିଲ ପିଲାଟିକୁ ପଚାରିଲା।

ବିପକ୍ଷ ଓକିଲ ଯେପରି ଏଇ ପ୍ରଶ୍ନଟିର ଅପେକ୍ଷାରେ ଥିଲା। ହଠାତ୍ ଠିଆ ହୋଇପଡ଼ି ସେ ନିଜର ବକ୍ତୃତା ଆରମ୍ଭ କଲା: ମାନ୍ୟବର ବିଚାରପତି, ଇତ୍ୟାଦି ଇତ୍ୟାଦି। ଦର୍ଶକବୃନ୍ଦ ଏକ ରୋଚକ ବିବରଣୀରୁ ବଞ୍ଚିତ ହୋଇ ହତାଶ ହେବା ଭଳି ମନେହେଲେ ଏବଂ ବିରକ୍ତିସୂଚକ ଶବ୍ଦରେ କୋଠରୀଟି ପ୍ରତିଧ୍ୱନିତ ହେଲା। ଏଇଭଳି ଏକ ବିଶ୍ରାନ୍ତିର ସୁଯୋଗ ନେଇ ପଦ୍ମଧର ସିଡ଼ିରେ ଓହ୍ଲାଇ ବାହାରକୁ ଆସିଲା। ଭାଗ୍ୟକୁ ସିଡ଼ି ତଳେ ତାର ଓକିଲ ଠିଆ ହୋଇଥିଲା। ସେ ତାକୁ ସଂବାଦ ଦେଲା ଯେ ତାର ମୋକଦ୍ଦମା ଡେରିରେ ଆରମ୍ଭ ହେବ।

ସମୟ କଟାଇବା ପାଇଁ ପଦ୍ମଧର କଚେରୀ ସାମନାର ଭ୍ରାମ୍ୟମାଣ ଦୋକାନୀମାନଙ୍କ ଆଗରେ କିଛି ସମୟ ପଦଚାରଣା କଲା। ଏଠାରେ ଯେଉଁ ସବୁ ସାମଗ୍ରୀ ବିକ୍ରୟ ହେଉଥିଲା ସେସବୁ ଅଦ୍ଭୁତ ଧରଣର ଥିଲା ଯାହାକି ସଚରାଚର ଅନ୍ୟ ସ୍ଥାନରେ ବିକ୍ରୟ ହେଉ ନ ଥିଲା। ଉଦାହରଣ ସ୍ୱରୂପ, ଗୋଟିଏ ଦୋକାନରେ ଶିଳାଜିତ, ମୃତସଞ୍ଜୀବନୀ, କାୟାକଳ୍ପ ବଟି ଇତ୍ୟାଦି ଅନେକ ବୟସ ଓ ଶକ୍ତିବର୍ଦ୍ଧକ ଔଷଧ ଥିଲା ଯାହାର ବିକ୍ରେତା ସ୍ୱପ୍ନଦୋଷ, ଧ୍ୱଜଭଙ୍ଗ ଇତ୍ୟାଦି ବିଷୟରେ ବକ୍ତୃତା ଦେଉଥିଲା। ତାର ଜଣେ ସଫଳ ପ୍ରତିଦ୍ୱନ୍ଦ୍ୱୀ ବାଘ ନଖ, ଓଟ ଦୁଧ, କୋଚିଲାଖାଇ ରକ୍ତ, ବଜ୍ରକାପ୍ତା କାତି ଓ କୃକଳାସ ତୈଳ ପ୍ରମୁଖ ଦୁର୍ଲଭ ଜିନିଷର ଗୁଣଗାନ କରୁଥିଲା। ତା ପାଖରେ ସାମୁଦ୍ରିକ ବିଦ୍ୟାର ଦୋକାନ ଥିଲା ଯେଉଁଠାରେ ଏକ ରେଖାବହୁଳ ପାପୁଲିର ବୃହତ୍ ଚିତ୍ର ତଳେ ଗୋଟିଏ ଶୁକପକ୍ଷୀ ଧାଡ଼ି ହୋଇ ରହିଥିବା କାଗଜରୁ ଗୋଟିଏ ଉଠାଇ ଗ୍ରାହକମାନଙ୍କ ଭାଗ୍ୟ ନିର୍ଦ୍ଧାରଣ କରୁଥିଲା। ବିଷନାଶକ ଔଷଧର ବିକ୍ରେତା ନିଜର ମହୌଷଧିର ଉପାଦେୟତା ପ୍ରମାଣିତ କରିବା ପାଇଁ ଗୋଟିଏ ପାଇଁ ଗୋଟିଏ ଗୃହପାଳିତ ବୃଶ୍ଚିକ ଦ୍ୱାରା ନିଜକୁ ଆହତ ଓ ମୃତ କରୁଥିଲା ଏବଂ ତତ୍କ୍ଷଣାତ୍ ସଞ୍ଜୀବନୀ ପ୍ରୟୋଗ ପରେ ପୁନର୍ଜୀବିତ ହେଉଥିଲା। ଅନ୍ୟ ଏକ ଦିଗରେ ଏକ ପରୋପକାରୀ ଦୋକାନୀ ହୀରା, ନୀଳା, ମୋତି, ମାଣିକ୍ୟ, ପଦ୍ମରାଗ, ଗୋମେଦ ଇତ୍ୟାଦି ବହୁ ମୂଲ୍ୟର ପଥର ସବୁ ପାଣି ମୂଲ୍ୟରେ ବିକ୍ରି କରୁଥିଲା। ଏସବୁ ପଦ୍ମଧରର ପ୍ରୟୋଜନୀୟ ନ ଥିବାରୁ ସେ ପାଖର ବହି ଦୋକାନକୁ ଗଲା ଯେଉଁଠାରେ ଅନେକ ଅଶ୍ଳୀଳ ଓ କାମୋଦ୍ଦୀପକ ବହିର ଥାକ ତଳେ ଅନେକ ପୁରୁଣା ବହି ଜମା ହୋଇଥିଲା। ଅନେକ ଖୋଜିବା ପରେ ସେ ନିଜର ପରିସ୍ଥିତି ସହିତ ଖାପ ଖାଉଥିବା ଶୀର୍ଷକର ଗୋଟିଏ ବହି କିଣିଲା ଯାହାର ନାଁ ଥିଲା 'ଦି ଟ୍ରାୟାଲ' ଏବଂ ଯାହାର ଲେଖକ କୌଣସି ଫ୍ରାଞ୍ଜ୍ କାଫ୍କା ଥିଲେ।

କଚେରୀର ପଛ ବେଞ୍ଚରେ ଆଗ୍ରହୀ ଦର୍ଶକମାନଙ୍କ ଭିତରେ ବସି ପଦ୍ମଧର ବହିଟି ପଢ଼ିବା ପାଇଁ ଚେଷ୍ଟା କଲା, କିନ୍ତୁ ସଫଳ ହେଲା ନାହିଁ। ଆଗରୁ ଚାଲିଥିବା ମୋକଦ୍ଦମାର ଧାରା ବର୍ତ୍ତମାନ ଆଉ ଚିତ୍ତାକର୍ଷକ ନ ଥିଲା ଏବଂ ଦର୍ଶକମାନଙ୍କ ଭିତରୁ ଅଧିକାଂଶ ଚାଲିଯାଇଥିଲେ। ଓକିଲ, ପଦ୍ମଧରର ଓକିଲ ନୁହେଁ, ବର୍ତ୍ତମାନ ତାର ଧାର ନ ଥିବା ତୀର ସବୁ ନିସ୍ପୃହ ଭାବରେ

ଫିଙ୍ଗୁଥିଲା, ଯାହାକୁ ସାକ୍ଷୀ ଅନାୟାସରେ ଏଡ଼ାଇ ଚାଲିଥିଲା। କାଠଗଡ଼ାରେ ବର୍ତ୍ତମାନ ଜଣେ ପୋଷ୍ଟମ୍ୟାନ୍ ଛିଡ଼ା ହୋଇଥିଲା ଏବଂ ପ୍ରଶ୍ନମାନ ଥିଲା ସ୍ତ୍ରୀଲୋକଟିକୁ ପଠାଯାଇଥିବା ପ୍ରେମପତ୍ରମାନଙ୍କ ବିଷୟରେ। ବିପକ୍ଷ ଓକିଲ ଡାକବିଭାଗ ନିୟମାବଳୀ ବିଷୟରେ ପରିଭାଷିକ ପ୍ରଶ୍ନମାନ ଉତ୍ଥାପନ କରୁଥିଲା ଯାହା ସମସ୍ତ କାର୍ଯ୍ୟକ୍ରମକୁ ଅତି ନୀରସ କରି ଦେଇଥିଲା। ବହିଟି ବନ୍ଦ କରି ପଦ୍ମଧର ହାତ ଉଠାଇ ଆଉଥରେ ଘଡ଼ିକୁ ଦେଖିଲା। ସେ ଯାହାକୁ ଅଧଘଣ୍ଟା ସମୟ ବୋଲି ଭାବିଥିଲା, ପ୍ରକୃତରେ ସାତ ମିନିଟ ମାତ୍ର ଥିଲା।

ଏଥରକ ସମୟ କଟାଇବା ପାଇଁ ପଦ୍ମଧର ନିଜର କଳ୍ପନାର ଆଶ୍ରୟ ନେଲା। ହାକିମଙ୍କ ଚନ୍ଦାମୁଣ୍ଡ ଉପରେ ସେ ଗୋଟିଏ ବିଚାରକର ନିକଲି ବାଳ ଖଞ୍ଜିଦେଲା ଓ ଉପରେ ଚାଲୁଥିବା ପଙ୍ଖାଟିକୁ ଖୋଲିଦେଇ ହାତଟଣା ପଙ୍ଖା ଲଗାଇଦେଲା। କଚେରୀର ପିଅନକୁ ସେ ବରକନ୍ଦାଜର ପୋଷାକ ପିନ୍ଧାଇଲା। ଡାକବାଲାର ଖାକି ପୋଷାକ ଖୋଲିନେଇ ସେ ତା ହାତରେ ଝୁମ ଝୁମ କରୁଥିବା ଗୋଟିଏ ବାଡ଼ି ଦେଇ ପୁରୁଣା କାଳର ରନର୍ କରିଦେଲା। ଓକିଲମାନଙ୍କ ମୁହଁରେ ଲାଲ ରଙ୍ଗ ଲଗାଇ ସେ ସେମାନଙ୍କୁ ଗୋରା ସାହେବ କରିଦେଲା ଏବଂ କଚେରୀ ଘର ଚାରିପାଖେ ଘୋଡ଼ସବାର ସୈନିକ ସଜାଇ ଦେଲା। ମୋକଦ୍ଦମା ବର୍ତ୍ତମାନ ସିପାହୀ ବିଦ୍ରୋହ ବେଳର ଘଟଣା ଥିଲା ଏବଂ ତାନ୍ତିଆଟୋପେଙ୍କର କୌଣସି ଚିଠିର ଜବାବ ସୁଆଲ ହେଉଥିଲା।

ପଦ୍ମଧର ଏଥିରେ ବିଶେଷ ସନ୍ତୁଷ୍ଟ ହେଲା ନାହିଁ, କାରଣ ସିପାହୀ ବିଦ୍ରୋହ ବିଷୟରେ ତାର ଜ୍ଞାନ ଅତ୍ୟନ୍ତ ସୀମିତ ଥିଲା। ସେ ଘଟଣାଟିକୁ ଆହୁରି ସମସାମୟିକ କରିବା ପାଇଁ ଚେଷ୍ଟାକଲା। ଏଥିପାଇଁ ସେ ବିଚାରକଙ୍କ ମୁଣ୍ଡ ଉପରୁ ନକଲି ବାଳ ଖୋଲିନେଲା ଓ ବିଜୁଳି ପଙ୍ଖାର ସୁଇଚ୍ ଚଳାଇଲା। କଚେରୀର ସମସ୍ତଙ୍କୁ ସେ ସେମାନଙ୍କର ପୋଷାକମାନ ଫେରାଇଦେଲା। ଓକିଲ ବର୍ତ୍ତମାନ ଡାକବାଲାକୁ ପ୍ରଶ୍ନ କରୁଥିଲା: ନକ୍ସାଲବାଡ଼ିରୁ ଆସିଥିବା ସେଇ ଚିଠିଟି ତମେ କାହାକୁ ଦେଇଥିଲ? ବିପକ୍ଷ ଓକିଲ ଯେପରି ଏଇ ପ୍ରଶ୍ନର ଅପେକ୍ଷାରେ ଥିଲା। ହଠାତ୍ ଠିଆ ହୋଇପଡ଼ି ସେ ନିଜର ବକ୍ତୃତା ଆରମ୍ଭ କଲା : ମାନ୍ୟବର ବିଚାରପତି, ଇତ୍ୟାଦି ଇତ୍ୟାଦି। ଏଇ ସମୟରେ କଚେରୀ ଘରେ ବୋମା ଫୁଟିବାର ଶବ୍ଦ ହେଲା। ଅସମ୍ଭବ କୋଳାହଳ କରି ଅନେକ ଲୋକ କଚେରୀକୁ ଘେରିଗଲେ। ହାତରେ ବନ୍ଧୁକ ଧରି କିଛି ଲୋକ ହାକିମଙ୍କ ଚେମ୍ବର ଭିତରୁ ବାହାରି ଆସିଲେ ଓ ଚିତ୍କାର କରି କହିଲେ, ଆମର ଏ ଆଇନକାନୁନ ଓ ବିଚାର ପଦ୍ଧତିରେ ବିଶ୍ୱାସ ନାହିଁ।

ପଦ୍ମଧର ଘଟଣାସବୁକୁ ଆହୁରି ପ୍ରାଞ୍ଜଳ ଭାବରେ ଦେଖିବା ପାଇଁ ଚେଷ୍ଟା କଲା। କିନ୍ତୁ ତାର କ୍ଳାନ୍ତି, ଅପେକ୍ଷାଜନିତ ବିରକ୍ତି, ଉପରେ ପଙ୍ଖାର ଶବ୍ଦ, ଖରାବେଳ ସବୁ ମିଶି ତାର ଆଖିକୁ ବନ୍ଦ କରିଦେଲେ। ସେ ତାର ବେଞ୍ଚ ଉପରେ ଆଉଜିଗଲା। ସେ ଏଥରକ ଦେଖିଲା ଯେ ହାକିମ

ଗୋଟିଏ କାଠର ପୁତ୍ତଳିକା ପାଲଟି ଯାଇଛନ୍ତି। ତାଙ୍କ ହାତରୁ ସୂତା ସବୁ ଯାଇ ଛାତ ଉପରେ ଅଦୃଶ୍ୟ ହୋଇଯାଇଛି। ଚାବି ଦିଆଯାଇଥିବା ଖେଳନା ଭଳି ଓକିଲ ଦୁହେଁ ଅଭିନୟ କରି ଯାଉଛନ୍ତି ଏବଂ କାଠଗଡ଼ାର ଲୋକଟି ନିଦରେ ଶୋଇ ଅର୍ଥହୀନ କଥା ସବୁ କହୁଛି। ଚେମ୍ବର ଘର ଭିତରୁ ଗଧ ବୋବାଇବାର ଶବ୍ଦ ଆସୁଛି ଏବଂ ଛାତ ଉପରେ ଶାଗୁଣା ଉଡୁଛନ୍ତି। ଝରକା ଭିତର ଦେଇ କଳାମେଘ ଆସି କଚେରୀ ଘରକୁ ଆବୃତ କରିଦେଉଛି ଏବଂ ସବୁକିଛି ଅନ୍ଧକାରାଚ୍ଛନ୍ନ ହୋଇଯାଉଛି।

କିଏ ଆସି ପଦ୍ମଧରକୁ ହଲାଇଲା ଏବଂ ତାର ନିଦ ଭାଙ୍ଗିଗଲା। ସେ ଉଠି ଦେଖିଲା ଯେ, ହାକିମ ଚାଲିଗଲେଣି ଏବଂ କଚେରୀ ଘର ପ୍ରାୟ ଜନଶୂନ୍ୟ। ସେ ତାର ଓକିଲକୁ ଅନେକ ଖୋଜି ମଧ୍ୟ ପାଇଲା ନାହିଁ ଏବଂ ଶେଷରେ ସେଇ କିରାଣି ପାଖରୁ ତୃତୀୟ ତାରିଖ ସଂଗ୍ରହ କଲା। ସିଡ଼ିଦେଇ ତଳକୁ ଓହ୍ଲାଇବା ବେଳେ ତାର ମନେପଡ଼ିଲା ଯେ ତାକୁ ସ୍ତ୍ରୀ କହିଥିଲା ନିଦ ଔଷଧ କିଣିବା ପାଇଁ। ସେ ବିଷୟରେ ସେ ନିଜକୁ ସ୍ମରଣ କରାଇଲା ଓ ରାସ୍ତା ଉପରକୁ ଓହ୍ଲାଇଲା। ଅନ୍ୟ ସବୁ ଦୋକାନ ବନ୍ଦ ହୋଇଯାଇଥିଲେ ବି ବହି ଦୋକାନ ଏ ପର୍ଯ୍ୟନ୍ତ ଖୋଲାଥିଲା। ପଦ୍ମଧର ଯାଇ ସକାଳେ କିଣିଥିବା ବହିଟି ଦୋକାନୀକୁ ବିକ୍ରି କରିଦେଲା। ହିସାବ କରି ଦେଖିଲା ଯେ ଏଇ କ୍ରୟ-ବିକ୍ରୟରେ ତାର ବିଶେଷ କିଛି କ୍ଷତି ହୋଇ ନ ଥିଲା।

ତା ହାତରେ ବେଶ୍ କିଛି ସମୟ ଥିବାରୁ ସେ ବସ ନ ନେଇ ପାଦରେ ଚାଲି ଘରକୁ ଫେରିବା ପାଇଁ ଠିକ କଲା। ସେ ସେଦିନ ପାଇଁ ମଧ୍ୟ କଲେଜରୁ ଛୁଟି ନେଇଥିଲା। ତାର ଛୁଟି ଦରଖାସ୍ତ ଠିକ ସମୟରେ ଠିକ ଜାଗାରେ ପହଞ୍ଚିଲା କି ନାହିଁ ସେ ବିଷୟରେ ସେ ବର୍ତ୍ତମାନ ସାମାନ୍ୟ ଚିନ୍ତିତ ହେଲା; କିନ୍ତୁ ଶେଷରେ ସ୍ଥିର କଲା ଯେ ସେ କଥା ଚିନ୍ତାକରି ଆଉ ଲାଭ ନାହିଁ। କଲେଜରୁ ଏଇପରି ଗୋଟିଏ ଦିନ ଛୁଟିନେଇ ଆସିପାରିଥିବାରୁ ତାକୁ ମନ୍ଦ ଲାଗୁ ନ ଥିଲା। କଲେଜର ପ୍ରତିଟି କ୍ଲାସ ତା ପାଇଁ ଏକ ବିରକ୍ତିକର ଅନୁଭୂତି ଥିଲା। ତାକୁ ଏଭଳି ବିଷୟବସ୍ତୁମାନ ପଢ଼ାଇବାକୁ ହେଉଥିଲା ଯେଉଁ ବିଷୟରେ ଛାତ୍ରମାନଙ୍କର ଆଦୌ ସ୍ପୃହା ନ ଥିଲା। ସେ କ୍ଲାସ ନେଲାବେଳେ ଛାତ୍ରମାନେ ସଂପୂର୍ଣ୍ଣ ଅନ୍ୟମନସ୍କ ରହୁଥିଲେ, ତଥା ନିଜ ନିଜ ମଧ୍ୟରେ କଥୋପକଥନରେ ବ୍ୟସ୍ତ ରହୁଥିଲେ। କିନ୍ତୁ ପଦ୍ମଧର ଯଥାସାଧ ଉଚ୍ଚ ଗଳାରେ ତାର ଶିକ୍ଷକର କାର୍ଯ୍ୟ ସମାପନ କରୁଥିଲା। ଏଇ ସମୟମାନଙ୍କରେ ତାର ମନେହେଉଥିଲା ଯେପରି ସେ ଓ ତାର ଛାତ୍ରଙ୍କ ମଝିରେ ଗୋଟାଏ କାଚର ପରଦା ରହିଛି। ଥରେ ଇଚ୍ଛାକରି ସେ ଏଇ କାଚଟିକୁ ଆହୁରି ସ୍ଥୂଳ ଏବଂ ଅସ୍ୱଚ୍ଛ କରି ଦେଉଥିଲା, ଯାହା ଫଳରେ ପିଲାମାନଙ୍କର ଚେହେରା ଏବଂ କୋଳାହଳ ତାଠାରୁ ଆହୁରି ଦୂରକୁ ଚାଲିଯାଉଥିଲା।

କାଚର ଗୋଟାଏ କୋଣକୁ ସଫାକରି ପଦ୍ମଧର ଝିଅମାନେ ବସିଥିବା ବେଞ୍ଚ ଆଡ଼କୁ ଅନାଇଲା। ସେ ନିଜର ମୁହଁର ଅଭିବ୍ୟକ୍ତିକୁ ଆହୁରି କୋମଳ ଏବଂ ସ୍ୱରକୁ ମୁଲାୟମ କରିବାକୁ

ଚେଷ୍ଟା କଲା। କିନ୍ତୁ ଝିଅମାନେ ସେତେବେଳେ ଗୋଟାଏ ଫିଲ୍ମ ପତ୍ରିକାର ପୃଷ୍ଠାକୁ ନେଇ କୌଣସି ଗଭୀର ଆଲୋଚନାରେ ବ୍ୟସ୍ତ ଥିଲେ। ନିଜର ଅସଫଳତାରେ ବ୍ୟର୍ଥ ମନୋରଥ ହୋଇ ପଦ୍ମଧର କାଚରେ ଏକ ଛିଦ୍ର କରି ସେଥିରେ ଏକ ସ୍ଥାୟୀ ଝରକା ଲଗାଇବାର ଇଚ୍ଛାରୁ ନିବୃତ୍ତ ହେଲା ଏବଂ ପୁଣି ନିଜର ମୁହଁ ଏବଂ କଣ୍ଠସ୍ୱରକୁ ସ୍ୱାଭାବିକ କରିନେଲା।

ତାର କଲେଜ ଜୀବନର ଏକମାତ୍ର ଆନନ୍ଦଦାୟକ ଅନୁଭୂତି ଥିଲା ବସୁଧା। ଯଦିଓ ତାର ବସୁଧା ସହିତ ପରିଚୟ ଅତି ସାମାନ୍ୟ ଓ ସାଧାରଣ ଥିଲା, ପଦ୍ମଧର ଏଇ ଘଟଣାକୁ ଜୀବନର ଏକ ମହତ୍ତ୍ୱପୂର୍ଣ୍ଣ ମୁହୂର୍ତ୍ତ ବୋଲି ମନେକରୁଥିଲା। ଘଟଣାଟି ହେଲା ଯେ ଅନେକ ବର୍ଷ ପୂର୍ବେ ଟିଉଟରିଆଲ କ୍ଲାସ ନେଇ ସାରିବା ପରେ ପଦ୍ମଧର ଦେଖିଥିଲା ଯେ ବସୁଧା କ୍ଲାସରୁ ଚାଲି ନ ଯାଇ ଏକା ବସି ରହିଛି। ବସୁଧା ଅନନ୍ୟ ସୁନ୍ଦରୀ ନ ଥିଲା ଏବଂ ପଦ୍ମଧର ଆଗରୁ କେବେ ତାକୁ ଲକ୍ଷ୍ୟ କରି ନ ଥିଲା। ତେବେ ଖାଲି କ୍ଲାସ ପରେ ଏକାକୀ ବସିଥିବା ଝିଅଟି ତାକୁ ଅସାମାନ୍ୟା ଓ ରହସ୍ୟମୟୀ ମନେହେଲା। ଏ ତାର ପ୍ରଥମ ଅନୁଭୂତି ଥିବାରୁ କିପରି ଭାବରେ କଥାବାର୍ତ୍ତା ଆରମ୍ଭ କରିବ ସେ ଠିକ କରି ପାରୁ ନ ଥିଲା। ତାର ସଂକୋଚକୁ ଦୂର କରି ଝିଅଟି ତା ଆଡ଼କୁ ଗୋଟିଏ ବହି ବଢ଼ାଇ ଦେଲା ଏବଂ କହିଲା : ମତେ ଏଇ ପାରାଗ୍ରାଫଟା ଟିକିଏ ବୁଝାଇଦେବେ?

ପଦ୍ମଧରର ମୁଣ୍ଡ ଭିତରେ ସବୁ କିଛି ଅସ୍ତବ୍ୟସ୍ତ ହୋଇଗଲା। ତାର ତଣ୍ଟି ଶୁଖିଗଲା, ପାଦ ନିର୍ଜୀବ ହୋଇଗଲା ଏବଂ ହାତ ଥରିବାକୁ ଆରମ୍ଭ କଲା। ପାରାଗ୍ରାଫଟିର ଅକ୍ଷର ସବୁ ଜୀବନ୍ତ ହୋଇ ପୃଷ୍ଠା ଉପରେ ଉଡ଼ିବାକୁ ଲାଗିଲେ। ମୁହଁ ଉପରେ ହଠାତ୍ ଜମିଯାଇଥିବା ବିନ୍ଦୁ ବିନ୍ଦୁ ଝାଳକୁ ହାତ ପାପୁଲିରେ ପୋଛୁ ପୋଛୁ ପଦ୍ମଧର ଯାହା ସବୁ କହିଲା ସେ କଥାର କୌଣସି ଅର୍ଥ ନ ଥିଲା। ବହିର ସେଇ କଷ୍ଟସାଧ ପରିଚ୍ଛେଦର ବ୍ୟାଖ୍ୟା ତା ନିଜକୁ ଆହୁରି ଦୁଷ୍କର ମନେହେଲା। ଝିଅଟିର ମୁହଁ ସାମାନ୍ୟ ଲଜ୍ଜା ଓ ଅତ୍ୟଧିକ ଆମୋଦରେ ଆରକ୍ତ ହୋଇଗଲା ଏବଂ ପଦ୍ମଧର ହାତରୁ ବହିଟି ନେଇ ସେ କ୍ଲାସରୁ ବାହାରିଗଲା। ବାସ୍, ଏତିକି।

ଏଇ ଘଟଣାଟିକୁ ପଦ୍ମଧର ଅନେକ ଦିନ ଧରି ମନେ ମନେ ଦୋହରାଇଲା। ସେ ବର୍ତ୍ତମାନ ଝିଅଟିର ନାଁ ଓ ଠିକଣା ଜାଣିଥିଲା ଏବଂ ଏହି ସୂଚନା ତାକୁ ଭାବିବାରେ ବେଶ୍ ସହାୟକ ହେଉଥିଲା। ଘଟଣାଟିକୁ ଫ୍ଲାଶ୍ବ୍ୟାକ୍ରେ ଦେଖିବା ବେଳେ ପଦ୍ମଧର ତାକୁ ବାରମ୍ବାର ବିଶେଷ ସଂପାଦନ କରିନେଉଥିଲା ଏବଂ ସେଇ କଥୋପକଥନ ବିହୀନ ଚଳଚ୍ଚିତ୍ରକୁ ସେ ଅନେକ ସଂଳାପମାନ ଦେଇ ସବାକ୍ କରି ଦେଉଥିଲା। ଉଦାହରଣ ସ୍ୱରୂପ, ସେ ବସୁଧାର ସେଇ କ୍ଲାସଘର ଭିତରକୁ ଆସିବାକୁ ଏକ ନାଟକୀୟ ପ୍ରବେଶର ରୂପ ଦେଉଥିଲା। ବସୁଧା ଅଧିକ ସୁନ୍ଦର ଦେଖା ଯାଉଥିଲା ଏବଂ ତାର ରୂପସଜ୍ଜା କୌଣସି ଚିତ୍ରତାରକାଠାରୁ କମ ନ ଥିଲା। କ୍ଲାସ ଭିତରକୁ ଆସି ପଦ୍ମଧରକୁ ନମସ୍କାର କଲା ଏବଂ ଠିକ ତା ସାମନାରେ ଆସି ବସିଲା। କହିବା ବାହୁଲ୍ୟ, ଚିତ୍ରରେ ପଦ୍ମଧର ନିଜର ସବୁଠାରୁ ସୁନ୍ଦର ପୋଷାକରେ ପରିହିତ

ଥିଲା ଏବଂ ତାର ମୁଖମଣ୍ଡଳରେ ଥିଲା ଏକ ଅଦ୍ଭୁତ ପ୍ରସନ୍ନତା। କେବେ କେବେ ପଦ୍ମଧର ଇଚ୍ଛାକଲେ ତାର କ୍ଲାସ ଘରକୁ ବିନା ଦ୍ୱିଧାରେ ବଦଳାଇ ଦେଇ ଏକ ପାର୍କର ମନୋରମ ପରିବେଶ ମଧ୍ୟ ସୃଷ୍ଟି କରି ଦେଉଥିଲା।

କ୍ରମେ କ୍ରମେ ପଦ୍ମଧର ଅଧିକ ସାହସୀ ହେଲା ଏବଂ ବସୁଧାକୁ, ଯାହାକୁ ସେ ବର୍ତ୍ତମାନ କେବଳ ସୁଧା ବୋଲି ସମ୍ବୋଧନ କରୁଥିଲା, ନେଇ ସିନେମା ଯିବା ପାଇଁ ମଧ୍ୟ ଦ୍ୱିଧା କଲା ନାହିଁ। ସିନେମା ଘରର ଅନ୍ଧାର ଭିତରେ ସେ ଏଥରକ ବସୁଧାର ହାତ ଉପରେ ହାତ ରଖୁଥିଲା ଏବଂ ପର୍ଦ୍ଦା ଉପରେ ଅଭିନୀତ ହେଉଥିବା ନାୟକ-ନାୟିକାଙ୍କୁ ନିଜେ ଓ ବସୁଧା ଭାବରେ କଳ୍ପନା କରି ବେଶ ଆନନ୍ଦ ପାଉଥିଲା। ବସୁଧା ସହିତ ତାର ସଂପର୍କ କ୍ରମଶଃ ଘନିଷ୍ଠ ହୋଇ ଆସିଲା। ଶେଷରେ ଦିନେ ସେ ବସୁଧାକୁ ନେଇ କୌଣସି ହିଲ୍ ଷ୍ଟେସନକୁ ଯିବା ପାଇଁ ସ୍ଥିର କଲା। ସେ ସେତେବେଳକୁ ତାର ଟିଉଟରିଆଲ କ୍ଲାସ ଘରେ ଏକା ବସିଥିଲା ଏବଂ ବିଭିନ୍ନ ସ୍ଥାନର ରମଣୀୟତା ବିଷୟରେ ତୁଳନାତ୍ମକ ଚିନ୍ତା କରିବା ବେଳେ ଚିତ୍ରରେ ଦେଖିଥିବା ପାରିସ ସହରର କଥା ମଧ୍ୟ ଭୁଲି ନ ଥିଲା।

ବର୍ତ୍ତମାନ ରାସ୍ତାରେ ଚାଲି ଯାଉ ଯାଉ ସେ ପୁଣି ବସୁଧାକୁ ନେଇ ଭ୍ରମଣରେ ଯିବା କଥା ମନେପକାଇବାକୁ ଚେଷ୍ଟା କଲା। କିନ୍ତୁ ଅନେକ ଦିନ ତଳେ ଟିଉଟରିଆଲ କ୍ଲାସ ଘରେ ଯେଉଁ ବିଷୟ ଅତି ସହଜ ମନେହୋଇଥିଲା, ବର୍ତ୍ତମାନ ସହରର ସଂକୀର୍ଣ୍ଣ ଗଳିରେ ଦିନସାରା କଚେରୀରେ କଟାଇବା ପରେ କ୍ଳାନ୍ତ ହୋଇ ଘରକୁ ଫେରିବା ବେଳେ ସେକଥାଟି ସୁବିଧାରେ ଅଗ୍ରସର ହେଉ ନ ଥିଲା। ବାଁ ପାଖର ଔଷଧ ଦୋକାନ ଆଡ଼କୁ ଦେଖିବାକୁ ଅସ୍ୱୀକାର କରିଦେଇ ସେ ଦୂରରେ ଆକାଶରେ ଜଳୁଥିବା କୌଣସି ଫିଲ୍ମର ନାୟକ-ନାୟିକାଙ୍କର ନିଅନ ଆଲୁଅରେ ଲେଖା ହୋଇଥିବା ନାଁ ଆଡ଼କୁ ଅନାଇଲା। ବିରକ୍ତିର ସହିତ ସେ ବିଜ୍ଞାପନଟିରୁ ଦୁଇଟିଯାକ ନାଁ କାଟିଦେଇ ତା ଜାଗାରେ ପଦ୍ମଧର-ବସୁଧା ବୋଲି ଲେଖିଲା। ଚାଲୁ ଚାଲୁ ସେ ସାମାନ୍ୟ ସନ୍ତୋଷର ସହିତ ଏଇ ନିଅନ ବିଜ୍ଞାପନକୁ ଦେଖିଲା ଏବଂ ସେଥିରୁ ଏଥରକ 'ଧର' ଓ 'ବ' କାଟିଦେଲା। ପଦ୍ମ-ସୁଧାରେ କଣ ଗୋଟିଏ ଅସୁବିଧା ରହିଯାଇଛି ବୋଲି ତାର ମନରେ ସଂଶୟ ହେଲା ଏବଂ ସେଥିପାଇଁ ସେ ଆଖି ପଲକରେ ହାଇଫେନ୍‌ଟିକୁ ଉଡ଼ାଇଦେଲା।

ସେତେବେଳକୁ ସେ ନିଜ ଘରର ରାସ୍ତା ଛାଡ଼ି ଅନ୍ୟ ଦିଗରେ ଚାଲିବାକୁ ଆରମ୍ଭ କରିଥିଲା, ଯାହା ବସୁଧାର ଘରର ରାସ୍ତା ଥିଲା। ସେ ନିଜକୁ ପ୍ରବୋଧନା ଦେଲା ଯେ ସେ ବାସ୍ତବରେ ନୂଆ ଭଡ଼ାଘର ଖୋଜିବା ପାଇଁ ବାହାରିଥିଲା। ତାକୁ କୌଣସି ଭଦ୍ରବ୍ୟକ୍ତି ଉପଦେଶ ଦେଇଥିଲେ ଯେ ସଂଧ୍ୟାବେଳେ ଆଲୁଅ ଜଳୁ ନ ଥିବା ଘର ହିଁ ଭଡ଼ା ପାଇଁ ଉପଲଭ୍ୟ ଖାଲି ଘର ହୋଇଥିବାର ସମ୍ଭାବନା ଅଧିକ। ଯଦିଓ ବର୍ତ୍ତମାନ ବେଳ ବେଶି ହୋଇ ନ ଥିଲା, ଶୀତଦିନ ହୋଇଥିବା ଯୋଗୁ ଅନ୍ଧାର ହୋଇ ସାରିଥିଲା ଏବଂ ଘରମାନଙ୍କରେ ଆଲୁଅ ଜଳିବା ଆରମ୍ଭ

ହୋଇଥିଲା। ଏଇଟି ପଦ୍ମଧରର ବିଶେଷ ଅଜଣା ରାସ୍ତା ନ ଥିଲା, କାରଣ ସେ ବେଶ୍ କିଛି ଥର କୌଣସି ନା କୌଣସି ଆଳରେ ଏଇ ରାସ୍ତାରେ ଯିବା ଆସିବା କରିଥିଲା, ଯଦିଓ କେବେହେଲେ ବସୁଧାର ଘରକୁ ଯାଇ ତାକୁ ଦେଖା କରିବାର ସାହସ ତାର ହୋଇ ନ ଥିଲା। ଆଜି କିନ୍ତୁ ବସୁଧାର ଘର ହିଁ ଅନ୍ଧାର ଥିଲା ଏବଂ ଖାଲି ଘର ସହିତ ଭଡ଼ାଘରର ଉପଲଭ୍ୟତାର ସଂପର୍କ ତାକୁ ଅଯୌକ୍ତିକ ମନେହେଲା ଏବଂ ସେ ଭଦ୍ରବ୍ୟକ୍ତିଙ୍କର ଉପଦେଶକୁ ସେଇ ମୁହୂର୍ତ୍ତରେ ପ୍ରତ୍ୟାଖ୍ୟାନ କରିଦେଲା।

ବସଷ୍ଟାଣ୍ଡକୁ ଆସି ସେଠାରୁ ଘରକୁ ଫେରିବାରୁ ବସ ଧରିବା ବେଳେ ପଦ୍ମଧରର ନିଦ ଔଷଧ କଥା ମନେପଡ଼ିଲା। ପାଖରେ କିନ୍ତୁ କୌଣସି ଔଷଧ ଦୋକାନ ନ ଥିଲା। ତେଣୁ ସେ ପାନ ଦୋକାନରୁ ମୁଣ୍ଡବଥା ଔଷଧ କିଣିଲା ଏବଂ ତାକୁ ଖୋଳରୁ ବାହାର କରି ସାଦା କାଗଜରେ ଗୁଡ଼ାଇ ପକେଟରେ ରଖିଲା। ପଦ୍ମଧର ବର୍ତ୍ତମାନ ବେଶ୍ କ୍ଳାନ୍ତ ଥିଲା ଏବଂ ତା ସହିତ ଆହୁରି ଗୋଟିଏ ଦିନ କଟିଗଲା ବୋଲି ଆଶ୍ୱସ୍ତ ମଧ୍ୟ ହେଉଥିଲା। ଘରେ ପହଞ୍ଚିବାକୁ ଆହୁରି ଅଧଘଣ୍ଟା ସମୟ ଥିଲା; କାଲି ସକାଳ କ୍ଲାସ ପାଇଁ ପନ୍ଦର ଘଣ୍ଟା, ତୃତୀୟ ତାରିଖ ପାଇଁ ସତାଇଶ ଦିନ ଏବଂ ଭଡ଼ାଘର ଛାଡ଼ିବା ପାଇଁ ଅନ୍ୟୂନ ଦୁଇବର୍ଷ। ଅନ୍ୟ ପକ୍ଷରେ, ସେ ବସୁଧାର ଘରକୁ ବସରେ ସାତ ମିନିଟ ପଛରେ ଛାଡ଼ି ଆସିଥିଲା; ସିନେମାର ପ୍ରଥମ ଶୋ'କୁ ଛାଡ଼ି ଆସିଥିଲା ଦେଢ଼ଘଣ୍ଟା ଓ ସିପାହୀ ବିଦ୍ରୋହକୁ ଶହେ ବର୍ଷରୁ ବେଶି ପଛରେ।

ବାହାରୁ ଅଣ୍ଡାରୁ ଆସି ସେ ତାର ଭଡ଼ାଘର ଭିତରେ ପଶିଲା। ଯନ୍ତ୍ରଚାଳିତ ଭଳି ସେ ଖାଇପିଇ ବସଷ୍ଟାଣ୍ଡରୁ କିଣିଥିବା ଖବରକାଗଜ ପଢ଼ିଲା ଏବଂ ଶୋଇବାକୁ ଗଲା। ପାଖ ଖଟରେ ତାର ସ୍ତ୍ରୀ ନିଦ ଔଷଧ ଖାଇ, ଯାହାକି ପ୍ରକୃତରେ ନିଦ ଔଷଧ ନ ଥିଲା, ଗଭୀର ନିଦରେ ଶୋଇଯାଇଥିଲା। ଖଟ ଉପରେ ଶୋଇ ପଦ୍ମଧର କଟି ଯାଇଥିବା ଦିନ କଥା ଭାବିଲା ଏବଂ ଏକଥା ଭାବୁ ଭାବୁ ସେ ପୁଣି ସେଇ ପୁରୁଣା ରାସ୍ତା ଧରି ବସୁଧାର ଘର ପାଖରେ ପହଞ୍ଚିଲା। ଏଥରକ ଘରେ ଆଲୁଅ ଜଳୁଥିଲା ଏବଂ ବସୁଧା ବ୍ୟତୀତ ଘରେ ଆଉ କେହି ନ ଥିଲେ। ବସୁଧା ଆସି ତା ପାଖରେ ବସିଲା ଏବଂ ପଦ୍ମଧର ଆନନ୍ଦ ଓ ତୃପ୍ତିରେ ଆଖି ବନ୍ଦ କରିନେଲା। ଏଇ ଅନିଚ୍ଛାକୃତ ଅନୁଭୂତିରୁ ବାହାରି ଆସିବା ପାଇଁ ସେ ଆଖି ଖୋଲିଲା ଏବଂ ଆଲୁଅ ଲିଭାଇ ଦେଇ ପାଖରେ ବସିଥିବା ବସୁଧାକୁ ନିଜର ବାହୁ ବନ୍ଧନରେ ବାନ୍ଧିଦେଲା।

ପଦ୍ମଧର ଯେତେବେଳେ ପୁଣି ଆଖି ଖୋଲିଲା, ଦେଖିଲା ଯେ ତାର ହାତ ନିଘୋଡ଼ ନିଦରେ ଶୋଇଥିବା ତା ସ୍ତ୍ରୀ ଉପରେ ରହିଥିଲା। ଏଥରକ ପଦ୍ମଧର ଅତି ସତର୍କତାର ସହିତ ପୁଣି ଆଖି ବନ୍ଦ କରି ବସୁଧା ଆଡ଼କୁ ହାତ ବଢ଼ାଇବାକୁ ଚେଷ୍ଟା କଲା।

—

ଦୁଃସ୍ୱପ୍ନ

ଏଇ ସକାଳଟି ଅବିନାଶ ପାଇଁ ଅନ୍ୟ ଦିନମାନଙ୍କ ଭଳି ଏକ ସାଧାରଣ ସକାଳ ଥିଲା, ଯେପର୍ଯ୍ୟନ୍ତ ତାକୁ ପୂର୍ବ ରାତିର ସ୍ୱପ୍ନ କଥା ମନେପଡ଼ି ନଥିଲା। କିନ୍ତୁ ନିଦରୁ ଉଠି ମୁହଁ ଧୋଇବାବେଳେ ତାର ସ୍ୱପ୍ନଟି ମନେ ପଡ଼ିଲା। ସ୍ୱପ୍ନରେ ଭଗବାନ ଲମ୍ବା କଳା ପୋଷାକ ପିନ୍ଧିଥିଲେ, ତାଙ୍କର ଉଚ୍ଚତା ପ୍ରାୟ ଦଶଫୁଟ ଥିଲା ଏବଂ ତାଙ୍କର ମୁହଁ ଅସ୍ପଷ୍ଟ ଥିଲା। ଗୋଟିଏ ମୁହୂର୍ତ୍ତ ପାଇଁ ଭଗବାନ ତା ସାମନାରେ ଠିଆ ହେଲେ ଏବଂ କହିଲେ, ତୋର ବେଳ ହୋଇଗଲା, ଏଥରକ ମୋ ପାଖକୁ ଚାଲିଆ।

ତା ପରେ ସ୍ୱପ୍ନ ଭିନ୍ନ ମୋଡ଼ ନେଇଥିଲା ଏବଂ ଆଉ କଣ ସବୁ ଘଟିଥିଲା ଅବିନାଶର ମନେ ନ ଥିଲା। କିନ୍ତୁ ଭଗବାନଙ୍କ ସହିତ ତାର ସଂକ୍ଷିପ୍ତ ସାକ୍ଷାତକାର ବର୍ତ୍ତମାନ ବି ଅବିନାଶକୁ ଅତି ସଦ୍ୟ ମନେହେଉଥିଲା। ଏକଥା ମନେପଡ଼ିବାରୁ ଅନିନାଶର ଦେହ ହାତ ଝାଳରେ ତିନ୍ତିଗଲା। ବିନା ଚେଷ୍ଟାରେ ତାକୁ ସେଇ ମନ୍ତ୍ରଟି ମନେପଡ଼ିଲା ଯାହା ତାକୁ କୌଣସି ଗୁରୁ ଅନେକ ବର୍ଷ ତଳେ ଶିଖାଇଥିଲେ କିନ୍ତୁ ଯାହାକୁ ସେ ଅଳ୍ପ କେତେ ଦିନ ବ୍ୟବହାର ପରେ ଛାଡ଼ିଦେଇଥିଲା। ବର୍ତ୍ତମାନ ସେ ଅତି ଚଞ୍ଚଳ ମନ୍ତ୍ରଟିକୁ ମନେ ମନେ ଆବୃତ୍ତି କରି ନେଲା।

ସ୍ୱପ୍ନଟି ଅବିନାଶର କଳ୍ପନାର ବହିର୍ଭୂତ ଥିଲା। ମୃତ୍ୟୁ ବିଷୟରେ ଏକ ଦୃଶ୍ୟମାନ ଅବସ୍ଥା କଥା ଚିନ୍ତା କଲେ ଅବିନାଶ କଳା ମଇଁଷି ଉପରେ ବସି ହାତରେ ଏକ ନାଗଫାଶ ଧରିଥିବା ଭୟଙ୍କର ଚେହେରାର ଯମରାଜଙ୍କୁ ହିଁ ଦେଖିଥାନ୍ତା। ମୃତ୍ୟୁ ବିଷୟରେ ତାର କଳ୍ପନା ସତ୍ୟବାନ ଏବଂ ନଚିକେତାରେ ସୀମିତ ଥିଲା ଏବଂ ସେ ଅନେକ ଥର ନିଜକୁ ନଚିକେତାର ଭୂମିକାରେ ରଖି ଯମରାଜଙ୍କୁ ବିଭିନ୍ନ ପ୍ରଶ୍ନରେ ବ୍ୟତିବ୍ୟସ୍ତ କରିଦେବାର କଳ୍ପନା କରୁଥିଲା। କିନ୍ତୁ ସ୍ୱପ୍ନରେ ତାର ମୃତ୍ୟୁ ସମ୍ବାଦ ନେଇ ସ୍ୱୟଂ ଭଗବାନ ଆସିଥିଲେ। ତାର ଯଦି ସ୍ୱପ୍ନ ଉପରେ କୌଣସି ନିୟନ୍ତ୍ରଣ ଥାନ୍ତା, ଅବିନାଶ ଭଗବାନଙ୍କୁ କଳା ପରିବର୍ତ୍ତେ ଧଳା ପୋଷାକ ପିନ୍ଧାଇଥାନ୍ତା ଏବଂ ତାଙ୍କୁ ଏକ ସୌମ୍ୟ ଦର୍ଶନ ମୁହଁ ଦେଇଥାନ୍ତା ଯାହାର କୃଷ୍ଣ ଭୂମିକାରେ ବାରମ୍ବାର ଅବତୀର୍ଣ୍ଣ ହେଉଥିବା ଚିତ୍ରତାରକାଙ୍କ ଚେହେରା ସହିତ ଅନେକ ସାଦୃଶ୍ୟ ଥାନ୍ତା। ତାଙ୍କର ଭାଷାକୁ ମଧ୍ୟ ସେ ଯଥାସମ୍ଭବ ଗୁରୁତର କରି ସଂସ୍କୃତର ଅନେକ ତତ୍ସମ ଓ ତଦ୍ଭବ ଶବ୍ଦରେ ସମୃଦ୍ଧ କରିଥାନ୍ତା।

ବର୍ତ୍ତମାନ କିନ୍ତୁ ଏସବୁ ଚିନ୍ତା ନିରର୍ଥକ ଥିଲା ଏବଂ ଏକଥା ଭାବିବା ଅବିନାଶକୁ ସାମାନ୍ୟ ପାପ ମିଶ୍ରିତ ବୋଲି ମଧ୍ୟ ମନେହେଉଥିଲା। ସତ କହିବାକୁ ଗଲେ ଅବିନାଶ ଭୟଭୀତ ଥିଲା

ଏବଂ ଏପରି କିଛି କହିବାକୁ ଚାହୁଁ ନ ଥିଲା ଯାହା ଭଗବାନଙ୍କୁ କ୍ରୋଧାନ୍ୱିତ କରିବ ଏବଂ ଯାହା ଫଳରେ ସେ ତାକୁ ଆହୁରି ଶୀଘ୍ର ତାଙ୍କ ପାଖକୁ ଚାଲିଯିବାକୁ କହିବେ। ଏଇ ସମୟରେ ଅବିନାଶର ମନେପଡ଼ିଲା ଯେ ରବିବାରର ଖବରକାଗଜରେ ସ୍ୱପ୍ନର କାର୍ଯ୍ୟକାରିତା ବିଷୟରେ ଏକ ଲେଖା ବାହାରିଥିଲା। ସେ ବ୍ୟସ୍ତ ଭାବରେ ଯାଇ ଖବରକାଗଜରୁ ସେଇଟିକୁ ବାହାର କଲା, ଯେଉଁଥିରେ ସେ ଖୋଜୁଥିବା ଅଂଶଟି ଏହିପରି ଥିଲା : ସ୍ୱପ୍ନ ପାଇଁ ସମଗ୍ର ରାତିଟି ଚାରିଭାଗରେ ବିଭକ୍ତ। ପ୍ରଥମ ଭାଗରେ ଦେଖିବା ସ୍ୱପ୍ନର ଫଳ ମିଳିଥାଏ ଗୋଟିଏ ବର୍ଷ ଭିତରେ; ଦ୍ୱିତୀୟ ଭାଗରେ ଫଳ ଅଧା ବର୍ଷରେ, ତୃତୀୟ ଭାଗର ଫଳ ମିଳେ ତିନିମାସ ଭିତରେ ଏବଂ ଶେଷ ଅଥବା ଭୋର ବେଳର ଫଳ ଗୋଟିଏ ମାସ ଭିତରେ।

ଅବିନାଶ ବର୍ତ୍ତମାନ ବ୍ୟସ୍ତ ହେଲା ଯେ ସେ ଠିକ କେତେବେଳେ ସ୍ୱପ୍ନଟି ଦେଖିଥିଲା ତାର ମନେ ନ ଥିଲା। ସେ ସ୍ୱପ୍ନ ଦେଖିବା ସଙ୍ଗେ ସଙ୍ଗେ ନିଦରୁ ଉଠିପଡ଼ି ଘଡ଼ି ନ ଦେଖିଥିବାରୁ ନିଜ ଉପରେ ବିରକ୍ତ ହେଲା। ସ୍ୱପ୍ନଟି ଭୋରବେଳା ହେବା ମଧ୍ୟ ଅସମ୍ଭବ ନ ଥିଲା, କାରଣ ସ୍ୱପ୍ନ କଥା ଅବିନାଶର ସ୍ପଷ୍ଟ ମନେଥିଲା। ତାର ଅର୍ଥ ମାତ୍ର ଗୋଟିଏ ମାସର ମୁହଲତ। ଅବିନାଶ ଏ କଥାକୁ ଆଉ ଟିକିଏ ବୈଜ୍ଞାନିକ ଭାବରେ ବିଶ୍ଳେଷଣ କଲା। ସ୍ୱପ୍ନଟି ଯଦି ସେ ଭୋରର ଅତି ଶେଷ ଭାଗରେ ଦେଖିଥାଏ ତା ହେଲେ ହୁଏତ ତାର ଫଳ ମାତ୍ର କେତୋଟି ଦିନ ଭିତରେ ସଂଘଟିତ ହୋଇପାରେ। ସେ ଯାହା ହେଉ, ବର୍ଷେ ମାସେ ବା ମାତ୍ର କେତୋଟି ଦିନ ହେଉ, ସମୟ ବର୍ତ୍ତମାନ ବହୁତ ପାଖରେ ଥିଲା।

ସ୍ତ୍ରୀକୁ ଏଇ ସ୍ୱପ୍ନ କଥା କହିବ କି ନାହିଁ ଭାବି ଅବିନାଶ ଠିକ କଲା ଯେ ଏ କଥା ନ କହିବା ହିଁ ଭଲ। ଅନେକ ଦିନ ତଳେ ଅବିନାଶ ସ୍ୱପ୍ନରେ ମୁକୁଟ ପିନ୍ଧି ସିଂହାସନରେ ବସିଥିବା କଥା ତାର ସ୍ତ୍ରୀକୁ କହିଥିଲା ଏବଂ ବିଶ୍ୱାସ ପ୍ରକାଶ କରିଥିଲା ଯେ ଏଥରକ ଖାଲି ଇନ୍‌କ୍ରିମେଣ୍ଟ କାହିଁକି ତାର ପ୍ରମୋଶନକୁ ମଧ୍ୟ କେହି ବନ୍ଦ କରି ପାରିବେ ନାହିଁ। କିନ୍ତୁ ଶେଷକୁ ତାର ପ୍ରମୋଶନ ହୋଇ ନ ଥିଲା ଏବଂ ସମୟ ସମୟରେ ସୁବିଧା ପାଇଲେ ତାର ସ୍ତ୍ରୀ ତାକୁ ରାଜକୀୟ ସ୍ୱପ୍ନ କଥା ମନେପକାଇ ଉପହାସ କରୁଥିଲା। ଯଦିଓ ବର୍ତ୍ତମାନର ସ୍ୱପ୍ନଟି ଅତି ଦୁଃଖଦ ଥିଲା ଅବିନାଶ ଜାଣିଥିଲା ଯେ ତାର ସ୍ତ୍ରୀ ବିଧବା ବରଂ ହେବ କିନ୍ତୁ ସ୍ୱାମୀର ନିର୍ବୋଧତାକୁ କ୍ଷମା କରିବ ନାହିଁ ଏଭଳି ଚିନ୍ତାର ଊର୍ଦ୍ଧ୍ୱରେ ନ ଥିଲା। ତେଣୁ ସେ ଏ ସ୍ୱପ୍ନ ବିଷୟରେ କେବଳ ସ୍ତ୍ରୀକୁ ହିଁ ନୁହେଁ, ଅଫିସରେ ପାଖ ଚୌକିରେ ବସି କାମ କରୁଥିବା ଅରବିନ୍ଦ ବାବୁଙ୍କୁ, ଯେ କି ତାଙ୍କୁ ତାଙ୍କ ପାରିବାରିକ ଜୀବନର ଅନେକ ଗୋପନୀୟ କଥା କହୁଥିଲେ, ତାଙ୍କୁ ମଧ୍ୟ ଏ କଥା କହିବ ନାହିଁ ବୋଲି ନିଶ୍ଚୟ କଲା।

ଏଭଳି ସ୍ୱପ୍ନ ଦେଖିବା ପରେ ଆଉ ଅଫିସକୁ ଯିବାର ପ୍ରଶ୍ନ ନ ଥିଲା। କିନ୍ତୁ ଅଫିସକୁ ନ ଯିବାକୁ ହେଲେ ତାକୁ ଅସୁସ୍ଥତା ବାହାନାରେ ଛୁଟି ନେବାକୁ ପଡ଼ିବ ଏବଂ ସେ ମିଛ ଯୋଜନାରେ ସ୍ତ୍ରୀକୁ ମଧ୍ୟ ଅନ୍ତର୍ଭୁକ୍ତ କରିବାକୁ ହେବ, ସେଥିପାଇଁ ଅବିନାଶ ସାମାନ୍ୟ ବିରକ୍ତ ହେଲା। ତେଣୁ ସେ ପ୍ରକୃତ ଅସୁସ୍ଥତାର ଛଳନା କରି ଅନେକ କଷ୍ଟ ପାଉଥିବାର ଶବ୍ଦମାନ କଲା। କିନ୍ତୁ ତାର ସ୍ତ୍ରୀ ବର୍ତ୍ତମାନ ରୋଷେଇ ଘରକୁ ଚାଲି ଯାଇଥିଲା ଏବଂ ସେଥିଯୋଗୁଁ ଅବିନାଶର ନାଟକୀୟ ଉଦ୍ୟମ ସବୁ ବ୍ୟର୍ଥ ହୋଇଗଲା।

ଅବିନାଶର ଖବରକାଗଜରେ ପ୍ରକାଶିତ ରାଶିଫଳ କଥା ମନେ ପଡ଼ିଲା ଓ ସେଥିରେ ଥିବା ଭବିଷ୍ୟତବାଣୀରେ ତାର ସ୍ୱପ୍ନର କୌଣସି ସମର୍ଥନ ଅଛି କି ନା ତା ଜାଣିବାକୁ ଚାହିଁଲା। ସେ ଖବରକାଗଜରୁ ରାଶିଫଳର ସ୍ତମ୍ଭ ବାହାର କଲା କିନ୍ତୁ ତାକୁ ପଢ଼ିବାବେଳେ ତା ଆଗରେ ଏକ ନୂଆ ସମସ୍ୟା ଦେଖାଦେଲା। ସେ ଆଗରୁ ଏ ସ୍ତମ୍ଭଟିକୁ କେବେହେଲେ ଦେଖୁ ନ ଥିଲା ଏବଂ ତାର ଭାଗ୍ୟ କେଉଁ ରାଶିରେ ନିହିତ ସେ ସମ୍ବନ୍ଧରେ ବର୍ତ୍ତମାନ ତା ମନର ଦ୍ୱନ୍ଦ୍ୱ ଉପୁଜିଲା। ଯଦିଓ ସେ ନିଜକୁ ମିଥୁନ ବୋଲି ଜାଣିଥିଲା, ରାଶିମାନଙ୍କ ପାଖରେ ଦିଆ ଯାଇଥିବା ଜନ୍ମ ତାରିଖରୁ ସେ ବୃଷ ବୋଲି ଜଣା ପଡୁଥିଲା। ଭବିଷ୍ୟଦ୍ବାଣୀ ଅନୁସାରେ ମିଥୁନମାନଙ୍କ ପାଇଁ ପଦୋନ୍ନତି ଏବଂ ବୃଷମାନଙ୍କର ସାମାଜିକ ଓ ଆର୍ଥିକ ଉନ୍ନତି ନ ଥିଲେ ମଧ୍ୟ ସ୍ତ୍ରୀ ସଙ୍ଗଲାଭ ଓ ରୋମାଞ୍ଚ ଭଳି ଅନେକ ସୁଖକର ସମ୍ଭାବନା ଥିଲା। ଯଦିଓ ଅନ୍ୟ ସମୟରେ ଏସବୁ ଅବିନାଶକୁ ଅନେକ ଆନନ୍ଦ ଦେବାରେ ସହାୟକ ହୋଇଥାନ୍ତେ, ବର୍ତ୍ତମାନର ମାନସିକ ସ୍ଥିତିରେ ଭବିଷ୍ୟଦ୍ ବାଣୀମାନ ତାକୁ ଉପହାସ କରିବା ଭଳି ମନେ ହେଲେ ଏବଂ ସେ ବିରକ୍ତିର ସହ ଖବରକାଗଜକୁ ନେଇ ପୁରୁଣା ଗଦା ଭିତରେ ରଖିଦେଲା।

ନିଜର ଅବଶ୍ୟମ୍ଭାବୀ ମୃତ୍ୟୁ ବିଷୟରେ ଅବିନାଶର ଧାରଣା କ୍ରମଶଃ ଉତ୍ତରୋତ୍ତର ବଳବତୀ ହେଲା। ସେ ମନେ ମନେ ହିସାବ କରି ଦେଖିଲା ଯେ ତାର ବୟସ ମାତ୍ର ଅଣଚାଶ ବର୍ଷ। ବର୍ଷକ ତଳେ ରିଟାୟାର କରିଥିବା ଭଦ୍ରବ୍ୟକ୍ତିଙ୍କ କଥା ତାର ମନେ ପଡ଼ିଲା, ଯେ ପଞ୍ଚଷଠି ବର୍ଷ ବୟସରେ ମଧ୍ୟ ବେଶ କର୍ମଠ ଓ ତତ୍ପର ଥିଲେ। ଭୁଲ ସାର୍ଟିଫିକେଟ ଦେଖାଇ ସେ କେବଳ ତାଙ୍କର ଅଫିସକୁ ନୁହେଁ ଯେପରି ସ୍ୱୟଂ ଭଗବାନଙ୍କୁ ମଧ୍ୟ ଠକି ଦେଇ ପାରିଥିଲେ। ସେ ଏବେ ମଝିରେ ମଝିରେ ଅଫିସକୁ ଆସୁଥିଲେ ଏବଂ ମନୋରଞ୍ଜକ ଅଶ୍ଳୀଳ କଥାମାନ କହି ଅଫିସ୍ର ଯୁବକମାନଙ୍କର ପ୍ରିୟପାତ୍ର ହୋଇ ରହି ପାରିଥିଲେ। ସେ ଭଦ୍ରବ୍ୟକ୍ତି ବଞ୍ଚି ଥାଉ ଥାଉ ଭଗବାନଙ୍କର ତାକୁ ନୋଟିସ ଦେବା ଅବିନାଶକୁ ମନେ ହେଲା ଅତ୍ୟନ୍ତ ଅନ୍ୟାୟ। ଏ ଅନ୍ୟାୟ ବିରୁଦ୍ଧରେ ପୁନର୍ବିଚାରର ଆବେଦନ କରିବା ଚିନ୍ତାରୁ ସେ ନିଜକୁ କ୍ଷାନ୍ତ କଲା, କାରଣ ସେ ଭଗବାନଙ୍କୁ ଅସନ୍ତୁଷ୍ଟ କରିବାକୁ ଚାହୁଁ ନ ଥିଲା।

ଆସନ୍ନ ମୃତ୍ୟୁ ପାଇଁ ପ୍ରସ୍ତୁତ ହେବା ପାଇଁ ଅବିନାଶ ଏକ ହିସାବ ଫର୍ଦ୍ଦ ତିଆରି କରିବାକୁ କାଗଜ କଲମ ଖୋଜିଲା। ଘରେ ତାର କେବେ କାଗଜ କଲମ ଦରକାର ହେଉ ନ ଥିବାରୁ ସେ ପିଲାଙ୍କ ଆଲମାରି ଖୋଲି ଘଣ୍ଟାଘଣ୍ଟି କଲା। ସେଠାରେ ମଧ୍ୟ ଲେଖିବାର କୌଣସି ସାମଗ୍ରୀ ନ ପାଇ ସେ ବଡ଼ ପାଟିରେ କାଗଜ କଲମ କୋଉଠି ଅଛି ବୋଲି ପାଟିକଲା, କିନ୍ତୁ ତାର ସ୍ତ୍ରୀ ତାକୁ ଉତ୍ତର ଦେବା ଆଗରୁ ତାକୁ କଲମ ମିଳିଗଲା ଏବଂ ସେ ହଁ ମିଳିଗଲା ବୋଲି କହି ଟେବୁଲ ପାଖରେ ଆସି ବସିଲା। କାଗଜ ଉପରେ ସେ ପ୍ରଥମେ ନିଜର ଜନ୍ମ ତାରିଖ ଏବଂ ସେଦିନର ତାରିଖ ଲେଖି ନିଜର ସଠିକ ବୟସ ଅଣଚାଶ ବର୍ଷ ତିନି ମାସ ସାତଦିନ ନିର୍ଦ୍ଧାରିତ କଲା। ତା ତଳେ ସେ ନିଜର ଦୁଇ ପୁଅଙ୍କର ନାଁ ଏବଂ ବୟସ ଲେଖିଲା ଏବଂ ସେମାନଙ୍କୁ ମଣିଷ କରିବା ପାଇଁ ଆନୁମାନିକ ଆଉ କେତେ ଖର୍ଚ୍ଚ ଲାଗିବ ତାର ମାନସିକ ଅଙ୍କ କଷିଲା। ଏ ବିଷୟରେ ସେ ବିଶେଷ ସଫଳ ହେଲା ନାହିଁ। କାରଣ ତାର ବଡ଼ ପୁଅ, ଯେ କି କଲେଜରେ ଥିଲା, ଭଲ ପାଠ ପଢୁ ନ ଥିଲା। ତଥାପି ସେ ହିସାବ କରି ଦୁହିଁଙ୍କ ପାଇଁ ଦୁଇଟି ଅଙ୍କ ଲେଖିଲା ଏବଂ ବଡ଼ପୁଅର ଖର୍ଚ୍ଚରେ ଆଉ ପଚାଶ ପ୍ରତିଶତ ମିଶାଇ ଦେଲା।

ଯଦି ତାର ସ୍ତ୍ରୀ ଆସି ତାକୁ କଣ କରୁଛି ବୋଲି ପଚାରିଥାନ୍ତା ଅବିନାଶ ହୁଏତ ତାକୁ ସ୍ୱପ୍ନ ବିଷୟରେ ନ କହିଥିଲେ ମଧ୍ୟ ପିଲାମାନଙ୍କର ଭବିଷ୍ୟତ ପାଇଁ କରୁଥିବା ଯୋଜନା ବିଷୟରେ ଶୁଣାଇଥାନ୍ତା। କିନ୍ତୁ ତାର ସ୍ତ୍ରୀ ତା ପାଇଁ ଆଣିଥିବା ଜଳଖିଆ ତା ସାମନାରେ ରଖିଦେଲା ଏବଂ ଅବିନାଶ ଯେତେବେଳେ ଖାଇବ ନାହିଁ ବୋଲି କହିଲା, ବିନା ବାକ୍ୟ ବ୍ୟୟରେ ଥାଳିଆକୁ ତା ଆଗରୁ ଉଠାଇ ନେଲା ଏବଂ ଅବିନାଶ ଆଗରେ ହିଁ ଠିଆହୋଇ ତାକୁ ଖାଇବାରେ ଲାଗିଲା। ଏକଥା ଦେଖି ଅବିନାଶକୁ ଭୋକ ଲାଗିଲା, କିନ୍ତୁ ସେ 'କା ତବ କାନ୍ତା' ଇତ୍ୟାଦି କଥା ମନେ ପକାଇ ନିଜ ମନକୁ ସାନ୍ତ୍ୱନା ଦେଲା ଯେ ଏ ସଂସାର ବାସ୍ତବରେ ଅତୀବ ବିଚିତ୍ର।

ଏଥରକ ହିସାବ ଫର୍ଦ୍ଦ ଆଡ଼କୁ ଅନାଇବା ବେଳକୁ ତାର ଇନ୍ସ୍ୟୁରାନ୍ସ ପଲିସି କଥା ମନେ ପଡ଼ିଲା। ପ୍ରାୟ ବର୍ଷେ ହେଲା ସେ ତାର ଟଙ୍କା ଦେଇ ନ ଥିଲା। ଆଜି ହିଁ ଟଙ୍କାଟା ଦେଇଦବ ବୋଲି ସେ ନିଶ୍ଚୟ କଲା। ଭଗବାନ ଯଦି କେତେ ବର୍ଷ ଆଗରୁ ସ୍ୱପ୍ନରେ ଦେଖା ଦେଇଥାନ୍ତେ ସେ ନିଶ୍ଚୟ ଅଧିକ ଟଙ୍କାର ବୀମା ନେଇଥାନ୍ତା। କିନ୍ତୁ ଅଧିକା ପ୍ରିମିୟମ ସେ ଯେ ଦେଇପାରି ନଥାନ୍ତା ଏବଂ ଅନେକ ବର୍ଷ ତଳୁ ତାର ସେ ପଲିସିଟି ଅକାମୀ ହୋଇଯାଇଥାନ୍ତା, ସେ ବିଷୟରେ ମଧ୍ୟ ଅବିନାଶର ସନ୍ଦେହ ନ ଥିଲା। ଯାହାହେଉ ସେ ବର୍ତ୍ତମାନ ବୀମା କାଗଜ ଖୋଜିବାରେ ଲାଗିଲା। ପୁରୁଣା ପ୍ରେସ୍କ୍ରିପ୍ସନ୍ , ରାଶନ୍ ଦୋକାନର କ୍ୟାସ୍ମେମୋ , ପ୍ରମୋଶନ ଦରଖାସ୍ତର କାର୍ବନ କପି ଇତ୍ୟାଦି ଭିତରେ ସେ କାଗଜଟି ନ ଥିଲା। ସେ ବଡ଼ ପାଟିରେ ମୋର ଇନ୍ସ୍ୟୁରାନ୍ସ କାଗଜ କୋଉଠି ଅଛି ବୋଲି ପଚାରିଲା। ତାର ସ୍ତ୍ରୀ ରୋଷାଇ ଘରେ ପରିବା

କାଟୁଥିଲା। ହାତରେ ବଡ଼ କଖାରୁ ଫାଳେ ଧରି ବାହାରକୁ ଆସି କହିଲା, ମୁଁ କେମିତି ଜାଣିବି ? ମୁଁ କଣ ତମର କାଗଜର ଧାର ଧାରେ ?

ଅବିନାଶ ମନରେ ଭୀଷଣ କଷ୍ଟ ହେଲା ଓ ସେ ମନେ ମନେ କହିଲା ଯାଅ, ମର ଏବଂ ନିଶ୍ଚୟ କଲା ଯେ ସେ ଆଉ ଇନ୍ସ୍ୟୁରାନ୍ସର ବାକି ଟଙ୍କା ଦେବ ନାହିଁ। ଏଥରକ ସେ ହିସାବ ଲେଖିଥିବା କାଗଜଟି ମଧ୍ୟ ଚିରି ଫିଙ୍ଗିଦେଲା ଏବଂ କିଛିକ୍ଷଣ ଗୁମ ହୋଇ ବସିଲା। ନା, ସେ ଏଥରକ ଟିକିଏ ନିଜ କଥା ଭାବିବ। କଲେଜରେ ସେ ଭଲ ଛାତ୍ର ଥିଲା ଓ ସାହିତ୍ୟରେ ରୁଚି ରଖୁଥିଲା। ଏପରିକି କବିତା ମଧ୍ୟ ଲେଖୁଥିଲା। କଲେଜ ବେଳେ ଲେଖିଥିବା ତେୟାଳିଶଟି କବିତା ଅନେକ ଦିନ ଧରି ତା ପାଖରେ ରହିଥିଲା। ତାର ଇଚ୍ଛା ଥିଲା ସେ ଆଉ ସାତଟି କବିତା ଲେଖିବ, କିନ୍ତୁ ତା ଆଉ ସମ୍ଭବ ହୋଇ ନ ଥିଲା। ଶେଷରେ କବିତାଗୁଡ଼ିକୁ ସେ ତାର ହାକିମଙ୍କୁ ଦେଇଥିଲା, ତାର ଚରିତ୍ର ଲିପିରେ ତାର ଉପରିସ୍ଥ କର୍ମଚାରୀ ଲେଖିଥିବା 'ରଚନା ଭଙ୍ଗୀ ଅତି ସାଧାରଣ' ମନ୍ତବ୍ୟର ଅସାରତା ପ୍ରମାଣ କରିବା ପାଇଁ। ଯଦିଓ ସେ ଏ ପ୍ରଚେଷ୍ଟାରେ ବିଫଳ ହୋଇଥିଲା ଏବଂ ତାକୁ ପ୍ରମୋଶନ ମିଳି ନଥିଲା, ହାକିମଙ୍କ ପାଖକୁ ଯାଇ ତାଙ୍କଠାରୁ ତେୟାଳିଶଟି କବିତା ମାଗି ଆଣିବାର ସାହସ ତାର ହୋଇ ନଥିଲା। ହୁଏତ ହାକିମ ବି ସେ କବିତାଗୁଡ଼ିକ ହଜାଇ ଦେଇଥିଲେ।

କଲେଜରେ ପଢ଼ିବା ବେଳେ ସେ ଆଉ ଗୋଟିଏ ମହତ ଯୋଜନା ମଧ୍ୟ ହାତକୁ ନେଇଥିଲା। ସେ ଠିକ କରିଥଲା ନିଜର ଜୀବନକାଳ ମଧ୍ୟରେ ଆତ୍ମଜୀବନୀ ମୂଳକ ପାଞ୍ଚଟି ଅସ୍ତିତ୍ୱବାଦୀ ଉପନ୍ୟାସ ଲେଖିବ। ଯଦିଓ ସେତେବେଳେ ସେ ଯୁବକ ଥିଲା, ନିଜର ଭବିଷ୍ୟତ କିଭଳି ଗଢ଼ିବ ସେ ତାର ଏକ ମୋଟାମୋଟି ନକ୍ସା ତିଆରି କରିଥିଲା ଏବଂ ଏଇ ପାଞ୍ଚଟି ଉପନ୍ୟାସର ନାଁ ମଧ୍ୟ ଠିକ କରି ରଖିଥିଲା : ଅପୂର୍ବ, ଆନନ୍ଦ, ଅଦ୍ଭୁତ, ଅମୃତ ଏବଂ ଅନନ୍ତ। ଗୋଟାଏ ଲାଲ ମଲାଟର ବନ୍ଧେଇ ଖାତାରେ ସେ ପାଞ୍ଚଟି ଖଣ୍ଡର ସଂକ୍ଷିପ୍ତ ସୂଚନା ଲେଖି ରଖିଥିଲା। ବର୍ତ୍ତମାନ ଅବିନାଶର ଇଚ୍ଛା ହେଲା ମରିବା ଆଗରୁ ସେ ଏଇ ପଞ୍ଚାଙ୍ଗ ଉପନ୍ୟାସଟି ସମାପ୍ତ କରିଯିବ। ଅବିନାଶ ଏଇ ଲାଲ ଖାତାଟିକୁ ଖୋଜିବାରେ ଲାଗିଲା ଏବଂ ଆଲମାରିର ସବୁ ଜିନିଷ ଓଲଟପାଲଟ କରିବା ପରେ ମଧ୍ୟ ତାକୁ ସେଇଟି ମିଳିଲା ନାହିଁ। ସେ ମୋର ସେଇ ମୋଟା ଲାଲ ଖାତାଟା କୋଉଠି ଅଛି ବୋଲି ପାଟି କରି କହିଲା ଏବଂ ହଠାତ୍ ନିଜର ଭୁଲ ବୁଝି ପାରି ମିଛରେ ହଁ ମିଳିଗଲା କହିବା ପୂର୍ବରୁ ତାର ସ୍ତ୍ରୀ ରୋଷାଇ ଘରୁ ଆସି ତା ଆଗରେ ଠିଆ ହେଲା। ତା ହାତରେ ଏଥର ଫାଳେ ବାଇଗଣ ଏବଂ ଅନ୍ୟ ହାତରେ ପନିକି ଥିଲା।

ଚଞ୍ଚଳ ଗାଧୁଆ ଘରେ ପଶି କବାଟ ବନ୍ଦ କରୁ କରୁ ଅବିନାଶ ଲାଲ ଖାତା କଥା ମନେ ପକାଇଲା। ନିଜର ସାହିତ୍ୟିକ ଉଚ୍ଚାଭିଳାଷ ବିଷୟରେ ମଧ୍ୟ ଅନେକ ଦିନ ତଳେ କେଉଁ ଏକ ଦୁର୍ବଳ ମୁହୂର୍ତ୍ତରେ ତାର ସ୍ତ୍ରୀକୁ କହିଥିଲା। ଦିନେ ଅଫିସରୁ ଫେରି ସେ ଯେତେବେଳେ ସ୍ତ୍ରୀକୁ

ଖାଇବାକୁ ମାଗିଲା, ତାର ସ୍ତ୍ରୀ କହିଲା : ରୋଷେଇ ଆଜି ଡେରି ଅଛି। ଆହୁରି ଘଣ୍ଟାଏ ଲାଗିବ। ତମେ ଯୋଉ କହୁଥିଲ ପାଞ୍ଚଟା ଗପ ନା କଣ ଲେଖିବ ବୋଲି ଯାଅ ବସି କରି ଲେଖ ରୋଷେଇ ହେବା ଯାଏ। ଏ କଥାକୁ ସ୍ତ୍ରୀର ଅସ୍ତିତ୍ୱବାଦ ବିଷୟରେ ଅଜ୍ଞାନତା ମନେ କରି ଅବିନାଶ ଉପହାସ କରି ଦେଇ ପାରିଥାନ୍ତା, କିନ୍ତୁ ସେଇ ସାମାନ୍ୟ ଭୋକ ଲାଗୁଥିଲା ଅବସ୍ଥାରେ ଏକଥା ତାକୁ ବିରକ୍ତିକର ମନେହେଲା ଏବଂ ସେ ଲାଲ ଖାତାଟିରୁ ଲେଖା ହୋଇଥିବା ଅଳ୍ପ ପୃଷ୍ଠାକୁ ଚିରି ତାକୁ ସାନପୁଅକୁ ଦେଇ ଦେଇଥିଲା। ଖାତାରେ ଅନେକ ଦିନ ତଳେ ଲେଖିଥିବା ନକ୍ସାର ବିନା ସହାୟତାରେ ସେ ଉପନ୍ୟାସ ଲେଖା ଆରମ୍ଭ କରି ପାରିବ କି ନାହିଁ ସେ ବିଷୟରେ ବର୍ତ୍ତମାନ ସନ୍ଦିହାନ ହେଲା। ଏପରିକି ଉପନ୍ୟାସ ପାଞ୍ଚଟି ନାଁର କ୍ରମ ବିଷୟରେ ମଧ୍ୟ ତାର ସନ୍ଦେହ ଜନ୍ମିଲା ଏବଂ ସେ ସ୍ଥିର କଲା ହୁଏତ ଶେଷ ଭାଗର ନାଁ ଅମୃତ ଥିଲା, ଅନନ୍ତ ନୁହେଁ।

ଗାଧୁଆ ଘରେ ସେ ନିଜର ଦେହକୁ ଅନାଇଲା। ନା, ଏ ଦେହ ଆଉ ବେଶି ଦିନ ଚଳିବ ନାହିଁ। ସେ ବେଶ୍ ମୋଟା ଏବଂ ଚନ୍ଦା ହୋଇଯାଇଥିଲା ଏବଂ ତାର ଛ'ଟି ଦାନ୍ତ ନକଲି ଥିଲା। ଏପରିକି କିଛିଦିନ ତଳେ ତାର ଯୁବକ ବୟସର ଗୋଟିଏ ଫଟୋକୁ ଦେଖି ତା ଯେ ଅବିନାଶର ହୋଇପାରେ ସେ ବିଷୟରେ ତାର ସାନପୁଅ ଗଭୀର ସନ୍ଦେହ ପ୍ରକାଶ କରିଥିଲା। ନିଜର ସୁସ୍ଥସବଳ ଦେଖାଯାଉଥିବା ଦେହ ସତ୍ତ୍ୱେ ଅବିନାଶ ସବୁବେଳେ ଦୁର୍ବଳ ଅନୁଭବ କରୁଥିଲା। ସେ ଭାବୁଥିଲା ହୁଏତ ଏ ଭିତରେ ତାର ରକ୍ତଚାପ ଓ ଅଲସର ଇତ୍ୟାଦି ବେମାରି ମଧ୍ୟ ହୋଇଥିଲା, କିନ୍ତୁ ସେ ଭୟରେ ଡାକ୍ତର ପାଖକୁ ଯାଇ ନଥିଲା।

ଶାରୀରିକ ଦୁର୍ବଳତା ସହିତ ତାର ମାନସିକ ଦୁର୍ବଳତା ମଧ୍ୟ ଅତି ଅଧିକ ଥିଲା। ଅଫିସରେ ସେ ସବୁଠାରୁ ବେଶି ଭୟାଳୁ କର୍ମଚାରୀ ବୋଲି ଖ୍ୟାତ ଥିଲା। ହାକିମ ଡାକି ପଠାଇଲେ ତା ଦେହରୁ ଝାଳ ବାହାରୁଥିଲା ଓ ହାକିମଙ୍କ ଆଗରେ ଠିଆ ହୋଇ କଥା କହିବା ବେଳେ ତା ପାଟି ଖନି ବାଜୁଥିଲା। ବଜାରରେ ଜିନିଷ କିଣିବା ବେଳେ ସେ ଦୋକାନୀ ସହିତ ଦରଦାମ କଷିପାରୁ ନ ଥିଲା ଏବଂ ଭିଡ଼ ଦେଖିଲେ ଦୂରରୁ ପଳାଇ ଆସୁଥିଲା। ଅଫିସରେ ବିନା କାରଣରେ ଉପରିସ୍ଥ କର୍ମଚାରୀମାନଙ୍କଠାରୁ ଶୁଣୁଥିବା ଗାଳି ମଧ୍ୟ ସେ ଚୁପଚାପ ସହି ନେଉଥିଲା। ବର୍ତ୍ତମାନ ଗାଧୁଆ ଘରେ ଏସବୁ କଥା ଭାବିବା ବେଳେ ନିଜର ବଞ୍ଚିବାର ଅଧିକାର ଉପରେ ତାର ଯଥେଷ୍ଟ ସନ୍ଦେହ ଜନ୍ମିଲା।

ଅଫିସ ନ ଗଲେ ବି ସେ ଆଉ ଘରେ ରହିବାକୁ ମଧ୍ୟ ଚାହୁଁ ନ ଥିଲା। ସେଥିପାଇଁ ଗାଧୋଇ ସାରି ସେ ଘରୁ ବାହାରି ଆସିଲା। ତାର ସ୍ତ୍ରୀ ଅତି ଅଦ୍ଭୁତ ସ୍ୱଭାବର ଥିଲା ଏବଂ ଅବିନାଶ ଯଦିଓ ସକାଳୁ କିଛି ଖାଇ ନ ଥିଲା, ସେ ତାକୁ କିଛି ପଚାରିଲା ନାହିଁ। ରାସ୍ତାକୁ ଆସି ଅବିନାଶ ପ୍ରଥମେ ଗଲା ଗୋଟାଏ ଦୋକାନକୁ ଅଫିସକୁ ଛୁଟି ପାଇଁ ଟେଲିଫୋନ କରିବା

ପାଇଁ। ସେ ଭାବିଥିଲା ଯେ ତାର ଦୁଃସମ୍ବାଦ କୌଣସି ଦୈବିକ ପ୍ରକ୍ରିୟା ଦ୍ୱାରା ତାଙ୍କ ଅଫିସରେ ପ୍ରତିଧ୍ୱନିତ ହୋଇ ଏକ ଦୁଃଖର ଛାୟା ଖେଳାଇ ଦେଇଥିବ । କିନ୍ତୁ ଅନେକ କଷ୍ଟରେ ସେ ଯେତେବେଳେ ଅରବିନ୍ଦ ବାବୁଙ୍କୁ ଫୋନରେ ପାଇଲା, ତାର ଦେହ ଖରାପ ଥିବା କଥା ଶୁଣି ସହାନୁଭୂତି ଦେଖାଇବେ କଣ, ଅରବିନ୍ଦ ବାବୁ ହୋ ହୋ ହସି କହିଲେ, ବୁଝିଲ, ଆଜି ଅଫିସରେ ବଡ଼ ମଜାର କଥା ହେଲା। ବିରକ୍ତିରେ ଅବିନାଶ ଫୋନକୁ ରଖିଦେଇ ରାସ୍ତାକୁ ଓହ୍ଲାଇଲା। ଦୋକାନୀ 'ହୋ ବାବୁ' ବୋଲି ପାଟି କଲା ଏବଂ ଅବିନାଶର ମନେ ପଡ଼ିଲା ଯେ ସେ ଟେଲିଫୋନର ପଇସା ଦେବାକୁ ଭୁଲିଯାଇଛି।

ଖରା ଆସ୍ତେ ଆସ୍ତେ ଟାଣ ହୋଇ ଆସୁଥିଲା ଏବଂ ବର୍ତ୍ତମାନ ତାକୁ ନିଜର ଦୁଃସ୍ୱପ୍ନର ଭୟ ଅପେକ୍ଷା ସାମୟିକ ଭୋକର ତାଡ଼ନା ଅଧିକ ପ୍ରବଳ ଜଣାଗଲା। ସେ ଗୋଟିଏ ଛୋଟ ହୋଟେଲରେ ପଶି ଜଳଖିଆ ମଗାଇଲା। ହୋଟେଲରେ ଆଉ କେହି ଲୋକ ନ ଥିଲେ ଏବଂ ହୋଟେଲବାଲା ନିଜର ରେଡ଼ିଓ ଶୁଣିବାରେ ବ୍ୟାହତ ହେଲା ବୋଲି ଅସନ୍ତୁଷ୍ଟ ଜଣା ପଡୁଥିଲା। ତାର ଖାଇବା ଆସିବାରେ ଯେତେ ବିଳମ୍ବ ହେଉଥିଲା, ଅବିନାଶର ଭୋକ ସେତିକି ବଢ଼ିଚାଲିଥିଲା। ସେ ହୋଟେଲ ବାହାର ରାସ୍ତା ଆଡ଼କୁ ଅନାଇଲା, ଯେଉଁଠାରେ ସହରର ପ୍ରାତ୍ୟହିକ ଜୀବନ ଅବ୍ୟାହତ ଚାଲିଥିଲା। ରାସ୍ତାରେ ଯାଉଥିବା ଲୋକମାନେ ବ୍ୟସ୍ତ ଓ ପ୍ରସନ୍ନ ଜଣା ପଡୁଥିଲେ ଏବଂ ସେ କେଉଁଠାରେ ହେଲେ ତାର ଦୁଃଖର ଛାୟା ଦେଖିପାରୁ ନଥିଲା। ତାକୁ ବର୍ତ୍ତମାନ ସଂସାର ଏକ ସହାନୁଭୂତି ଓ ସମ୍ବେଦନା ବିହୀନ ସ୍ଥାନ ମନେ ହେଲା। ଏପରିକି ତାକୁ ଚା ଓ ଜଳଖିଆ ଦେଉଥିବା ଲୋକଟି ମଧ୍ୟ ପ୍ଲେଟଟିକୁ ଆବଶ୍ୟକତାରୁ ଅଧିକ ଜୋରରେ ଟେବୁଲ ଉପରେ ରଖିଲା ଏବଂ ସେ ତାକୁ ପାଣି ଗିଲାସେ ମାଗିବା ପୂର୍ବରୁ ସେଠାରୁ ଚାଲିଗଲା। ଅବିନାଶ ଭାବିଲା, ନା, ମରିଯିବା ହିଁ ଶ୍ରେୟସ୍କର।

ସକାଳର ଛାଇ ଛାଇ ଅବସ୍ଥାରେ ଯେଉଁ ଦୁଃସ୍ୱପ୍ନ ତାକୁ ଅସମ୍ଭବ ଭାବରେ ଘାରିଥିଲା, ଦିନର ଉଜ୍ଜ୍ୱଳ ଆଲୁଅରେ ତାକୁ ସେ ସାମାନ୍ୟ ପରୀକ୍ଷା ନିରୀକ୍ଷା କଲା। ଖାଇବା ପରେ ସେ କିଞ୍ଚିତ୍ ସବଳ ଅନୁଭବ କରୁଥିଲା ଏବଂ ସହରର ଲୋକଗହଳି ରାସ୍ତାରେ ଅନିର୍ଦ୍ଦିଷ୍ଟ ଭାବରେ ଚାଲିବା ବେଳେ ତାର ଭୟ ଅନେକ କମି ଯାଇଥିଲା। ସେ ନିଜକୁ ପ୍ରଶ୍ନ କଲା ସେ କଳା ପୋଷାକ ପିନ୍ଧିଥିବା ଲୋକଟିକୁ ଭଗବାନ ବୋଲି ଜାଣିଲା କିପରି ? ତାର ଯେତେଦୂର ମନେ ଥିଲା ଲୋକଟି କେବେହେଲେ ମୁଁ ଭଗବାନ ବୋଲି କହି ନଥିଲା। ତେବେ ସ୍ୱପ୍ନରେ ସବୁ କଥା ପ୍ରାଞ୍ଜଳ ଓ ତର୍କସଙ୍ଗତ ଭାବରେ ଦେଖାଯାଇ ନ ଥାଏ; ଅନେକ କଥାକୁ ମନ ନିଜର ବ୍ୟାଖ୍ୟା କରି ବୋଧଗମ୍ୟ କରାଇଥାଏ। ଭଗବାନ ବ୍ୟତୀତ ସେ ଲୋକଟି ଆଉ କଣ ହୋଇପାରେ ଅବିନାଶ ସେ କଥା କଳ୍ପନା କରିବାକୁ ଚେଷ୍ଟା କଲା, କିନ୍ତୁ ସେ ଶତଚେଷ୍ଟା ସତ୍ତ୍ୱେ ମଧ୍ୟ ଏଭଳି ପୋଷାକ ପିନ୍ଧିଥିବା ଲୋକକୁ ଆଉ କୌଣସି ଚରିତ୍ରରେ ଅବସ୍ଥାପିତ କରି ପାରିଲା ନାହିଁ।

ସେ ଆଉ ତାର ଆସନ୍ନମୃତ୍ୟୁ କଥା ଭାବୁ ନ ଥିଲା; ଅଫିସ ନ ଯାଇ ଛୁଟି ନେଇଥିବା ପୂରା ଦିନଟି କିପରି କଟାଇବ, ତାହା ହିଁ ତାର ଚିନ୍ତାର ବିଷୟ ଥିଲା। ସେ ବର୍ତ୍ତମାନ କୁଳାଙ୍ଗାର ପୁଅ, ବୀମାର ପଲିସି ଓ ପଞ୍ଝାଙ୍ଗ ଉପନ୍ୟାସର ନକ୍ସା ଇତ୍ୟାଦି କଥା ଭୁଲି ଯାଇଥିଲା। ବରଂ ସେ ସାଙ୍ଗରେ ଛତା ନ ନେଇ ବାହାରି ଆସି ଥିବାରୁ ଅନୁତାପ କରୁଥିଲା। ଦୋକାନର କାଚ ଝରକା ପାଖରେ ଠିଆ ହୋଇ ସେ ଏପରି ସବୁ ଜିନିଷର ଦାମ ପରଖ କଲା ଯାହା ସେ କେବେ ବି କିଣିବାର ସମ୍ଭାବନା ନ ଥିଲା। ରାସ୍ତାକଡ଼ର ଦୋକାନରେ ବିଭିନ୍ନ ପ୍ରକାରର ଖେଳନାକୁ ସେ ତନ୍ନ ତନ୍ନ କରି ଦେଖିଲା। ତାପରେ ସେ ଯାଇ ଫଳ ଦୋକାନରେ ଗିଲାସେ ଫଳରସ ପିଇଲା, ଯଦିଓ ତାକୁ ଶୋଷ ଲାଗୁ ନ ଥିଲା।

ଘଡ଼ିକୁ ଅନାଇ ସେ ଦେଖିଲା ସେତେବେଳକୁ ଦିନ ମାତ୍ର ବାରଟା। ଖରାବେଳେ ଆଉ କଣ କରାଯାଇପାରେ ଅବିନାଶ ଭାବିପାରୁ ନଥିଲା। ଘରକୁ ଫେରିଯିବା କଥା ଭାବିବାରେ ସେ ହାତରେ ପନିକି ଓ ଭଲ ମିଜାଜରେ ନଥିବା ତାର ସ୍ତ୍ରୀକୁ ଦେଖିଲା ଓ ସେ ଚିନ୍ତାରୁ ନିଜକୁ ନିବୃତ୍ତ କଲା। ଏଇ ସମୟରେ ହଠାତ୍ ସେ ସାମାନ୍ୟ ଦୂରରେ ଏପରି ଏକ ଦୃଶ୍ୟ ଦେଖିଲା ଯାହା ତାର ରକ୍ତକୁ ପାଣି କରିଦେଲା। ଭିଡ଼ ଭିତର ଦେଇ ଭଗବାନ ଆଗକୁ ଚାଲି ଯାଉଥିଲେ। ତାଙ୍କ ଦେହରେ ଲମ୍ବା କଳା ପୋଷାକ ଥିଲା ଏବଂ ଦଶଫୁଟ ନ ହେଲେ ବି ସେ ଭିଡ଼ ଭିତରେ ସବୁଠାରୁ ଲମ୍ବା ଲୋକ ଥିଲେ। ଅବିନାଶ ଆତଙ୍କ ଗଣିଲା ଏବଂ ଜାଣିଲା ଯେ ତାର ମୃତ୍ୟୁ ଆଉ ବେଶି ଡେରି ନାହିଁ। ମୁହୂର୍ତ୍ତକ ଭିତରେ ପୁଣି ତା ମୁଣ୍ଡ ଭିତରେ ତାର ପରିବାରର ଭବିଷ୍ୟତ, ଅପୂର୍ଣ୍ଣ ଉପନ୍ୟାସ ଓ ଟଙ୍କା ଦିଆଯାଇ ନ ଥିବା ପଲିସି କଥାମାନ ଧସି ପଶି ଆସିଲେ।

ଏ ନିଶ୍ଚୟ ତାଙ୍କର ସୂଚନାକୁ ଉପେକ୍ଷା କରିଥିବାରୁ ତା ପାଇଁ ଭଗବାନଙ୍କର ପରିହାସପୂର୍ଣ୍ଣ ଶିକ୍ଷା ଥିଲା। ସେ ଯେପରି ତାକୁ ଜଣାଇବାକୁ ଚାହୁଁଥିଲେ ଯେ ସ୍ୱପ୍ନରେ ଦେଖିଥିବା ତାଙ୍କୁ ଯଦି ସେ ଅସ୍ୱୀକାର କଲା ତେବେ ସେ ତାଙ୍କୁ ଏଥରକ ଦିନ ଦିପହରେ ସଶରୀରରେ ଦେଖୁ ଏବଂ ତାଙ୍କର ବାର୍ତ୍ତାର ବାସ୍ତବତା ଓ ଭୟାବହତା ବୁଝୁ। ଏଥର ଯେମିତି ଦେଖା ହେଲେ ସେ କହିବେ, ମୁଁ ଏହିକ୍ଷଣି ହିଁ ତତେ ନେଇଯିବି। ଅବିନାଶ ନିଜର ଧୃଷ୍ଟତା ପାଇଁ ମନେ ମନେ ଭଗବାନଙ୍କୁ କ୍ଷମା ମାଗିଲା।

ଗଳି ମୋଡ଼ରେ ଭଗବାନ ଅଦୃଶ୍ୟ ହୋଇଯିବା ପରେ ଅବିନାଶ ମୁଣ୍ଡରେ ଚେତା ପଶିଲା। ସେ ନିଜକୁ ପ୍ରକୃତିସ୍ଥ କରି ଭଗବାନଙ୍କ ସନ୍ଧାନରେ ଯିବା ପାଇଁ ସ୍ଥିର କଲା ଏବଂ ଦ୍ରୁତ ପଦକ୍ଷେପରେ ଚାଲିବାକୁ ଲାଗିଲା। ଗଳି ମୁଣ୍ଡରେ ପହଞ୍ଚି ସେ ଭଗବାନଙ୍କୁ ଦେଖିବାକୁ ନପାଇ ହତୋତ୍ସାହ ହେଲା। ଏପାଖ ସେପାଖ ଅନେକ ଖୋଜି ସେ ଶେଷରେ ଧାଇଁବାକୁ ଲାଗିଲା। କିନ୍ତୁ ଭଗବାନ ସଂପୂର୍ଣ୍ଣ ଭାବରେ ଉଭାନ ହୋଇ ଯାଇଥିଲେ ଏବଂ ଯେତେ ଲୋକଙ୍କୁ ସେ ଲମ୍ବା କଳାପୋଷାକ ପିନ୍ଧିଥିବା ଲୋକଟି କଥା ପଚାରିଲା କେହି କହି ପାରିଲେ ନାହିଁ। କେବଳ ଜଣେ

ଲୋକ ତାକୁ ଓଲଟି ଲୋକଟିର ଦାଢ଼ି ଥିଲା କି ନା ପ୍ରଶ୍ନ କଲା, ଅବିନାଶ ଯାହାର ଉତ୍ତର ଦେଇ ପାରିଲା ନାହିଁ।

ଗଳିରୁ ଗଳିକୁ ଧାଇଁ ସେ କ୍ଳାନ୍ତ ହୋଇଯାଇଥିଲା। ସେ ପାଖରେ ଗୋଟିଏ ଛୋଟ ତିନିକୋଣିଆ ପାର୍କ ଦେଖିଲା ଯାହା ଭିତରେ ଅଳ୍ପ କେତୋଟି ଗଛ ଥିଲା। ସେ ଭିତରକୁ ଯାଇ ଗଛ ତଳେ ପଡ଼ିଥିବା ସିମେଣ୍ଟ ବେଞ୍ଚ ଉପରେ ବସିଲା। ଏହି ସମୟରେ ତାର ମନ ଭିତରେ ଭୟ କ୍ଳାନ୍ତି ବିରକ୍ତି ଅନୁଶୋଚନା ଆଦି ଅନେକ ଭାବଧାରା ଖେଳିଗଲା କିଛି ସମୟ ବିଶ୍ରାମ ନେଇ ସେ ବେଞ୍ଚ ଉପରୁ ଉଠିଲା ଓ ପାର୍କ ବାହାରକୁ ଯିବା ପାଇଁ ପାଦ ବଢ଼ାଇଲା। ଏତିକିବେଳେ ଗଛର ଆରପାଖେ ଲମ୍ବା କଳାପୋଷାକ ପିନ୍ଧି ଶୋଇଥିବା ଲୋକଟି ତା ଆଖିରେ ପଡ଼ିଲା। ତାର ଉଚ୍ଚତା ଠିକ ଜଣାପଡୁ ନଥିଲେ ବି ଲୋକଟି ଦୀର୍ଘକାୟ ନଥିଲା। ତା ମୁଣ୍ଡତଳେ ଗୋଟିଏ ବୁଜୁଳା ଥିଲା ଓ ପାଖରେ ଗୋଟିଏ ମାଙ୍କଡ଼ ବନ୍ଧା ହୋଇଥିଲା। ଲୋକଟି ନିଘୋଡ଼ ନିଦରେ ଶୋଇଥିଲା ଏବଂ ମାଙ୍କଡ଼ଟି ନିଜେ ନିଜେ ବିଭିନ୍ନ ପ୍ରକାରର ଖେଳ ଖେଳିବାରେ ବ୍ୟସ୍ତ ଥିଲା।

ପ୍ରତିକ୍ରିୟାଶୂନ୍ୟ ହୋଇ ଅବିନାଶ କିଛିକ୍ଷଣ ଶୋଇଥିବା ଲୋକଟିକୁ ଚାହିଁଲା ଏବଂ ଶେଷରେ ପାର୍କରୁ ବାହାରି ଅଫିସକୁ ଯିବା ପାଇଁ ଗୋଟିଏ ରିକ୍ସା ଧରିଲା। ଲଞ୍ଚ ଛୁଟି ପରେ ଅଫିସରେ ସମସ୍ତେ ଯେ ଯାହା ଜାଗାରେ ଥିଲେ ଏବଂ ଅବିନାଶ ଯାଇ ନିଜ ଚଉକିରେ ବସିଲା। ଅରବିନ୍ଦ ବାବୁ ଫାଇଲରୁ ମୁହଁ ଉଠାଇ ତା ଆଡ଼କୁ ଚାହିଁଲେ ଏବଂ ଅବିନାଶ ଧୀର ସ୍ୱରରେ ଦେହ ଭଲ ଲାଗିଲା, ଚାଲି ଆସିଲି ବୋଲି କହିଲା । କିନ୍ତୁ ଅରବିନ୍ଦ ବାବୁ କୌଣସି କାରଣରୁ ଚିନ୍ତିତ ଜଣା ପଡୁଥିଲେ ଏବଂ ଏ କଥାକୁ ଅଶୁଣା କରିଦେଇ ପୁଣି ଫାଇଲରେ ମୁହଁ ଗୁଞ୍ଜିଦେଲେ। ଅବିନାଶକୁ ନିଜର ହାକିମ ଓ ପ୍ରମୋଶନ କଥା ମନେପଡ଼ିଲା ଏବଂ ସେ ଗୋଟାଏ କାଗଜ ଆଣି ଦରଖାସ୍ତ ଲେଖିବାକୁ ଆରମ୍ଭ କଲା।

ହଠାତ୍ ସେ ଆବିଷ୍କାର କଲା ଯେ ସେ କାଗଜ ଉପରେ ଡିଅର୍ ଗଡ୍ ବୋଲି ଲେଖିଥିଲା। ସେ ବିରକ୍ତିରେ କାଗଜଟିକୁ ଗୁଳା କରି ଦୂରକୁ ଫିଙ୍ଗିଦେଲା ଏବଂ ଏଥରକ ଆଉ ଖଣ୍ଡେ କାଗଜ ଉପରେ ସ୍ପଷ୍ଟ ଭାବରେ ତାର ପ୍ରମୋଶନର ଅର୍ଜି ଲେଖିବାକୁ ଆରମ୍ଭ କଲା : ରେସ୍ପେକ୍ଟେଡ୍ ସାର୍ ଇତ୍ୟାଦି।

—

ମାୟାମୃଗ

ରିହର୍ସଲର ଦଶମ ଦିନ ମାନସୀ ରୋକଠୋକ କହିଦେଲା ଯେ ସତସତିକା ହରିଣ ଆଣି ନଦେଲେ ସେ ସୀତାର ରୋଲ କରିବ ନାହିଁ। ମାନସୀର ଏଇ ଅପ୍ରତ୍ୟାଶିତ ଦାବି ବିଷୟରେ ଦୁଇଟି ମତ ଦେଖାଦେଲା। ଗୋଟିଏ ମତ, ଯାହାର ପୃଷ୍ଟପୋଷକ ନିଜେ ନାଟକର ନିର୍ଦ୍ଦେଶକ ଥିଲା, ହେଲା ଯେ ମଞ୍ଚ ଉପରେ ହରିଣର ପ୍ରତିକୃତି ହିଁ ଯଥେଷ୍ଟ, କାରଣ ନାଟକର ଅନେକ କିଛି ଦର୍ଶକର କଳ୍ପନା ଶକ୍ତି ଉପରେ ନିର୍ଭର କରିଥାଏ ଏବଂ ମଞ୍ଚ ଉପରକୁ ଏକ ଜୀବନ୍ତ ପ୍ରାଣୀକୁ ଆଣିବାର ଅର୍ଥ ନାଟ୍ୟକଳାର ଅବମାନନା କରିବା। ଅନ୍ୟ ପକ୍ଷର ମତ ଥିଲା ଯେ ଆଧୁନିକ ମଞ୍ଚରେ ବାସ୍ତବ ଜିନିଷମାନ ଯଥା କୋଇଲା ଖଣିରେ ପାଣି ପଶିଯିବା, ଗାଁରେ ନିଆଁ ଲାଗିଯିବା ଇତ୍ୟାଦି ଦେଖାଇ ନାଟକଟିକୁ ଦର୍ଶକମାନଙ୍କର ଆହୁରି ନିକଟକୁ ନିଆ ଯାଉଛି ଏବଂ ସେ ଦୃଷ୍ଟିରୁ ଗୋଟିଏ ସତ ହରିଣକୁ ଷ୍ଟେଜ୍ର ଏ ପାଖରୁ ସେ ପାଖକୁ ଧାଇଁଯିବାର ଦେଖାଇବା ଆଦୌ ଗର୍ହିତ ହେବ ନାହିଁ। ନାଟକର ଲେଖକ, ଯେ କି ପ୍ରଥମେ ପ୍ରଥମେ ରିହର୍ସଲରେ ରୁଚି ରଖୁଥିଲା କିନ୍ତୁ ପରେ ନିର୍ଦ୍ଦେଶକକୁ ତାର ନାଟକଟିକୁ ମୋଡ଼ାମୋଡ଼ି ଦଳାମକଚା କରିବାର ଦେଖି ଏଥରକ ଚୁପଚାପ ରହୁଥିଲା, ସେ ମନେ ମନେ ପ୍ରଥମ ମତର ପରିପୋଷଣ କରୁଥିଲେ ମଧ୍ୟ ଏଇ ବାଦାନୁବାଦରେ ସେ ନିଜକୁ ଦ୍ୱିତୀୟ ମତର ସମର୍ଥକ ବୋଲି ଜଣାଇଲା।

ଅନେକ ବାଦବିସମ୍ବାଦ ପରେ ଅନୁଷ୍ଠାନ ପକ୍ଷରୁ ମାୟାମୃଗ ନାଟକ ମଞ୍ଚସ୍ଥ କରିବାର ନିର୍ଣ୍ଣୟ କରାଯାଇଥିଲା। ଏଇ ନାଟକଟି ଗୋଟିଏ ପୌରାଣିକ କାହାଣୀକୁ ଆଧୁନିକ ପ୍ରତୀକଧର୍ମୀ ନାଟକରେ ରୂପାନ୍ତରିତ କରାଯାଇପାରେ ତାର ଉଦାହରଣ ଥିଲା, ଅଥବା ଉଦାହରଣ ଥିବାର ଦାବି ରଖୁଥିଲା। ନାଟ୍ୟକାରଙ୍କର ବକ୍ତବ୍ୟ ଥିଲା ଯେ ସେ ତାଙ୍କର ନାଟକରେ ସୀତାଙ୍କୁ ଏକ ରକ୍ତମାଂସର ନାରୀ ଭାବରେ ଦେଖାଇବାକୁ ଚେଷ୍ଟା କରିଛନ୍ତି ଏବଂ ରାମାୟଣର ଏଇ ମାନବୀୟ ବ୍ୟାଖ୍ୟାରେ ସୁନାର ହରିଣ ସେକ୍ସ ବା ଯୌନ ପ୍ରବୃତ୍ତିର ପ୍ରତୀକ। ନିର୍ଦ୍ଦେଶକ ଏ ବକ୍ତବ୍ୟକୁ ଅର୍ଥହୀନ ବୋଲି ମନେ କରୁଥିଲା ଏବଂ ନାଟକଟିକୁ ଆହୁରି ଅଧିକ ଆଧୁନିକ ଓ ପ୍ରତୀକଧର୍ମୀ କରିବା ପାଇଁ ମନଇଚ୍ଛା ସେଥିରେ ବିଭିନ୍ନ ଅଂଶ ଯୋଡୁଥିଲା, କାଟୁଥିଲା ଅଥବା ଏପାଖ ସେପାଖ କରୁଥିଲା। ଏକଥା ନାଟ୍ୟକାର ଓ ନିର୍ଦ୍ଦେଶକଙ୍କ ଭିତରେ ବିରୋଧର କାରଣ ହୋଇଥିଲା ଏବଂ ଉଭୟେ ଅଭିନେତା, ଅଭିନେତ୍ରୀ ଓ ଅନୁଷ୍ଠାନର କାର୍ଯ୍ୟକର୍ତ୍ତାମାନଙ୍କୁ ନିଜ ନିଜ ପକ୍ଷଭୁକ୍ତ କରିବା ପାଇଁ ଚେଷ୍ଟା କରୁଥିଲେ।

ଗୋଟିଏ ହରିଣକୁ ନେଇ, ଯାହାକି ନାଟ୍ୟକାରର ମତରେ କେବଳ ପ୍ରତୀକ ମାତ୍ର ଥିଲା ଆଉ କିଛି ନୁହେଁ, ଯେତେବେଳେ ମତଦ୍ୱୈଧ ଚରମ ସୀମାରେ ପହଞ୍ଚିଲା, କେହି କେହି ଏକଥାର ଏକ ଆପୋସ ମୀମାଂସା କରିବାକୁ ଚେଷ୍ଟା କଲେ। ଜଣେ ମଞ୍ଚର ପଛ ଭାଗରେ ପର୍ଦ୍ଦା ଟାଣି

ସେଥିରେ ଆଫ୍ରିକାନ୍ ସାଫାରି ଚଳଚ୍ଚିତ୍ରର ହରିଣ ଧାଇଁବାର ଦୃଶ୍ୟଟି ପ୍ରଜେକ୍ଟରରେ ଦେଖାଇବାର ପ୍ରସ୍ତାବ ଦେଲା। ମାନସୀ ସେତେବେଳେ ନିର୍ଦ୍ଦେଶକକୁ ରିହର୍ସଲ କୋଠରୀର ଗୋଟାଏ କଣକୁ ଡାକିନେଇ କଣ ବୁଝାଉଥିଲା। ନିର୍ଦ୍ଦେଶକ ଆଗରେ ଯେତେବେଳେ ଏ ପ୍ରସ୍ତାବଟି ରଖାଗଲା, ସେ ଚଳଚ୍ଚିତ୍ରକୁ ନାଟକର ପ୍ରଧାନ ଶତ୍ରୁ ବୋଲି କହି ଏ ପ୍ରସ୍ତାବକୁ ସଂପୂର୍ଣ୍ଣ ପ୍ରତ୍ୟାଖ୍ୟାନ କଲା ଏବଂ କହିଲା ଯେ ଏପରି ପରିସ୍ଥିତିରେ ସେ ବରଂ ସତ ହରିଣ ବ୍ୟବହାର କରିବ, କିନ୍ତୁ ସିନେମା ହରିଣ କେବେହେଲେ ନୁହେଁ। ନିର୍ଦ୍ଦେଶକର ଏ ମତ ନାଟ୍ୟକାରକୁ ବଡ଼ ଦ୍ୱିଧାରେ ପକାଇ ଦେଲା। ସେ ଯେତେବେଳେ ଅନ୍ୟ ଏକ ଆପୋସ ମୀମାଂସା କରି ପ୍ରକୃତ ହରିଣର ଛାଲରେ ତିଆରି ଏକ ହରିଣର ପ୍ରତିମୂର୍ତ୍ତି ବ୍ୟବହାର ବିଷୟରେ ପରାମର୍ଶ ଦେଲା, ସେ କଥାରେ କେହି ରାଜି ହେଲେ ନାହିଁ। ମାନସୀର ଦାବି ରିହର୍ସଲ ମଝିରେ ଏକ ଅସ୍ୱାଭାବିକ ମଧ୍ୟାନ୍ତର ପହଞ୍ଚାଇ ଦେଲା।

ଯଦିଓ ଅଭିନୟ କ୍ଷେତ୍ରରେ ମାୟାମୃଗ ମାନସୀର ପ୍ରଥମ ପ୍ରଚେଷ୍ଟା ଥିଲା, ନାଟକର ପ୍ରତ୍ୟେକ ବିଭାଗରେ ତାର ମତକୁ ହିଁ ପ୍ରାଧାନ୍ୟ ଦିଆଯାଉଥିଲା। ନିର୍ଦ୍ଦେଶକ ଅନ୍ୟ ସମସ୍ତ ଅଭିନେତା ଅଭିନେତ୍ରୀଙ୍କୁ ହେୟ ଦୃଷ୍ଟିରେ ଦେଖୁଥିଲା, କିନ୍ତୁ ମାନସୀକୁ ସବୁବେଳେ ମାନସୀଦେବୀ ବୋଲି ସମ୍ବୋଧନ କରୁଥିଲା, ଯେଉଁଥିରେ କେବଳ ଚାଟୁକାରିତା ନୁହେଁ ଭୟର ସାମାନ୍ୟ ଅଂଶ ମଧ୍ୟ ଥିଲା। ଅନ୍ୟମାନଙ୍କର ଅଭିନୟ ଚାତୁରୀ ପାଇଁ ନିର୍ଦ୍ଦେଶକ ଏକ ଅତ୍ୟୁଚ୍ଚ ମାନ ନିର୍ଦ୍ଧାରିତ କରିବା ସ୍ଥଳେ ମାନସୀର ନିକୃଷ୍ଟ ଅଭିନୟକୁ ମଧ୍ୟ ସେ ବିନା କାରଣରେ ପ୍ରଶଂସା କରୁଥିଲା। ନିର୍ଦ୍ଦେଶକ ତାର ନିଜ କାମରେ ଅଭିଜ୍ଞ ଥିଲା ଏବଂ ସେଥିପାଇଁ ସମସ୍ତେ ତାର ଯଥେଚ୍ଛାଚାରକୁ ମାନି ନେଉଥିଲେ। ଏକଥା ଅବଶ୍ୟ ସମସ୍ତେ ଜାଣିଥିଲେ ଯେ ନିର୍ଦ୍ଦେଶକ ଭବିଷ୍ୟତରେ କେବେ ଏକ ଚଳଚ୍ଚିତ୍ର ତିଆରି କରିବାର ଆକାଂକ୍ଷା ରଖିଥିଲା, ମାନସୀର ସ୍ୱାମୀ ଜଣେ ଜଣାଶୁଣା ଶିଳ୍ପପତି ଥିଲା ଏବଂ ତା ମାଧ୍ୟମରେ ନିର୍ଦ୍ଦେଶକ ନିଜର ଆଶାକୁ ସଫଳ କରିବାର ସମ୍ଭାବନା ଦେଖୁଥିଲା।

ପୁଅକୁ ବୋର୍ଡିଂ ସ୍କୁଲକୁ ପଠାଇ ଦେବାପରେ ହାତରେ ଯେଉଁସବୁ ଉଦ୍ବୃତ୍ତ ସମୟ ଓ ବିରକ୍ତି ରହି ଯାଇଥିଲା ତାକୁ କଟାଇବା ପାଇଁ ମାନସୀ ବିଭିନ୍ନ ଯୋଜନାମାନ କରିଥିଲା। ପ୍ରଥମ ପର୍ବରେ ସେ ନିଜର ମେଦ ବହୁଳତା ପ୍ରତି ସଚେତନ ହୋଇ ଅନେକ ପ୍ରକାର କ୍ରୀଡ଼ାରେ ମନୋନିବେଶ କରିଥିଲା। ପ୍ରସିଦ୍ଧ ଟେନିସ ଓ ବ୍ୟାଡମିଣ୍ଟନ କୋଚ୍ମାନଙ୍କ ପାଖରୁ ସେ ଯଥାକ୍ରମେ ପାଞ୍ଚ ଓ ଚାରି ସପ୍ତାହର ତାଲିମ ନେବା ପରେ ଶେଷରେ ବିରକ୍ତ ହୋଇ କୌଣସି ପଞ୍ଚତାରକା ହୋଟେଲର ହେଲ୍ଥ କ୍ଲବରେ ଯୋଗ ଦେଇଥିଲା। କିନ୍ତୁ ତାର ଦେହ ତାର ପ୍ରଚେଷ୍ଟା ସହିତ ଅସହଯୋଗ କରୁଥିଲା ଏବଂ ଶେଷରେ ଯେତେବେଳେ ଓଜନ ଯନ୍ତ୍ରର କଣ୍ଟା ତାର ପୂର୍ବ ନିର୍ଦ୍ଧାରିତ ସ୍ଥାନରୁ ଘୁଞ୍ଚିବାକୁ ଅସ୍ୱୀକାର କରିଦେଲା, ମାନସୀ ମନ ଦେଲା କଳା

ଆଡ଼କୁ। ଜଣେ ନାମଜାଦା ଚିତ୍ରକାରଙ୍କ ପାଖରେ ସେ ତିନିମାସ ତୈଳଚିତ୍ରର ଶିକ୍ଷା ନେଲା ଏବଂ ଦୁଇମାସ ଜଣେ ଆନ୍ତର୍ଜାତିକ ଓସ୍ତାଦଙ୍କ ପାଖରୁ ସିତାର ଶିଖିଲା। କିନ୍ତୁ ଜଣେ ଦକ୍ଷିଣ ଭାରତୀୟ ଗୁରୁ, ଯେ କି ନିଜ ନୃତ୍ୟକଳାର ଜଣେ ସଚ୍ଚୋଟ ସାଧକ ଥିଲେ, ତାକୁ ଦୁଇଦିନରୁ ଅଧିକ ନୃତ୍ୟଶିକ୍ଷା ଦେବାପାଇଁ ମନା କରିଦେଲେ। ସେତେବେଳକୁ ମାନସୀ ସହରର ବିଭିନ୍ନ କଳା ଅନୁଷ୍ଠାନମାନଙ୍କ ସହିତ ଘନିଷ୍ଠ ଭାବରେ ଜଡ଼ିତ ହୋଇ ସାରିଥିଲା। ନାଟକ ତା ପାଇଁ ଏକ ନୂଆ କ୍ଷେତ୍ର ଥିଲା ଏବଂ ମାନସୀ ବର୍ତ୍ତମାନ ଅଭିନୟ କଳାକୁ ମଧ୍ୟ ଆୟତ୍ତ କରିବାର ନିର୍ଣ୍ଣୟ ନେଇଥିଲା।

ମାନସୀର ଏଇ ଯୋଜନାମାନଙ୍କରେ ତାର ସ୍ୱାମୀ ପୂର୍ଣ୍ଣପ୍ରାଣରେ ସହଯୋଗ କରୁଥିଲା, କାରଣ ଏଥିଯୋଗୁ ଅନଙ୍ଗର ସମୟ ଉପରେ ମାନସୀର ଦାବି ଅନେକ କମି ଯାଇଥିଲା। ମାନସୀ ଆଜିକାଲି ଆଉ ସମୟ ଅସମୟରେ ଅନଙ୍ଗର ଅଫିସକୁ ଟେଲିଫୋନ କରୁ ନ ଥିଲା କିମ୍ବା ବିଭିନ୍ନ ଜିନିଷ କିଣିବାର ବା ବିଭିନ୍ନ ଜାଗାମାନଙ୍କୁ ତାକୁ ନେଇଯିବାର ବରାଦ କରୁ ନଥିଲା। ଅନଙ୍ଗ ମଝିରେ ମଝିରେ ମାନସୀକୁ ବିଭିନ୍ନ କଳା ଅନୁଷ୍ଠାନମାନଙ୍କରେ ଯୋଗ ଦେବା ପାଇଁ ଉତ୍ସାହିତ କରୁଥିଲା ଏବଂ ସେଥିପାଇଁ ଅନୁଷ୍ଠାନମାନଙ୍କୁ ଦାନ ଦେବାପାଇଁ କୁଣ୍ଠିତ ହେଉ ନଥିଲା। ମାନସୀ ଅଭିନୟ କରିବା ପାଇଁ ନିଷ୍ପତ୍ତି କରିବାରେ ସେ ସବୁଠାରୁ ବେଶି ଖୁସି ହୋଇଥିଲା କାରଣ ରିହର୍ସଲ ସବୁ ସଂଧ୍ୟାବେଳେ ହେଉଥିଲା ଏବଂ ନିଜ ଘରେ ବନ୍ଧୁମାନଙ୍କୁ ଡାକି ସେମାନଙ୍କୁ ନିଜର ଇଚ୍ଛାନୁଯାୟୀ ଆପ୍ୟାୟିତ କରିବା ଏବେ ତା ପକ୍ଷରେ ସମ୍ଭବ ଥିଲା।

ନିଜର ଅଭିନୟ କୁଶଳତା ଉପରେ ମାନସୀର ଅଗାଧ ଆସ୍ଥା ଥିଲା ଏବଂ ସେ ଯେ ଅନ୍ୟ କଳାମାନଙ୍କ ଅପେକ୍ଷା ଏହି କଳାରେ ନିଜର ନିପୁଣତା ଦେଖାଇ ପ୍ରସିଦ୍ଧି ଲାଭ କରିପାରିବ ସେଥିରେ ତାର ତିଳେମାତ୍ର ସନ୍ଦେହ ନଥିଲା। ସେ ନିଜର ଏପର୍ଯ୍ୟନ୍ତ ଅନାବିଷ୍କୃତ ପ୍ରତିଭା ସହିତ ଅନଙ୍ଗକୁ ପରିଚିତ କରାଇବା ପାଇଁ ଚାହୁଁଥିଲା ଏବଂ ସେଥିପାଇଁ ସେଦିନ ଅନଙ୍ଗକୁ କହିଥିଲା ରିହର୍ସଲ ଦେଖିଯିବା ପାଇଁ। କୌଣସି ଦୁର୍ବଳ ମୁହୂର୍ତ୍ତରେ ଅନଙ୍ଗ ମଧ୍ୟ ନିଜର କାଳ୍ପନିକ ବୋର୍ଡ ମିଟିଂ କଥା ଭୁଲିଯାଇ ସେ କଥାରେ ହଁ କରି ଦେଇଥିଲା। ବର୍ତ୍ତମାନ ସେ ତାର ଜଣେ ବନ୍ଧୁଙ୍କ ଘରେ ମାତ୍ର ତୃତୀୟ ପେଗ ଉପରେ ଥିଲା ଏବଂ ଘଣ୍ଟାରେ ସମୟ ଦେଖି ନିଜ ଉପରେ ବିରକ୍ତ ହେଲା। ରିହର୍ସଲ ହେବା ଜାଗାରେ ଟେଲିଫୋନ ଥିଲେ ସେ ତାର ବୋର୍ଡ ମିଟିଂରୁ ଫୋନ କରି ଆଉ ଅଧଘଣ୍ଟା ଡେରି ହେବ ବୋଲି କହି ପାରିଥାନ୍ତା, କିନ୍ତୁ ଏକଥା ମଧ୍ୟ ସମ୍ଭବ ନ ଥିଲା। ଗ୍ଲାସକୁ ଥରକରେ ଖାଲି କରିଦେଇ ବିରକ୍ତିର ସହିତ ସେ ବାହାରିଲା ମାନସୀ ପାଖକୁ।

ନାଟ୍ୟସଂଘର ଯେଉଁ ଘରେ ରିହର୍ସଲ ହେଉଥିଲା ସେଇଟି ଥିଲା ଅତି ଜୀର୍ଣ୍ଣକାୟ ଓ ଅପରିଚ୍ଛନ୍ନ। ସେଠାରେ ପହଞ୍ଚି ଅନଙ୍ଗ ପ୍ରଥମେ ଯେଉଁ କଦାକାର ଲୋକଟିକୁ ଦେଖିଲା, ତାକୁ ଚୌକିଦାର ବୋଲି ଭାବି ରିହର୍ସଲ କଥା ପଚାରିଲା। ଲୋକଟି ନିର୍ଦ୍ଦେଶକ ଥିଲା ଏବଂ ସେ

ପ୍ରକୃତରେ ଅନଙ୍ଗର ହିଁ ଅପେକ୍ଷା କରୁଥିଲା। ସେ ଅନଙ୍ଗକୁ ଭିତରକୁ ନେଇଗଲା ଯେଉଁଠାରେ ସମସ୍ତେ ଯିବା ପାଇଁ ନିର୍ଦ୍ଦେଶକର ଅନୁମତିକୁ ଅପେକ୍ଷା କରୁଥିଲେ। କୋଠରୀର ଦୁଇଟି ଅଭଙ୍ଗା ଚଉକିରୁ ଗୋଟିକରେ ମାନସୀ ବସିଥିଲା ଏବଂ ଅନ୍ୟଟି, ଯାହା ନିର୍ଦ୍ଦେଶକର ଥିଲା, ସେଥିରେ ଅନଙ୍ଗ ବସିଲା। ଅନଙ୍ଗର ଦେଖିବା ପାଇଁ ନିର୍ଦ୍ଦେଶକ ବର୍ତ୍ତମାନ ପୁଣି ସେଇ ସଂଧ୍ୟାର ରିହର୍ସଲର ପୁନରାବୃତ୍ତି ପାଇଁ ଆଦେଶ ଦେଲା। ଯଦିଓ ବର୍ତ୍ତମାନ ସମସ୍ତେ ଘରକୁ ଯିବାର ମୁଡ୍ରେ ଥିଲେ, ନିର୍ଦ୍ଦେଶକର କଡ଼ା ମିଜାଜ ଓ ଅନଙ୍ଗର ଉପସ୍ଥିତିକୁ ଆଖି ଆଗରେ ରଖି କେହି ପ୍ରତିବାଦ କଲେ ନାହିଁ। ଏପରିକି ନାଟ୍ୟକାର ମଧ୍ୟ ଅନଙ୍ଗକୁ ଅସନ୍ତୁଷ୍ଟ ନ କରିବା ପାଇଁ ବସି ରହିଲା।

ତିନି ପେଗ ହ୍ୱିସ୍କିର ନରମ ନରମ ନିଶାରେ ଅନଙ୍ଗକୁ ସବୁ କିଛି ସ୍ୱପ୍ନମୟ ଦେଖା ଯାଉଥିଲା। ମାନସୀର ପରିଚାରିକା ଭୂମିକା କରୁଥିବା ଝିଅଟି ଏବଂ ରାକ୍ଷସୀ ଭୂମିକାର ବୟସ୍କା ଭଦ୍ରମହିଳା ତାକୁ ଅପୂର୍ବ ସୁନ୍ଦରୀ ମନେ ହେଉଥିଲେ। ଚରିତ୍ରମାନଙ୍କର ମପାଚୁପା ଗତିବିଧି ଓ ନାଟକୀୟ ସଂଳାପ ତାକୁ ଅତ୍ୟନ୍ତ ଚିତ୍ତାକର୍ଷକ ମନେ ହେଲା ଏବଂ ସେ ତାଳି ଦେଇ ବାଃ ବାଃ ବୋଲି କହିଲା। ବର୍ତ୍ତମାନ ସମସ୍ତେ ଅନଙ୍ଗ ଉପରେ ଖୁସି ଥିଲେ ଏବଂ ଯେତେବେଳେ ନିର୍ଦ୍ଦେଶକ ହରିଣ ବିଷୟକ ମତଭେଦ ତା ଆଗରେ ସମାଧାନ ପାଇଁ ରଖିଲା କେହି ଆପତ୍ତି କଲେ ନାହିଁ। ଏକଥା ମଧ୍ୟ ତାକୁ ସୂଚାଇ ଦିଆଗଲା ଯେ ସତ ହରିଣ ବିଷୟରେ ପ୍ରଥମେ ପ୍ରସ୍ତାବ ରଖିଥିଲା ମାନସୀ ହିଁ। ବୋର୍ଡ଼ ମିଟିଙ୍ଗମାନଙ୍କରେ ସଭାପତିତ୍ୱ କରିବାରେ ଅଭ୍ୟସ୍ତ ଅନଙ୍ଗ କିଛି କ୍ଷଣ ଆଖି ବନ୍ଦ କରି ଏ ସମସ୍ୟାଟିକୁ ଗଭୀର ଭାବରେ ଅଧ୍ୟୟନ କରିବାର ଛଳନା କଲା। ଆଖି ଖୋଲି ସେ ଅନୁଚ୍ଚ ସ୍ୱରରେ 'ରିଅଲ ଇଜ୍ ବିଉଟିଫୁଲ' ବୋଲି କହିଲା ଏବଂ ତା ପରେ ଉଚ୍ଚ ସ୍ୱରରେ କହିଲା,ନା, ସତ୍ୟ ହରିଣ ହିଁ ଉପଯୁକ୍ତ ହେବ। ଏହିପରି ମିଥ୍ୟା ଓ ସତ୍ୟ ହରିଣର ଦ୍ୱନ୍ଦ୍ୱରେ ସତ୍ୟର ହିଁ ଜୟ ହେଲା।

ନାଟ୍ୟକାର, ଯେ କି ଅନୁଷ୍ଠାନର ଜଣେ ପ୍ରତିଷ୍ଠାତା ସଭ୍ୟ ଥିଲା, ବର୍ତ୍ତମାନ ପରିସ୍ଥିତିକୁ ନିଜ ହାତରୁ ବାହାରି ଯାଉଥିବାର ଦେଖିଲା ଏବଂ କୌଣସି ପ୍ରତିବାଦ କରିବାର ସୁଯୋଗ ନ ଦେଖି କେବଳ ହରିଣ ମିଳିଲେ ହେଲା ବୋଲି ଏକ ସ୍ୱଗତୋକ୍ତି କଲା। ନିର୍ଦ୍ଦେଶକ ନାଟ୍ୟକାର ଉପରେ କଡ଼ା ନଜର ରଖିଥିଲା ଏବଂ ତାର ଏଇ ସ୍ୱଗତୋକ୍ତିକୁ ନିର୍ବିରୋଧ ଛାଡ଼ି ଦେବାକୁ ଚାହୁଁ ନ ଥିଲା। ସେ ଉଚ୍ଚ ସ୍ୱରରେ ମିଳିଯିବ ଏବଂ ତା ପରେ ଅନଙ୍ଗକୁ ଚାହିଁ ନା କଣ କହୁଛନ୍ତି କହିଲା। ଅନଙ୍ଗ ସେତେବେଳକୁ ରାକ୍ଷସୀ ଆଡ଼କୁ ଅନାଇ ଅନେକ ଅବାନ୍ତର କଥାମାନ ଭାବୁଥିଲା। ନିର୍ଦ୍ଦେଶକର ପ୍ରଶ୍ନରେ ତାର ଧ୍ୟାନଭଙ୍ଗ ହେଲା ଓ ସେ କହିଲା, ହଁ ମିଳିଯିବ, ମୁଁ ଠିକ କରିଦେବି; ହରିଣ ଯାହାକୁ ଯେତେ। ନିର୍ଦ୍ଦେଶକ ଖୋଲାଖୋଲି ଭାବରେ ନାଟ୍ୟକାରକୁ ଉପେକ୍ଷାର ସହିତ ଅନାଇଲା ଏବଂ ନାଟ୍ୟକାର, ଯେ କି ସାରାଦିନ ବିନା କାମରେ ରିହର୍ସଲ

ଘରେ ବସି ରହୁଥିଲା, ହଠାତ୍ ଉଠି ମୋର ଅନେକ ଜରୁରୀ କାମ ଅଛି ବୋଲି କହି ବାହାରିଗଲା।

ମାୟାମୃଗର ରିହର୍ସଲ ନିୟମିତ ଭାବରେ ଜାରି ରହିଲା ଓ ମାନସୀ ବର୍ତ୍ତମାନ ତାର ଅଭିନୟରେ ବେଶ୍ ପ୍ରଗତି କରିଥିଲା। ନାଟ୍ୟକାର ଆଉ ରିହର୍ସଲକୁ ଆସୁ ନଥିଲା ଏବଂ ଏଥରକ ନାଟକଟିକୁ ଯଥେଷ୍ଟ ଭାବରେ ପରିମାର୍ଜିତ ଓ ପରିବର୍ତ୍ତିତ କରିବାରେ ନିର୍ଦ୍ଦେଶକର ଆଉ କୌଣସି ପ୍ରତିବନ୍ଧକ ନ ଥିଲା। ସେ ବର୍ତ୍ତମାନ ନିଜକୁ ମାନସୀର ବିଶ୍ୱାସଭାଜନ କରି ପାରିଥିଲା ଓ ତାକୁ ନିଜର ପରିକଳ୍ପିତ ଫିଲ୍ମ ଟ୍ରିଲଜି କଥାମାନ ମଧ୍ୟ କହିଥିଲା। ରିହର୍ସଲର ଅଗ୍ରଗତି ସଙ୍ଗେ ସଙ୍ଗେ ମାନସୀ ଚଳଚ୍ଚିତ୍ର ତ୍ରୟର କାହାଣୀ ସମ୍ବନ୍ଧରେ ସଂକ୍ଷିପ୍ତ ଅଗ୍ରିମ ସୂଚନା ପାଉଥିଲା ଏବଂ ସେଥିରେ ପ୍ରଭାବିତ ହେଉଥିଲା। ନିର୍ଦ୍ଦେଶକ ମାନସୀର ଅଭିନୟ ଶୈଳୀକୁ ଭୂୟସୀ ପ୍ରଶଂସା କରୁଥିଲା ଏବଂ ମାନସୀ ମଧ୍ୟ ତାକୁ ଏକ ଭାବୀ ସତ୍ୟଜିତ ରାୟର ସମ୍ମାନ ଦେବାକୁ ଆରମ୍ଭ କରିଥିଲା। ଥିଏଟର ପରେ ଫିଲ୍ମକୁ ହିଁ ନିଜର କଳାର ଭବିଷ୍ୟତ ମାଧ୍ୟମ କରିବା ପାଇଁ ସେତେବେଳକୁ ଏକ ମାନସିକ ନିଷ୍ପତ୍ତି ମଧ୍ୟ ନେଇ ସାରିଥିଲା ମାନସୀ।

ସେଦିନ ରିହର୍ସଲରୁ ଫେରିବା ପରେ ଅନଙ୍ଗ ସତ ବୋର୍ଡ ମିଟିଂମାନଙ୍କରେ ବ୍ୟସ୍ତ ରହିଲା ଏବଂ ନାଟକ କଥା ସଂପୂର୍ଣ୍ଣ ଭୁଲିଗଲା। କିନ୍ତୁ ଦିନେ ହଠାତ୍ ସେଇ ପୁରୁଣା ବନ୍ଧୁମାନଙ୍କ ପାଖରେ ବସି ତୃତୀୟ ପେଗ ହ୍ୱିସ୍କି ପିଉ ପିଉ ତାର ରାକ୍ଷସୀ କଥା ମନେ ପଡ଼ିଲା ଓ ସେ ନିଜେ ଯାଇ ମାନସୀକୁ ରିହର୍ସଲରୁ ଆଣିବାକୁ ଠିକ କଲା। ଏ ସୂତ୍ରରେ ତାର ହରିଣ କଥା ମନେ ପଡ଼ିଲା ଓ ସେଥିପାଇଁ ସେ ଟୋନିର ନମ୍ବରକୁ ଟେଲିଫୋନ କଲା। ଟୋନିର ନାଁ ନିଶ୍ଚୟ ଅନ୍ୟ କିଛି ଥିଲା କିନ୍ତୁ ସେ ଏଇ ନାଁରେ ଖ୍ୟାତ ଥିଲା ଏବଂ ତାର ବିଶେଷତ୍ୱ ଥିଲା ଅସମ୍ଭବକୁ ସମ୍ଭବ କରିବା। ସରକାରୀ ଅଫିସ୍ର ଗୋପନତମ କାଗଜର ନକଲ ସେ ମୁହୂର୍ତ୍ତକରେ ଆଣି ଦେଇ ପାରୁଥିଲା ଏବଂ ଉପଯୁକ୍ତ କମିଶନ ପାଇଲେ ନିଷିଦ୍ଧ ଜିନିଷ ମାନଙ୍କର ଲାଇସେନ୍ସ , ପରମିଟ ଓ କୋଟା ମଧ୍ୟ ସମ୍ଭବ କରାଇ ପାରୁଥିଲା। ସରକାରୀ, ରାଜନୈତିକ ଓ ସାମାଜିକ ମହଲମାନଙ୍କରେ ତାର ସମସ୍ତେ ପରିଚିତ ଥିଲେ ଏବଂ ତା ପାଇଁ କୌଣସି କାମ ଅସାଧ୍ୟ ନୁହେଁ ବୋଲି ସେ ଦାବି କରୁଥିଲା। କାମ ବିଷୟରେ ଟୋନି କଥା ବହୁତ କମ କହୁଥିଲା ଏବଂ ଅନଙ୍ଗ ତାକୁ ଯେତେବେଳେ ହରିଣ କଥା କହିଲା, ଅନ୍ୟ କୌଣସି ପ୍ରଶ୍ନ ନ କରି ଟୋନି ତାକୁ କେତେଟା ହରିଣ ଦରକାର ପଚାରିଲା। ଅଧିକ ହେଲେ କ୍ଷତି ନାହିଁ ନୀତିରେ ଅନଙ୍ଗ ତାକୁ ଦୁଇଟା ହରିଣର ବରାଦ ଦେଲା। ଟୋନି ପଚାରିଲା ମାଈ ନା ଅଣ୍ଡିରା। ଏକଥା ଅନଙ୍ଗକୁ ଟିକିଏ ଦ୍ୱିଧାରେ ପକାଇଲା, କିନ୍ତୁ ସେ କହିଲା, ଯାହା ହେଲେ ଚଳିବ। ଟୋନି ପଚାରିଲା କେବେ ଦରକାର ? ଅନଙ୍ଗ କହିଲା ଯେତେ ଶୀଘ୍ର ହୋଇପାରେ ଏବଂ ଟୋନି କହିଲା, ଡନ୍।

ଅନଙ୍ଗ ସେଦିନ ରିହର୍ସଲରୁ ମାନସୀକୁ ଆଣିବାକୁ ଗଲାବେଳେ ବାହାରେ ତା ପାଇଁ କେହି ଅପେକ୍ଷା କରୁ ନ ଥିଲା। ରିହର୍ସଲ ସରି ନ ଥିଲା, ତେଣୁ ତା ପ୍ରତି କେହି ଦୃଷ୍ଟି ଦେଲେ ନାହିଁ ଏବଂ ଭଙ୍ଗା ଚଉକିରେ ବସି ସେ ଚାରିଆଡ଼କୁ ଅନାଇଲା। ତିନି ପେଗ ପରେ ଦେଖିଥିବା ସୁନ୍ଦରୀ ସ୍ତ୍ରୀ ଆଜି ଚାରି ପେଗ ପରେ ରାକ୍ଷସୀ ଭଳି ଦେଖାଗଲା ଏବଂ ତାକୁ ରିହର୍ସଲରେ ଅଭିନୀତ ହେଉଥିବା ଅଂଶଟି ଅତ୍ୟନ୍ତ ନୀରସ ଏବଂ ବିରକ୍ତିକର ମନେ ହେଲା। ଯେତେବେଳେ ନିଜର ରୋଲ ସାରି ରାକ୍ଷସୀ ଆସି ତା ପାଖର ଭଙ୍ଗା ଚଉକି ଉପରେ ବସିଲା, ପୂର୍ବଥର ତାର ବନ୍ଧୁଙ୍କର ଘରେ ପିଇଥିବା ତିନି ପେଗ ହ୍ୱିସ୍କିର ବିଦେଶୀତ୍ୱ ଉପରେ ଯଥେଷ୍ଟ ସନ୍ଦେହ ଜନ୍ମିଲା ଅନଙ୍ଗର। ଆଉ କେବେ ହେଲେ ରିହର୍ସଲକୁ ଆସିବ ନାହିଁ ବୋଲି ସେ ସଂକଳ୍ପ ନେଲା ଏବଂ ମନେ ମନେ ବିଭିନ୍ନ କାଳ୍ପନିକ ଜରୁରୀ କାମମାନଙ୍କର ତାଲିକା କରିନେଲା। ଅନେକ ସମୟ ପରେ ରିହର୍ସଲ ସାରି ଯେତେବେଳେ ନିର୍ଦ୍ଦେଶକ ତା ଆଡ଼କୁ ଅନାଇଲା, ସେତେବେଳକୁ ଅନଙ୍ଗ ଧୈର୍ଯ୍ୟର ଚରମ ସୀମାରେ ପହଞ୍ଚି ସାରିଥିଲା। ବିନା ସୌଜନ୍ୟ ବିନିମୟରେ ନିର୍ଦ୍ଦେଶକ ତାକୁ ପଚାରିଲା, ହରିଣ କଥା କଣ ହେଲା ? ନିଜ ସ୍ୱରରେ ଯେତେ ଦୂର ସମ୍ଭବ ଅବଜ୍ଞା ସୂଚାଇ ଅନଙ୍ଗ କହିଲା, ଠିକ ସମୟରେ ମିଳିଯିବ।

ଦୁଇ ଦିନ ପରେ ଦିନେ ସଂଧ୍ୟାବେଳେ ନିର୍ଦ୍ଦେଶକକୁ ନେଇ ମାନସୀ ଘରକୁ ଆସିଲା। ସେ ଦିନ ଅଫିସରେ ଅନଙ୍ଗ ବିଶେଷ କାର୍ଯ୍ୟବ୍ୟସ୍ତ ରହିଥିଲା ଏବଂ ଫେରି ଆସି ନିଜ ଘରେ ନିଭୃତରେ ବିଶ୍ରାମ ନେବ ବୋଲି ଭାବିଥିଲା। କିନ୍ତୁ ଗୋଟାଏ କଳା ମେଘ ଭଳି ଲୋକଟି ଭିତରକୁ ଆସି ବିନା ନିମନ୍ତ୍ରଣରେ କୋଠରୀର ସବୁଠାରୁ ଆରାମଦାୟକ ସୋଫା ଉପରେ ବସିଲା। ତାକୁ ସାମାନ୍ୟ ହ୍ୟାଲୋ କହି ଅନଙ୍ଗ ସିଗାରେଟରୁ ଧୂଆଁ ଛାଡ଼ିଲା ଏବଂ ଉପରକୁ ଅନାଇଲା ଯେପରି କି ସେଇ ଧୂଆଁ ଭିତରେ ଅନେକ ରହସ୍ୟ ଅଛି ଯାହାର ସମାଧାନ ଜାଣିବା ତାର ସେଇ ମୁହୂର୍ତ୍ତରେ ଦରକାର। ନିର୍ଦ୍ଦେଶକ ଏଥିରେ ବିଚଳିତ ହେବା ଲୋକ ନ ଥିଲା। ସେ ସିଧା ଯାଇ ପାନୀୟ ରଖାଯାଇଥିବା ବାର୍ ପଛରେ ଠିଆ ହେଲା ଏବଂ ବୋତଲଗୁଡ଼ିକୁ ପରୀକ୍ଷା ନିରୀକ୍ଷା କଲା। ମାନସୀ ନା ତମେ ଏଠାରେ ରମ୍ ପାଇବ ନାହିଁ କହିବା ବେଳକୁ ସେ ଦୁଇଟି ଗ୍ଲାସରେ ସ୍କଚ୍ ଢାଳି ନିଜ ଜାଗାକୁ ଆସି ଗୋଟିଏ ଗ୍ଲାସ ଅନଙ୍ଗକୁ ବଢ଼ାଇ ଦେଲା। ଅନଙ୍ଗକୁ ଲୋକଟିର ଅନୌପଚାରିକ ବ୍ୟବହାର ପସନ୍ଦ ନ ଥିଲା, ତେଣୁ ମୁଁ ଅନ୍ୟ ଡ୍ରିଙ୍କ ନେବି ବୋଲି କହି ସେ ଗ୍ଲାସଟିକୁ ଫେରାଇ ଦେଲା ଓ ବାର୍ ପାଖକୁ ଗଲା। ନିର୍ଦ୍ଦେଶକ ଏଥିରେ ଆଦୌ ବିଚଳିତ ନ ଥିଲା। ଗୋଟିଏ ଗ୍ଲାସ ସେ ଢକ ଢକ କରି ପିଇ ନେଲା ଓ ଖାଲି ଗ୍ଲାସ ମାନସୀ ଆଡ଼କୁ ବଢ଼ାଇ ଦେଇ ଦ୍ୱିତୀୟ ଗ୍ଲାସରେ ମନୋନିବେଶ କଲା।

ନିଜର ଗ୍ଲାସ ଭର୍ତ୍ତି କରୁ କରୁ ଅନଙ୍ଗ ଆଶ୍ଚର୍ଯ୍ୟ ହେଲା ମାନସୀ କିପରି ନିର୍ଦ୍ଦେଶକର ରମ୍ ପିଇବା ଅଭ୍ୟାସ କଥା ଜାଣିଲା। ତାକୁ ବର୍ତ୍ତମାନ ମାନସୀର ରଙ୍ଗ ଢଙ୍ଗ ଠିକ ଲାଗୁ ନ ଥିଲା

ଏବଂ ସେଇ କଳା ମୋଟା ଲୋକକୁ ସେ କିପରି ଅପମାନିତ କରି ପାରିବ ସେ ବିଷୟରେ ଚିନ୍ତା କଲା। କିନ୍ତୁ ତା ହାତରୁ ସେ ସୁଯୋଗ ଛଡ଼ାଇ ନେଇ ନିର୍ଦ୍ଦେଶକ ଓଲଟା ତାକୁ କହିଲା, ଆମର କାଲିଠାରୁ ରିହର୍ସଲବେଳେ ହରିଣ ଦରକାର। ଅନଙ୍ଗ ତା କଥାର ଜବାବ ନ ଦେଇ ଟେଲିଫୋନ ପାଖକୁ କଲା ଏବଂ ଟୋନିକୁ ଡାକିଲା। ଟୋନି, ଯେ କି କଥା ବହୁତ କମ କହୁଥିଲା, କାଲି ଦଶଟା ବେଳେ ଅଫିସରେ ଏତିକି ମାତ୍ର କହିଲା ଏବଂ ଅନଙ୍ଗ ଆସି ନିର୍ଦ୍ଦେଶକକୁ କାଲି ପଠାଇ ଦେବି ଯେଉଁପରି ଭାବରେ କହିଲା ତା ଭିତରେ ତମେ ବର୍ତ୍ତମାନ ଯାଇପାର ବାକ୍ୟ ମଧ୍ୟ ନିହିତ ଥିଲା।

କିନ୍ତୁ ନିର୍ଦ୍ଦେଶକ ନିର୍ଲଜ୍ଜ ଥିଲା ଏବଂ ପୂରା ଦୁଇ ପେଗ ସମୟ ଆହୁରି ବସିଲା। ତାକୁ ଆପ୍ୟାୟିତ କରିବାର ଦାୟିତ୍ୱ ମାନସୀ ଉପରେ ଛାଡ଼ି ଦେଇ ଅନଙ୍ଗ ସେଇ ସବୁ ରହସ୍ୟମାନଙ୍କ ସମାଧାନରେ ମନ ଦେଲା ଯାହା ବର୍ତ୍ତମାନ ସିଗାରେଟ ଧୂଆଁରୁ ବାହାରି ଯାଇ ତାର ଜୋତା ମୋଜାରେ, ଟେବୁଲ ଉପରେ ଓ କାନ୍ଥରେ ନିବଦ୍ଧ ହୋଇ ଯାଇଥିଲେ। ଅନଙ୍ଗ ବାଲାନ୍ସ ସିଟ୍ ପଢ଼ିବାରେ ସିଦ୍ଧହସ୍ତ ଥିଲା ଏବଂ ତୁଳନା କରି ଦେଖିଲା ଯେ ଏଇ ଲୋକଟିକୁ ଅପମାନିତ କରି ବାହାର କରି ଦେବାରେ ତାକୁ ଯେତିକି ଆନନ୍ଦ ମିଳିବ, ତାଠାରୁ ଅଧିକ ଆନନ୍ଦ ଥିଲା ମାନସୀ ପ୍ରତିଦିନ ତିନିଘଣ୍ଟା ବାହାରେ ରହିବାରେ। ତେଣୁ ସେ ଚୁପ ରହିଲା ଏବଂ ପରଦିନ ସଂଧ୍ୟାବେଳେ ହରିଣଟିକୁ ପଠାଇ ଦେଇ ସେ ତାର ଜୀବନରୁ ଏଇ କଳା ଅଧ୍ୟାୟକୁ ଭୁଲିଯିବ ବୋଲି ନିଶ୍ଚୟ କଲା।

ପରଦିନ ଠିକ ଦଶଟା ବେଳେ ଟୋନି ଆସି ଅଫିସରେ ପହଞ୍ଚିଲା। ବହୁତ କମ କଥା କହୁଥିବା ଟୋନି ଆଜି କିନ୍ତୁ ଅତ୍ୟନ୍ତ ମୁଖର ଥିଲା। ସେ ଗୋଟିଏ ଛୋଟ ବକ୍ତୃତା ଦେଲା ଯେଉଁଥିରେ ୱାଇଲ୍ଡ ଲାଇଫ୍ ନିୟମାବଳୀ, ଏସ୍.ପି.ସି.ଏ. ପ୍ରଭୃତିର ବହୁଳ ଚର୍ଚ୍ଚା ଥିଲା ଏବଂ ଯାହାର ସାରାଂଶ ଥିଲା ଯେ ହରିଣ ମିଳିବ ନାହିଁ। ଏ କଥା କହିବା ବେଳେ ଟୋନି ନିଜେ ଅତ୍ୟନ୍ତ ମ୍ରିୟମାଣ ଓ ଲଜ୍ଜିତ ଜଣା ପଡୁଥିଲା ଏବଂ ସେ ଅନଙ୍ଗର ଗାଳିକୁ ଚୁପଚାପ ସହି ନେଲା। ଗଲାବେଳେ ଖାଲି ଏତିକି କହିଲା, ନା ଏ କଥା ଅସମ୍ଭବ; ବରଂ ବମ୍ବେରୁ ଫିଲ୍ମଷ୍ଟାର ଆଣି ହେବ, କିନ୍ତୁ ହରିଣ ଅସମ୍ଭବ।

ଟୋନିର ହାର ମାନିଯିବାରୁ ଅନଙ୍ଗ ଜାଣିଲା ଯେ ସେ ଏକ ଅତ୍ୟନ୍ତ କଷ୍ଟସାଧ୍ୟ ଦାୟିତ୍ୱ ହାତକୁ ନେଇଥିଲା। ସେକ୍ରେଟେରୀକୁ ତାର ସେଦିନର କାମ ସବୁ ବାତିଲ କରିବାକୁ କହି ସେ ହରିଣ କିପରି ମିଳିବ ସେ ବିଷୟରେ ଚିନ୍ତା କରିବାରେ ଲାଗିଲା। ଟୋନି ତାକୁ ସବୁ ଅସୁବିଧା କଥା କହିଥିଲା। ବଣ୍ୟ ଜୀବନ ନିୟମାବଳୀ ଅନୁସାରେ କୌଣସି ଲୋକ ପୋଷା ହରିଣ ରଖି ପାରିବେ ନାହିଁ; ହରିଣ ଚିଡ଼ିଆଖାନାରେ ମିଳିବେ କିନ୍ତୁ ସେଠାରୁ ଜନ୍ତୁଙ୍କୁ ବାହାରକୁ ଯିବାକୁ ଦିଆଯାଏ ନାହିଁ; ଇତ୍ୟାଦି। ଆଉ କେଉଁଠି ହରିଣ ମିଳିପାରେ ଜାଣିବା ପାଇଁ ଅନଙ୍ଗ ବଣ୍ୟ

ଜୀବନ ସରକାରୀ ଅଫିସକୁ ଫୋନ କଲା। ସେମାନେ ମଧ୍ୟ ଏ ବିଷୟରେ ଅଜ୍ଞ ଥିଲେ, ତେବେ ସେମାନେ ତାକୁ ଦୁଇଟି ସଂସ୍ଥାର ନାଁ ଦେଲେ ଯେଉଁମାନେ ଏ ବିଷୟରେ ଜାଣିଥାଇ ପାରନ୍ତି। ଗୋଟିଏ ସଂସ୍ଥାର ଅଫିସକୁ ସେ ଟେଲିଫୋନରେ ପାଇଲା ଏବଂ ହରିଣ ବିଷୟରେ ପଚାରିଲା। ସେମାନେ ତାର ଉଦ୍ଦେଶ୍ୟ ପଚାରିଲେ ଏବଂ ଥିଏଟର ବିଷୟ ଶୁଣି ଯଦି କିଏ ହରିଣକୁ ଏପରି ଭାବରେ ବ୍ୟବହାର କରେ ତେବେ ତା ନାଁରେ ମକଦ୍ଦମା କରିବେ ବୋଲି ଧମକ ଦେଲେ। ସେମାନେ ତାର ନାଁ ଜାଣିବାକୁ ଚାହିଁଲେ, କିନ୍ତୁ ଅନଙ୍ଗ ଟେଲିଫୋନ ରଖିଦେଲା।

ଅନ୍ୟ ଗୋଟିଏ ସଂସ୍ଥାର ଟେଲିଫୋନ ନ ପାଇବାରୁ ସେ ନିଜେ ସେମାନଙ୍କର ଠିକଣା ଖୋଜି ସେଠାକୁ ଗଲା। ଏକ ଜନବହୁଳ ଅଞ୍ଚଳରେ ଗୋଟିଏ ଛୋଟ କୋଠରୀରେ ଏଇ ସଂସ୍ଥାର ଅଫିସ ଥିଲା, ଯେଉଁଥିର ଏକମାତ୍ର ଚଉକି ଉପରେ ଜଣେ ଭଦ୍ରବ୍ୟକ୍ତି ବସି ବିଶେଷ କାର୍ଯ୍ୟବ୍ୟସ୍ତ ଥିବାର ଛଳନା କରୁଥିଲେ। ଭଦ୍ରବ୍ୟକ୍ତିଙ୍କର ପ୍ରକୃତରେ କୌଣସି କାମ ନ ଥିଲା ଏବଂ ଅନଙ୍ଗର ଆସିବାରେ ସେ ଅତ୍ୟନ୍ତ ପ୍ରୀତ ଜଣାପଡ଼ିଲେ। ଅନଙ୍ଗର ହରିଣ ବିଷୟକ ଅନୁରକ୍ତିକୁ ଦେଖି ସେ ତାକୁ ହରିଣ ବିଷୟରେ ଅନେକ ପୁସ୍ତିକା ଦେଲେ। କୋଠରୀରେ ଆଉ ଚଉକି ଥାଇପାରେ ବୋଲି ଅନଙ୍ଗ ଏପାଖ ସେପାଖ ଦେଖିଲା କିନ୍ତୁ ଭଦ୍ରବ୍ୟକ୍ତି ଅଫିସ ନୂଆ ଖୋଲିଛି ବୋଲି କହି ମୁହଁ ବୁଲାଇ ନେଲେ। ପୁସ୍ତିକାମାନଙ୍କୁ ଓଲଟାଇ ଅନଙ୍ଗ ହରିଣ କୁଟୁରା ବାରସିଙ୍ଘା ଚିତଲ ଇତ୍ୟାଦି ହରିଣ ପରିବାରର ବିଭିନ୍ନ ସଭ୍ୟମାନଙ୍କ ବିଷୟରେ ଅନେକ ତଥ୍ୟ ଜାଣିବାକୁ ପାଇଲା ଯଥା ଭାରତବର୍ଷରେ ହରିଣଙ୍କ ସଂଖ୍ୟା କେତେ, କେଉଁ ଜାତିର ହରିଣମାନଙ୍କର ଶିଙ୍ଘରେ ଶାଖାପ୍ରଶାଖା ଅଛି, ଇତ୍ୟାଦି। କିନ୍ତୁ ସେ ଯେତେବେଳେ ଥିଏଟର ପାଇଁ ହରିଣ କେଉଁଠାରେ ମିଳିବ ପ୍ରଶ୍ନକଲା ଭଦ୍ରବ୍ୟକ୍ତି ସେ ବିଷୟରେ ନିଜର ଅଜ୍ଞତା ପ୍ରକାଶ କଲେ ଏବଂ ଅଫିସ ନୂଆ ଖୋଲିଛି ବୋଲି ପୁନରାବୃତ୍ତି କଲେ। ସେ ବାହାରି ଆସିବା ବେଳେ ଭଦ୍ରବ୍ୟକ୍ତି ତାଙ୍କ ପରିଦର୍ଶନ ଖାତାରେ ତାକୁ ଦସ୍ତଖତ କରିବାକୁ କହିଲେ। ଖାତାକୁ ଦେଖି ଅନଙ୍ଗ ଜାଣିଲା ଯେ ଅଫିସ ପ୍ରକୃତରେ ନୂଆ ହୋଇ ଖୋଲିଥିଲା, କାରଣ ଏଯାବତ୍ ସେଥିରେ ଗୋଟିଏ ମାତ୍ର ଦସ୍ତଖତ ହୋଇଥିଲା। ନିଜ ନାଁ ଲେଖୁ ଲେଖୁ ଅନଙ୍ଗ ଏ କଥା ମଧ୍ୟ ଲକ୍ଷ୍ୟ କଲା ଯେ ଅନ୍ୟ ଦସ୍ତଖତଟି ଟୋନିର ହିଁ ଥିଲା।

ସେଠାରୁ ବାହାରି ଅନଙ୍ଗ ତାର ଡ୍ରାଇଭରକୁ ବିଦାୟ ଦେଲା ଏବଂ ନିଜେ ଗାଡ଼ି ଚଳାଇଲା। ତାର ହଠାତ୍ ମନେ ପଡ଼ିଲା ଯେ ସହର ସୀମାନ୍ତରେ ଥରେ ଯାଉଯାଉ ସେ କାହାରି କାହାରି ଫାର୍ମ ହାଉସରେ ମୟୂର ବୁଲୁଥିବାର ଦେଖିଥିଲା। ସେ ଅଞ୍ଚଳରେ କେହି କେହି ହରିଣ ରଖିଥାଇ ପାରନ୍ତି ବୋଲି ତାର ବିଶ୍ୱାସ ଥିଲା ଏବଂ ଡ୍ରାଇଭର ସହିତ ଘର ଘର ବୁଲି ହରିଣ କଥା ପଚାରିବା ଅପେକ୍ଷା ସେ ନିଜେ ଏକା ଯିବାକୁ ସ୍ଥିର କଲା। ସେ ଅଞ୍ଚଳରେ ଚାରିଥର ଚକ୍କର କାଟିବା ପରେ ମଧ୍ୟ ଅନଙ୍ଗ କୁକୁର ଓ କୁକୁଡ଼ା ବ୍ୟତୀତ ଅନ୍ୟ କୌଣସି ପ୍ରାଣୀ

ଦେଖିଲା ନାହିଁ। ଶେଷରେ ବାଧ୍ୟ ହୋଇ ସେ ଗୋଟିଏ ଘର ପାଖରେ ଓହ୍ଲାଇଲା ଏବଂ ବାହାରେ ଛିଡ଼ା ହୋଇଥିବା ଛୋଟ ପିଲାକୁ କହିଲା, ମୋର ଗୋଟିଏ ହରିଣ ହଜିଯାଇଛି, ତମେ ଏଠାରେ କେଉଁଠି ହରିଣ ଦେଖିଛ କି ? ପିଲାଟି ତା କଥାକୁ ଠିକ ବୁଝିଲା କି ନାହିଁ କିନ୍ତୁ ଆଙ୍ଗୁଠିରେ ଅଳ୍ପ ଦୂରରେ ଥିବା ଗୋଟିଏ ଘରକୁ ଦେଖାଇଲା ଏବଂ ଦ୍ୱିଗୁଣ ଉତ୍ସାହରେ ଅନଙ୍ଗ ସେଠାକୁ ଗଲା। ସେ ଫାଟକ ପାଖରେ ପହଞ୍ଚି ଭିତରର ଲନ୍ ଆଡ଼କୁ ଅନାଇଲା ଏବଂ ସେଠାରେ ଗୋଟିଏ ସୁନ୍ଦର ଛାପିଛାପିକା ହରିଣ ଛୁଆକୁ ଦେଖି ନିଜର ଭାଗ୍ୟକୁ ବିଶ୍ୱାସ କରିପାରିଲା ନାହିଁ। ଫାଟକରେ କୁକୁର ଅଛି ସାବଧାନ ନିଷେଧକୁ ଅବଜ୍ଞା କରି ସେ ଭିତରକୁ ଗଲା ଏବଂ କଲିଂ ବେଲ୍ ବଜାଇଲା। ହଠାତ୍ ଏକା ସାଙ୍ଗରେ ଦୁଇଟି ଘଟଣା ଘଟିଲା। କବାଟ ଖୋଲି ହାତରେ ବନ୍ଧୁକ ଧରିଥିବା ଜଣେ ନିଶୁଆ ଭଦ୍ରବ୍ୟକ୍ତି ବାହାରି ଆସିଲେ ଏବଂ ଲନ୍ରୁ ହରିଣଛୁଆ କୁକୁର ଭଳି ଭୁକି ଭୁକି ତା ଆଡ଼କୁ ଧାଇଁ ଆସିଲା। ହରିଣ ପରିବାର ବିଷୟରେ ତାର ସଦ୍ୟଲବ୍ଧ ଜ୍ଞାନ ଅତୀବ ସ୍ୱଳ୍ପ ଥିଲେ ମଧ୍ୟ ଅନଙ୍ଗ ଅନ୍ତତଃ ଏତିକି ବୁଝିଲା ଯେ ଏଇ ଜନ୍ତୁଟି ହରିଣ ନ ଥିଲା, କୌଣସି ବିଚିତ୍ର ଜାତିର କୁକୁର ହିଁ ଥିଲା। ଅନଙ୍ଗ ପ୍ରତ୍ୟୁତ୍ପନ୍ନମତି ସଂପନ୍ନ ଥିଲା ଏବଂ ଅନାୟାସରେ ଏଠାରେ କ୍ୟାପ୍ଟେନ୍ କୁମାରଙ୍କ ଘର କେଉଁଠି ଅଛି ପଚାରି ସେଠାରୁ ବାହାରି ଆସିଲା।

ସେତେବେଳକୁ ସଂଧ୍ୟା ହୋଇଯାଇଥିଲା। ତେଣୁ ସେ ଘର ଆଡ଼କୁ ଫେରିଲା। ମନେ ମନେ ସେ ଛୋଟ ପିଲାଟିକୁ ଗାଳି ଦେଉଥିଲା ଏବଂ ହରିଣ ବଦଳରେ କୁକୁର ଦେଇ କାମ ଚଳାଇବା ଚିନ୍ତାକୁ ମନରୁ ଦୂର କରୁଥିଲା। ସେ ଯେତେବେଳେ ବସିବା ଘରକୁ ପଶିଲା, ଦେଖିଲା ଯେ କଳାପାହାଡ଼ ତାର ସବୁଠାରୁ ପ୍ରିୟ ସୋଫା ଉପରେ ଜମିକରି ବସିଥିଲା ଏବଂ ତା ହାତରେ ଗିଲାସ ଥିଲା। ତା ପାଦ ପାଖରେ ବସି ମାନସୀ ଗୋଟିଏ ଖାତାକୁ ତନ୍ମୟ ହୋଇ ଦେଖୁଥିଲା। ତାକୁ ଦେଖି ମାନସୀ ଉଠି ପଡ଼ିଲା ଏବଂ ବେଶ୍ ରୁକ୍ଷ ଭାବରେ କହିଲା, ତମ ଯୋଗୁ ଆଜି ରିହର୍ସଲ ବନ୍ଦ ରହିଲା। ହରିଣ କାହିଁ ? ଅନଙ୍ଗ କହିଲା, ଶୋ ଦିନକୁ ହରିଣ ମିଳିଯିବ। ବର୍ତ୍ତମାନ ରିହର୍ସଲରେ ହରିଣ କଣ ଦରକାର ? ମାନସୀ ବିରକ୍ତ ହୋଇ କହିଲା, ତମେ ନାଟକର କଣ ଜାଣିଛ ? ଡଗ୍ ଷ୍ଟାନିସ୍ଲାଭସ୍କିରେ ବିଶ୍ୱାସ କରେ। ଷ୍ଟାନିସ୍ଲାଭସ୍କି କିଏ ବା କଣ ଜାଣି ନଥିଲେ ବି ଅନଙ୍ଗ ବୁଝିପାରୁଥିଲା ଯେ ଏ ଗୋଟିଏ ଶବ୍ଦ ଯାହାର ମାଧ୍ୟମରେ ଥିଏଟର ଲୋକମାନେ ବାକି ସବୁ ଲୋକଙ୍କୁ ତାଙ୍କ ସମ୍ମୋହିତ ବୃତ୍ତର ବାହାରେ ରଖିଥାନ୍ତି। ଜବାବ ସ୍ୱରୂପ ଅନଙ୍ଗ ତାର ପିଟର ଡ୍ରକରରେ ବିଶ୍ୱାସ ଥିବା କଥା କହି ପାରିଥାନ୍ତା, କିନ୍ତୁ ସେ ବର୍ତ୍ତମାନ ପ୍ରତ୍ୟୁତ୍ତର ଦେବାର ମିଜାଜରେ ନଥିଲା। ନିର୍ଦ୍ଦେଶକ ଆଡ଼କୁ ନ ଅନାଇ ସେ ଗୋଟିଏ ଗ୍ଲାସ ନେଇ ଭିତରକୁ ଚାଲିଗଲା।

ନିର୍ଦ୍ଦେଶକ ଏଥରକ ଗ୍ଲାସକୁ ଅଧା ଖାଲି କଲା ଏବଂ ମାନସୀ ହାତରୁ ସେଇ ଖାତାଟିକୁ ନେଇ ଦେଖିଲା, ଯାହାକୁ ସେ ବର୍ତ୍ତମାନ ସୁଟିଂ ସ୍କ୍ରିପ୍ଟ ବୋଲି କହୁଥିଲା। ଖାତା ଉପରେ ପୂର୍ବରୁ ଥିବା ଶିରୋନାମା କଟା ହୋଇ ମାନସୀ ବୋଲି ଲେଖା ହୋଇଥିଲା। ମାନସୀକୁ ଦେଖିବା ପରେ ଏକମାତ୍ର ସେ ହିଁ ଫିଲ୍ମର ନାୟିକା ହୋଇପାରେ ବୋଲି ତାର ବଦ୍ଧମୂଳ ଧାରଣା ହୋଇଥିଲା ବୋଲି ନିର୍ଦ୍ଦେଶକ ତାକୁ କହିଥିଲା ଏବଂ ମାନସୀ ଏ କଥାରେ ବିଶେଷ ପ୍ରଭାବିତ ହୋଇଥିଲା। ଯେତେବେଳେ ପ୍ରତିଟି ପୁରୁଣା ନାଁ କଟାହୋଇ ମାନସୀ ଲେଖାଥିବା ସ୍କ୍ରିପ୍ଟ ନିର୍ଦ୍ଦେଶକ ତା ହାତରେ ଦେଲା, ମାନସୀର ଆଉ ସନ୍ଦେହର ଅବକାଶ ରହିଲା ନାହିଁ ଏବଂ ସେ ନିର୍ଦ୍ଦେଶକକୁ ଆହୁରି ସ୍ନେହ ଶ୍ରଦ୍ଧା ଓ ସମ୍ମାନର ଦୃଷ୍ଟିରେ ଦେଖିବାକୁ ଲାଗିଲା। ନିର୍ଦ୍ଦେଶକ ତାର ନିର୍ବୋଧ ଚେହେରା ସତ୍ତ୍ୱେ ବେଶ୍ ଚାଲାକ ଚତୁର ଲୋକ ଥିଲା ଏବଂ ଜାଣିଥିଲା ଯେ ପର୍ଯ୍ୟନ୍ତ ମାନସୀ ତା ହାତରେ ଅଛି ସେ ତାର ଫିଲ୍ମ ଯୋଜନାରେ ସଫଳ ହେବ। ବର୍ତ୍ତମାନ ରିହର୍ସଲ ପରେ ସେମାନେ ଫିଲ୍ମ ବିଷୟରେ ଆଲୋଚନା କରୁଥିଲେ ଏବଂ କ୍ଲୋଜ ଅପ୍, ଫ୍ରିଜ ଓ ଓ.କେ.ଶଟ୍ ଇତ୍ୟାଦି ଫିଲ୍ମ ବିଷୟକ ଅତୀବ ଜଟିଳ ଶବ୍ଦମାନ କହି ନିର୍ଦ୍ଦେଶକ ମାନସୀକୁ ଚମତ୍କୃତ କରି ଦେଇଥିଲା। ସେ ବର୍ତ୍ତମାନ ମାନସୀକୁ ଆଉ ମାନସୀଦେବୀ ବୋଲି କହୁ ନ ଥିଲା ଏବଂ ନିର୍ଦ୍ଦେଶକ, ଯାହାର ପ୍ରକୃତ ନାଁ ଦୁର୍ଗାଦାସ ଥିଲା, ବର୍ତ୍ତମାନ ମାନସୀ ପାଇଁ ସିଧାସଳଖ ଡର୍ ଥିଲା।

ତା ପରଦିନ ହରିଣ ପାଇବା ପାଇଁ ଅଙ୍ଗ ଆଉ ଦୁଇଟି ନୂଆ କୌଶଳ ଅବଲମ୍ବନ କଲା। ସେ ଖବରକାଗଜର ବ୍ୟକ୍ତିଗତ ସ୍ତମ୍ଭରେ ଗୋଟିଏ ବିଜ୍ଞାପନ ଦେଲା : ହରିଣ-ହରିଣ। ଦି ଡିଅର ଲଭର୍ସ କ୍ଲବ। ନିଜ ହରିଣର ବିବରଣୀ ଦେଇ ଲେଖନ୍ତୁ, ପୋଷ୍ଟ ବକ୍ସ ଇତ୍ୟାଦି। ଏବଂ ଦ୍ୱିତୀୟରେ ସେ ଅଫିସ ନଯାଇ ସହରର ସବୁଠାରୁ ବଡ଼ ପଶୁ ଡାକ୍ତରଖାନା ସାମନାରେ ଗାଡ଼ି ନେଇ ବସି ରହିଲା। ଯଦିଓ ପଶୁ ଡାକ୍ତରଖାନା ସକାଳ ନ'ଟାରେ ଖୋଲିବା କଥା, ଚୌକିଦାର ଆସି ତାର ଫାଟକ ଖୋଲିଲା ଠିକ ନଟା ସତଚାଳିଶ ମିନିଟରେ। ଅନଙ୍ଗ ଏତକ ସମୟ ବସି ବସି ବୋର୍ ହୋଇଯାଇଥାନ୍ତା କିନ୍ତୁ ତା ଚାରିପାଖେ ଯିବାଆସିବା କରୁଥିବା ଜନସ୍ରୋତର ଏକ ଅଦ୍ଭୁତ ଆକର୍ଷଣ ଥିଲା। ସେ ପ୍ରଥମଥର ପାଇଁ ବିନା କାମରେ ଗୋଟିଏ ଜାଗାରେ ବସି ବାହାରର ପୃଥିବୀକୁ ଦେଖୁଥିଲା। ଏ ତାର ଦୁଇମହଲା ଉପର ଶୀତତାପ ନିୟନ୍ତ୍ରିତ କୋଠରୀ ଭିତରୁ ତଳ ରାସ୍ତାର ଦୃଶ୍ୟ ନ ଥିଲା, ଯେଉଁଥିରେ ଲୋକମାନେ ଏକ ବିଚିତ୍ର ଦୃଷ୍ଟିରେ ଦେଖିବା ବେଳେ ଖର୍ବକାୟ ପାଲଟି ଯାଉଥିଲେ। ବର୍ତ୍ତମାନ ଲୋକମାନଙ୍କୁ ସେ ସେଇମାନଙ୍କ ଉଚ୍ଚତାରୁ ଦେଖୁଥିଲା ଏବଂ ତା ପାଇଁ ଏ ଏକ ସଂପୂର୍ଣ୍ଣ ନୂଆ ଅଭିଜ୍ଞତା ଥିଲା। ପ୍ରାତ୍ୟହିକ ଜୀବନଯାତ୍ରାରେ ଯେ ଏତେ ରଙ୍ଗ ଥାଇପାରେ ଅନଙ୍ଗ ଆବିଷ୍କାର କଲା ପ୍ରଥମଥର ପାଇଁ।

ଫାଟକ ଖୋଲିବା ପରେ ହସପିଟାଲ ଭିତରକୁ ପ୍ରଥମ ପ୍ରାଣୀ ପଶିଲା ଦଶଟା ବାର ମିନିଟରେ। ତାର ପୋଷାକପତ୍ର ଚାଲିଚଳଣରୁ ଅନଙ୍ଗ ଠଉରାଇଲା ଲୋକଟି ଡାକ୍ତର। ଡାକ୍ତରର ହସପିଟାଲ ଆସିବା ସମୟ ଯେମିତି ସମସ୍ତଙ୍କୁ ଜଣାଥିଲା, କାରଣ ଦୁଇ ମିନିଟ ଭିତରେ ରୋଗୀମାନଙ୍କର ଆସିବା ଆରମ୍ଭ ହୋଇଗଲା। ରୋଗୀମାନଙ୍କରୁ ବେଶି ଭାଗ କୁକୁର ଥିଲେ ଏବଂ ଯେଉଁ ରୋଗୀଟି ହସପିଟାଲ ଭିତରକୁ ପଶିବା ପାଇଁ ତାର ମାଲିକକୁ ସବୁଠାରୁ ବେଶି ନାକେଦମ କରିଥିଲା, ସେଇଟି ଗୋଟିଏ ଗଧ ଥିଲା। ଦଶଟା ତେୟାଳିଶ ମିନିଟରେ ହଠାତ୍ ରୋଗୀମାନଙ୍କର ଆସିବା ବନ୍ଦ ହୋଇଗଲା ଏବଂ ଅନଙ୍ଗକୁ ଶୋଷ ଲାଗିଲା। ପାଖରେ ଏପରି କୌଣସି ବଡ଼ ଦୋକାନ ନ ଥିଲା ଯେଉଁଠାରୁ ପଶୁ ଡାକ୍ତରଖାନାର ଫାଟକ ଦେଖି ହେବ। ତେଣୁ ଅନଙ୍ଗ ଗାଡ଼ିରୁ ଓହ୍ଲାଇ ରାସ୍ତା କଡ଼ରେ ହଠାତ୍ ଆସି ବସିଥିବା ଚା' ଦୋକାନକୁ ଗଲା ଓ କପେ ଚା' ମାଗିଲା। ଭଙ୍ଗା କାଚ ଗ୍ଲାସରେ ତାକୁ ଦୋକାନୀ ଯେଉଁ ପାନୀୟ ଦେଲା ତାର ସ୍ୱାଦର ଅନଙ୍ଗ ପୂର୍ବରୁ ପିଇଥିବା ଅନେକ ପ୍ରକାର ଚା'ର ସ୍ୱାଦ ସହିତ କୌଣସି ସମ୍ପର୍କ ନ ଥିଲା। କିନ୍ତୁ ଅନଙ୍ଗକୁ ଏଇ ସ୍ପେଶାଲ ଚା' ମନ୍ଦ ଲାଗିଲା ନାହିଁ ଏବଂ ସେ ଚା' ସହିତ କାଚ ବୋତଲରେ ଥିବା ଦୁଇଟି ଶସ୍ତା ବିସ୍କୁଟ ମଧ୍ୟ ଖାଇଦେଲା। ଏଇ ସମୟରେ ଡାକ୍ତରଖାନା ଆଗରେ ଗୋଟାଏ ଘୋଡ଼ାଗାଡ଼ି ଅଟକିବାର ଦେଖି ସେ ବ୍ୟସ୍ତ ହୋଇ ନିଜ ଗାଡ଼ି ଭିତରକୁ ଫେରି ଆସିଲା। କିନ୍ତୁ ଘୋଡ଼ାଗାଡ଼ିରେ କେହି ନ ଥିଲେ ଏବଂ ଗାଡ଼ିବାଲା ଘୋଡ଼ାକୁ ଖୋଲି ତାକୁ ନେଇ ଫାଟକ ଭିତରେ ପଶିଲା।

ଦିନ ଦୁଇଟା ବେଳେ ସେ ଆଉ ଅପେକ୍ଷା କରିବ ନାହିଁ ବୋଲି ଠିକ କଲା କାରଣ ଆଖପାଖର ଲୋକମାନେ ତାକୁ ବର୍ତ୍ତମାନ ସାମାନ୍ୟ ସନ୍ଦେହଜନକ ଦୃଷ୍ଟିରେ ଦେଖିବାକୁ ଆରମ୍ଭ କରିଥିଲେ। କୃତ୍ରିମ ପ୍ରଜନନ ପାଇଁ ଆସିଥିବା ଗାଈ, ଅନେକ କୁକର, କାଁ ଭାଁ ଗୁଣ୍ଡୁଚିମୂଷା ଓ ନେଉଳ ଏବଂ ସେଇ ଘୋଡ଼ାଟି ବ୍ୟତୀତ ଆଉ କୌଣସି ଜନ୍ତୁ ଭିତରକୁ ଯାଇ ନ ଥିଲେ। ରୋଗୀମାନଙ୍କ ଭିତରେ ହରିଣ ପରିବାରର ସଭ୍ୟ ତ ଦୂରର କଥା, ଏପରିକି ଛାପିଛାପିକା ହରିଣ ରଙ୍ଗର କୁକୁର ବି ନ ଥିଲେ। କେବଳ ଗୋଟିଏ ଜନ୍ତୁକୁ ସେ ଠିକ ଭାବରେ ଚିହ୍ନି ପାରି ନଥିଲା। ଜନ୍ତୁଟି ଗୋଟିଏ ଗଧ ଉଚ୍ଚର ଥିଲା, ଓଟ ଭଳି ଦେଖାଯାଉଥିଲା ଏବଂ ଘୋଡ଼ା ଭଳି ଚାଲୁଥିଲା। ଏଇଟି ହରିଣ ନୁହେଁ ବୋଲି ନିଶ୍ଚୟ କରି ଅନଙ୍ଗ ତାକୁ ଓକାପି ହୋଇପାରେ ବୋଲି ଭାବିଲା ଏବଂ ଠିକ ଦୁଇଟା ବେଳେ ତାର ଜଗୁଆଳି ଜାଗା ଛାଡ଼ି ଘରକୁ ଫେରିଲା।

ବସିବା ଘରେ ସବୁଠାରୁ ଆରାମଦାୟକ ସୋଫା ଉପରେ ନିର୍ଦ୍ଦେଶକ ବସିଥିଲା ଓ ତା ହାତରେ ବିଅର ମଗ୍ ଥିଲା। ତଳେ ବସି ବିଅର ପିଉ ପିଉ ମାନସୀ କାଗଜରେ କଣ ସବୁ ନୋଟ କରୁଥିଲା। ଅନଙ୍ଗକୁ ଦେଖି ଅନେକ କଷ୍ଟରେ ନିର୍ଦ୍ଦେଶକ ସୋଫାରୁ ଉଠିଲା ଏବଂ ତାକୁ ଅଭିବାଦନ କରି ବସିବା ପାଇଁ କହିଲା। ତାକୁ ଶୋଷ ନ କରୁଥିଲେ ସେ ଭିତରକୁ ଚାଲି

ଯାଇଥାନ୍ତା। କିନ୍ତୁ ତାକୁ ନିର୍ଦ୍ଦେଶକ ପାଖରେ ବସି ବିଅର ପିଇବାକୁ ପଡ଼ିଲା। ନିର୍ଦ୍ଦେଶକ ଆଜି ଭଲ ମୁଡ୍ରେ ଥିଲା ଏବଂ ଅନଙ୍ଗକୁ ତାର ଯୋଜନା ବିଷୟରେ କହିଲା। ଅନଙ୍ଗ ମାନସୀଠାରୁ ଏ ସୂଚନା ମଧ୍ୟ ପାଇଲା ଯେ ସେମାନେ ଏଇ ଫିଲ୍ମଟି କରିବା ପାଇଁ ନିଷ୍ପତ୍ତି ନେଇ ସାରିଛନ୍ତି ଏବଂ ନିକଟ ଭବିଷ୍ୟତରେ ସେମାନେ ବମ୍ବେ ଯିବେ ଅଭିନେତା ଓ ଟେକ୍ନିସିଆନ୍ମାନଙ୍କୁ ସାଇନ୍ କରିବା ପାଇଁ। ମାନସୀ ଅନଙ୍ଗର ବ୍ୟବସାୟରେ ନିଜର ପୈତୃକ ସୂତ୍ରରେ ସ୍ୱତ୍ୱାଧିକାରିଣୀ ଥିଲା ଏବଂ ନିଜର ପଇସାକୁ ଚୋରମାନଙ୍କୁ ଦେଇଦେବାର ସଂପୂର୍ଣ୍ଣ ଅଧିକାର ତାର ଥିଲା। ଏ କଥା ନିର୍ଦ୍ଦେଶକକୁ ମଧ୍ୟ ନିଶ୍ଚୟ ଜଣାଥିଲା ଏବଂ ସେଥିପାଇଁ ଅନଙ୍ଗ ଚୁପ ରହିବାକୁ ଉଚିତ ମନେକଲା। ସେ ନିର୍ଦ୍ଦେଶକ ତାକୁ ସହଜରେ ଛାଡ଼ିଦେବା ଲୋକ ନଥିଲା। ସେ ତାକୁ କହିଲା, ଆମେ ହରିଣ ମିଳିବା ପର୍ଯ୍ୟନ୍ତ ରିହର୍ସଲ ବନ୍ଦ କରି ଦେଇଛୁ; ହରିଣ ମିଳିଲେ ରିହର୍ସଲ ଆରମ୍ଭ ହେବ।

ହରିଣ ନ ମିଳିବା ବାହାନାରେ ନିର୍ଦ୍ଦେଶକ ନାଟକ ଛାଡ଼ି ଫିଲ୍ମରେ ମନ ଦେଲା ଏବଂ ମାନସୀ ସହିତ ଘଣ୍ଟା ଘଣ୍ଟା ଧରି ବସି ତାର ସ୍କ୍ରିପ୍ଟକୁ ଆହୁରି ପରିମାର୍ଜିତ ଓ ଶାଣିତ କରିବାରେ ଲାଗିଲା। ଅନଙ୍ଗ ଜାଣିଥିଲା ଯେ ହରିଣ ନ ମିଳିବା ପର୍ଯ୍ୟନ୍ତ ଏ ବ୍ୟବସ୍ଥା ଜାରି ରହିବ। ଯଦିଓ ଏ କଥା ନେଇ ତାର ପାରିବାରିକ ଶାନ୍ତି ବ୍ୟାହତ ହୋଇଥିଲା ଅନଙ୍ଗ ହରିଣ ପାଇବାରେ ସଫଳ ହୋଇ ନଥିଲା। ଅନଙ୍ଗର ଏ ଅସହାୟତା ବର୍ତ୍ତମାନ ମାନସୀ ଜାଣିପାରିଥିଲା ଏବଂ ତାର ସୁଯୋଗ ନେଇ ମଝିରେ ମଝିରେ ଅନଙ୍ଗକୁ ହରିଣ କଥା ପଚାରୁଥିଲା, ଯଦିଓ ସେ ମାୟାମୃଗ ନାଟକରେ ଆଉ ମନୋଯୋଗୀ ଥିଲା ବୋଲି ମନେ ହେଉ ନଥିଲା। ବର୍ତ୍ତମାନ ହରିଣ ପାଇବାର ଆଶା ଅନେକ କମ ଥିଲେ ମଧ୍ୟ ଅନଙ୍ଗ ମିଳିଯିବ କହି କଥାକୁ ଟାଳି ଦେଉଥିଲା। କିନ୍ତୁ ବେଶ୍ କିଛିଦିନ ବ୍ୟତୀତ ହୋଇଯାଇଥିଲେ ମଧ୍ୟ ହରିଣର ସନ୍ଧାନରେ ଆଉ କୌଣସି ଅଗ୍ରଗତି ହୋଇ ନ ଥିଲା। ତାର କାଳ୍ପନିକ ଡିଅର ଲଭର୍ସ କ୍ଲବ ପାଖକୁ ଗୋଟିଏ ମାତ୍ର ଚିଠି ଆସିଥିଲା ଯାହାକି ଅନଙ୍ଗ ପାଇଁ ବ୍ୟଙ୍ଗପୂର୍ଣ୍ଣ ଥିଲା। ଚିଠିଟି କୌଣସି ରାମାୟଣ ପ୍ରଚାରିଣୀ ସଭା ପାଖରୁ ଆସିଥିଲା। ସେମାନେ ସଂପୂର୍ଣ୍ଣ ରାମାୟଣ ମଞ୍ଚସ୍ଥ କରିବାକୁ ଯାଉଥିଲେ ଏବଂ ସେଥିପାଇଁ ଗୋଟିଏ ହରିଣ କେଉଁଠାରୁ ମିଳିପାରିବ ସେ ବିଷୟରେ ଜିଜ୍ଞାସା କରିଥିଲେ।

ଶେଷରେ ଅନଙ୍ଗକୁ ହରିଣ ମିଳିଲା ଏକ ଅପ୍ରତ୍ୟାଶିତ ସୂତ୍ରରୁ। ତାରି ଅଫିସରେ ବସି ତାର ଜଣେ ବନ୍ଧୁ ଟେବୁଲ ଉପରେ ଥିବା ଦି ବକ୍ ଷ୍ଟପ୍ସ୍ ହିଅର ବୋର୍ଡଟି ଦେଖିଲେ ଏବଂ ବୋଧହୁଏ କିଛି ସ୍ମରଣ କରି ଟେଲିଫୋନରେ କାହାକୁ ଡକାଇ ହରିଣ କଥା ପଚାରିଲେ। ହରିଣ ନାଁ ଶୁଣି ଅନଙ୍ଗ ସଚେତ ହେଲା ଏବଂ ପଚାରି ଜାଣିଲା ଯେ ତାର ବନ୍ଧୁ, ଯେ କି କୁକୁର ପାଳିଥିଲେ, ବର୍ତ୍ତମାନ କାହା ପାଖରୁ ହରିଣ ଆଣିବାର ଚେଷ୍ଟାରେ ଥିଲେ, କିନ୍ତୁ ହରିଣ ରଖିଥିବା ଭଦ୍ରବ୍ୟକ୍ତି ଧରାଛୁଆଁ ଦେଉ ନ ଥିଲେ। ଅନଙ୍ଗ ତାଙ୍କୁ ନିଜ ସମସ୍ୟା କଥା କହିଲା ଏବଂ ବନ୍ଧୁ

ଜଣକ ପୁଣିଥରେ ଫୋନ କରି ଅନ୍ତତଃ ଧାର ସୂତ୍ରରେ ହରିଣ ମିଳିବା କଥା ପଚାରିଲେ। ଭଦ୍ରବ୍ୟକ୍ତି ଏଥରକ ଅମତ ଜଣା ପଡ଼ିଲେ ନାହିଁ, କାରଣ ବନ୍ଧୁ ଜଣକ ଅନଙ୍ଗକୁ ଗୋଟାଏ ଠିକଣା ଦେଇ ସେଠାରେ ଭଦ୍ରବ୍ୟକ୍ତିଙ୍କୁ ଯେ କୌଣସି ଦିନ ସଂଧ୍ୟାବେଳେ ଦେଖା କରିବା ପାଇଁ କହିଲେ।

ଏ ଶୁଭ ଖବର ଜଣାଇବା ପାଇଁ ଅନଙ୍ଗ ଘରକୁ ଫୋନ କଲା, କିନ୍ତୁ ମାନସୀ ଘରେ ନ ଥିଲା। ସେଇ ଦିନ ସଂଧ୍ୟାରେ ହିଁ ଅନଙ୍ଗ ଠିକଣା ଖୋଜି ଖୋଜି ହରିଣ ଦେଖିବା ପାଇଁ ବାହାରିଲା। ସହରତଳିର ସଂକୀର୍ଣ୍ଣ ଗଳି ଭିତରେ ଭଦ୍ରବ୍ୟକ୍ତିଙ୍କ ଠିକଣା ଥିଲା। ହରିଣ ସଉକ ରଖିଥିବା ଭଦ୍ରବ୍ୟକ୍ତିଙ୍କର ଘର ଆଦୌ ଅନଙ୍ଗର କଳ୍ପନା ଅନୁରୂପ ନ ଥିଲା। ଏଇଟି ଥିଲା ଅତି ଭଙ୍ଗାରୁଜା ଛୋଟ ଘରଟିଏ। ସେଦିନ ବିଜୁଳି ବନ୍ଦ ଥିବାରୁ ଘର ଭିତରେ ମିଞ୍ଜିମିଞ୍ଜି ମହମବତିଟିଏ ଜଳୁଥିଲା ଏବଂ ଅନଙ୍ଗର ଡାକିବାରେ ଯେଉଁ ଭଦ୍ରବ୍ୟକ୍ତି ବାହାରି ଆସିଲେ ସେ ମଧ୍ୟ ଅନଙ୍ଗର କଳ୍ପନା ଅନୁରୂପ ନ ଥିଲେ। ଅନଙ୍ଗ ପଚାରି ଜାଣିଲା ଯେ ଭଦ୍ରବ୍ୟକ୍ତି କୌଣସି ଛୋଟ ଅଫିସରେ ଏକ ଛୋଟ ଚାକିରି କରୁଥିଲେ। ସେ ଅନଙ୍ଗକୁ ଘର ଭିତରକୁ ଡାକି ନେଲେ ଏବଂ ନିଜର ସ୍ତ୍ରୀ ଓ ପୁଅ ସହିତ ପରିଚୟ କରାଇଲେ। ଅନଙ୍ଗ ଦେଖିଲା ଘର କହିଲେ ଏଇଟି ଗୋଟିଏ ମାତ୍ର କୋଠରୀ ଥିଲା ଯାହା ବସିବା ଶୋଇବା ଖାଇବା ସବୁର କାମ ଦେଉଥିଲା ଏବଂ ପାଖର ବାରଣ୍ଡାଟି ରୋଷାଇଘର ଥିଲା। ଏଇ ଛୋଟ କୋଠରୀର ଶ୍ୱାସରୁଦ୍ଧ କରି ଦେଇଥିବା ଅନ୍ଧାରୁଆ ବାତାବରଣ ଭିତରେ ବସି ଅନଙ୍ଗ ତାର ଆସିବାର ଅଭିପ୍ରାୟ ଜଣାଇଲା। ସେମାନେ ହରିଣଟି କୌଣସି ଫିଲ୍ମ କାମରେ ଲାଗିବ ବୋଲି ଭାବୁଥିଲେ ଏବଂ ଥିଏଟର କଥା ଶୁଣି ସାମାନ୍ୟ ନିରାଶ ଜଣା ପଡ଼ିଲେ। କିନ୍ତୁ ସେମାନେ ତାଙ୍କ ଥିଏଟର ପାଇଁ ମଧ୍ୟ ହରିଣ ଦେବାକୁ ରାଜି ହେଲେ ଏବଂ ଭଦ୍ରମହିଳା ପୁଅକୁ ଯାଇ ହରିଣଟିକୁ ଆଣିବାକୁ କହିଲେ।

ଘର ପଛରୁ ଯାଇ ପିଲାଟି ଯେଉଁ ଜନ୍ତୁଟିକୁ ଆଣିଲା ସେଇଟି ହରିଣ ଥିଲା ଦେଖି ଅନଙ୍ଗର ଆନନ୍ଦର ସୀମା ରହିଲା ନାହିଁ। ହରିଣର ଶିଙ୍ଘ ଖୁରା ଓ କାନକୁ ଛୁଇଁ ସେ ନିଜ ଆଖିକୁ ବିଶ୍ୱାସ କଲା ଏବଂ ଶାନ୍ତିର ନିଶ୍ୱାସ ନେଲା। ପରଦିନ ଆସି ସେ ହରିଣକୁ ନେବ ବୋଲି କଥା ହେଲା, କିନ୍ତୁ ତାକୁ ଚା ନ ପିଆଇ ଛାଡ଼ିବାକୁ ଭଦ୍ରମହିଳା ନାରାଜ ହେଲେ। ପାଖ କୋଠରୀରେ ଚା ତିଆରି କରୁ କରୁ ଭଦ୍ରମହିଳା ଅନଙ୍ଗକୁ ନିଜ ବିଷୟରେ କହିଲେ : ସେମାନେ କେତେ ବର୍ଷ ହେଲା ସେଠାରେ ଅଛନ୍ତି; ତାଙ୍କର ଜଣେ ଭଉଣୀ କେଉଁଠି ବାହା ହୋଇଛନ୍ତି; ତାଙ୍କର ପୁଅର କିପରି ଜନ୍ତୁଙ୍କ ପ୍ରତି ଆଦର; ସେମାନେ ପାଳିଥିବା ଶୁଆଟି କିପରି ମରିଗଲା, ଇତ୍ୟାଦି। ଚା ପିଉ ପିଉ ଅନଙ୍ଗ ଏଇ ତିନିଜଣଙ୍କୁ ଥର ଥର କରି ଅନାଇଲା। ସେମାନେ ଚୁପ ରହିଥିଲେ ମଧ୍ୟ ଅନଙ୍ଗ ଅନୁଭବ କଲା ଯେପରି ସେମାନଙ୍କ ଭିତରେ ଏକ ଅନବରତ ସ୍ନେହର ସଂଳାପ ଅବିଚ୍ଛିନ୍ନ ରହିଛି। ଏପରି ସ୍ନେହ ଯାହା ଭଦ୍ରବ୍ୟକ୍ତିଙ୍କ ଆଖିରୁ ତାଙ୍କର ସ୍ତ୍ରୀଙ୍କର ଆଖିକୁ ଏବଂ ସେଠାରୁ

ପିଲାଟିର ଆଖିକୁ ଘୂରି ବୁଲି ଶେଷରେ ତାକୁ ମଧ୍ୟ ସଂକ୍ରମିତ କରୁଥିଲା। ତାର ମନେ ହେଲା ଯେପରି ସେ ଏଇ କେତୋଟି ମୁହୂର୍ତ୍ତରେ ଏଇ ଅପରିଚିତ ପରିବାରଟିର ଅତ୍ୟନ୍ତ ଅନ୍ତରଙ୍ଗ ହୋଇଯାଇଛି।

ଘରକୁ ଫେରି ବସିବା ଘରେ ମାନସୀ ଓ ନିର୍ଦ୍ଦେଶକକୁ ନ ଦେଖି ଅନଙ୍ଗ ଖୁସି ହେଲା, କିନ୍ତୁ ତାର ଖୁସି ଅତି କ୍ଷଣସ୍ଥାୟୀ ଥିଲା। ବସିବା ଘରର ଏୟର କଣ୍ଡିସନର ଚାଲୁ ନ ଥିବାରୁ ସେମାନେ ଶୋଇବା ଘରେ ବସି ସୁଟିଂ ସ୍କ୍ରିପ୍ଟ ଆଲୋଚନା କରୁଥିଲେ। ଅନଙ୍ଗ ସେମାନଙ୍କୁ ହରିଣ ମିଳିଯିବାର ସୂଚନା ଦେଲା, କିନ୍ତୁ ଏ କଥା ଶୁଣି ନିର୍ଦ୍ଦେଶକ କେବଳ ଆଚ୍ଛା କହିଲା ଏବଂ ମାନସୀ ନିଜ ମୁହଁକୁ କ୍ଲୋଜ୍ ଅପ୍ରେ ଦେଖିବା ପାଇଁ ଦର୍ପଣ ପାଖକୁ ଚାଲିଗଲା। ଅନଙ୍ଗ ନିର୍ଦ୍ଦେଶକକୁ କହିଲା ଯେ ସେମାନେ ରିହର୍ସଲ ଆରମ୍ଭ କରନ୍ତୁ, ପରଦିନ ତାଙ୍କ ରିହର୍ସଲ ବେଳେ ହରିଣ ପହଞ୍ଚିଯିବ। ହରିଣ ମିଳିଲା ବୋଲି ଅନଙ୍ଗ ଖୁସି ଥିଲା କିନ୍ତୁ ନିର୍ଦ୍ଦେଶକ ଏ ବିଷୟରେ ବିଶେଷ ଆନନ୍ଦିତ ଜଣା ପଡୁ ନଥିଲା। ଅନଙ୍ଗର ଫେରିବା ଯେମିତି ସେମାନଙ୍କର ଏକ ଅତି ଗମ୍ଭୀର ଆଲୋଚନାରେ ବ୍ୟାଘାତ ପହଞ୍ଚାଇଲା ଏପରି ମୁଖଭଙ୍ଗୀ କରି ନିର୍ଦ୍ଦେଶକ ହଁ ଠିକ ଅଛି କହି ବାହାରିଗଲା।

ସେଦିନ ରାତିରେ ଅନଙ୍ଗ ଓ ମାନସୀ ଭିତରେ ଯେଉଁ କଳହ ହେଲା ତାର ଉପଲକ୍ଷ୍ୟ ଥିଲା କିଏ ପୁଅ ପାଖକୁ ବୋର୍ଡିଙ୍ଗ୍ ସ୍କୁଲ ଠିକଣାରେ ଚିଠି ଲେଖିବାର ଥିଲା କିନ୍ତୁ ଲେଖି ନ ଥିଲା। ଅନଙ୍ଗ ପୁଅକୁ ସ୍କୁଲରୁ ଫେରାଇ ଆଣିବାର ଧମକ ଦେଲା ଏବଂ ମାନସୀ ଅନଙ୍ଗ ପ୍ରତି ଦୋଷାରୋପ କଲା ଯେ ସେ ପୁଅର ଭବିଷ୍ୟତକୁ ନଷ୍ଟ କରି ଦେବାର ଚକ୍ରାନ୍ତ କରୁଛି। ଶେଷରେ ସେମାନଙ୍କର କଳହର ପରିସମାପ୍ତି ଏଇପରି ହେଲା: ମାନସୀ ବମ୍ବେ ଚାଲିଯିବା ପାଇଁ ଧମକ ଦେଲା ଏବଂ ଅନଙ୍ଗ ଏୟାର କଣ୍ଡିସନର କାମ କରୁ ନ ଥିବା ବସିବାଘରେ ଯାଇ ପିଇବାରେ ଲାଗିଲା।

ପର ଦିନଟି ସାରା ଅନଙ୍ଗ ଅଫିସରେ କଟାଇଲା। ସଂଧ୍ୟାବେଳେ ସିଧା ଅଫିସରୁ ଯାଇ ହରିଣ ନେଇ ରିହର୍ସଲ ଯିବା ପାଇଁ ତାର ଇଚ୍ଛା ଥିଲା। ଏ କାମଟି ବର୍ତ୍ତମାନ ତା ପାଇଁ ଏକ ଅନାବଶ୍ୟକ ଦାୟିତ୍ୱ ଥିଲା ଯାହାକୁ ସେ ଚାହୁଁଥିଲା ଯେତେ ଶୀଘ୍ର ସମ୍ଭବ ଶେଷ କରିବ। ଆଜି ବି ଭଦ୍ରବ୍ୟକ୍ତିଙ୍କ ଅଞ୍ଚଳ ଅନ୍ଧାର ଥିଲା, କିନ୍ତୁ ଭଦ୍ରବ୍ୟକ୍ତି ଓ ତାଙ୍କର ପୁଅ ପ୍ରସ୍ତୁତ ହୋଇ ହରିଣକୁ ଧରି ତା ପାଇଁ ଅପେକ୍ଷା କରୁଥିଲେ। ଗାଡ଼ି ଭିତରକୁ ପଶିବାକୁ ହରିଣ ସାମାନ୍ୟ ଆପତ୍ତି କଲା, କିନ୍ତୁ ସେମାନେ ଶେଷରେ ହରିଣକୁ ଧରି ରିହର୍ସଲ ଜାଗାକୁ ଗଲେ। ଅନଙ୍ଗ ସେଠାରେ ସମସ୍ତଙ୍କୁ ହତଚକିତ କରି ଦେବାର ଆଶା ରଖିଥିଲା, କିନ୍ତୁ ସେଠାରେ ବର୍ତ୍ତମାନ କେବଳ ଭଙ୍ଗା ଚଉକି ବ୍ୟତୀତ ଆଉ କେହି ନ ଥିଲେ। ପଚାରିବାରେ ଜଣାଗଲା ଯେ ଅନେକ ଦିନ ହେଲା ରିହର୍ସଲ

ବନ୍ଦ ଅଛି। ଅପମାନ, ବିରକ୍ତି ଓ ଅଶାନ୍ତି ନେଇ ଅନଙ୍ଗ ତଳକୁ ଓହ୍ଲାଇଲା ଏବଂ ଭଦ୍ରବ୍ୟକ୍ତିଙ୍କ ପାଖରୁ କ୍ଷମା ମାଗି ଡ୍ରାଇଭରକୁ ଘରକୁ ଫେରିଯିବାକୁ କହିଲା।

ମାନସୀ ଘରେ ମଧ୍ୟ ନ ଥିଲା। ତାର ଚାକର ଖବର ଦେଲା ଯେ ଖରାବେଳେ ମାନସୀ ତାର ସୁଟକେଶ ନେଇ ଏୟାରପୋର୍ଟକୁ ଯାଇଥିଲା, ଆଉ ଫେରି ନାହିଁ। ଅନଙ୍ଗ ଫୋନ କରି ସେଦିନ ରାତି ଫ୍ଲାଇଟରେ ବମ୍ବେ ପାଇଁ ଟିକେଟ କରିବାକୁ କହିଲା ଏବଂ ନିଜର ବ୍ରିଫକେସ ନେଇ ବାହାରକୁ ଆସିଲା। ଭଦ୍ରବ୍ୟକ୍ତି ଓ ତାଙ୍କର ପୁଅ ଗାଡ଼ି ଭିତରେ ବସିଥିଲେ। ହରିଣ ଛଟପଟ ହେଉଥିଲା ଓ ପିଲାଟି ତାକୁ ସାନ୍ତ୍ୱନା ଦେଉଥିଲା। ସେମାନଙ୍କୁ ଘରେ ପହଞ୍ଚାଇ ଅନଙ୍ଗ ସିଧା ଏୟାରପୋର୍ଟ ଯିବାର ନିର୍ଣ୍ଣୟ କଲା ଓ ଗାଡ଼ିରେ ଯାଇ ବସିଲା।

ସେମାନେ ଯେତେବେଳେ ପୁଣି ସେଇ ସଂକୀର୍ଣ୍ଣ ଗଳିରେ ପହଞ୍ଚିଲେ ଆଲୁଅ ଆସି ଯାଇଥିଲା। ଭଦ୍ରମହିଳା ବାହାରେ ଅପେକ୍ଷା କରୁଥିଲେ ଏବଂ ସେମାନଙ୍କୁ ଏପରି ଅଭିବାଦନ କଲେ ଯେପରିକି ସେମାନେ ବହୁତ ଦିନ ପରେ ପୁଣି ଭେଟୁଥିଲେ। ଘରକୁ ଫେରି ଏତେ ସମୟ ଚୁପ ରହିଥିବା ହରିଣ ବି ପୁଣି ଫୁର୍ତ୍ତି ହୋଇଗଲା ଓ ଡେଇଁବାରେ ଲାଗିଲା। ଭଦ୍ରମହିଳା ଅନଙ୍ଗ ପାଇଁ ଚା କରିବାକୁ ଯାଉଥିଲେ କିନ୍ତୁ ଅନଙ୍ଗ ମନା କରିବାରୁ ଭଦ୍ରବ୍ୟକ୍ତି ପାଖ ଦୋକାନରୁ ତା ପାଇଁ କୋଲ୍ଡ ଡ୍ରିଙ୍କ ଆଣିବାକୁ ଗଲେ। ରିହର୍ସଲ ହେଲା ନାହିଁ ଶୁଣି ଭଦ୍ରମହିଳା ଦୁଃଖିତ ହେଲେ ଏବଂ ତାଙ୍କର ପିଲାଦିନେ କରିଥିବା ଏକ ଅସଫଳ ନାଟକ କଥା ବର୍ଣ୍ଣନା କଲେ। ଭଦ୍ରବ୍ୟକ୍ତି ଫେରିଆସି ହରିଣର ଗିନାରେ ପିଇବାକୁ ଦେଇ ସମସ୍ତଙ୍କ ହାତରେ ଗ୍ଲାସ ଦେଲେ ଏବଂ ଅନଙ୍ଗ ପୁଣି ଥରେ ସେମାନଙ୍କ ଆଡ଼କୁ ଅନାଇଲା। ଭଦ୍ରବ୍ୟକ୍ତି ହରିଣର ଶାନ୍ତ ବ୍ୟବହାର କଥା କହିଲେ, ଭଦ୍ରମହିଳାଙ୍କର ମରିଯାଇଥିବା କୁକୁର କଥା ମନେ ପଡ଼ିଲା ଓ ପୁଅ ଯାଇ ହରିଣକୁ କୁଣ୍ଢାଇ ଧରିଲା। ପ୍ଲେନ ସମୟ ହୋଇ ଆସୁଥିଲା, ତେଣୁ ଅନଙ୍ଗ ଗ୍ଲାସ ରଖି ଦେଇ ଉଠିବାକୁ ଠିକ କଲା।

ଭଦ୍ରମହିଳା କହିଲେ, ଆପଣ ଆମ ଘରେ ଖାଇ ଦେଇ ଯିବେ। ଭଦ୍ରବ୍ୟକ୍ତି କହିଲେ, ନିଶ୍ଚୟ, ଏବଂ ପୁଅ ତାର ସମ୍ମତିର ଅପେକ୍ଷାରେ ହରିଣକୁ ଛାଡ଼ିଦେଇ ତା ଆଡ଼କୁ ଅନାଇଲା। ଅନଙ୍ଗ ଥରେ ଥରେ ସମସ୍ତଙ୍କ ମୁହଁକୁ ଅନାଇଲା। ପାରିବାରିକ ଆନନ୍ଦର ଏକ ଅଲୌକିକ ସ୍ରୋତ ଯାହା ଏଇ ଘରର ଚାରି କାନ୍ଥରେ ଧକ୍କା ଖାଇ ଲୋକଙ୍କ ସମେତ ଚଉକି ଟେବୁଲ ହରିଣକୁ ଛୁଇଁ ଘରସାରା ଖେଳି ବୁଲୁଥିଲା ତା ଦେହରେ ଆସି ଲାଗିଲା। ଏଇ ମୁହୂର୍ତ୍ତରେ ଅନଙ୍ଗ ମାନସୀ ନିର୍ଦ୍ଦେଶକ ମାୟାମୃଗ ଶୀତତାପ ନିୟନ୍ତ୍ରିତ ଅଫିସ ବାଲାନ୍ସ ସିଟ୍ ସବୁ ଭୁଲିଗଲା। ସେ ଚଉକି ଉପରେ ଆହୁରି ଆରାମ କରି ବସିଲା ଏବଂ କହିଲା, ଆଚ୍ଛା ହଉ।

—

ଯୋଗାଯୋଗ

କାଗଜ କଲମ ଧରି ଚକ୍ରପାଣି ବସିଛି କି ନାହିଁ, କିଏ କବାଟ ଖଟ ଖଟ କଲା ଏବଂ ଚକ୍ରପାଣିର ମୁଣ୍ଡ ଭିତରେ ଟେଲିଫୋନର ଘଣ୍ଟି ବାଜିଲା। ସେ ଏଇ ଘଣ୍ଟିକୁ କିଛି ସମୟ ମୁଣ୍ଡ ଭିତରେ ବାଜିବାକୁ ଦେଲା ଏବଂ ଶକୁନ୍ତଳା ଯାଇ କବାଟ ନ ଖୋଲିବାର ଦେଖି ନିଜେ କବାଟ ପାଖକୁ ଗଲା। କବାଟ ଆର ପାଖେ ଠିଆ ହୋଇଥିବା ପିଲାଟି ତାକୁ କିଛି ନ କହି ତା ହାତକୁ ଗୋଟାଏ। କାଗଜ ବଢ଼ାଇଦେଲା। ଚକ୍ରପାଣି ପ୍ରଥମ ଧାଡ଼ିଟି ପଢ଼ିଲା, ଏ ପିଲାଟିର ଜିଭ ନାହିଁ, ଏବଂ ପିଲାଟିର ମୁହଁ ଆଡ଼କୁ ଅନାଇଲା। ପିଲାଟି ଏ ପ୍ରତିକ୍ରିୟା ସହିତ ଅଭ୍ୟସ୍ତ ଥିଲା ଏବଂ ପାଟି ଖୋଲି ନିଜର ଜିଭ ନ ଥିବା   କଥା ଦେଖାଇଲା। କାଗଜଟିକୁ ଆଉ ନ ପଢ଼ି ଚକ୍ରପାଣି ଜାଣି ପାରିଲା ଯେ ସେଥିରେ ପିଲାଟିକୁ ଆର୍ଥିକ ସାହାଯ୍ୟ କରିବାର ନିବେଦନ ଥିଲା। ସେ କାଗଜଟିକୁ ପିଲାଟିକୁ ଫେରାଇଦେଲା ଏବଂ ସଶବ୍ଦରେ କବାଟ ବନ୍ଦ କରି ଫେରି ଆସିଲା।

ଏଥର କିନ୍ତୁ ଶକୁନ୍ତଳା କବାଟର ଶବ୍ଦ ଶୁଣିପାରିଲା ଏବଂ ଭିତରୁ ପାଟିକଲା, କଣ ବୁଲା ଫେରିଲା କି ? ଚକ୍ରପାଣି ତାର ଏ ପ୍ରଶ୍ନ ନ ଶୁଣିବାର ଛଳନା କଲା ଏବଂ ତାର କାଗଜ ପାଖକୁ ଫେରିଆସିଲା। କାଗଜ କହିଲେ ଏ ସବୁ ଥିଲା ଅଫିସ୍ରେ   ରହିଥିବା ତାର ବ୍ୟକ୍ତିଗତ ଫାଇଲର ବିଭିନ୍ନ ଅଂଶମାନ, ଯାହାକୁ ଅନେକ କୌଶଳର ସହିତ ଚକ୍ରପାଣି ବିଭିନ୍ନ ସମୟରେ ଏବଂ ବିଭିନ୍ନ ଉପାୟରେ ହସ୍ତଗତ କରି ନିଜ ପାଖରେ ଆଣି ରଖିଥିଲା। ଏ ସବୁ କାଗଜ ତାର ଛଅ ବର୍ଷ ତଳେ ଦରମା ହାର ବୃଦ୍ଧୀକରଣଜନିତ ଏକ ବିବଦମାନ ସମୟର ପ୍ରାପ୍ୟ ବିଷୟକ ଥିଲା। ତାର ହିସାବ ଅନୁସାରେ ପଞ୍ଚତିରିଶ ଦିନର ଦରମା ତାକୁ ଅଧିକ ହାରରେ ମିଳିବା ଉଚିତ ଥିଲା, କିନ୍ତୁ ଅଫିସ୍ର   ଆକାଉଣ୍ଟାଣ୍ଟ ତାକୁ ତାର ପ୍ରାପ୍ୟ ଦେଇ ନ ଥିଲା। ଏ କଥାକୁ ସେ ଆକାଉଣ୍ଟାଣ୍ଟର ତା ବିରୁଦ୍ଧରେ ଏକ ଗଭୀର ଚକ୍ରାନ୍ତ ବୋଲି ମନେ କରୁଥିଲା ଏବଂ ଏ ଅନ୍ୟାୟକୁ ସଂଶୋଧନ କରିବା ବର୍ତ୍ତମାନ ହୋଇ ଯାଇଥିଲା ତାର ଜୀବନର ବିଶେଷ ଲକ୍ଷ୍ୟ।

ସେ କାଗଜସବୁକୁ ଓଲଟାଇ ପୁଣି ଥରେ ଦେଖିଲା, ଯଦିଓ ବର୍ତ୍ତମାନ ପ୍ରତିଟି କାଗଜ ତାର ସଂପୂର୍ଣ୍ଣ ମୁଖସ୍ଥ ହୋଇଯାଇଥିଲା। ସତ କହିବାକୁ ଗଲେ ଟେଲିଫୋନ ମରାମତି କରିବା,

ଯାହା ତାର କାମ ଥିଲା, ଅପେକ୍ଷା ବର୍ତ୍ତମାନ ସେ ଚାକିରିର ନିୟମାବଳୀ ବିଷୟରେ ବେଶି ଜାଣୁଥିଲା। ଅଫିସରେ ତାର ପଞ୍ଚତିରିଶ ଦିନର ଦରମା ବିଷୟକ ଯୁଦ୍ଧ କଥା ସମସ୍ତେ ଜାଣିଥିଲେ ଏବଂ ନିୟମାବଳୀ ବିଭାଗର କେହି କେହି କର୍ମଚାରୀ ମଧ୍ୟ ନିଜର ଦରମା ସମ୍ବନ୍ଧୀୟ ସମସ୍ୟା ନେଇ ତା ପାଖକୁ ଆସୁଥିଲେ। ଯଦିଓ ସେ କାହାରିକୁ ସେମାନଙ୍କର ପ୍ରାପ୍ୟ ଦିଆଇବାରେ ସମର୍ଥ ହୋଇଥିଲା, ତାର ନିଜର ଆପତ୍ତିର ଏ ପର୍ଯ୍ୟନ୍ତ କୌଣସି ସମାଧାନ ହୋଇ ନ ଥିଲା। ତାର ଅଫିସକୁ ଏଇମାତ୍ର ଆସିଥିବା ନୂଆ ହାକିମଙ୍କ ପାଖରେ ସେ କିପରି ଭାବରେ ଏକ ନୂଆ ଦରଖାସ୍ତ ଲେଖି ତାର ଦାବିକୁ ଉପସ୍ଥାପିତ କରିବ, ଏହାହିଁ ଥିଲା ତାର ବର୍ତ୍ତମାନର ଚିନ୍ତା। ବାରମ୍ବାର ଖାରଜ ହୋଇଯାଇଥିବା ଦରଖାସ୍ତକୁ କିପରି ଏକ ନୂଆ ରୂପ ଦେଇ ପୁନର୍ଜୀବିତ କରାଯାଇପାରେ ସେ ବିଷୟରେ ଚକ୍ରପାଣି ଅଭ୍ୟସ୍ତ ଥିଲା ଏବଂ ବର୍ତ୍ତମାନ ସେ ନିଜର ଯୁକ୍ତିମାନଙ୍କୁ ସଜାଡ଼ି ନେଉଥିଲା।

କବାଟ ବନ୍ଦ କରିଥିବା ଶବ୍ଦକୁ ଭୁଲି ଯାଇଥିଲେ ମଧ୍ୟ ଶକୁନ୍ତଳା ଭୁଲି ନ ଥିଲା। ସେ ଭିତରୁ ପାଟିକରି ତାର ପ୍ରଶ୍ନର ପୁନରାବୃତ୍ତି କଲା, କଣ ବୁଲା ଫେରିଲା କି ? ଚକ୍ରପାଣିର ମୁଣ୍ଡ ଭିତରେ ଘଣ୍ଟି ବାଜିଲା ଏବଂ ସେ ଟେଲିଫୋନକୁ ନ ଉଠାଇ ଭାବିଲା ନୋ ରିପ୍ଲାଇ ହେବାକୁ ଛାଡ଼ିଦେବ। କିନ୍ତୁ ସେ ଜାଣିଥିଲା ଯେ ଟେଲିଫୋନ ପୁଣି ବାଜିବ; ସେଥିପାଇଁ ସେ ନା ବୋଲି କହି ଟେଲିଫୋନକୁ କାଟିଦେଲା ଏବଂ ନିଜ ସମସ୍ୟାରେ ମନ ଦେଲା।

ପଞ୍ଚତିରିଶ ଦିନର ଦରମା ତା ପାଇଁ ଆଉ ସାମାନ୍ୟ କେତେ ଟଙ୍କାର ବିଷୟ ନିଥିଲା, ତା ପାଖରେ ଏ କଥା ବର୍ତ୍ତମାନ ଥିଲା ନ୍ୟାୟ ଅନ୍ୟାୟ ଏବଂ ତାର ସମ୍ମାନର ପ୍ରଶ୍ନ। ଏ ଭିତରେ ତିନିଜଣ ହାକିମ ବଦଳି ହୋଇଯାଇଥିଲେ ମଧ୍ୟ କେହି ତା କଥାକୁ ବୁଝି ନଥିଲେ। ସେମାନେ ଚାକିରି ବିଷୟର ଜଟିଳ ନିୟମାବଳୀ ଭିତରକୁ ପଶିବାକୁ ଚେଷ୍ଟା କରୁ ନଥିଲେ ଏବଂ ଆକାଉଣ୍ଟାଣ୍ଟ ସହିତ ସହଜରେ ସହମତ ହୋଇଯାଉଥିଲେ। ନୂଆ ହାକିମଙ୍କ ଉପରେ ଚକ୍ରପାଣିର ଆସ୍ଥା ଥିଲା ଏବଂ ସେ ଆକାଉଣ୍ଟାଣ୍ଟର ହାତମୁଠା ଭିତରକୁ ଆସିବା ଆଗରୁ ତାଙ୍କୁ ଦେଖାକରି ନିଜର ଦରଖାସ୍ତ କିପରି ଦେଇପାରିବ ସେ ବିଷୟରେ ଚିନ୍ତିତ ଥିଲା। ଦେଖୁ ଦେଖୁ ଘଟଣାଟି ଛଅବର୍ଷର ପୁରୁଣା ହୋଇଯାଇଥିଲା। କ୍ରମାନ୍ୱୟରେ ତାର ତିନିଜଣ ହାକିମଙ୍କ କଥା ମନେପଡ଼ିଲା। ସେମାନେ ବିଭିନ୍ନ ପ୍ରକାରର ଲୋକ ଥିଲେ ମଧ୍ୟ ଗୋଟିଏ ବିଷୟରେ ଏକମତ ଥିଲେ। ସେମାନେ ବିଶ୍ୱାସ କରୁ ନଥିଲେ ଯେ କୌଣସି ବ୍ୟକ୍ତିଗତ ଆକ୍ରୋଶ ଫଳରେ ଚକ୍ରପାଣି ତାର ନ୍ୟାଯ୍ୟ ଦାବିରୁ ବଞ୍ଚିତ ହୋଇଥିଲା। ଚକ୍ରପାଣିର ଗାଈ ଆକାଉଣ୍ଟାଣ୍ଟର ବଗିଚାରେ ପଶି ପରିବା ଖାଇବା ଭଳି କୌଣସି ଦୃଷ୍ଟାନ୍ତ ଘଟି ନ ଥିବାରୁ ଚକ୍ରପାଣି ବ୍ୟକ୍ତିଗତ ଆକ୍ରୋଶ ବିଷୟରେ କୌଣସି ଯୁକ୍ତି ଦର୍ଶାଇ ପାରୁ ନଥିଲା। ଫଳରେ ହାକିମମାନେ ତାର ଦାବିକୁ ଅଗ୍ରାହ୍ୟ କରି ଦେଉଥିଲେ।

କିନ୍ତୁ ଚକ୍ରପାଣି ମଧ୍ୟ ମିଛ କହିବା ଲୋକ ନଥିଲା। ଆକାଉଣ୍ଟାଣ୍ଟ ଦିନେ ତା ଆଡ଼କୁ କ୍ରୋଧାନ୍ୱିତ ଦୃଷ୍ଟିରେ ଅନାଇଥିବା ଘଟଣାକୁ ସାମାନ୍ୟ ଅତିରଞ୍ଜିତ କରି ସେ ଆକାଉଣ୍ଟାଣ୍ଟ ତାକୁ ଗାଳି ଦେଇଥିଲା ବୋଲି କହି ବ୍ୟକ୍ତିଗତ ବିଦ୍ୱେଷ ପ୍ରମାଣ କରି ପାରିଥାନ୍ତା। କିନ୍ତୁ ଚକ୍ରପାଣିର ବିଶ୍ୱାସ ଥିଲା ଯେ ଶେଷରେ ନ୍ୟାୟର ହିଁ ଜୟ ହେବ ଏବଂ ଏହି ଦୃଢ଼ବିଶ୍ୱାସ ଉପରେ ସେ ନିର୍ଭର କରି ବଞ୍ଚି ରହିଥିଲା। ତାର ଏକମାତ୍ର ଦୁଃଖ ଥିଲା ଯେ ଶକୁନ୍ତଳା ତାର ଏଇ ଜୀବନମରଣ ସମସ୍ୟା ବିଷୟରେ ଆଦୌ ଆଗ୍ରହ ରଖୁ ନ ଥିଲା ଏବଂ ତାର ଅନେକ ଚେଷ୍ଟା ସତ୍ତ୍ୱେ ଏ ପର୍ଯ୍ୟନ୍ତ ଚାକିରି ନିୟମାବଳୀର ପ୍ରଥମ ଧାରାଟି ମଧ୍ୟ ବୁଝିପାରି ନଥିଲା। ଚକ୍ରପାଣି ତଥାପି ଆଶା ରଖୁଥିଲା ଯେ ସେ ଶକୁନ୍ତଳାକୁ କେବେହେଲେ ଏ ବିଷୟ ଅବଗତ କରାଇବାରେ ସମର୍ଥ ହେବ।

ତାର ସୌଭାଗ୍ୟକୁ ଶକୁନ୍ତଳା ତା ପାଖକୁ ଆସିଲା ଏବଂ ଅତି ଆଗ୍ରହରେ ଚକ୍ରପାଣି ତାର ପ୍ରଥମ ଦରଖାସ୍ତକୁ ବାହାର କଲା। କିନ୍ତୁ ସେ କିଛି କହିବା ପୂର୍ବରୁ ଶକୁନ୍ତଳା ତାକୁ କହିଲା, ତମେ ଟେଲିଫୋନ ମରାମତି କରିବା ଲୋକ, ସବୁବେଳେ ଏଇ କାଗଜ ଧରି କାହିଁକି ବସୁଚ ? ତେଣେ ସମସ୍ତେ ଖବରକାଗଜରେ ଲେଖୁଛନ୍ତି ଯେ ସବୁ ଟେଲିଫୋନ ଅଚଳ ହୋଇଗଲାଣି। ଏଇ କଥାର ସୂତ୍ରଧରି ଚକ୍ରପାଣି କହିଲା, ହଁ, ଟେଲିଫୋନ ମରାମତ ହୋଇଯିବ, କିନ୍ତୁ ଟେଲଫୋନ ମରାମତିବାଲା ଲୋକଙ୍କ ଦୁଃଖ କିଏ ବୁଝୁଚି ? ଦେଖ, ଛ' ବର୍ଷ ହୋଇଗଲା। ଏଥରକ ଚକ୍ରପାଣି କାଗଜରୁ ମୁହଁ ଉଠାଇ ଶକୁନ୍ତଳା ଆଡ଼କୁ ଅନାଇଲା। ଶକୁନ୍ତଳାର ଆଖି ଟେବୁଲ ଉପରେ ଥିଲା ସତ, କିନ୍ତୁ ତାର କାନ ଯେମିତି ରୋଷେଇ ଘରେ ଥିଲା। ଚକ୍ରପାଣିକୁ ଆଉ କିଛି କହିବାକୁ ନଦେଇ ଶକୁନ୍ତଳା କହିଲା, କଣ ଭାଙ୍ଗିଲୁ ? ଆଉ ସେଠାରୁ ବାହାରିଗଲା।

ନା, ଶକୁନ୍ତଳାକୁ ଆଉ ସେ ବୁଝାଇ ପାରିବ ନାହିଁ। ଚାକିରିର ନିୟମାବଳୀ ତ ଦୂରର କଥା, ଅନେକ ସାଧାରଣ କଥାରେ ବି ଶକୁନ୍ତଳାର ଆଗ୍ରହ ନଥିଲା। ଯେଉଁ ଦିନ ଦୁଇଜଣ ତୁଙ୍ଗନେତାଙ୍କର ଗୁପ୍ତ ଟେଲିଫୋନ କଥାବାର୍ତ୍ତାରୁ ସେ ମନ୍ତ୍ରୀମଣ୍ଡଳର ପତନ କଥା ଶୁଣିଲା, ସେ ବେଶ୍ ଉତ୍ତେଜିତ ହୋଇଯାଇଥିଲା। ତା ମନ ଭିତରେ ପ୍ରଥମ ପ୍ରତିକ୍ରିୟା ହୋଇଥିଲା ଯେ ନୂଆ ମନ୍ତ୍ରୀମଣ୍ଡଳ ହେଲେ ଅନେକ ଅଦଳ ବଦଳ ହେବ ଏବଂ ଭାଗ୍ୟରେ ଥିଲେ ଆକାଉଣ୍ଟାଣ୍ଟର ହାତମୁଠାରେ ଥିବା ହାକିମ ବଦଳି ହୋଇ ନୂଆ ହାକିମ ଆସିବେ। ଶକୁନ୍ତଳା ନିୟମିତ ଖବରକାଗଜ ପଢୁଥିଲା ଏବଂ ଚକ୍ରପାଣି ଭାବିଥିଲା ଯେ ପରଦିନ ସକାଳେ କାଗଜ ଆସିବା ଆଗରୁ ସେ ଶକୁନ୍ତଳାକୁ ଏଇ ଜରୁରୀ ସମ୍ବାଦ ଶୁଣାଇ ସ୍ତମ୍ଭୀଭୂତ କରି ଦେବ। ସେଦିନ କିନ୍ତୁ ଶକୁନ୍ତଳାର ମନ ଠିକ ଥିଲା ଭଳି ଜଣାପଡୁ ନଥିଲା। ସେ ଯେତେବେଳେ ଶକୁନ୍ତଳାକୁ ମନ୍ତ୍ରୀମଣ୍ଡଳ ଭାଙ୍ଗିଯିବା କଥା କହିଲା, ଶକୁନ୍ତଳା ବିରକ୍ତ ହୋଇ କହିଲା, ତମକୁ ମନ୍ତ୍ରୀମଣ୍ଡଳ

ଭାଙ୍ଗିଯିବା ଚିନ୍ତା ପଡ଼ିଛି। ଏଣେ ଚାକର ଟୋକା ଦି'ଟା ଗ୍ଲାସ ଭାଙ୍ଗି ଦେଲାଣି ସେ କଥା ଟିକିଏ ବୁଝ ! ଏ ଚାକରକୁ ନେଇ ମୁଁ ଆଉ ସମ୍ଭାଳି ପାରିବି ନାହିଁ।

ଶକୁନ୍ତଳାର ସମସ୍ୟା ଥିଲା ଚାକର ଟୋକା। ଗତ କୋଡ଼ିଏ ବର୍ଷ ଭିତରେ ତା ଘରେ ରହିଥିବା ଅନ୍ୟୁନ ତିରିଶ ଜଣ ଚାକର ଭିତରୁ କେହି ବି ଶକୁନ୍ତଳାର ପସନ୍ଦ ନ ଥିଲେ। ନୂଆ ଚାକର ଆସିବାମାତ୍ରେ ତାକୁ ଏକ ଆଦର୍ଶ ଚାକରରେ ପରିଣତ କରିବାର ଲକ୍ଷ୍ୟ ନେଇ ଶକୁନ୍ତଳା ନିଜର ସମସ୍ତ ସମୟ ତା ପଛରେ ଲଗାଉଥିଲା, କିନ୍ତୁ ଏ ପର୍ଯ୍ୟନ୍ତ ସେ ନିଜର ଏଇ ମହତ ଉଦ୍ୟମରେ ସଫଳ ହୋଇ ନ ଥିଲା। ଶକୁନ୍ତଳାର ଦୁର୍ଭାଗ୍ୟକୁ ଚାକରମାନେ ମଧ୍ୟ ଯେପରି ତାର ସବୁ କାଚଗ୍ଲାସକୁ ଭାଙ୍ଗିଦେବାର ଲକ୍ଷ୍ୟ ନେଇ ଆସୁଥିଲେ। ଏ ବିଷୟରେ ଶକୁନ୍ତଳା ବିଶେଷ ସଚେତନ ଥିଲା ଏବଂ ବାସନ ମାଜିବାର ପର୍ବକୁ ସେ ଅତି ସତର୍କତାର ସହିତ ତତ୍ତ୍ୱାବଧାନ କରୁଥିଲା। ତଥାପି ଚାକରମାନେ ମଝିରେ ମଝିରେ ସୁଯୋଗ ଦେଖି ଗ୍ଲାସମାନ ଭାଙ୍ଗି ଦେଉଥିଲେ। ଏଥିପାଇଁ ରୋଷେଇ ଘରେ ନ ଥିଲେ ମଧ୍ୟ ଶକୁନ୍ତଳା ଏ ବିଷୟରେ ମନୋଯୋଗୀ ରହୁଥିଲା ଏବଂ ମଝିରେ ମଝିରେ କଣ ଭାଙ୍ଗିଲା ବୋଲି କହି ଘରଟିକୁ ମୁଖରିତ କରି ଦେଉଥିଲା।

ଶକୁନ୍ତଳାର ଅନ୍ୟ ସମସ୍ୟା ଥିଲା ସମୟ ଅସମୟରେ ଚାକର ଟୋକା ବାହାରକୁ ପଳାଇଯିବା। ଏ ବିଷୟରେ ପ୍ରଧାନ ଶତ୍ରୁ ଥିଲା ଘରର ପଛପାଖ କବାଟ। ତାକୁ ଯଦି ଘରର ନକ୍ସା ତିଆରି କରିବାକୁ ଦିଆହୋଇଥାନ୍ତା ଶକୁନ୍ତଳା ଏଇ ପଛ କବାଟଟିକୁ କାଟି ଦେଇଥାନ୍ତା ଏବଂ ଏକମାତ୍ର ସାମନା କବାଟ ପାଖରେ ବସି ଚାକର ଟୋକାର ବାହାରକୁ ଯିବା ଆସିବା ନିୟନ୍ତ୍ରିତ କରିପାରିଥାନ୍ତା। କିନ୍ତୁ ଟିକିଏ ସୁଯୋଗ ପାଇଲେ ବର୍ତ୍ତମାନ ଚାକର ପଛ କବାଟ ଦେଇ ଚାଲି ଯାଉଥିଲା। ଶକୁନ୍ତଳା ଏ ବିଷୟ ଉପରେ କଡ଼ା ନଜର ରଖୁଥିଲା ଏବଂ ଗ୍ଲାସ ଭାଙ୍ଗିବା ପ୍ରଶ୍ନ ସହିତ ଏକ ପୌନଃପୁନିକ କିଏ ବାହାରକୁ ଗଲା ପ୍ରଶ୍ନ ମଧ୍ୟ ସାମିଲ କରି ଦେଇଥିଲା।

ଶକୁନ୍ତଳା ଯେପରି ଚାକିରି ନିୟମାବଳୀ ବିଷୟରେ ସଂପୂର୍ଣ୍ଣ ନିସ୍ପୃହ ଥିଲା, ଚକ୍ରପାଣି ସେପରି ଗ୍ଲାସ ଭାଙ୍ଗିବା ଅଥବା ଚାକର ପିଲା ଦୁଇ ମିନିଟ ପାଇଁ ଘରୁ ବାହାରିଯିବା ଘଟଣାକୁ ଅତି ସାଧାରଣ ମନେ କରୁଥିଲା। ମଜା ହୋଇଥିବା ବାସନରେ ସୂକ୍ଷ୍ମାତିସୂକ୍ଷ୍ମ ଦାଗ ଆବିଷ୍କାର କରିବା କିମ୍ବା ଟେବୁଲ ଉପରେ ସାମାନ୍ୟ ଧୂଳି ଥିବାର ପ୍ରମାଣ କରିବା ଚକ୍ରପାଣିକୁ ଅନାବଶ୍ୟକ ଅତିରଞ୍ଜନ ମନେ ହେଉଥିଲା। କିନ୍ତୁ ଶକୁନ୍ତଳାର ମତ ଥିଲା ଯେ ଏ କଥାକୁ ନ ଜଗିଲେ ଭବିଷ୍ୟତରେ ଅପରିଷ୍କାର ବାସନରେ ଖାଇବାକୁ ହେବ ତଥା ଧୂଳିଘର ଭିତରେ ରହିବାକୁ ହେବ। ଚକ୍ରପାଣି ଏସବୁ ଆତିଶଯ୍ୟକୁ ଭୁଲିଯାଇ ପାରୁଥାନ୍ତା, କିନ୍ତୁ ତା ଘରେ କୌଣସି ଚାକର ଛ' ସାତ ମାସରୁ ବେଶି ସମୟ ରହୁ ନ ଥିଲେ ଏବଂ ନୂଆ ଚାକର ଆଣି ଦେବାର ଦାୟିତ୍ୱ ତାର

ହିଁ ଥିଲା। ମଝିରେ ମଝିରେ ଯେଉଁ କେତେ ଦିନ ଘରେ ଚାକର ରହୁ ନ ଥିଲେ, ଯଦିଓ ଘରର କାମ ସୁଚାରୁରୂପେ ଚାଲୁଥିଲା, ଶକୁନ୍ତଳା ବଡ଼ ଅଶାନ୍ତିରେ ରହୁଥିଲା।

ଚାକର କୌଣସି ଜିନିଷ ଭାଙ୍ଗି ନାହିଁ ବୋଲି ନିଜେ ସନ୍ତୁଷ୍ଟ ହେବାପରେ ଶକୁନ୍ତଳା ପୁଣି ଚକ୍ରପାଣି ପାଖକୁ ଆସିଲା। ଚକ୍ରପାଣି ଏକ ଅନ୍ୟ ଦିଗରୁ ସମସ୍ୟାଟିକୁ ଆକ୍ରମଣ କରି ଶକୁନ୍ତଳାକୁ ନିଜର ପକ୍ଷଭୁକ୍ତ କରିବା ପାଇଁ ଚେଷ୍ଟା କରି କହିଲା, ବୁଝିଲ, ଆମ ଅଫିସକୁ ନୂଆ ହାକିମ ଆସିଛନ୍ତି। ଶକୁନ୍ତଳା ଉପରେ ଏ କଥାର ଏକ ଭିନ୍ନ ପ୍ରତିକ୍ରିୟା ହେଲା। ସେ କହିଲା ନୂଆ ହାକିମ ମିଳୁଛନ୍ତି, କିନ୍ତୁ ଗୋଟାଏ ନୂଆ ଚାକର ଟୋକା ପାଇବାକୁ ମଣିଷ ନାକେଦମ। ଆଜି ବୁଲା ରୋଷେଇ କରିବାକୁ ଡେରି କରିଦେଲା। ପପୁ, ମିନି ଅଧା ଖାଇ ବାହାରିଗଲେ। ଚକ୍ରପାଣି ଦେଖିଲା, ପରିସ୍ଥିତି ତାର ନିୟନ୍ତ୍ରଣରୁ ବାହାରି ଯାଉଛି। ମୁଣ୍ଡ ଭିତରେ ଟେଲିଫୋନର ତାର ସବୁ କାଟି ତାକୁ ଡେଡ୍ କରି ଦେଇ ପୁଣି ନିଜ କାଗଜରେ ମନୋନିବେଶ କରିବା ପାଇଁ ସେ ନିଶ୍ଚୟ କଲା। କିନ୍ତୁ ଶକୁନ୍ତଳା ଏ ପର୍ଯ୍ୟନ୍ତ ରିସିଭରକୁ ଦୃଢ଼ମୁଠାରେ ଧରି ରଖିଥିଲା ଏବଂ କହିଲା, ବୁଲା ତମକୁ ଚା ଦେଲାଣି କି ନାହିଁ ?

ଶକୁନ୍ତଳା ବୁଲାକୁ ଚିତ୍କାର କରି ଡାକିଲା, କିନ୍ତୁ ଚାକର ଟୋକା କୌଣସି ଜବାବ ଦେଲାନାହିଁ, କାରଣ ତାର ନାଁ ବୁଲା ନଥିଲା। ଯେଉଁ ଚାକର ନାଁ ବୁଲା ଥିଲା, ସେ ଦୁଇବର୍ଷ ତଳେ ଚାଲିଯାଇଥିଲା। ଶକୁନ୍ତଳା ନିଜେ ରୋଷେଇ ଘରକୁ ଗଲା ଏବଂ ଏଥରକ ଚକ୍ରପାଣି ତା ମୁଣ୍ଡ ଭିତରର ରିସିଭରକୁ ରଖିଦେଲା। ଏ କଥା କିନ୍ତୁ କ୍ଷଣସ୍ଥାୟୀ ଥିଲା, କାରଣ କେତୋଟି ମିନିଟ ଭିତରେ ହାତରେ ଚା କପ ଧରିଥିବା ଚାକରକୁ ସାମନାରେ ମାର୍ଚ୍ଚ କରାଇ ଶକୁନ୍ତଳା ପୁଣି ଘର ଭିତରକୁ ଆସିଲା। ଚାକର ଟେବୁଲର ଯେଉଁ ଜାଗାରେ ଚା କପ ରଖିଲା, ସେ ଜାଗାଟି ଶକୁନ୍ତଳାର ମନଃପୂତ ହେଲା ନାହିଁ। ତେଣୁ ସେ ଚାକରକୁ କ୍ରୋଧାନ୍ୱିତ ଦୃଷ୍ଟିରେ ଅନାଇଲା ଏବଂ କପ୍‌ଟିକୁ ଗୋଟିଏ ଇଞ୍ଚ ଘୁଞ୍ଚାଇ ଅନ୍ୟ ଜାଗାରେ ରଖିଲା। ଚକ୍ରପାଣି କିଛି କହିବା ଆଗରୁ ଶକୁନ୍ତଳା କହିଲା, ଏ ଆଦିବାସୀ ଟୋକାକୁ ନେଇ ମୁଁ ଆଉ ଚଳାଇ ପାରିବି ନାହିଁ। ନା ମୁଁ ତା କଥା ବୁଝିପାରୁଛି, ନା ସେ ମୋ କଥା ବୁଝୁଛି। ତମେ ଏଥର ନୂଆ ଚାକର ପିଲା ଦେଖ।

କଥାକୁ ଶୁଣି ଅଶୁଣା କରିଦେବାର କଳା ଚକ୍ରପାଣିର ଅଜଣା ଥିଲା, ଯଦିଓ ଟେଲିଫୋନରେ ଅନ୍ୟମାନଙ୍କ କଥୋପକଥନ ଶୁଣିବାବେଳେ ଏ କଳାର ଅନେକ ଦୃଷ୍ଟାନ୍ତ ତାର ଶ୍ରୁତିଗୋଚର ହୋଇଥିଲା। ଉଦାହରଣ ସ୍ୱରୂପ, ସେଦିନ ଜଣେ ମନ୍ତ୍ରୀ ଦୂର ଜିଲାର ପୋଲିସ ଅଫିସରକୁ ଟେଲିଫୋନ କରିବା ବେଳେ କଥାବାର୍ତ୍ତା ଶୁଣାଯାଉ ନ ଥିବାର ଅଭିଯୋଗ ତା ପାଖକୁ ଆସିଥିଲା। ସେ ଅନୁସନ୍ଧାନ କରି ଦେଖିଲା ଯେ ଟେଲିଫୋନ ଠିକ ଥିଲା, କିନ୍ତୁ ମନ୍ତ୍ରୀ ତାଙ୍କ ବିପକ୍ଷ ଦଳର କାହାକୁ ଗିରଫ କରିବାର ଦେଉଥିବା ଅବୈଧ ମୌଖିକ ଆଦେଶ ଶୁଣିବାକୁ ପୋଲିସ ଅଫିସର ଅସ୍ୱୀକାର କରୁଥିଲା। ଟେଲିଫୋନ ଅପରେଟରର କଥା ପୋଲିସ ଅଫିସର

ଠିକ ଶୁଣି ପାରୁଥିଲା। କିନ୍ତୁ ମନ୍ତ୍ରୀ ଲାଇନକୁ ଆସିବା ମାତ୍ରେ ପୋଲିସର ଶ୍ରବଣ ଶକ୍ତି ହଠାତ୍ ବ୍ୟାହତ ହୋଇଯାଉଥିଲା। କିନ୍ତୁ ଶକୁନ୍ତଳା ଆଗରେ ଇଚ୍ଛାନୁଯାୟୀ ନିଜର ଶ୍ରବଣଶକ୍ତିକୁ ନିୟନ୍ତ୍ରଣ କରିବାର ସାମର୍ଥ୍ୟ ନ ଥିଲା ଚକ୍ରପାଣିର। ତେଣୁ ସେ ନୂଆ ଚାକର ପିଲା ସନ୍ଧାନ କରିବାରେ ନିଜର ପୂରା ଉଦ୍ୟମ ଲଗାଇବ ବୋଲି ଶକୁନ୍ତଳାକୁ ଆଶ୍ୱାସନା ଦେଲା।

ରିସିଭରକୁ ରଖିଦେଇ ପୁଣି କାଗଜକୁ ଦେଖିବାକୁ ଆରମ୍ଭ କରିଛି କି ନାହିଁ, କିଏ କବାଟ ଖଟ ଖଟ କଲା ଏବଂ ଚକ୍ରପାଣିର ମୁଣ୍ଡ ଭିତରେ ପୁଣି ଟେଲିଫୋନର ଘଣ୍ଟି ବାଜିଲା। ଚକ୍ରପାଣି କବାଟ ଖୋଲି ଦେଖିଲା ଯେ ବାହାରେ ତାର ଆଶଙ୍କା କରୁଥିବା ପିଲାଟି ଆଉ ନ ଥିଲା। ମିନି ହିଁ ଘରକୁ ଫେରିଲା। ଭିତରୁ କଣ ବୁଲା ଫେରିଲା କି ପ୍ରଶ୍ନ ସହିତ ସେ କବାଟ ବନ୍ଦ କଲା। ମିନି ପ୍ରଗଳ୍ଭା ଥିଲା ଏବଂ ପ୍ରତ୍ୟେକ ଦିନ ଘରକୁ ଫେରିବା ମାତ୍ରେ ସେଦିନ କଲେଜରେ ଘଟିଥିବା ସମସ୍ତ ଘଟଣାର ଏକ ଧାରା ବିବରଣୀ ସମସ୍ତଙ୍କୁ ଶୁଣାଇବାକୁ ଚାହୁଁଥିଲା। ଅନ୍ୟମନସ୍କ ଅଧ୍ୟାପକ ଚଉକି ଉପରୁ ପଡ଼ିଯିବାର ଘଟଣା, ଯାହାକି ମିନି ଅନେକ ଦିନ ତଳେ ଆସି କହିଥିଲା, ଚକ୍ରପାଣିକୁ ରୋଚକ ମନେ ହୋଇଥିଲା, କିନ୍ତୁ ଏପରି ଘଟଣା ପ୍ରତିଦିନ ଘଟୁ ନ ଥିବାରୁ ଚକ୍ରପାଣି ମିନିର ଧାରା ବିବରଣୀରେ ଆଗ୍ରହ ରଖି ପାରୁ ନ ଥିଲା। ଅଗତ୍ୟା ବାଧ୍ୟ ହୋଇ ମିନି ଚାକର ପିଲାଟିକୁ ଡାକି ତାର କଲେଜ କଥା କହୁଥିଲା। ଚାକର କିଛିକଥା ବୁଝୁ ନ ଥିଲେ ମଧ୍ୟ ମିନି ସାମାନ୍ୟ ସନ୍ତୋଷଲାଭ କରୁଥିଲା, କିନ୍ତୁ ଏକଥା ଶକୁନ୍ତଳାର କ୍ଷୋଭର କାରଣ ହେଉଥିଲା।

ଏ ବିଷୟରେ ପପୁ ମିନିର ସଂପୂର୍ଣ୍ଣ ବିପରୀତ ଥିଲା। ବାହାରେ ସାଙ୍ଗମାନଙ୍କ ସହିତ ରାସ୍ତା ଉପରେ ଠିଆହୋଇ ଘଣ୍ଟା ଘଣ୍ଟା କଥା ଗପୁଥିବା ପପୁ ଘର ଭିତରକୁ ପଶିଲେ ସଂପୂର୍ଣ୍ଣ ମୂକ ହୋଇଯାଉଥିଲା। ଘରେ ରହିବା ସମୟ ସବୁ ପପୁ ପାଠ ପଢ଼ିବାରେ ଲଗାଉଥିଲା ଏବଂ କାହାରି ସହିତ କୌଣସି କଥାବାର୍ତ୍ତା କରୁ ନ ଥିଲା। ମିନି ତାକୁ ନିଜ କଲେଜ କଥା କହିଲେ ସେ ବରଂ ବିରକ୍ତ ହେଉଥିଲା। ପପୁ ନିଜ ଇଚ୍ଛା ଅନୁସାରେ ଘରକୁ ଫେରୁଥିଲା। କିନ୍ତୁ ଭଲ ପାଠ ପଢୁଥିବା ଯୋଗୁଁ ଚକ୍ରପାଣି ତାକୁ ଗାଳି ଦେବାର ଅବସର ପାଉ ନଥିଲା।

ମିନିକୁ ଦେଖି ଶକୁନ୍ତଳାର ସକାଳେ ଚାକର ଠିକ ସମୟରେ ଖାଇବାକୁ ଦେଇ ନ ଥିବା କଥା ମନେ ପଡ଼ିଲା ଓ ସେ ଚାକରକୁ ଡାକି ପୁଣି ଗାଳିଦେଲା ସମସ୍ତଙ୍କ ସାମନାରେ। ମିନି କହିଲା ଯେ ସକାଳେ ସେ ଠିକ ଖାଇଥିଲା, କିନ୍ତୁ ଶକୁନ୍ତଳା କହିଲା ଯେ ଏମିତି କହି ସମସ୍ତେ ଚାକରକୁ ମୁହଁ ଦେଉଛନ୍ତି। ମିନି ଠିକ ଭାବରେ ଖାଇଥିଲେ ମଧ୍ୟ ପପୁ ଯେ ଠିକ ଖାଇ ନ ଥିଲା ଏ ବିଷୟରେ ଶକୁନ୍ତଳା ନିଃସନ୍ଦେହ ଥିଲା। ଚାକରକୁ ଆହୁରି ଗୋଟାଏ ପର୍ବ ଗାଳି ଦେବାର ସମ୍ଭାବନାକୁ ଆଖି ଆଗରେ ରଖି ଶକୁନ୍ତଳା ପଚାରିଲା, ପପୁ ଏତେବେଳ ଯାଏ କୁଆଡ଼େ ଗଲା ? ମିନି, ଯେ କି କଲେଜରେ ଖାଇ ନେଇଥିଲା ଏବଂ ସେଦିନ କଲେଜରେ ଘଟିଥିବା ମଜା ମଜା ଘଟଣା ସବୁ କାହାରିକୁ କହି ନ ପାରି ଅପ୍ରସନ୍ନ ଥିଲା, ବିରକ୍ତ ହୋଇ କହିଲା, ତା କଥା କିଏ

ଜାଣିଛି ? ସେ କଣ କାହାରିକୁ କିଛି କହି କରି ଯାଉଛି ? ସେଇ କଣ ଚାଇନିଜ ନା ଜାପାନିଜ ଭାଷା ଶିଖିବ ବୋଲି କହୁଥିଲା, ସଂଧ୍ୟାବେଳର କ୍ଲାସକୁ ଯାଇଥିବ। ଆମ ଇଂଲିଶ ପ୍ରଫେସର–

ଏତିକି କହି ମିନି ନିଜର ଭୁଲ ବୁଝିପାରିଲା। ତାର ଇଂଲିଶ ପ୍ରଫେସର ସେଦିନ ତାଙ୍କର ସାମନାର ଦୁଇଟି ଦାନ୍ତ ଉପୁଡ଼ାଇ ଅତି ହାସ୍ୟକର ଦେଖା ଯାଉଥିଲେ, କିନ୍ତୁ ମିନି ଜାଣିଥିଲା ଯେ ଏ କଥା ଶୁଣିବାକୁ କାହାରି ଆଗ୍ରହ ନ ଥିଲା। ସେ ଅଧାରୁ କଥା ବନ୍ଦକରି ତା ଟେବୁଲ ପାଖକୁ ଚାଲିଗଲା। ମିନିର ପ୍ରଫେସର ବିଷୟରେ ଶୁଣିବାରୁ ମୁକ୍ତି ପାଇ ଚକ୍ରପାଣି ସ୍ୱସ୍ତିର ନିଃଶ୍ୱାସ ନେଲା। ଶକୁନ୍ତଳା ସେତେବେଳକୁ ରୋଷେଇ ଘରକୁ ଚାଲିଯାଇଥିଲା ଚାକରର ଗିଲାସ ଭାଙ୍ଗିବା ଯୋଜନାକୁ ପଣ୍ଡ କରିଦେବା ପାଇଁ। ଚକ୍ରପାଣି ଏଥରକ ମୁଣ୍ଡ ଭିତରୁ ସବୁ ଟେଲିଫୋନର ତାର କାଟିଦେଇ ତାର କାଗଜରେ ମନୋନିବେଶ କଲା।

ନୂଆ ହାକିମଙ୍କ ପାଖକୁ ତାର ଏପରି ଗୋଟିଏ ଲାଇନ ଦରକାର ଥିଲା ଯେଉଁଥରେ ଆକାଉଣ୍ଟାଣ୍ଟର ଟେଲିଫୋନର କ୍ରସ କନେକ୍ସନ୍ ନ ଥିବ । ଏଭଳି ଏକ ଯୋଗାଯୋଗ ସ୍ଥାପନ କରିବା ପାଇଁ କଣ କରିବା ଦରକାର ସେକଥା ଚକ୍ରପାଣିର ପ୍ରଧାନ ଚିନ୍ତାର ବିଷୟ ଥିଲା। ସେ ପୁରୁଣା କାଗଜସବୁକୁ ଏପାଖ ସେପାଖ କଲା। ନା, ଏଥରକ ଦରଖାସ୍ତକୁ ଏପରି ପ୍ରାଞ୍ଜଳ ଭାଷାରେ ଲେଖିବାକୁ ହେବ ଯାହା କି ଆକାଉଣ୍ଟାଣ୍ଟର ବିନା ଟିକା ଟିପ୍ପଣିରେ ହାକିମଙ୍କର ବୋଧଗମ୍ୟ ହେବ। କି ପ୍ରକାର ଭାବରେ ଏଇ ଦରଖାସ୍ତଟିକୁ ଲେଖିବାକୁ ହେବ, ଚକ୍ରପାଣି ସେକଥା ମନେ ମନେ ସ୍ଥିର କରିନେଲା। ତାର ବର୍ତ୍ତମାନ ସଂପୂର୍ଣ୍ଣ ବିଶ୍ୱାସ ଥିଲା ଯେ ତାକୁ ଏଥରକ ତାର ହାକିମଙ୍କ ପାଖକୁ ବ୍ୟାଘାତବିହୀନ ସିଧାସଳଖ ହଟ୍ ଲାଇନ ମିଳିଯାଇଛି।

ଏଇ ବିଶ୍ୱାସକୁ ସେ କାଗଜ ଉପରେ ରୂପ ଦେବାକୁ ଯାଉଛି, ପୁଣି କବାଟରେ ଖଟ ଖଟ ହେଲା। ଚକ୍ରପାଣିର ମୁଣ୍ଡ ଭିତରେ ଥିବା ଟେଲିଫୋନ ସାମାନ୍ୟ ସଜୀବ ହୋଇ ଉଠିଲା, କିନ୍ତୁ ସେ ଜୋରକରି ଟେଲିଫୋନର ଘଣ୍ଟିକୁ ଏକ ଏନ୍ଗେଜ୍ଡ ସ୍ୱରରେ ପରିଣତ କରିଦେଲା। ଆର ପାଖରେ ଥିବା ଲୋକ କିନ୍ତୁ କବାଟକୁ ଆଉ ଥରେ ଖଟ ଖଟ କରି ତାର ନମ୍ବର ମିଳାଇଲା। ପ୍ରତିରକ୍ଷା ସ୍ୱରୂପ ଚକ୍ରପାଣି ଏଥର ନୋ ରିପ୍ଲାଇର ଆଶ୍ରୟ ନେଲା। କିନ୍ତୁ ତୃତୀୟ ଥର ଟେଲିଫୋନ ଘଣ୍ଟିକୁ ଉପେକ୍ଷା କରି ନ ପାରି ଚକ୍ରପାଣି କବାଟ ପାଖକୁ ଗଲା ଏବଂ ନିଷ୍ପତ୍ତି କଲା ଯେ ସେ ବାହାରେ ଠିଆ ହୋଇଥିବା ଲୋକଟିର ଜିଭକୁ କାଟିଦେଇ ତାକୁ ସଂପୂର୍ଣ୍ଣ ବାକ୍ ଶକ୍ତି ରହିତ କରିଦେବ।

ସେ ଯେତେବେଳେ କବାଟ ଖୋଲିଲା, ମିନି କବାଟ ଖୋଲିବା ପାଇଁ ସେଠାରେ ପହଞ୍ଚି ଯାଇଥିଲା। ଗ୍ଲାସ ଭାଙ୍ଗିବା ଛାଡ଼ି ବୁଲା କାଳେ ଖୋଲା କବାଟ ଦେଇ ପଳାଇଯିବ, ସେଇ ଭୟରେ ଶକୁନ୍ତଳା ମଧ୍ୟ ସେଠାକୁ ଆସି ଯାଇଥିଲା। କବାଟ ବାହାରେ ଯେଉଁ ପିଲାଟି ଛିଡ଼ା ହୋଇଥିଲା, ସେ ମୂକ ନ ଥିଲା, କାରଣ ସେ ଚକ୍ରପାଣି ହାତକୁ କାଗଜଟି ବଢ଼ାଇ ଦେଇ ପପୁ

ବୋଲି କହିଲା ଏବଂ କେହି କିଛି କହିବା ଆଗରୁ ଅଦୃଶ୍ୟ ହୋଇଗଲା। କାଗଜଟି ପପୁ ପଠାଇଛି ଅଥବା ପପୁ ପାଇଁ ଉଦ୍ଦିଷ୍ଟ, ସେ ବିଷୟ ଚକ୍ରପାଣି ହଠାତ୍ ବୁଝି ପାରିଲା ନାହିଁ। ଶକୁନ୍ତଳା କହିଲା, କାହାର ଭଲ ଚାକର ଟୋକାଟିଏ। ତମେ ତାକୁ ଟିକିଏ ପଚାରି ପାରିଲ ନାହିଁ ? ଏଇ କଥାରୁ ଶକୁନ୍ତଳାର ଚାକର ଦୋଷରୁ ପପୁ ସକାଳେ ଠିକ ଭାବେ ଖାଇ ନ ଥିବା କଥା ମନେ ପଡ଼ିଲା ଓ ସେ କହିଲା, ପପୁ କଣ ଲେଖିଚି ?

କାଗଜଟିକୁ ଖୋଲି ଚକ୍ରପାଣି ହଠାତ୍ ନିର୍ବାକ୍ ହୋଇଗଲା। ଚିଠିଟି ଚୀନା କି ଜାପାନୀ ଭାଷାରେ ଲେଖା ହୋଇଥିଲା କେଜାଣି, ତାର ଅକ୍ଷର ସବୁ ଚକ୍ରପାଣିର ଦୁର୍ବୋଧ ଥିଲା। ଚକ୍ରପାଣି ଶକୁନ୍ତଳା କଥାର ଜବାବ ଦବାକୁ ଯାଉଥିଲା, କଣ ଭାବି ଚୁପ ରହିଲା। ହାକିମଙ୍କ ସହିତ ତାର ହଟ୍ ଲାଇନ୍ର ତାର ସେତେବେଳକୁ ଛିଣ୍ଡି ଯାଇଥିଲା। ସେ ମୁଣ୍ଡ ଭିତରେ ଟେଲିଫୋନର ଘଣ୍ଟିକୁ ବାଜିବାକୁ ଦେଲା। ଏକା ସାଙ୍ଗରେ ହଠାତ୍ ଅନେକ ଟେଲିଫୋନ ବାଜି ଉଠିଲେ ଏବଂ ଏନ୍ଗେଜ୍ଡ   ଓ ନୋ ରିପ୍ଲାଇର ସୁର ସହିତ ଅନେକ ତାର ଛନ୍ଦାଛନ୍ଦି ହୋଇ ତା ପାଖରେ ଏକକାଳୀନ ବାର୍ତ୍ତା ଆଣି ପହଞ୍ଚିଲେ। ନିର୍ବିକାର ହୋଇ ଚକ୍ରପାଣି ସେଇ ସବୁ ଶବ୍ଦ ଓ ସ୍ୱରକୁ ଶୁଣିବାକୁ ଲାଗିଲା ଯେଉଁଥିରେ କବାଟର ଖଟ ଖଟ, ମିନିର ହସ, ପପୁର ମୌନ, ଚୀନା ଓ ଜାପାନୀ ବାକ୍ୟ, ଗ୍ଲାସ ଭାଙ୍ଗିବା ଏବଂ ବୁଲା କୁଆଡ଼େ ଗଲା ଇତ୍ୟାଦି ସମ୍ମିଳିତ ଥିଲା।

—

ଦେଶର ଦାୟିତ୍ୱ

ପରଶୁରାମ ଲକ୍ଷ୍ୟ କଲା ଯେ ବସରୁ ଓହ୍ଲାଇ ରାଜଧାନୀ ଭିତରେ ପଶିବା ମାତ୍ରେ ହିଁ ଧରମୁ ଅଜା ହଠାତ୍ ଭିନ୍ନ ଲୋକ ହୋଇଗଲା। ଗାଁରେ ଧରମୁ ଛୋଟ ବଡ଼ ସମସ୍ତଙ୍କର ଅଜା ଥିଲା ଏବଂ ସମସ୍ତେ ତା କଥା ମାନି ଚଳୁଥିଲେ। ବାହାରୁ କେହି ଲୋକ ଆସିଲେ ସେମାନେ ପ୍ରଥମେ ଧରମୁକୁ ଭେଟୁଥିଲେ। ଗାଁରେ ଯେ କୌଣସି ସମସ୍ୟା ହେଲେ ଲୋକେ ଧରମୁ ପାଖକୁ ପରାମର୍ଶ ନେବାକୁ ଯାଉଥିଲେ ଏବଂ ତା କଥାକୁ ଟାଳି ଦେବାର ସାହସ କାହାରି ନଥିଲା। ବେଶି ପାଠ ପଢ଼ି ନଥିଲେ ବି ଧରମୁ ପ୍ରକୃତ ଜ୍ଞାନୀ ଥିଲା, ପାପପୁଣ୍ୟ ଭଲମନ୍ଦ ବିଷୟରେ ବୁଝୁଥିଲା ଏବଂ ସ୍ୱାର୍ଥହୀନ ଥିଲା।

ଗାଁରେ ସମ୍ମାନର ସହିତ ମୁଣ୍ଡ ଟେକି ରହୁଥିବା ଏଇ ଲୋକଟି ସହର ଭିତରେ ହଠାତ୍ ମ୍ରିୟମାଣ ହୋଇ ପରଶୁରାମ ଉପରେ ସଂପୂର୍ଣ୍ଣ ନିର୍ଭରଶୀଳ ହୋଇଗଲା। ସହରର ରାସ୍ତା, ଘର, ଲୋକ, ଦୋକାନ, ବଜାର ସବୁ ଧରମୁର ଅପରିଚିତ ଥିଲେ ଏବଂ ଧରମୁକୁ ଶତ୍ରୁତା ସମ୍ପନ୍ନ ମନେ ହେଉଥିଲେ। ଏତେ ସ୍ୱଚ୍ଛଳ ଚକମକ ଜନବହୁଳ ଓ ଅନାତ୍ମୀୟ ପରିବେଶ ଧରମୁକୁ ଶ୍ୱାସରୁଦ୍ଧ କରି ଦେଇଥିଲା ଓ ସେ କିପରି ଗାଁକୁ ଶୀଘ୍ର ଫେରିଯିବ ସେକଥା ଭାବୁଥିଲା। ତାର ଏତିକି ସାନ୍ତ୍ୱନା ଥିଲା ଯେ ସେ ଆସିବା ବେଳେ ପରଶୁରାମକୁ ସାଙ୍ଗରେ ନେଇ ଆସିଥିଲା।

ପରଶୁରାମ କିଛିଦିନ ଯୁଦ୍ଧରେ ଥିଲା ଏବଂ ବାହାରର ପୃଥିବୀ ସହିତ ପରିଚିତ ଥିଲା। ସେ ଗାଁର ସବୁଠାରୁ ଉତ୍ତେଜିତ ଯୁବକ ଥିଲା ଏବଂ ଯେ କୌଣସି ଗଣ୍ଡଗୋଳରେ ତାକୁ ଦେଖିବାକୁ ମିଳୁଥିଲା। ଗାଁରେ କେଉଁଠି କିଛି ପାଟିଗୋଳ ଶୁଭିଲେ ସେ ତାର ଖାକି ଜାମା ପିନ୍ଧି ହାତରେ ଲାଠିଧରି ବାହାରି ଆସୁଥିଲା ଏବଂ ସିଧା ଲୋକ ଗହଳିରେ ପଶି ଯାଉଥିଲା। ଘଟଣା କଣ ନବୁଝି ଏବଂ କିଏ ଅପରାଧୀ ତା ସାବ୍ୟସ୍ତ କରିବା ଆଗରୁ ସେ ଲାଠି ଉଠାଇ କହୁଥିଲା ଶଳାର ମୁଣ୍ଡ ଫଟାଇ ଦେବି। ତାର ରୁଦ୍ରମୂର୍ତ୍ତି ଏବଂ ଧମକରେ ଅନେକ ସମୟରେ ଅନେକ ଗଣ୍ଡଗୋଳର ତତ୍କ୍ଷଣାତ୍ ସମାଧାନ ହୋଇଯାଉଥିଲା।

ଆଜି ସହରକୁ ଆସିବାବେଳେ ପରଶୁରାମ ତାର ଖାକି ଜାମା ପୋଷାକ ପିନ୍ଧି ନଥିଲା ଏବଂ ସେଥିପାଇଁ ଅନୁତାପ କରୁଥିଲା। ଗାଁରେ ଖାକି ପୋଷାକରେ ସେ ଜଣେ ଅନିଶ୍ଚିତ ସରକାରୀ କର୍ମଚାରୀ ଭଳି ଦେଖା ଯାଉଥିଲା ଏବଂ ଏହି ପୋଷାକ ଯୋଗୁଁ ଗାଉଁଲି ଲୋକମାନେ ତାକୁ ପୋଲିସ ଅବକାରୀ ବା ଜଙ୍ଗଲ ବିଭାଗର କୌଣସି ଛୋଟ କର୍ମଚାରୀର

ସମ୍ମାନ ଦେଉଥିଲେ। ଯଦିଓ ସହରରେ ଏ ପୋଷାକର କୌଣସି ପ୍ରଭାବ ହୋଇ ନଥାନ୍ତା, ପରଶୁରାମ ଏଇ ପୋଷାକ ବିନା ନିଜକୁ ଦୁର୍ବଳ ମନେ କରୁଥିଲା।

ମନ୍ତ୍ରୀଙ୍କ ଘରର ଠିକଣା ଖୋଜି ସେମାନେ ରାସ୍ତା ଉପରକୁ ପାଦ ଦେଇଛନ୍ତି, ଧରମୁର ପାଖ ଦେଇ ଗୋଟାଏ ଗାଡ଼ି ଚାଲିଗଲା। ଧରମୁ ଚମକି ପଡ଼ି ଦୁଇପାଦ ପଛକୁ ଫେରି ଆସିଲା ଏବଂ ରାସ୍ତାରେ ଯାଉଥିବା କିଏ ଜଣେ ମନ୍ତବ୍ୟ କଲା, ମରିଯିବୁରେ ବୁଢ଼ା, ହୁସିଆରରେ ଚାଲ। ଧରମୁକୁ ଗାଁରେ କେହି ଏଭଳି ଅସମ୍ମାନଜନକ କଥା କହୁ ନ ଥିଲେ ଏବଂ ପରଶୁରାମ ସେଇ ଲୋକଟିର ମୁଣ୍ଡ ଫଟାଇବ କି ନାହିଁ ସେ ବିଷୟରେ ମୁହୂର୍ତ୍ତେ ଭାବିଲା ଏବଂ ପରିସ୍ଥିତି ଦୃଷ୍ଟିରୁ ଚୁପ ରହିବାକୁ ଠିକ ମନେକଲା। ଧରମୁ ଏଥରକ ପରଶୁରାମର ହାତକୁ ଜୋର କରି ଧରିଲା ଏବଂ ଦୁହେଁ ପୁଣି ରାସ୍ତା ଉପରକୁ ଓହ୍ଲାଇଲେ।

ସହରରେ ଏତେ ପ୍ରକାରର ଗାଡ଼ି ଘୋଡ଼ା ଲୋକ ଓ ବିପଦ ଅଛି ଜାଣିଥିଲେ ଧରମୁ ଆସିବାକୁ ରାଜିହୋଇ ନଥାନ୍ତା। କିନ୍ତୁ ଧରମୁ ଉପରେ ଗାଁବାଲାଙ୍କର ସଂପୂର୍ଣ୍ଣ ଆସ୍ଥା ଥିଲା ଏବଂ ସମସ୍ୟାଟିକୁ ଯେ ଏକମାତ୍ର ଧରମୁ ହିଁ ସମାଧାନ କରିପାରିବ ସେ ବିଶ୍ୱାସ ଥିଲା। ସମସ୍ୟାଟି ଥିଲା ଏଇପରି। ଗାଁ ପାଖରେ ଗୋଟିଏ କ୍ଷୁଦ୍ର ଜଳସେଚନ ଯୋଜନା ତିଆରି ହୋଇଥିଲା, ଯାହାର ଜଳଭଣ୍ଡାର ତିନିବର୍ଷ ତଳେ ସଂପୂର୍ଣ୍ଣ ହୋଇଥିଲେ ମଧ୍ୟ ଗାଁ ଲୋକମାନେ ତାକୁ କେନାଲ ଅଭାବରୁ ବ୍ୟବହାର କରିପାରୁ ନଥିଲେ। ଏ ସମସ୍ୟାଟିକୁ ନେଇ ସେମାନେ ତଳ ଅଫିସରୁ ବୁଝିଥିଲେ ଉପରକୁ ଯାଇଛି। ତିନିବର୍ଷ ଭିତରେ ଉପରୁ ଉପରକୁ ବିଭିନ୍ନ ଅଫିସକୁ ଯାଇ ମଧ୍ୟ ଏ ସମସ୍ୟାର ସମାଧାନ ହୋଇ ନଥିଲା ଏବଂ ଶେଷ ଅଫିସରୁ ସନ୍ଧାନ ମିଳିଥିଲା ଯେ ପ୍ରସ୍ତାବଟି ଆହୁରି ଉପରକୁ ସରକାରଙ୍କ ପାଖକୁ ଯାଇଛି।

ସରକାର କିଏ ବା କଣ ଏ କଥା ବୁଝିବା ପାଇଁ ଲୋକଙ୍କ ପକ୍ଷରେ ଏକ ଅସମ୍ଭବ କଥା ହୋଇଥାନ୍ତା, କିନ୍ତୁ ଭାଗ୍ୟକୁ ଜଳଭଣ୍ଡାରର ତିନିବର୍ଷ ପୂରିବା ବେଳକୁ ସାଧାରଣ ନିର୍ବାଚନ ଆସିଗଲା। ଉପରର ଲୋକ ସବୁ ତଳକୁ ତଳକୁ ଆସି ଶେଷରେ ତାଙ୍କ ଗାଁରେ ପହଞ୍ଚିଲେ ଏବଂ କେବେହେଲେ ଗାଁ ଦେଖି ନଥିବା ସହରର ଲୋକ ଆସି ଘର ଭିତରେ ପଶିଲେ। ଯେଉଁ ଦୁଇଜଣ ପ୍ରାର୍ଥୀଙ୍କ ଭିତରେ ପ୍ରତିଦ୍ୱନ୍ଦ୍ୱିତା ହେଉଥିଲା ସେମାନେ ମଧ୍ୟ ଗାଁ ଲୋକଙ୍କର ପରିଚିତ ନ ଥିଲେ। ନିର୍ବାଚନ ଅବସରରେ ହିଁ ଗାଁ ଲୋକ ସେମାନଙ୍କୁ ଜାଣିବାକୁ ପାଇଥିଲେ ଏବଂ ସେମାନଙ୍କୁ ଛୋଟା ଏବଂ କଣା ନାଁ ଦେଇଥିଲେ। ଛୋଟା, ଯେ କି କ୍ଷମତାସୀନ ଦଳର ପ୍ରାର୍ଥୀ ଥିଲା, ଗାଁରେ ଆସି ପ୍ରଥମେ ପହଞ୍ଚିଲା ଏବଂ ଲୋକମାନେ ତାକୁ ଧରମୁ ଅଜା ପାଖକୁ ନେଇଗଲେ। ଛୋଟା ସେମାନଙ୍କୁ ଗଣତାନ୍ତ୍ରିକ ଅଧିକାର, ସ୍ୱାୟତ୍ତ ଶାସନ, ମିଶ୍ରିତ ଅର୍ଥନୀତି ଏବଂ ବୈଦେଶିକ ନିରପେକ୍ଷତା ବିଷୟରେ କହିଲା। କିନ୍ତୁ ଏସବୁ କଥା ଶୁଣି ସାରିବା ପରେ ଧରମୁ ତାକୁ କେବଳ ଗୋଟିଏ କଥା ପଚାରିଲା, କେନାଲ କେବେ ଖୋଲା ହେବ। ଛୋଟା ଗାଁ

ଲୋକଙ୍କର ସଂକୀର୍ଣ୍ଣ ମନୋଭାବ ଦେଖି ହତୋତ୍ସାହ ହେଲା ଏବଂ ତାର ମୁଦ୍ରାସ୍ଫିତି, ବ୍ୟକ୍ତି ସ୍ୱାଧୀନତା, ଜାତୀୟକରଣ ଇତ୍ୟାଦିର ବକ୍ତୃତା ପରେ ଯେତେବେଳେ ଧରମୁ ପୁଣି କେନାଲ କେବେ ଖୋଲା ହେବ ବୋଲି ପଚାରିଲା, ଛୋଟା ସେଠାରୁ ଉଠି ଚାଲିଗଲା।

କିଛିଦିନ ପରେ ଅନ୍ୟ ପ୍ରାର୍ଥୀ, ଯେ କି ପ୍ରଭୁତିରେ କଣା ନଥିଲା ଟେରା ଥିଲା, ଆସି ପହଞ୍ଚିଲା। କଣା ବୁଦ୍ଧିମାନ ଥିଲା ଏବଂ ତାର ଗୁପ୍ତଚରମାନେ ଛୋଟାର ଗାଁକୁ ଆସିଥିବାର ପୂରା ବିବରଣୀ ପାଇଥିଲେ। ଗାଁ ଲୋକଙ୍କୁ ଏକାଠି କରି କଣା ସେମାନଙ୍କୁ ପ୍ରଥମେ କେନାଲ କଥା ପଚାରିଲା। ଶାସକ ଦଳର ଅକ୍ଷମତାରୁ କେନାଲ କାମ ନ ହୋଇଥିବା କଥା ସେ ଗାଁ ଲୋକମାନଙ୍କୁ ଜଣାଇଲା, ଯଦିଓ ଗାଁ ଲୋକେ ସେ ବିଷୟରେ ଅବଗତ ଥିଲେ। ଏହି ସୂତ୍ରରେ କଣା ଶାସକ ଦଳକୁ ସମାଲୋଚନା କଲା ଏବଂ ଗାଁ ଲୋକଙ୍କୁ କ୍ଷମତାର ଅପବ୍ୟବହାର, ମନମୁଖୀ ଶାସନ, ଏକତନ୍ତ୍ରବାଦ ଓ ପ୍ରିୟାପ୍ରୀତି ତୋଷଣ ବିଷୟରେ ଭାଷଣ ଦେଲା। କିନ୍ତୁ ଶେଷରେ କଣା ମଧ୍ୟ କେନାଲ କେବେ ଖୋଲା ହେବ ସେ ବିଷୟରେ ସଠିକ ଖବର ଦେଇ ପାରିଲା ନାହିଁ।

ନିର୍ବାଚନ ପାଖ ହୋଇ ଆସିବା ବେଳକୁ ଛୋଟା ପୁଣି ଆସି ଗାଁରେ ପହଞ୍ଚିଲା। ତାର ହାରିଯିବାର ଭୟ ହୋଇ ଯାଇଥିଲା, ତେଣୁ ସେ ଗାଁର ସତୁରିଟି ଭୋଟକୁ ହାତରୁ ଛାଡ଼ି ଦେବାକୁ ଚାହୁଁ ନଥିଲା। ସେ ଏଥରକ ଧରମୁକୁ ଡାକି ଗଣତାନ୍ତ୍ରିକ ଅଧିକାର ଇତ୍ୟାଦି ବିଷୟରେ ବକ୍ତୃତା ଦେବା ଆଗରୁ କେନାଲ କଥା ପଚାରିଲା ଏବଂ ନିର୍ବାଚନରେ ସେ ଜୟଲାଭ କରିବାର ପନ୍ଦର ଦିନ ଭିତରେ କେନାଲ ଖୋଲାଇ ଦେବାର ପ୍ରତିଶ୍ରୁତି ଦେଲା। ତା ସହିତ ସେ ଗାଁରେ ପାନୀୟ ଜଳର ସୁବିଧା ପାଇଁ ଦୁଇଟି କୂଅ ଖୋଳାଇ ଦେବାର ମଧ୍ୟ କଥା ଦେଲା। ସେଠାରୁ ଅନ୍ୟ ଗାଁମାନଙ୍କୁ ଯାଇ ଛୋଟା ନିର୍ବାଚନର ପନ୍ଦର ଦିନ ଭିତରେ ସେସବୁ ଗାଁମାନଙ୍କରେ କୂଅ, ପୋଖରୀ, ସ୍କୁଲ, କଲେଜ, ହାଟ, ରାସ୍ତା ଏବଂ ଜଳସେଚନ ଯୋଜନାମାନ କରିବାର ନିର୍ଭର ପ୍ରତିଶ୍ରୁତି ଦେଲା। ଶାସକ ଦଳର ପ୍ରାର୍ଥୀ ଭାବରେ ଛୋଟା ଲୋକମାନଙ୍କର ବିଶ୍ୱାସଭାଜନ ଥିଲା ଏବଂ କହିବା ବାହୁଲ୍ୟ ନିର୍ବାଚନରେ ଜୟଲାଭ କଲା ଛୋଟା ହିଁ।

ନିର୍ବାଚନ ପରେ ପୁଣି ସବୁକିଛି ଚୁପଚାପ ପଡ଼ିଗଲା। ଖରାଦିନ ଆସିବାରୁ ଜଳଭଣ୍ଡାର ପାଣି ଶୁଖିବାକୁ ଆରମ୍ଭ କଲା, ପୁଣି ବର୍ଷାଦିନେ ଭଣ୍ଡାର ଭର୍ତ୍ତି ହେଲା ଏବଂ ପୁଣି ଖରାଦିନ ଆସିଗଲା। ଇତ୍ୟବସରରେ ଛୋଟା ପ୍ରଥମେ ଉପମନ୍ତ୍ରୀ ଓ ପରେ ସେମାନଙ୍କର ଦଳୀୟ ବିଭେଦର ସୁଯୋଗ ନେଇ ରାଷ୍ଟ୍ରମନ୍ତ୍ରୀ ମଧ୍ୟ ହୋଇଗଲା। ଗାଁ ଲୋକମାନେ ପୁଣି ତଳରୁ ଉପର ଅଫିସକୁ କେନାଲ ବିଷୟରେ ବୁଝିବାକୁ ଗଲେ ଏବଂ ସବା ଉପର ଅଫିସରୁ ପୁଣି ଖବର ପାଇଲେ ଯେ ପ୍ରସ୍ତାବଟି ଆହୁରି ଉପରକୁ ସରକାରଙ୍କ ପାଖକୁ ଯାଇଛି। ଏତିକିବେଳେ ସେମାନଙ୍କୁ କିଏ ଖବର ଦେଲା ଯେ ବର୍ତ୍ତମାନ ଛୋଟା ହିଁ ସରକାର। ଏ ଖବର ଶୁଣି କିଛି

ଲୋକ ଖୁସି ହେଲେ, କିନ୍ତୁ ପରଶୁରାମ କହିଲା ଶଳାର ମୁଣ୍ଡ ଫଟାଇ ଦେବି। ଶେଷରେ ଗାଁ ଲୋକ ଠିକ କଲେ ଯେ ଧରମୁ ଅଜା ଓ ପରଶୁରାମ ଯାଇ ଛୋଟାକୁ ଭେଟିବେ ଏବଂ ଯେଉଁ ପ୍ରକାରେ ହେଉ କେନାଲ ଖୋଲାଇବାର ବ୍ୟବସ୍ଥା କରିବେ।

ଛୋଟାକୁ ଭେଟିବା କିନ୍ତୁ ସହଜସାଧ୍ୟ କଥା ନଥିଲା। ରାଜଧାନୀରେ ତାର ବଙ୍ଗଳା ଏକ ଦୁର୍ଭେଦ୍ୟ ଦୁର୍ଗ ଭଳି ଥିଲା ଯାହାକୁ ପ୍ରତିଦିନ ଶହ ଶହ ଆପତ୍ତି ଅଭିଯୋଗ ନେଇ ଆସୁଥିବା ଲୋକ ଆକ୍ରମଣ କରିବାକୁ ଚେଷ୍ଟା କରୁଥିଲେ। ତାର ଅଫିସ ଘର ଚାରିପାଖେ ଅନେକଗୁଡ଼ିଏ ବ୍ୟୂହ ଥିଲା ଯାହାର ଶେଷ ସୀମା ଘରର ପୋର୍ଟିକୋ, ଲନ୍, ଫାଟକ ଟପି ରାସ୍ତା ଉପରକୁ ଆସି ପହଞ୍ଚିଥିଲା। ଏଇ ସବୁ ବ୍ୟୂହମାନଙ୍କୁ ଅତିକ୍ରମ କରି ଛୋଟାର ଖାସ କୋଠରୀରେ ପହଞ୍ଚିବା ଏକ ସମୟସାପେକ୍ଷ ଜିନିଷ ଥିଲା ଏବଂ ଏଥିପାଇଁ କାହାରିକୁ ମାସ ମାସ ସମୟ ଲାଗି ଯାଉଥିଲା। ଅବଶ୍ୟ ଏପରି ଅନେକ ରଣକୁଶଳ ଶିଳ୍ପପତି ଠିକାଦାର ବ୍ୟବସାୟୀ ମଧ୍ୟ ଥିଲେ ଯେଉଁମାନେ ସିଧାସଳଖ ଛୋଟା ପାଖରେ ପହଞ୍ଚିବାର ଗୋପନୀୟ ରାସ୍ତାମାନ ଜାଣିଥିଲେ ଏବଂ ଛୋଟାକୁ ଅଧିକାଂଶ ସମୟ ଏଇ ଲୋକମାନଙ୍କର କାମରେ ବ୍ୟତୀତ କରିବାକୁ ହେଉଥିଲା।

ରାସ୍ତା ଖୋଜି ଖୋଜି ସେମାନେ ଯେତେବେଳେ ଛୋଟାର ବଙ୍ଗଳା ଆଗରେ ପହଞ୍ଚିଲେ, ସମୟ ବେଶି ହୋଇ ନଥିଲେ ବି ବେଶ୍ ଭିଡ଼ ଜମି ଯାଇଥିଲା। ଦିନ ଦିନ ଧରି ଅପେକ୍ଷା କରୁଥିବା କିଛି ଲୋକ ରାସ୍ତା କଡ଼ରେ ବିଛଣା ପକାଇ ଶୋଇ ରହିଥିଲେ ଏବଂ ଆଉ କିଛି ଲୋକ ଏଇ ଅପେକ୍ଷମାଣ ଲୋକଙ୍କ ପାଇଁ ଖୋଲିଥିବା ଚା ଦୋକାନ ପାଖରେ ଜମିଥିଲେ। ଧରମୁ ସେତେବେଳକୁ ବେଶ୍ ଥକି ଯାଇଥିଲା ଏବଂ କିପରି ଶୀଘ୍ର ଛୋଟାକୁ ଦେଖାକରି ଗାଁକୁ ଫେରିଯିବ ସେ କଥା ଭାବୁଥିଲା। ସେମାନେ ପ୍ରଥମ ବ୍ୟୂହ ପାଖରେ ପହଞ୍ଚିଛନ୍ତି, ଗୋଟାଏ ଧୋବଧାଉଳିଆ ଲୋକ ସେମାନଙ୍କ ପାଖକୁ ଆସିଲା। ଲୋକଟି ସେମାନଙ୍କୁ ଉପର ତଳ ଭଲଭାବରେ ଦେଖିଲା ଏବଂ ଧରମୁର ଗୋଡ଼ ପାଖରୁ ଛ' ଇଞ୍ଚ ଦୂରରେ ଥିବା ଏକ ନିର୍ଦ୍ଦିଷ୍ଟ ବିନ୍ଦୁକୁ ମନୋନୀତ କରି ସେଠାକୁ ପାନପିକ ପକାଇଲା। ଲୋକଟି ପ୍ରଥମ ବ୍ୟୂହର ରକ୍ଷକ ଥିଲା ଏବଂ ଧରମୁ ପାଖରେ କେତେ ଟଙ୍କା ଅଛି ବୋଲି ପଚାରିଲା। ଧରମୁ ତାଙ୍କର ଫେରିଯିବା ବସଭଡ଼ା ଦେଖାଇବାକୁ ଯାଉଛି, ରାସ୍ତା ପାଖରେ ଗୋଟିଏ କାର ଆସି ଅଟକିଲା ଏବଂ ପାନ ଖାଉଥିବା ଲୋକଟି ସେମାନଙ୍କୁ ସଂପୂର୍ଣ୍ଣ ଭୁଲିଯାଇ ଗାଡ଼ିରୁ ଓହ୍ଲାଇଥିବା ଲୋକ ପାଖକୁ ଗଲା।

ଦ୍ୱିତୀୟ ବ୍ୟୂହର ରକ୍ଷକ ଥିଲା ବନ୍ଧୁକଧାରୀ ଜଣେ ପୋଲିସ ଯେ କି ସେତେବେଳେ ଜଣେ ଲୁଙ୍ଗି ପିନ୍ଧା ଖାଲି ଦେହ ଲୋକର ଜଳନ୍ତା ବିଡ଼ିରୁ ନିଜର ସିଗାରେଟରେ ନିଆଁ ଧରାଉଥିଲା। ଯୁଦ୍ଧର ନିୟମମାନଙ୍କ ବିଷୟରେ ସଂପୂର୍ଣ୍ଣ ଅନଭିଜ୍ଞ ଧରମୁ ସିଧା ଖୋଲା ଫାଟକ ଭିତରେ ପଶିଗଲା। ଧୂଆଁ ଛାଡୁ ଛାଡୁ ପୋଲିସବାଲା ବନ୍ଧୁକଟିକୁ ତଳେ ପକାଇ ତା' ଆଡ଼କୁ

ଦୌଡ଼ି ଆସିଲା ଏବଂ ପାଟିକଲା କିବେ ବୁଢ଼ା, କୁଆଡ଼େ ମାଡ଼ି ଚାଲିଛୁ। ସେ ଧରମୁକୁ ଧକ୍କା ଦେବାକୁ ଯାଉଥିଲା ପରଶୁରାମ ତାର ହାତକୁ ଅଟକାଇ ଦେଲା। ପରଶୁରାମ ଆହୁରି ଧସ୍ତାଧସ୍ତି କରିବାକୁ ଯାଉଥିଲା, ଧରମୁ ତାକୁ ବାଧାଦେଲା ଏବଂ ପୋଲିସବାଲା ସେମାନଙ୍କୁ ଗୋଡ଼ାଇ ଆଣି ପୁଣି ରାସ୍ତା ପାଖରେ ଛାଡ଼ିଦେଇଗଲା।

ପାନ ଖାଉଥିବା ଲୋକଟି ପାଖରେ ଆଉ କେହି ଗାଡ଼ିରୁ ଓହ୍ଲାଉଥିବା ଗ୍ରାହକ ନ ଥିବାରୁ ସେ ସଦୟ ହୋଇ ଧରମୁ ପାଖକୁ ଆସିଲା ଏବଂ ତଳେ ଚକା ପକାଇ ବସି ଧରମୁକୁ ବସିବାକୁ କହିଲା। ପରଶୁରାମ ସେତେବେଳକୁ ସେଇ ପୋଲିସବାଲାର ଶରୀରର କେଉଁ କେଉଁ ଅଂଶକୁ କିପରି ଭାବରେ ଭାଙ୍ଗିବ ସେ ବିଷୟରେ ଏକ ସଂପୂର୍ଣ୍ଣ ଅସମ୍ଭବ କିନ୍ତୁ ରୋଚକ ଯୋଜନା ତିଆରି କରୁଥିଲା। ଧରମୁ ଯେତେବେଳେ ସେମାନଙ୍କର ରାଜଧାନୀକୁ ଆସିବାର ଅଭିପ୍ରାୟ କଥା କହିଲା, ଲୋକଟି କହିଲା, ଦରଖାସ୍ତ ତିଆରି କରିବାକୁ ହେବ; କାଗଜରେ ଲେଖି ନ ଦେଲେ ସରକାରରେ କୌଣସି କାମ ହୁଏ ନାହିଁ। ପରଶୁରାମ ବିରକ୍ତ ହୋଇ କହିଲା, ଭୋଟ ମାଗିଲା ବେଳେ ତ ଆମକୁ ଦରଖାସ୍ତ ଲେଖି ଭୋଟ ମାଗି ନ ଥିଲେ ! ଏ କଥାକୁ ଅଶୁଣା କରିଦେଇ ଲୋକଟି କହିଲା, କଚେରୀ ପାଖରେ ଦରଖାସ୍ତ ଲେଖିବା ଲୋକ ବସିଛନ୍ତି, ଯାଅ ଦରଖାସ୍ତ ଲେଖାଇ ଆଣ।

କଚେରୀ ବେଶ୍ କିଛି ଦୂରରେ ଥିଲା ଏବଂ ସେଠାରେ ପହଞ୍ଚିଲା ବେଳକୁ ଧରମୁ ଆହୁରି ଥକି ଯାଇଥିଲା। ଗଛତଳେ ଟାଇପରାଇଟର ଧରି ବସିଥିବା ଲୋକଟି ଏମାନଙ୍କୁ ଦେଖି ପ୍ରଥମ କଥା କହିଲା ପାଞ୍ଚ ଟଙ୍କା। ସେତେବେଳକୁ ପରଶୁରାମର ସହରର ସମସ୍ତ ବ୍ୟବସ୍ଥା ପ୍ରତି ବିତୃଷ୍ଣା ଆସିଯାଇଥିଲା। ସେ କହିଲା, ଅଜା ଚାଲ ଗାଁକୁ ଫେରିଯିବା। ଏ ଶଳା କେହି କିଛି କରିବେ ନାହିଁ। କିନ୍ତୁ ଧରମୁ କହିଲା, ଏଠିକି ଆସିବାରେ ଯେତେବେଳେ ଏତେଟଙ୍କା ଖର୍ଚ୍ଚ ହେଲାଣି, ଆଉ କେତେଟା ଟଙ୍କା ପଛେ ଯାଉ, କିନ୍ତୁ କାମଟା ଯେମିତି ହୁଏ। ଶେଷକୁ ଚାରି ଟଙ୍କାରେ କଥା ଛିଣ୍ଡିଲା ଏବଂ କେନାଲ ଶୀଘ୍ର ଖୋଲିବା ବିଷୟରେ ସୁନ୍ଦର ଭାବରେ ଟାଇପ ହୋଇଥିବା ଦରଖାସ୍ତ ନେଇ ସେମାନେ ପୁଣି ଦୁର୍ଗ ନିକଟକୁ ଫେରିଲେ।

ଏ ଜାଗାଟିର ରୂପ ସେତେବେଳକୁ ଏତେ ବଦଳି ଯାଇଥିଲା ଯେ ଧରମୁର ପ୍ରଥମେ ସନ୍ଦେହ ହେଲା ସେମାନେ ଠିକ ଜାଗାରେ ପହଞ୍ଚିଛନ୍ତି କି ନାହିଁ। ଜାଗାଟି ବର୍ତ୍ତମାନ ସମ୍ପୂର୍ଣ୍ଣ ଜନଶୂନ୍ୟ ଥିଲା, ସେଠାରୁ ଚା ଦୋକାନ ଉଠିଯାଇଥିଲା। ପାନ ଖାଇଥିବା ଲୋକ ଏବଂ ସିଗାରେଟ ପିଉଥିବା ପୋଲିସବାଲା ମଧ୍ୟ ସେଠାରେ ନ ଥିଲେ। ଫାଟକ ଖୋଲା ପଡ଼ିଥିଲା ଏବଂ ଲନ୍ ଭିତରେ ଗାଈ ଚରୁଥିଲେ। ଏଥରକ ଘର ଭିତରେ ଗୋଟିଏ ଚାକର ପିଲା ବ୍ୟତୀତ ଆଉ କେହି ନ ଥିଲେ। ସେ ଏମାନଙ୍କୁ ଦେଖି ଟିକିଏ ଆଶ୍ଚର୍ଯ୍ୟ ହେଲା ଏବଂ କହିଲା, ମନ୍ତ୍ରୀ ସଚିବାଳୟ ଚାଲିଗଲେଣି।

ପିଲାଟି ପାଖରୁ ସଚିବାଳୟର ରାସ୍ତା ବୁଝି ଧରମୁ ପୁଣି ନିଜର ଯାତ୍ରା ଆରମ୍ଭ କଲା। ପରଶୁରାମ ଏତେବେଳକୁ ଏକଥା ଜାଣିପାରିଥିଲା ଯେ ଏଠାରେ କିଛି କାମ ହେବାର ଆଶା ନାହିଁ, କିନ୍ତୁ ଧରମୁର କଥାମାନି ସେ ତା ପଛେ ପଛେ ଚାଲୁଥିଲା। ସେ ମନେ ମନେ କଳ୍ପନା କରୁଥିଲା ଯେ ଶୀଘ୍ର ଆଉ ଥରେ ନିର୍ବାଚନ ହେବ ଏବଂ ଏଥରକ ଛୋଟା ଯେତେବେଳେ ଭୋଟ ମାଗିବାକୁ ଆସିବ, ସେ ତାର ଅନ୍ୟ ଗୋଡ଼ଟିକୁ ଭାଙ୍ଗି ଦେବ।

ସଚିବାଳୟ ଏକ ଭିନ୍ନ ପ୍ରକାରର ଦୁର୍ଗ ଥିଲା ଯାହାକୁ ଆକ୍ରମଣ କରିବାର କୌଶଳ ଅଧିକ ସଭ୍ୟ ଓ ପରିଚ୍ଛନ୍ନ ଥିଲା। ଏଠାର ପୋଲିସବାଲା ସିଗାରେଟ ପିଉ ନ ଥିଲା ତଥା ସ୍ୱାଗତ କକ୍ଷରେ ବସିଥିବା ଲୋକଟି ପାଖରେ ଥିବା ପିକଦାନି ଉପରକୁ ପାନପିକ ପକାଉଥିଲା। ସେ ଧରମୁକୁ ଅତି ସଂଭ୍ରମର ସହିତ ଆପଣଙ୍କର ନାଁ କଣ ପଚାରିଲା ଏବଂ ରେଜିଷ୍ଟର ଉପରେ ଗୋଲ ଗୋଲ ଅକ୍ଷରରେ ଧର୍ମଦାସ ବୋଲି ଲେଖିଲା। ଧରମୁ ପାଖରୁ ତାର ଆସିବାର ଅଭିପ୍ରାୟ ବୁଝିସାରି ସେ ତାକୁ ଗୋଟିଏ ଛୋଟ କାଗଜ ଦେଲା ଏବଂ କହିଲା, ଆର ମାସ ନ' ତାରିଖରେ ମନ୍ତ୍ରୀଙ୍କ ସହିତ ସାକ୍ଷାତ ହେବ।

ଏ ଲୋକଟି ସହିତ ଆଉ କୌଣସି କଥାବାର୍ତ୍ତା କରିବାରେ ଲାଭ ନଥିଲା କାରଣ ସେ ସେତେବେଳକୁ ଆଉ ଜଣେ ଲୋକର ଆସିବାର ଅଭିପ୍ରାୟ ପଚାରି ତାକୁ ତାରିଖ ଦେବାରେ ବ୍ୟସ୍ତ ଥିଲା। ଧରମୁ ଏଥରକ ବୁଝିଲା ଯେ ସେ ହାରିଯାଇଛି ଏବଂ ଛୋଟାକୁ ସାକ୍ଷାତ କରିବା ସମ୍ଭବ ନୁହେଁ। ବିଶେଷ ଭାବରେ ପରଶୁରାମ ଆଗରେ ନିଜର ଏଇ ଅସହାୟ ଅବସ୍ଥା ଧରମୁକୁ ମ୍ରିୟମାଣ କରି ଦେଇଥିଲା। ଯଦିଓ ଏ ପର୍ଯ୍ୟନ୍ତ ପରଶୁରାମ ଗାଁକୁ ଫେରିଯିବାର ପରାମର୍ଶ ଦେଉଥିଲା, ଧରମୁ ଯେତେବେଳେ ବସ ଧରିବା କଥା କହିଲା, ପରଶୁରାମ ତାକୁ ଆଶ୍ୱାସନା ଦେଇ କହିଲା, ନାଇଁ ଅଜା, ଆଉ ଥରେ ତା ଘରକୁ ଯାଇ ଚେଷ୍ଟା କରିବା। ବସ ତ ଡେରି ଅଛି। ଧରମୁ ଏଥରକ ଚୁପଚାପ ପରଶୁରାମ ପଛରେ ଚାଲିଲା।

ବଜାରରେ ଧରମୁକୁ ଚା ଜଳଖିଆ ଖୁଆଇ ପରଶୁରାମ ଯେତେବେଳେ ପୁଣି ବଙ୍ଗଳା ପାଖରେ ପହଞ୍ଚିଲା ଜାଗାଟି ପୁଣି ସକ୍ରିୟ ଯୁଦ୍ଧକ୍ଷେତ୍ରର ରୂପ ନେଇ ସାରିଥିଲା। ଚା ଦୋକାନୀ, ପୁଲିସବାଲ, ପରୋପକାରୀ ଲୋକ ସମସ୍ତେ ନିଜର ନିର୍ଦ୍ଧାରିତ ସ୍ଥାନରେ ଅବସ୍ଥିତ ହୋଇ ଯାଇଥିଲେ। ପୁଲିସବାଲା ଏଥରକ ତାଙ୍କୁ ଚିହ୍ନିଲା ଏବଂ ବ୍ୟଙ୍ଗର ସହିତ କହିଲା, କିବେ ପୁଣି ଚାଲି ଆସିଲ। ଏଥରକ କିନ୍ତୁ ପରଶୁରାମ ତା ସହିତ ଯୁକ୍ତି ନ କରି ବିନୟର ସହିତ କହିଲା, ଭାଇ ଆମକୁ ଟିକିଏ ମନ୍ତ୍ରୀଙ୍କ ସହିତ ଦେଖା କରାଇଦିଅ। ପୁଲିସ କିନ୍ତୁ ତରଳିଲା ନାହିଁ ଏବଂ ସେମାନଙ୍କ ଆଡ଼କୁ ନ ଅନାଇ କହିଲା, ଶଳା ସମସ୍ତେ ଚାଲି ଆସୁଛନ୍ତି ମନ୍ତ୍ରୀଙ୍କୁ ଦେଖା କରିବାକୁ। ମନ୍ତ୍ରୀ ଯେମିତି ଏମାନଙ୍କର ଚାକର।

ପରଶୁରାମ ଏଥରକ ସେଇ ପାନ ଖାଉଥିବା ପରୋପକାରୀ ଲୋକଟି ପାଖକୁ ଗଲା। ଲୋକଟି ତାକୁ ଦେଖି ପ୍ରଥମେ କେତେ ଟଙ୍କା ଅଛି ବୋଲି ପଚାରିଲା, କିନ୍ତୁ ପୁଣି ସେମାନଙ୍କୁ ଚିହ୍ନିପାରି ଦରଖାସ୍ତ ଆଣିଲ କି ନାହିଁ ବୋଲି ପଚାରିଲା। ପରଶୁରାମ ତା ହାତକୁ କାଗଜଟି ବଢ଼ାଇଦେଇ ନେହୁରା ହୋଇ କହିଲା, ଆଜ୍ଞା ଯେମିତି ହେଲେ ଆମକୁ ଟିକିଏ ମନ୍ତ୍ରୀଙ୍କ ସାଙ୍ଗରେ ଦେଖା କରାଇ ଦିଅନ୍ତୁ। ଲୋକଟି କାଗଜଟିକୁ ଦେଖିଲା ଏବଂ କହିଲା, ମୋ ସାଙ୍ଗରେ ଆସ। ଏଥରକ ପୁଲିସ ସେମାନଙ୍କୁ ବାଧା ଦେଲା ନାହିଁ ଏବଂ ସେମାନେ ଯାଇ ଭିତର ଲନ୍ ପାଖରେ ପହଞ୍ଚିଲେ ଯେଉଁଠାରେ ଆଗରୁ ଅନେକ ଲୋକ ଜମା ହୋଇଥିଲେ। ଲୋକଟି ତାଙ୍କୁ ଦରଖାସ୍ତଟି ଫେରାଇଦେଲା ଏବଂ ସେମାନଙ୍କୁ ସେଠାରେ ଛିଡ଼ା କରାଇ ଦେଇ ଭିତରକୁ ଚାଲିଗଲା।

କିଛି ସମୟ ପରେ ଛୋଟା ଘର ବାହାରକୁ ଆସିଲା। ସେ ଏଇ ବର୍ଷକ ଭିତରେ ବେଶ୍ ମୋଟା ହୋଇଯାଇଥିଲା ଏବଂ ତା ମୁହଁରେ ବର୍ତ୍ତମାନ ଅନୁନୟ ବିନୟ ନୁହେଁ ଆତ୍ମପ୍ରତ୍ୟୟର ଭାବ ଥିଲା। ଛିଡ଼ା ହୋଇଥିବା ଲୋକମାନଙ୍କ ଆଡ଼କୁ ମୁହୂର୍ତ୍ତେ ଅନାଇ ଛୋଟା ବକ୍ତୃତା ଆରମ୍ଭ କଲା। ଉପସ୍ଥିତ ଭାଇ ଓ ଭଉଣୀମାନେ ! ମୁଁ ଜାଣେ ଯେ ଆପଣମାନେ ଅନେକ ଆପତ୍ତି ଅଭିଯୋଗ ନେଇ ମୋ ପାଖକୁ ଆସିଛନ୍ତି। କିନ୍ତୁ ଆପଣମାନେ ଟିକିଏ ଦେଶ କଥା ବି ଭାବନ୍ତୁ। ଆମ ଦେଶର ସୀମାନ୍ତରେ ଶତ୍ରୁପକ୍ଷ ଜଗି ବସିଛନ୍ତି। ଦେଶ ଭିତରେ ଦରଦାମ, ଚୋରି ଡକାୟତି ବଢ଼ି ଚାଲିଛି। ଏଇ ପରିସ୍ଥିତିରେ ଆମେ ଆଉ ନିଜ ନିଜର ସ୍ୱାର୍ଥ କଥା ଭାବିଲେ ଚଳିବ ନାହିଁ। ଆମକୁ ଦେଶ କଥା ଭାବିବାକୁ ହେବ। ମନେରଖନ୍ତୁ, ଭାଇ ଓ ଭଉଣୀମାନେ, ଦେଶର ଦାୟିତ୍ୱ ଆପଣମାନଙ୍କ ଉପରେ।

ବାସ୍, ଏତିକି କହି ଛୋଟା ଯେମିତି ହଠାତ୍ ଆସିଥିଲା ସେମିତି ହଠାତ୍ ଚାଲିଗଲା। ହତବାକ୍ ହୋଇ ତା ପରେ କଣ କରିବେ ପରଶୁରାମ ଏ କଥା ଭାବୁଛି ସେଇ ପରୋପକାରୀ ଲୋକ ସେମାନଙ୍କ ପାଖକୁ ଆସିଲା ଏବଂ କହିଲା, ତମ ଭାଗ୍ୟ ଭଲ; ଗୋଟାଏ ଦିନରେ ଦେଖା ହୋଇଗଲା। ପରଶୁରାମ ଚୁପ ରହି ତାକୁ ହାତରେ ଧରିଥିବା କାଗଜଟି ଦେଖାଇଲା। ଲୋକଟି କହିଲା, ମତେ ଦେଇଦିଅ, ମୁଁ ମନ୍ତ୍ରୀଙ୍କୁ ଦେଇଦେବି। ତମ ଦରଖାସ୍ତ ଠିକ ଜାଗାରେ ପହଞ୍ଚିଯିବ।

ରାଜଧାନୀରୁ ଗାଁକୁ ଯିବାର ବସ ପୂରା ଗୋଟିଏ ରାତିର। ପରଶୁରାମ ଓ ଧରମୁ ଖାଲି କ୍ଳାନ୍ତ ନୁହେଁ ନୀରବ ବି ହୋଇଯାଇଥିଲେ। ପରଶୁରାମ ଧରମୁ ଅଜା ଆଡ଼କୁ ଅନାଇବାର ସାହସ କରିପାରୁ ନ ଥିଲା, କାରଣ ଧରମୁ ବିଶେଷ ଚିନ୍ତିତ ଜଣାପଡୁଥିଲା, ଯେପରିକି ତା ମୁଣ୍ଡ ଉପରେ ଅନେକ ଦାୟିତ୍ୱ। ସକାଳେ ଯେତେବେଳେ ବସ ଆସି ଗାଁ ପାଖରେ ରହିଲା ପରଶୁରାମ ଧରମୁକୁ ନିଦରୁ ଉଠାଇଲା ଏବଂ ବସରୁ ଓହ୍ଲାଇ ସେମାନେ ଗାଁ ପର୍ଯ୍ୟନ୍ତ ଅଳ୍ପବାଟ ଚାଲିବାକୁ ଆରମ୍ଭ କଲେ। ଧରମୁ ଏ ପର୍ଯ୍ୟନ୍ତ ଚୁପ ରହିଥିଲା, କିନ୍ତୁ ଗୋଟିଏ ରାତି ପରେ ବି

ମୁଣ୍ଡ ଭିତରେ ବର୍ତ୍ତମାନ ନିଆଁ ଜଳୁଥିଲା। ଗାଁ ମୁଣ୍ଡରେ ପହଞ୍ଚି ସେ କହିଲା, ଅଜା ମୁଁ ଟିକିଏ ଘରୁ ଯାଇ ଆସୁଛି।

ଘରକୁ ଯାଇ ପରଶୁରାମ ପ୍ରଥମେ ତାର ଖାକି ପୋଷାକ ବାହାର କଲା ଏବଂ ପିନ୍ଧୁ ପିନ୍ଧୁ ସେ କାହାର କାହାର ମୁଣ୍ଡ ଫଟାଇବ ତାର ଏକ ତାଲିକା କରିନେଲା। ଏ ତାଲିକାରୁ ଅଫିସର, ପୋଲିସ, ଟାଇପ କରୁଥିବା ଲୋକ, ମନ୍ତ୍ରୀ କେହି ବାଦ୍ ଗଲେ ନାହିଁ। ମିଲିଟାରୀ ପୋଷାକ ପିନ୍ଧି ହାତରେ ଲାଠି ଧରି ପରଶୁରାମ ଯେତେବେଳେ ଗାଁ ମଝିରେ ପହଞ୍ଚିଲା, ଧରମୁ ଅଜା କାହା ବାରଣ୍ଡାରେ ବସିଥିଲା ଏବଂ ତାକୁ ଘେରି ଗାଁର ଲୋକମାନେ ବସିଥିଲେ। ଧରମୁ ସେମାନଙ୍କୁ ରାଜଧାନୀ କଥା କହୁଥିଲା। ଏତିକିବେଳେ ପରଶୁରାମ ପ୍ରଥମ ଥର ପାଇଁ ଧରମୁକୁ ମିଛ କହିବାର ଶୁଣିଲା। ଧରମୁ ଗାଁ ଲୋକଙ୍କୁ କହୁଥିଲା, ଆମେ ଯେମିତି ବଙ୍ଗଳା ପାଖରେ ପହଞ୍ଚିଛୁ, ମନ୍ତ୍ରୀ ଆସି ଆମକୁ ଆଦର କରି ଭିତରକୁ ଡାକିନେଲେ।

—

ଝରକା

ନିଜର ବାହାଘର ବିଷୟରେ ଭାବିବା ଦିନରୁ ହିଁ ତାର ସ୍ୱାମୀ କେଉଁଭଳି ହେବ ସାବିତ୍ରୀ ସେ ବିଷୟରେ ଏକ ମୋଟାମୋଟି ଧାରଣା କରିନେଇଥିଲା। ଅଧାରୁ ପାଠପଢ଼ା ଛାଡ଼ି ସେ ଯେତେବେଳେ ବାହା ହେବାର ଅପେକ୍ଷାରେ ଘରେ ବସି ରହିଲା, ସେ ଏଇ ଧାରଣାକୁ ଏକ ନିର୍ଦ୍ଦିଷ୍ଟ ରୂପ ଦେବାରେ ଲାଗିଲା। କାଳ୍ପନିକ ଯୁବକଟିର ମୁହଁ ଓ ଦେହର ବିଭିନ୍ନ ଅଙ୍ଗରେ ସାବିତ୍ରୀ ନିଜର ପ୍ରିୟ ଚିତ୍ରତାରକାମାନଙ୍କର ଆଖି ନାକ ଓଠ ଇତ୍ୟାଦି ଖଞ୍ଜି ବର୍ତ୍ତମାନ ଏକ ନିର୍ଦ୍ଦିଷ୍ଟ ପ୍ରତିମୂର୍ତ୍ତି ତିଆରି କରିବାରେ ସଫଳ ହୋଇଥିଲା। ଏଇ ଆଦର୍ଶ ପୁରୁଷଟି ଗୌରକାୟ ଓ ସୌମ୍ୟଦର୍ଶନ ଥିଲା ଏବଂ ନିଜର ଉଚ୍ଚତାକୁ ଆଖି ଆଗରେ ରଖି ସାବିତ୍ରୀ ତାର ଉଚ୍ଚତା ପାଞ୍ଚଫୁଟ ଆଠ ଇଞ୍ଚରୁ ଅଧିକ ହେବାକୁ ଦେଇ ନ ଥିଲା। ସେ ଅଭ୍ୟାସ କରି ସିଗାରେଟ ପିଉଥିଲା ଏବଂ ସାବିତ୍ରୀର ସନ୍ଦେହ ହେଉଥିଲା ଯେ ସେ ମଝିରେ ମଝିରେ ମଦ୍ୟପାନ କରିବା ପାଇଁ ମଧ୍ୟ ଉତ୍ସୁକ ଥିଲା। ସାବିତ୍ରୀ ତାକୁ ମଦ୍ୟପାନ କରିବାକୁ ଦେଉ ନ ଥିଲା, ବରଂ ସିଗାରେଟ ପିଇବା ପାଇଁ ଉତ୍ସାହିତ କରୁଥିଲା। ନିଜର ଆଖି ବନ୍ଦ କଲେ ସାବିତ୍ରୀ ଦେଖୁଥିଲା ଯେ ଯୁବକଟି ତାର ବାନ୍ଧବୀମାନଙ୍କ ଆଡ଼କୁ ଅନାବଶ୍ୟକ କୌତୂହଳ ସହ ଅନାଉଥିଲା। ସାବିତ୍ରୀ ମନେ ମନେ କହୁଥିଲା, ଠିକ ଅଛି, ବାହାଘର ପରେ ସବୁ ଠିକ କରିଦଉଚି।

ତାର ବାହାଘର ପାଇଁ ଘରେ ଯେତେ ସବୁ ଆଲୋଚନା ଓ ଆୟୋଜନ ହେଉଥିଲା ନିଜକୁ ସେ ସବୁର ଦୂରରେ ରଖୁଥିଲା ସାବିତ୍ରୀ। ଯଦିଓ ଏ ପର୍ଯ୍ୟନ୍ତ ପାତ୍ର ସ୍ଥିର ହୋଇ ନ ଥିଲା, ସାବିତ୍ରୀର ମା ବିବାହର ଆନୁଷଙ୍ଗିକ ଜିନିଷମାନ ସଂଗ୍ରହ କରିବାରେ ଲାଗିଥିଲେ। ସାବିତ୍ରୀର ବାହାଘର ପାଇଁ ଶାଢ଼ି ଓ ଅଳଙ୍କାର ଗୋଟିଏ ସ୍ୱତନ୍ତ୍ର ବାକ୍ସରେ ରଖାଯାଉଥିଲା। ଆର୍ଥିକ ସ୍ୱଚ୍ଛତା ହେତୁରୁ ବାକ୍ସର ଅନେକ ଅଂଶ ଖାଲି ପଡ଼ିଥିଲା ଏବଂ ସାବିତ୍ରୀର ମା ବର୍ତ୍ତମାନ ସେଇ ଶୂନ୍ୟ ଅଂଶକୁ ସାବୁନ, ମୁଣ୍ଡରେ ଲଗାଇବା ତେଲ ଓ ତକିଆ ଭଳି ଅନେକ ଶସ୍ତା ଅଥଚ ଦରକାରୀ ଜିନିଷରେ ଭର୍ତ୍ତି କରିବାରେ ଲାଗିଥିଲେ। ସାବିତ୍ରୀର ବାପା ଅଫିସ କାମକୁ ଛାଡ଼ିଦେଇ ବାକି ସମୟ ସବୁ ସାବିତ୍ରୀର ବାହାଘର କଥା ବୁଝିବାରେ ବ୍ୟତୀତ କରୁଥିଲେ। ସେ ଏ ବିଷୟରେ ବିଶେଷ କୁଶଳୀ ନଥିଲେ ଏବଂ ତାଙ୍କର ଉଦ୍ୟମ ସବୁ କେବଳ ଚିନ୍ତିତ ରହିବାରେ ହିଁ ସୀମିତ ଥିଲା। ତେବେ ପରିବାରର ଆତ୍ମୀୟସ୍ୱଜନ ସମସ୍ତେ ସାବିତ୍ରୀ ପାଇଁ ବର ଖୋଜିବା କାମକୁ ଏକ ଚ୍ୟାଲେଞ୍ଜ ବୋଲି ଗ୍ରହଣ କରିନେଇଥିଲେ ଏବଂ ମଝିରେ ମଝିରେ ଅନେକ ଅସମ୍ଭବ ଓ ଅବାନ୍ତର ପ୍ରସ୍ତାବମାନ ନେଇ ପହଞ୍ଚୁଥିଲେ। କେତୋଟି ମାସ ଭିତରେ ଆମେରିକାରେ ଥିବା ଡାକ୍ତର, ପ୍ରବାସୀ ଇଞ୍ଜିନିୟର, ମଫସଲର ଲେକ୍ଚରର , ରେଳବାଇର ଭ୍ରାମ୍ୟମାଣ ଅଫିସର

ପ୍ରଭୃତି ବିଭିନ୍ନ ପ୍ରକାରର ବୃତ୍ତିର ପାତ୍ରଙ୍କର ନାଁ, ଠିକଣା, ରାଶିନକ୍ଷତ୍ରର ସଂବାଦ ସବୁ ଏକାଠି ହେବାରେ ଲାଗିଲା; କିନ୍ତୁ ବାହାଘର ଠିକ ହୋଇପାରିଲା ନାହିଁ।

ଏହି ସମୟଟି ସାବିତ୍ରୀ ପାଇଁ ସାମାନ୍ୟ ଉତ୍କଣ୍ଠାଜଡ଼ିତ, କିନ୍ତୁ ଆନନ୍ଦଦାୟକ ସମୟ ଥିଲା। ତାର ମୁଣ୍ଡ ଉପରେ ଆଉ ପାଠ ପଢ଼ିବାର ଦାୟିତ୍ୱ ନ ଥିଲା ଏବଂ ବାହା ହୋଇ ଘରୁ ଚାଲିଯିବ ବୋଲି ଘରର ସମସ୍ତେ ତାକୁ ଅତ୍ୟଧିକ ସ୍ନେହର ସହିତ ଦେଖୁଥିଲେ । ଏଇଭଳି ଦାୟିତ୍ୱଶୂନ୍ୟତା ଓ ସ୍ନେହର ଏକ ସ୍ୱତନ୍ତ୍ର ପୃଥିବୀ ଭିତରେ ରହି ସାବିତ୍ରୀ ନିଜକୁ ଏକ ସ୍ୱପ୍ନମୟ ପରିବେଶ ଭିତରେ ଛାଡ଼ି ଦେଇଥିଲା। ତା ଚାରିପାଖେ ପାତ୍ରର ସ୍ୱଚ୍ଛଳତା, କାନ, ପାଉଁଜି, ସ୍କୁଟର, ମିଥୁନରାଶି, ନାଗସ୍ୱ ଗୋତ୍ର ଇତ୍ୟାଦି ବିଷୟରେ ଯେଉଁ ତର୍କବିତର୍କ ଓ ବିଚାରବିମର୍ଶ ହେଉଥିଲା ସେସବୁ ବିଷୟରେ ସାବିତ୍ରୀ ସଂପୂର୍ଣ୍ଣ ନିସ୍ପୃହ ଥିଲା। ସେ ତାର କଳ୍ପନାର ଲୋକଟିକୁ ଏଇ ସମୟମାନଙ୍କରେ ଆହୁରି ଗଭୀର ଭାବରେ ଅଧ୍ୟୟନ କରୁଥିଲା। ସମୟ ପାଇଲେ ସାବିତ୍ରୀ ତା ସହିତ ପ୍ରେମାଳାପ ମଧ୍ୟ କରୁଥିଲା; କିନ୍ତୁ ଆହୁରି ଘନିଷ୍ଠ ସମ୍ବନ୍ଧର ଚିନ୍ତାସବୁ ସେ ବାହାଘର ସରିବା ପର୍ଯ୍ୟନ୍ତ ମନରୁ ଦୂର କରି ଦେଇଥିଲା।

ଅନେକ ପ୍ରକାର ପ୍ରସ୍ତାବର ପରୀକ୍ଷା ନିରୀକ୍ଷା ପରେ ମଧ୍ୟ ଅନେକ ଦିନ ପର୍ଯ୍ୟନ୍ତ ବିବାହର କୌଣସି ସନ୍ତୋଷଜନକ ନିର୍ଣ୍ଣୟ ହୋଇପାରିଲା ନାହିଁ ଏବଂ ସମସ୍ତେ ସେବର୍ଷ ଆଉ ସାବିତ୍ରୀର ବିବାହ ହୋଇପାରିବ ନାହିଁ ବୋଲି ହତୋତ୍ସାହ ହୋଇଗଲେ। ଠିକ ଏତିକିବେଳେ ଜଣେ ପ୍ରାର୍ଥୀଙ୍କର ଅଭିଭାବକ ଜାତକର ପାରସ୍ପରିକ ସଙ୍ଗତି, ଯୌତୁକର ରାଶି, କନ୍ୟାର ଉଚ୍ଚତା ଇତ୍ୟାଦି ବିଷୟରେ ଯେଉଁ ମାନଦଣ୍ଡମାନ ରଖିଥିଲେ ସେଥିରୁ ସାମାନ୍ୟ ଓହରିଗଲେ ଏବଂ ସାବିତ୍ରୀର ବାହାଘର ଠିକ ହୋଇଗଲା। ଏଥରକ ତର୍କବିତର୍କର ବିଷୟବସ୍ତୁ ବଦଳିଗଲା ଏବଂ ସାବିତ୍ରୀର ଚାରିପାଖେ ବର୍ତ୍ତମାନ ନିମନ୍ତ୍ରଣ ପତ୍ର, ବରର ସୁଟ, ଚାନ୍ଦୁଆ, ରାନ୍ଧୁଣିଆ ଓ ଲାଉଡସ୍ପିକର ଭଳି ଇତର ଓ ନୀରସ ଶବ୍ଦମାନ ଗୁଞ୍ଜରିତ ହେବାକୁ ଲାଗିଲା। ସାବିତ୍ରୀ ଏସବୁକୁ ଶୁଣିବାକୁ ମଧ୍ୟ ସଂପୂର୍ଣ୍ଣ ଅସ୍ୱୀକାର କରିଦେଲା ଏବଂ ନିଜର ସ୍ୱପ୍ନର ରାଜ୍ୟରୁ ତିଳେମାତ୍ର ବାହାରକୁ ପାଦ ବଢ଼ାଇଲା ନାହିଁ। ଏପରିକି ବାହାଘରର ହୋ ହଲ୍ଲା ଭିତରେ ଓ ବେଦୀ ଉପରେ ବସି ସେଇ ଅଜ୍ଞାତ ଯୁବକର ହାତ ଉପରେ ହାତ ରଖିବା ଏବଂ ଖରାଦିନର ଗରମରେ ଅଗ୍ନିକୁଣ୍ଡ ଚାରିପାଖେ ପ୍ରଦକ୍ଷିଣ କରିବାବେଳେ ମଧ୍ୟ ସେ ତାର କଳ୍ପନାର ସୌମ୍ୟଦର୍ଶନ ପୁରୁଷକୁ ପାଖରୁ ଯିବାକୁ ଦେଲା ନାହିଁ।

ସାବିତ୍ରୀ ପାଇଁ ପାତ୍ର ଓ ବରରୁ ବର୍ତ୍ତମାନ ଉତ୍ତୀର୍ଣ୍ଣ ହୋଇଥିବା ସ୍ୱାମୀର ପ୍ରଥମ ଦର୍ଶନ ଅତ୍ୟନ୍ତ ହତାଶାଜନକ ଥିଲା। ସୌନ୍ଦର୍ଯ୍ୟ, ଉଚ୍ଚତା, ବର୍ଣ୍ଣ ଓ ବ୍ୟକ୍ତିତ୍ୱ ଦୃଷ୍ଟିରୁ ଶ୍ରୀନିବାସ ସାବିତ୍ରୀର ମାନସ ପୁରୁଷର ସଂପୂର୍ଣ୍ଣ ପ୍ରତିରୂପ ଥିଲା। ଶ୍ରୀନିବାସର ତା ସହିତ ପ୍ରଥମ କଥୋପକଥନ ଅତ୍ୟନ୍ତ ଗଦ୍ୟମୟ ଓ ରୋମାଞ୍ଚ ରହିତ ଥିଲା ଏବଂ ସେମାନଙ୍କର ଅଳ୍ପ ପରିଚୟର ପ୍ରଥମ

ଘନିଷ୍ଠତା ସାବିତ୍ରୀ ପାଇଁ ଅରୁଚି ଓ ନୈରାଶ୍ୟରେ ପରିପୂର୍ଣ୍ଣ ଥିଲା। ଶ୍ରୀନିବାସକୁ ସାମାନ୍ୟ ଜାଣିବା ପରେ ସାବିତ୍ରୀ ଆବିଷ୍କାର କଲା ଯେ ସେ ଧର୍ମପରାୟଣ ଥିଲା; ସିଗାରେଟ ଓ ମଦ୍ୟପାନ ତ ଦୂରର କଥା, ମାଛ ମାଂସ ଖାଉ ନ ଥିଲା ଏବଂ ସଂପୂର୍ଣ୍ଣ ନିରାମିଷାଶୀ ଥିଲା। ଶ୍ରୀନିବାସକୁ ଆଉ ଟିକିଏ ଭଲଭାବରେ ଜାଣିବା ପରେ ସାବିତ୍ରୀ ଏକଥା ମଧ୍ୟ ଆବିଷ୍କାର କଲା ଯେ ଶ୍ରୀନିବାସ ଅନ୍ୟ ସ୍ତ୍ରୀ ତ ଦୂରର କଥା ତା ଆଡ଼କୁ ମଧ୍ୟ ଅତି ସଙ୍କୋଚର ସହିତ ଅନାଉଥିଲା ଏବଂ ତା ସହିତ କଥାବାର୍ତ୍ତା ଅନେକ କମ କରୁଥିଲା।

ଶ୍ରୀନିବାସ ରେଳବାଇରେ କାମ କରୁଥିଲା ଏବଂ ଏକ ଅନାମଧେୟ ଛୋଟ ଷ୍ଟେସନର ଷ୍ଟେସନମାଷ୍ଟର ଥିଲା। ବାହାଘର ପରେ ନିଜ ଘରୁ ଯାଇ ଯେଉଁ କେତୋଟି ଦିନ ସେ ଶ୍ରୀନିବାସର ଘରେ ରହିଥିଲା, ସାବିତ୍ରୀ ଏଇ ଦେଖି ନଥିବା ଷ୍ଟେସନ କଥା ହିଁ ଭାବୁଥିଲା। ଟ୍ରେନ, ରେଳଯାତ୍ରା ଓ ଷ୍ଟେସନ ମଧ୍ୟ ସାବିତ୍ରୀର ମନ ଭିତରେ ଏକ ପୁଲକପୂର୍ଣ୍ଣ ଶିହରଣ ଆଣି ଦେଉଥିଲେ ଯାହା ହୁଏତ କୌଣସି ପିଲାଦିନର ସ୍ମୃତି, ସିନେମାରେ ଦେଖିଥିବା ଦୃଶ୍ୟ ବା କାହାଣୀର ଘଟଣା ସହିତ ସମ୍ବନ୍ଧିତ ଥିଲା। ଯଦିଓ ତାର ଏଇ ଷ୍ଟେସନର କାଳ୍ପନିକ ଚିତ୍ର ବାସ୍ତବରେ ତାକୁ ହତାଶ କରିବାର ଭୟ ଥିଲା, ସେ ତାର ପ୍ରଥମ ହତାଶକୁ ଭୁଲିଯିବା ପାଇଁ ଏକ ନୂଆ ସ୍ୱପ୍ନରେ ମନୋନିଯୋଗ କରିଥିଲା।

ଶ୍ରୀନିବାସର ଛୁଟି ଶେଷରେ ସେମାନେ ଯେତେବେଳେ ତାର ଚାକିରି ଜାଗାକୁ ଯିବା ପାଇଁ ଟ୍ରେନ ଧରିଲେ, ସାବିତ୍ରୀ ବେଶ୍ ଖୁସି ହେଲା। ସେ ତାର ସ୍ୱାମୀର ଶ୍ୱାସରୁଦ୍ଧ କରିଦେଉଥିବା ପରିବାରର ଘେର ଭିତରୁ ମୁକ୍ତି ଚାହୁଁଥିଲା ଏବଂ ଶ୍ରୀନିବାସର ଛୁଟି କେବେ ଶେଷ ହେବ ତାରି ଅପେକ୍ଷାରେ ରହିଥିଲା। ଏଇ ରେଳଯାତ୍ରା ତା ପାଇଁ ଯେପରି ଏକ ପଳାୟନର ଟିକେଟ ଥିଲା ଯାହାକୁ ହାତରେ ଧରି ସେ ତାର ପିଲାଦିନର ସ୍ମୃତି, ଆଶା ଓ ଅଭିଳାଷକୁ ପଛରେ ଛାଡ଼ିଦେଇ ଏକ ନୂଆ ପୃଥିବୀକୁ ଚାଲିଯିବ। ସେ ଏପରି ଏକ ପରିବେଶ ଚାହୁଁଥିଲା ଯେଉଁଠାରେ ସେ ପ୍ରିୟ ପରିଜନ ବାନ୍ଧବୀମାନଙ୍କର ପ୍ରଶ୍ନବାଚୀ ଆଖିକୁ ଏଡ଼ାଇ ପୁଣି ନିଜ ଭିତରେ ମଜ୍ଜିତ ହୋଇଯିବ। ତେଣୁ ଦୁହେଁ ଯେତେବେଳେ ରାତ୍ରିର ତୃତୀୟ ପ୍ରହରରେ ସେମାନଙ୍କର ନିଦ୍ରିତ ଷ୍ଟେସନରେ ଓହ୍ଲାଇଲେ, ସାବିତ୍ରୀ ବେଶ୍ ଖୁସି ହେଲା। ଅଳ୍ପ ପାଖରେ ଥିବା ଏକାକୀ ଘରଟି ଯାହା ଶ୍ରୀନିବାସର କ୍ୱାର୍ଟର ଥିଲା, ତାହା ମଧ୍ୟ ସାବିତ୍ରୀକୁ ଭଲ ଲାଗିଲା।

ପରଦିନ ସକାଳେ ଟ୍ରେନ ଯିବାର ଶବ୍ଦ ଶୁଣି ସାବିତ୍ରୀ ନିଦରୁ ଉଠିଲା। ଶ୍ରୀନିବାସ ସେତେବେଳକୁ ଷ୍ଟେସନକୁ ଯିବାକୁ ବାହାରିଥିଲା। ଶ୍ରୀନିବାସ ଚାଲିଯିବା ପରେ ସାବିତ୍ରୀ ଖାଲି ଘରର ସବୁ କୋଠରୀକୁ ଯାଇ ଘରଟି ସହିତ ପରିଚିତ ହେବାକୁ ଚେଷ୍ଟା କଲା। ପାଖ ଘରେ ଅନ୍ୟ ଜିନିଷପତ୍ର ସହିତ ଗୋଟିଏ କଣରେ ଦେବଦେବୀଙ୍କର ଚିତ୍ର ଓ ପୂଜାର ସାମଗ୍ରୀ ଥିଲା ଏବଂ ସେଠାରେ ଧୂପକାଠି ଜଳୁଥିଲା। ଶ୍ରୀନିବାସ ବ୍ୟବସ୍ଥିତ ଲୋକ ଥିଲା ଏବଂ ଘରର ସମସ୍ତ

ଜିନିଷ ସୁଚାରୁରୂପେ ରହିଥିଲା। ସାବିତ୍ରୀ ଶୋଇବା ଘରକୁ ଫେରିଆସି ଝରକା ଖୋଲି ବାହାରକୁ ଅନାଇଲା। ଏଇ ଝରକାରୁ ଏକ ବିସ୍ତୃତ ଖୋଲା ପଡ଼ିଆ ଦେଇ ଲମ୍ବି ଯାଇଥିବା ରେଳଲାଇନ ବ୍ୟତୀତ ଆଉ କିଛି ଦେଖାଯାଉ ନ ଥିଲା। ଆଉଜାଥିବା କବାଟକୁ ଖୋଲି ସାବିତ୍ରୀ ବାହାରକୁ ଆସିଲା। ଏଇ ଘରଟି ବ୍ୟତୀତ ପାଖରେ ଆଉ କିଛି ନ ଥିଲା; କିନ୍ତୁ ତାର ଆଖି ତଳକୁ ଓହ୍ଲାଇ ପୁଣି ଖୋଲା ପଡ଼ିଆ ଉପରେ ରେଳଲାଇନ ଉପରେ ପଡ଼ିଲା। ସେ ତାର ପୁରୁଣା ପୃଥିବୀରୁ ଯେଉଁ ନିର୍ବାସନ ଚାହୁଁଥିଲା, ତା ବର୍ତ୍ତମାନ ସମ୍ପୂର୍ଣ୍ଣ ଥିଲା।

ସାବିତ୍ରୀ ପଡ଼ୋଶୀମାନଙ୍କ ପ୍ରତି ନିସ୍ପୃହ ଥିଲା ଏବଂ ନିଜର ଘର ଚଳାଇବାରେ ମନ ଦେଲା। ରେଳବାଇର ଲୋକଟିଏ ଆସି ଘରର ସବୁ କାମ କରିଦେଇ ଚାଲିଯାଉଥିଲା। ସେଥିପାଇଁ ସାବିତ୍ରୀକୁ ବିଶେଷ ଶ୍ରମ ଓ ସମୟ ଦେବାକୁ ପଡୁ ନଥିଲା। ଏଇ ଛୋଟ ଷ୍ଟେସନରେ ଟ୍ରେନସବୁ ଅତି ଅଦ୍ଭୁତ ସମୟମାନଙ୍କରେ ପହଞ୍ଚୁଥିଲେ ଏବଂ ସେଥିପାଇଁ ଶ୍ରୀନିବାସର ଷ୍ଟେସନକୁ ଯିବା ସମୟ ମଧ୍ୟ ଅତ୍ୟନ୍ତ ବିଚିତ୍ର ଥିଲା। ଶ୍ରୀନିବାସ କେତେବେଳେ ନିଦରୁ ଉଠୁଥିଲା ସାବିତ୍ରୀ ଜାଣୁ ନଥିଲା। ଅତି ସକାଳୁ ଶ୍ରୀନିବାସ ପୂଜାପାଠ ସାରି ଦିନର ପ୍ରଥମ ଟ୍ରେନ ସମୟକୁ ଷ୍ଟେସନକୁ ବାହାରି ଯାଉଥିଲା। ସେ ମଝିରେ ମଝିରେ ଘରକୁ ଆସୁଥିଲା ଏବଂ ତାର ରାତିର ଶେଷ ଟ୍ରେନ ଚାଲିଯିବା ପରେ ଅନେକ ଡେରିରେ ଘରକୁ ଫେରୁଥିଲା। ଶ୍ରୀନିବାସ ଧୈର୍ଯ୍ୟଶୀଳ ଓ ଶାନ୍ତ ପ୍ରକୃତିର ଥିଲା ଏବଂ ସାବିତ୍ରୀକୁ ଯେପରି କୌଣସି କଷ୍ଟ ନ ହୁଏ ସେଥିପ୍ରତି ଦୃଷ୍ଟି ଦେଉଥିଲା। ସେ ଦିଗରୁ ସାବିତ୍ରୀର ଅସନ୍ତୁଷ୍ଟ ହେବାର କୌଣସି କାରଣ ନ ଥିଲା।

ଏଠାକୁ ଆସିବାର ପ୍ରଥମ କେତେଦିନ ସାବିତ୍ରୀ ତାର ବାପା ମା ଭାଇ ଭଉଣୀଙ୍କ ପାଖକୁ ଚିଠି ଲେଖିବାରେ କଟାଇଲା। ସମସ୍ତଙ୍କ ପାଖକୁ ଚିଠିରେ ଇଏ ଖୁବ ଭଲ ଲୋକ ବୋଲି ଲେଖିଲା, ଯଦିଓ ବର୍ତ୍ତମାନ ଭଲଲୋକର ସଂଜ୍ଞା କଣ ସେ ବିଷୟରେ କୌଣସି ନିର୍ଦ୍ଦିଷ୍ଟ ଧାରଣା କରିପାରୁ ନଥିଲା ସାବିତ୍ରୀ। କିଛିଦିନ ପରେ ଚିଠିର ଉତ୍ତରମାନ ଆସିଲା। ତାର ପରିବାରର ଲୋକମାନେ ଘରର ଛୋଟ ଛୋଟ ଖବର କଥା ଲେଖିଥିଲେ ଯାହା ବର୍ତ୍ତମାନ ସାବିତ୍ରୀର ଆଗ୍ରହର ବାହାରେ ଥିଲା। ତାର ବାନ୍ଧବୀମାନେ ତାର ସଂପୂର୍ଣ୍ଣ ବ୍ୟକ୍ତିଗତ ଜୀବନର ବିସ୍ତୃତ ବିବରଣୀମାନ ଜାଣିବାକୁ ଚାହିଁଥିଲେ ଯାହାର ଉତ୍ତର ଦେବାକୁ ସାବିତ୍ରୀ ଅସ୍ୱୀକାର କରିଦେଲା। ଅତି ଅଳ୍ପଦିନ ଭିତରେ ଚିଠିପତ୍ର ଆଦାନ ପ୍ରଦାନର ସ୍ରୋତ ମଧ୍ୟ ବନ୍ଦ ହୋଇଗଲା ଏବଂ ତାର ଘରୁ ଆସୁଥିବା ଛୋଟ ଚିଠିମାନ ବର୍ତ୍ତମାନ ତାର କୁଶଳ ଜିଜ୍ଞାସାରେ ସୀମିତ ଥିଲା।

ଶ୍ରୀନିବାସ ସ୍ୱଳ୍ପଭାଷୀ ଥିଲା ଏବଂ ଯେତେ ସମୟ ଘରେ ରହୁଥିଲା ସାବିତ୍ରୀ ସହିତ ତାର କଥାବାର୍ତ୍ତା ଅତ୍ୟନ୍ତ ଆବଶ୍ୟକୀୟ ଜିନିଷ ବିଷୟରେ ସୀମିତ ଥିଲା। ଏପରିକି ରାତିର ଘନିଷ୍ଠ ମୁହୂର୍ତ୍ତମାନଙ୍କରେ ମଧ୍ୟ ସମୟ ସବୁ ନୀରବତାରେ କଟୁଥିଲା। ସାବିତ୍ରୀର ଅଧିକାଂଶ ରାତିର ଅନୁଭୂତି ନୈରାଶ୍ୟଜନକ ଥିଲା ଏବଂ ସାବିତ୍ରୀ ଯଦିଓ ଜାଣିଥିଲା ଯେ ଶ୍ରୀନିବାସ ସହିତ

କଥାବାର୍ତ୍ତା କରି ସେ ତାର ଏଇ ନୈରାଶ୍ୟକୁ ଦୂରକରି ପାରିବ, ଶ୍ରୀନିବାସ ପକ୍ଷରୁ ଏ ଦିଗରେ କୌଣସି ଉଦ୍ୟମ ନ ଦେଖି ଚୁପ ରହିବାକୁ ଉଚିତ ମନେକରୁଥିଲା। ଫଳରେ ଅତି ଅଳ୍ପଦିନ ମଧ୍ୟରେ ହିଁ ସାବିତ୍ରୀ ନିଜର ଯୌନ ଜୀବନ ପ୍ରତି ନିସ୍ପୃହ ହୋଇଗଲା ଏବଂ ଶ୍ରୀନିବାସର ଆଗ୍ରହକୁ ବାରଣ କରିବାରେ ଲାଗିଲା। ଶ୍ରୀନିବାସ ସାବିତ୍ରୀ ପ୍ରତି ସମସ୍ତ ବିଷୟରେ ସହାନୁଭୂତିଶୀଳ ଥିଲା ଏବଂ ସାବିତ୍ରୀର ନିଷେଧକୁ ସମ୍ମାନ ଦେଇ ନିଜକୁ ସାବିତ୍ରୀ ସହିତ ଘନିଷ୍ଠତାରୁ ନିବୃତ୍ତ ରଖିଲା। ଫଳରେ ସେମାନଙ୍କ ଭିତରେ ଆଉ କୌଣସି ଦୈହିକ ସମ୍ପର୍କ ରହିଲା ନାହିଁ।

ସାବିତ୍ରୀ ବିଶେଷ ଧାର୍ମିକ ନଥିଲା, କିନ୍ତୁ ଏଥରକ ସେ ଦେବଦେବୀଙ୍କର ଫଟୋ ପାଖରେ କିଛି କିଛି ସମୟ କଟାଇବାରେ ଲାଗିଲା। ଶ୍ରୀନିବାସ ପ୍ରତିଦିନ ସକାଳ କାମରୁ ଫେରିବା ବେଳେ ଯେଉଁ ଖବରକାଗଜ ଆଣୁଥିଲା ସାବିତ୍ରୀ ତାକୁ ତନ୍ନତନ୍ନ କରି ପଢୁଥିଲା। ଏଇ ପଢ଼ିବା ସହିତ ବର୍ତ୍ତମାନ ସାବିତ୍ରୀ ଫଟୋ ପାଖରେ ରଖାଯାଇଥିବା ଧର୍ମ ପୁସ୍ତକମାନ ମଧ୍ୟ ପଢ଼ିବାକୁ ଆରମ୍ଭ କଲା। ଶ୍ରୀନିବାସର ଷ୍ଟେସନକୁ ଆସିବା ଯିବା ଭଳି ସାବିତ୍ରୀ ମଧ୍ୟ ତାର ଜୀବନର ଏକ ରୁଟିନ କରି ନେଇଥିଲା। ସେ ପ୍ରତିଟି ଟ୍ରେନର ସମୟ ସହିତ ପରିଚିତ ଥିଲା ଏବଂ ଦୂରରୁ ଟ୍ରେନ ଆସିବାର ଶବ୍ଦ ଶୁଣିଲେ ଯେ କୌଣସି କାମରୁ ଉଠି ଆସି ଝରକା ପାଖରେ ଠିଆ ହୋଇ ଖୋଲା ପଡ଼ିଆ ଉପରେ ଟ୍ରେନକୁ ଏପାଖରୁ ସେପାଖକୁ ଚାଲିବାର ଦେଖୁଥିଲା ଏବଂ ପରବର୍ତ୍ତୀ ଟ୍ରେନ କେତେବେଳେ ଯିବ ସେ କଥା ଭାବୁଥିଲା।

ଟ୍ରେନସବୁ ତା ଘର ସାମନାରେ ଯିବାବେଳେ ଷ୍ଟେସନରେ ପହଞ୍ଚିବା ପୂର୍ବରୁ ଧୀର ଗତିରେ ଯାଉଥିଲେ ଏବଂ ସଂଧ୍ୟାବେଳର ପାସେଞ୍ଜର ଟ୍ରେନ ଯିବାବେଳେ ସାବିତ୍ରୀ ଅତି ମନୋଯୋଗିତାର ସହିତ ଗାଡ଼ିର କବାଟ ପାଖରେ ଠିଆ ହୋଇଥିବା ଲୋକ ଏବଂ ଝରକା ପାଖର ମୁହଁମାନଙ୍କୁ ଦେଖୁଥିଲା। ଏଇ ସମୟରେ ସାବିତ୍ରୀ ନିଜକୁ ସଜାଇବାରେ ଆଗ୍ରହ ରଖୁଥିଲା। ଯତ୍ନର ସହିତ ମୁଣ୍ଡବାଳକୁ ବାନ୍ଧି ସେ ସିନ୍ଦୂର ଟିପା ଲଗାଉଥିଲା ଓ ତାର ସବୁଠାରୁ ଭଲ ଶାଢ଼ି ପିନ୍ଧି ସଂଧ୍ୟା ଟ୍ରେନକୁ ଅପେକ୍ଷା କରୁଥିଲା। ପ୍ରତିଟି ଟ୍ରେନକୁ ସେ ଏକ ଗଭୀର ବିସ୍ମୟର ସହିତ ଦେଖୁଥିଲା ଯେପରିକି ପ୍ରତିଟି ଟ୍ରେନ ତା ପାଇଁ ଥିଲା ଏକ ନୂଆ ଅଭିଜ୍ଞତା।

ବର୍ଷାଦିନର ଟ୍ରେନ ସବୁ ଆହୁରି ରହସ୍ୟରେ ଜଡ଼ିତ ହୋଇ ଯିବାଆସିବା ଆରମ୍ଭ କଲେ। ସେମାନଙ୍କର ଏକୁଟିଆ ଘର ଉପରେ ବର୍ଷା ବର୍ଷିଯିବା ପରେ ଘର ଚାରିପାଖେ ପାଣିର ସୁଅ ବହିଯାଉଥିଲା ଏବଂ ବର୍ଷାର ପର୍ଦ୍ଦା ଭିତର ଦେଇ ଧୀର ମନ୍ଥର ଗତିରେ ଛୁକ୍ ଛୁକ୍ ଆବାଜ କରି ପାସେଞ୍ଜର ଟ୍ରେନ ସାବିତ୍ରୀର ଆଖିରୁ ଅପସରି ଯାଉଥିଲେ। ଟ୍ରେନରେ ବସିଥିବା ଲୋକମାନେ ଖୁବ ଝାପ୍ସା ଝାପ୍ସା ଦେଖା ଯାଉଥିଲେ, କିନ୍ତୁ ସାବିତ୍ରୀ ପାଇଁ ସେମାନେ ଥିଲେ ଆହୁରି ଅଧିକ ସୁନ୍ଦର ଓ ରହସ୍ୟମୟ।

ସାବିତ୍ରୀର ଖାଇବା ପିଇବା ଉପରେ ଶ୍ରୀନିବାସ ପକ୍ଷରୁ କୌଣସି ପ୍ରତିବନ୍ଧକ ନ ଥିଲା ଏବଂ ସେ ଇଚ୍ଛା ହେଲେ ମାଛ ମାଂସ ଖାଉଥିଲା। ଦିନେ ବର୍ଷା ସମୟରେ ସେମାନଙ୍କ ପାଖରେ କାମ କରୁଥିବା ଲୋକଟି ବଜାରରୁ ମାଛ ନେଇ ଆସିଲା, ଯେଉଁଥିରେ ଗୋଟିଏ ଛୋଟ ଜିଅନ୍ତା ମାଛ ଛଟପଟ କରୁଥିଲା। ସାବିତ୍ରୀ କଣ ଭାବି ମାଛଟିକୁ ଅତି ଯତ୍ନ ସହକାରେ ହାତରେ ଉଠାଇଲା ଏବଂ ତାକୁ ନେଇ ଘର ବାହାରେ ବହିଯାଉଥିବା ପାଣି ସ୍ରୋତରେ ଭସାଇଦେଲା। ସେ ବାକିତକ ମାଛ ଲୋକଟିକୁ ଫେରାଇଦେଲା ଏବଂ ସେଇ ଦିନଠାରୁ ନିରାମିଷାଶୀ ହୋଇଗଲା।

ବିବାହର ବର୍ଷକ ପରେ ସାବିତ୍ରୀ କିଛିଦିନ ପାଇଁ ନିଜ ଘରକୁ ଗଲା। ଯଦିଓ ସେଠାରେ ତାର ବାପା ମା ଭାଇ ଭଉଣୀ ସମସ୍ତେ ତାକୁ ଅନେକ ଆଦରରେ ବ୍ୟତିବ୍ୟସ୍ତ କରିଦେଲେ, ସାବିତ୍ରୀ ତାର ପୁରୁଣା ପରିବେଶ ସହିତ ଆଉ ନିଜକୁ ମିଶାଇ ଦେଇପାରିଲା ନାହିଁ। ସେ ଜାଣିଥିଲା ଯେ ଏଇ ବିରତି ଅତି କ୍ଷଣିକ ଥିଲା ଏବଂ ତାକୁ ନିଜର ସ୍ଥାୟୀ ଜୀବନକୁ ଫେରିଯିବାକୁ ପଡ଼ିବ। ତେଣୁ ସେ ବାପଘରେ ନିଜର ରହିବାକୁ ଆହୁରି ସଂକ୍ଷିପ୍ତ କରିଦେଲା ଏବଂ ଅଳ୍ପ କେତୋଟି ଦିନ ପରେ ପୁଣି ଫେରିଆସିଲା ଶ୍ରୀନିବାସ ପାଖକୁ।

ଯଦିଓ ତାର ସ୍ୱାସ୍ଥ୍ୟ ଭଲ ଥିଲା, ସକାଳୁ ଉଠିଲେ ହିଁ ସାବିତ୍ରୀ ବର୍ତ୍ତମାନ ଏକ ଅଦ୍ଭୁତ ଦୁର୍ବଳତା ଅନୁଭବ କରୁଥିଲା ଏବଂ କୌଣସି କାମ କରିବାକୁ ଇଚ୍ଛୁକ ହେଉ ନ ଥଲା। ଦିନସାରା ଏକ ଅବସନ୍ନତା ତାକୁ ଆଚ୍ଛନ୍ନ କରି ରଖୁଥିଲା। ଏପରିକି ଉପରବେଳା ଟ୍ରେନ ସମୟ ବେଳେ ମୁଣ୍ଡ ବାନ୍ଧି ଭଲ ଶାଢ଼ି ପିନ୍ଧିବାକୁ ତାକୁ ଏକ କଷ୍ଟକର କାମ ମନେହେଲା ଏବଂ ସେ ରଙ୍ଗିନ୍ ଶାଢ଼ି ପିନ୍ଧିବା ଛାଡ଼ିଦେଇ କେବଳ ସାଦା ଶାଢ଼ି ପିନ୍ଧିଲା। ତାର ଏଇ ପରିବର୍ତ୍ତନ ଦେଖି ଶ୍ରୀନିବାସ ଦିନେ ତାକୁ ସେଠାରୁ ବଦଳି ପାଇଁ ଦରଖାସ୍ତ କରିବ କି ବୋଲି ପଚାରିଲା, କିନ୍ତୁ ସାବିତ୍ରୀ ମନା କରିଦେଲା।

ଶୀତଦିନେ ସବୁ ଶୀଘ୍ର ଶୀଘ୍ର ସରିବାରେ ଲାଗିଲା ଏବଂ ପ୍ୟାସେଞ୍ଜର ଟ୍ରେନ ଦିନ ଥାଉ ଥାଉ ଆସି ପହଞ୍ଚିଲା। ଏଇ ଦିନମାନଙ୍କରେ ରାତିରେ ଶ୍ରୀନିବାସର ଫେରିବାକୁ ଅପେକ୍ଷା କରିବା ସାବିତ୍ରୀକୁ ଅତ୍ୟନ୍ତ ଦୀର୍ଘ ସମୟ ମନେହେଲା। ସମୟ ଯେପରି ଅପେକ୍ଷା କରି କରି ସରୁ ନ ଥିଲା। ସାବିତ୍ରୀ ଶ୍ରୀନିବାସକୁ କହିଲା, ମତେ କୋର୍ସ ବହି ଆଣିଦିଅ, ମୁଁ ପରୀକ୍ଷା ଦେବି। ଅଳ୍ପଦିନ ଭିତରେ ହିଁ ଶ୍ରୀନିବାସ ବହିସବୁ ମଗାଇଦେଲା ଏବଂ କିଛିଦିନ ମନୋଯୋଗ ସହକାରେ ସାବିତ୍ରୀ ସେସବୁ ପଢ଼ିବାରେ ଲାଗିଲା। ଏଇ ପଢ଼ିବା ଭିତରେ କିନ୍ତୁ ସେ ଟ୍ରେନର ଆସିବା ଶବ୍ଦକୁ ଅପେକ୍ଷା କରି ରହୁଥିଲା ଏବଂ ଦୂରରୁ ଟ୍ରେନ ଆସୁଥିବାର ଶୁଣିଲେ ପାଠପଢ଼ା ଛାଡ଼ି ଝରକା ପାଖରେ ଆସି ଛିଡ଼ା ହେଉଥିଲା। ଟ୍ରେନ ଚାଲିଯିବା ପରେ ସେ ପୁଣି ବହି ପାଖକୁ ଆସୁଥିଲା;

କିନ୍ତୁ ତାର ମନ ଆଉ ପାଠପଢ଼ାରେ ଲାଗୁ ନ ଥିଲା। ସେ ବହିସବୁ ଆଡ଼େଇ ରଖିଦେଇ ବିଛଣା ଉପରେ ଶୋଇ ଯାଉଥିଲା।

ଏଇ ସମୟମାନଙ୍କରେ ରେଡ଼ିଓ ହିଁ ତାର ଏକମାତ୍ର ବନ୍ଧୁ ଥିଲା। ଅଧିକାଂଶ ସମୟ ଶୋଇ ରହି ସେ ରେଡ଼ିଓରୁ ଗୀତ ଶୁଣୁଥିଲା। କିନ୍ତୁ ଅନେକ ସମୟରେ ଏପରି ହେଉଥିଲା ଯେ ରେଡ଼ିଓରୁ ଆସୁଥିବା ଗୀତକୁ ନ ଶୁଣି ନିଜର ଚିନ୍ତାରେ ହିଁ ମଗ୍ନ ରହୁଥିଲା। କେବେ କେବେ କୌଣସି ପୁରୁଣା ଗୀତର ଧାଡ଼ି ଶୁଣି ତାର ପଛ କଥା ମନେପଡ଼ି ଯାଉଥିଲା, କିନ୍ତୁ ବାହାରେ ଯାଉଥିବା ଟ୍ରେନର ଶବ୍ଦ ପୁଣି ସବୁକିଛି ଡୁବାଇ ଦେଉଥିଲା। ଏଇପରି ଦିନେ ବସି ପାଠ ପଢୁଥିବାବେଳେ ରେଡ଼ିଓରେ ଏକ ଅତି ପରିଚିତ ଗୀତ ବାଜିଲା ଯାହା ତାର ପ୍ରିୟ ଗାୟକର ପ୍ରସିଦ୍ଧ ରୋମାଞ୍ଚପୂର୍ଣ୍ଣ ଗୀତ ଥିଲା ଏବଂ ଯାହା ତାର ବାହାଘର ଦିନ ଲାଉଡସ୍ପିକରରେ ବାରମ୍ବାର ବାଜି ତାକୁ ବ୍ୟତିବ୍ୟସ୍ତ କରି ଦେଉଥିଲା। ଗୀତଟି ଶୁଣୁ ଶୁଣୁ ସେ ଯାଇ ରେଡ଼ିଓ ପାଖରେ ଠିଆହେଲା, କିନ୍ତୁ ଏଇ ସମୟରେ ବାହାରେ ଟ୍ରେନର ଶବ୍ଦ ଶୁଣି ସେ ଝରକା ପାଖକୁ ଆସି ବାହାରେ ଟ୍ରେନକୁ ଯିବାର ଅନାଇଲା। ଟ୍ରେନ ଚାଲିଯିବା ପରେ ସେ ପୁଣି ରେଡ଼ିଓ ପାଖକୁ ଫେରିଲା; କିନ୍ତୁ ସେତେବେଳକୁ ସେ ଗୀତଟି ସରିଯାଇଥିଲା। ସାବିତ୍ରୀ ପଢ଼ାପଢ଼ି ସବୁ ଅଲଗା ରଖିଦେଲା, ନିଜର ରଙ୍ଗିନ ଶାଢ଼ି ବଦଳାଇ ସାଦା ଶାଢ଼ି ପିନ୍ଧିଲା ଏବଂ ସେଦିନ ଶ୍ରୀନିବାସ ଘରକୁ ଫେରିବା ପରେ ତାକୁ କହିଲା ଯେ ସେ ଆଉ ପାଠ ପଢ଼ିବ ନାହିଁ। ବରଂ ଶ୍ରୀନିବାସ ଯଦି ତା ପାଇଁ କେଉଁଠାରୁ ଗଳ୍ପ ଉପନ୍ୟାସ ମଗାଇଦିଏ ତାକୁ ପଢ଼ିବ।

ଶ୍ରୀନିବାସ ସାବିତ୍ରୀକୁ ସୁଖୀ ରଖିବା ପାଇଁ ପ୍ରଯତ୍ନଶୀଳ ଥିଲା ଏବଂ ଅଳ୍ପ କେତେ ଦିନ ଭିତରେ ହିଁ ଦିନେ ସଂଧ୍ୟାବେଳେ ପନ୍ଦର ଷୋଳ ବର୍ଷର ଗୋଟିଏ ପିଲା ବହି ଭର୍ତ୍ତି ଦୁଇଟି ବ୍ୟାଗ ଧରି ତାଙ୍କ ଘରେ ପହଞ୍ଚିଲା। ସେତେବେଳକୁ ଟ୍ରେନ ଚାଲି ଯାଇଥିଲା ଏବଂ ଝରକା ପାଖରୁ ଫେରି ସାବିତ୍ରୀ ଅନ୍ୟମନସ୍କ ଭାବରେ ବସି ଚା ପିଉଥିଲା। ସାବିତ୍ରୀର ସେଦିନ ମନ ଭଲ ନ ଥିଲା, ତେଣୁ ସେ ପିଲାଟି ସହିତ କିଛି କଥାବାର୍ତ୍ତା ନ କରି ତା ପାଖରୁ ଉପର ବହିଟି ଉଠାଇ ନେଲା। ପିଲାଟି ଦୁଇ ଦିନ ପରେ ଆସି ବହିଟି ଫେରାଇ ନେଇ ନୂଆ ବହି ଦେଇଯିବ ବୋଲି କହି ବାହାରିଗଲା। ବହିଟିକୁ ହାତରେ ନେଇ ସାବିତ୍ରୀ କିଛିକ୍ଷଣ ବାହାରକୁ ଅନାଇ ରହିଲା। ପିଲାଟି ଯେତେବେଳେ ଷ୍ଟେସନ ରାସ୍ତାରେ ଅଦୃଶ୍ୟ ହୋଇଗଲା, ସାବିତ୍ରୀ ଆଲୁଅ ଜଳାଇ ବହିଟିକୁ ଦେଖିଲା। ଏଇଟି ଗୋଟିଏ ଶସ୍ତା ରୋମାଞ୍ଚକାରୀ ଉପନ୍ୟାସ ଥିଲା ଯାହା ଯାତ୍ରୀମାନଙ୍କୁ ସାମୟିକ ସାହଚର୍ଯ୍ୟ ଯୋଗାଇବା ପାଇଁ ଉଦ୍ଦିଷ୍ଟ ଥିଲା ; କିନ୍ତୁ କେତେ ପୃଷ୍ଠା ପଢ଼ିବା ପରେ ସାବିତ୍ରୀ ନିଜକୁ ଏଇ ଉପନ୍ୟାସର ଘଟଣାମାନଙ୍କ ଭିତରେ ହଜାଇ ଦେଲା ଏବଂ ଚରିତ୍ରମାନଙ୍କର ସୁଖଦୁଃଖରେ ନିଜକୁ ଅଂଶୀଦାର ମନେକଲା। ବିଛଣା ଉପରେ ଶୋଇ ସେ ସେଇଦିନ ରାତିରେ ହିଁ ବହିଟିକୁ ପୂରା ପଢ଼ିନେଲା।

ଦୁଇଦିନ ପରେ ସାବିତ୍ରୀ ଝରକା ପାଖରେ ରେଲଲାଇନ ଆଡ଼କୁ ଅନାଇ ଛିଡ଼ା ହୋଇଛି, ପିଲାଟି ହାତରେ ଦୁଇଟି ବ୍ୟାଗ ଧରି ଧୀରେ ଧୀରେ ଚାଲୁଥିବା ଟ୍ରେନରୁ ଠିକ ତା ଘର ସାମନାରେ ଓହ୍ଲାଇଲା ଏବଂ ତା ଘର ଆଡ଼କୁ ଆସିଲା। ଏଥରକ ସାବିତ୍ରୀ ପିଲାଟିକୁ ଭଲଭାବରେ ଦେଖିଲା, ତାକୁ ଚଳନ୍ତା ଟ୍ରେନରୁ ଓହ୍ଲାଇଥିବାରୁ ସାମାନ୍ୟ ତାଗିଦ କଲା ଏବଂ ଚା ପିଇବାକୁ ଦେଲା। ପିଲାଟିର ନାଁ ବାବୁ ଥିଲା, ସେ ସକାଳବେଳା ସ୍କୁଲରେ ପାଠ ପଢୁଥିଲା ଏବଂ ସଂଧ୍ୟାବେଳେ ଟ୍ରେନରେ ବହି ବିକ୍ରି କରୁଥିଲା। ସାବିତ୍ରୀ ତାର ପୁରୁଣା ବହିଟି ଫେରାଇ ଦେଲା ଏବଂ ତା ପାଖରୁ ମଲାଟରେ ଯୁବକ ଯବତୀ ପରସ୍ପରକୁ ଚୁମ୍ବନ କରୁଥିବାର ଚିତ୍ର ଥିବା ବହିଟିଏ ରଖିଲା। ସେ ପିଲାଟିକୁ ଦୁଇ ଦିନ ପରେ ନ ଆସି ପର ଦିନ ଆସିବା ପାଇଁ କହିଲା। ପିଲାଟି ଯେତେବେଳେ ହଁ, ମା ବୋଲି କହିଲା, ସାବିତ୍ରୀ କହିଲା, ନା, ମତେ ତୁ ଅପା ବୋଲି ଡାକିବୁ।

ସେଦିନ ପିଲାଟି ତାର ନିର୍ଦ୍ଦିଷ୍ଟ ସମୟର ଅନେକ ଆଗରୁ ଆସି ପହଞ୍ଚିଲା। ତାର ସ୍କୁଲ ଛୁଟି ଥିଲା ଏବଂ ସେ ଗୋଟିଏ ଆଗ ଟ୍ରେନରେ ଆସିଥିଲା। ସାବିତ୍ରୀ ସେତେବେଳକୁ ବସି ମୁଣ୍ଡ କୁଣ୍ଡାଉଥିଲା। ପିଲାଟି ସାବିତ୍ରୀ ବାଳ ବାନ୍ଧିବା ପର୍ଯ୍ୟନ୍ତ ଚୁପଚାପ ତା ଆଡ଼କୁ ଏକାଗ୍ରରେ ଅନାଇ ବସି ରହିଥିଲା। ବାଳ ବାନ୍ଧି ସାରି ତା ଆଡ଼କୁ ଚାହିଁ ସାବିତ୍ରୀ ହସିଲା, କହିଲା, ଆ ତୋର ବାଳ କୁଣ୍ଡାଇ ଦେବି। ଅତ୍ୟନ୍ତ ଅନୁଗତ ଭଳି ବାବୁ ଆସି ତା ସାମନାରେ ବସିଲା ଏବଂ ସାବିତ୍ରୀ ଅତି ଯତ୍ନରେ ତାର ବାଳକୁ କୁଣ୍ଡାଇଦେଲା। ସେଦିନ ତାର ବ୍ୟାଗରୁ ବହି ଦେଖୁ ଦେଖୁ ସାବିତ୍ରୀ ବାବୁକୁ ପଚାରିଲା, ତୁ ଏ ସବୁ ବହି ପଢ଼ିଚୁ ? ପିଲାଟିର ମୁହଁ ଲଜ୍ଜାରେ ସାମାନ୍ୟ ଆରକ୍ତ ହୋଇଗଲା ଏବଂ ସେ ମୁହଁ ତଳକୁ କରି ହଁ କହିଲା। ସାବିତ୍ରୀ କୃତ୍ରିମ କ୍ରୋଧର ସହିତ ତାକୁ କହିଲା, ତୋର ଏଇ ବୟସରୁ ଏ ସବୁ ପଢ଼ିବା କିଛି ଦରକାର ନାହିଁ। ପାଠ ବହି ପଢ଼। ପିଲାଟି ପୁଣି ହଁ ବୋଲି କହିଲା, କିନ୍ତୁ ଆଉ ସାବିତ୍ରୀ ଆଡ଼କୁ ନ ଅନାଇ ବ୍ୟାଗରେ ବହି ସବୁ ରଖି ବାହାରିଗଲା।

ଆଉ ଦିନେ ସାବିତ୍ରୀ ବାବୁକୁ କହିଲା, ତୁ ତୋର ପାଠ ବହି ନେଇ ଆସିବୁ, ମୁଁ ତତେ ପଢ଼ାଇଦେବି। ବାବୁ ପରଦିନ ତାର ବହି ନେଇ ଆସିଲା ଏବଂ ସାବିତ୍ରୀ ଅନେକ ସମୟ ଧରି ତାକୁ ପାଠ ବୁଝାଇବାରେ ଲାଗିଲା। ଏଇପରି ଭାବରେ ବାବୁ କ୍ରମଶଃ ସାବିତ୍ରୀର ଅନ୍ତରଙ୍ଗ ହୋଇଗଲା ଏବଂ ସାବିତ୍ରୀ ବାବୁର ଆସିବାକୁ ଅପେକ୍ଷା କରିବାରେ ଲାଗିଲା। ସେ ବର୍ତ୍ତମାନ ବାବୁ ସହିତ ଅନେକ ସମୟ କଥାବାର୍ତ୍ତା କରିବାରେ କଟାଇ ଦେଉଥିଲା। ଅନେକ ସମୟରେ ଇଚ୍ଛା ନ ହେଲେ

ସେ ବାବୁ ପାଖରୁ କୌଣସି ବହି ନେଉ ନ ଥିଲା । ସତ କହିବାକୁ ଗଲେ ସେଇ ଗପ ବହିମାନଙ୍କର ଗତାନୁଗତିକ ଚରିତ୍ର ଓ ଆଗରୁ ଜାଣି ହେଉଥିବା ଘଟଣାର ଧାରା ଆଉ ସାବିତ୍ରୀକୁ ପଢ଼ିବାକୁ ଭଲ ଲାଗୁ ନ ଥିଲା । ମଝିରେ ମଝିରେ ସେ ବାବୁକୁ କପଟ ବିରକ୍ତିରେ କହୁଥିଲା , ତତେ ଆଉ କିଛି ଭଲ ବହି ମିଳୁ ନାହିଁ ? କିମ୍ବା ଗୋଟାଏ ବହି ଉଠାଇ ତାକୁ ପଚାରୁଥିଲା , ତୁ ଏ ବହି ପଢୁଛୁ ? ତା ହେଲେ କହ ତା ସ୍ତ୍ରୀକୁ ଛାଡ଼ି ସେ କାହିଁକି ଆଉ ଜଣେ ଝିଅ ସହିତ ପଳାଇଗଲା । ଏଇ ସମୟମାନଙ୍କରେ ବାବୁ ମୁହଁ ତଳକୁ କରି ଚୁପ ରହୁଥିଲା ଏବଂ ସାବିତ୍ରୀ କେବେ କେବେ ତା ଗାଲକୁ ଚିପି ଦେଇ କହୁଥିଲା , ମୋର କେହି ଛୋଟ ଭାଇ ନାହାନ୍ତି , ବୁଝିଲୁ ?

ସେଦିନ ସାବିତ୍ରୀ ବାବୁକୁ କହିଲା , ଏ ଟ୍ରେନ ଲାଇନ ଆର ପାଖେ କଣ ଅଛି ଦେଖିଚୁ ? ଚାଲ , ଆଜି ଦେଖିବାକୁ ଯିବା । ସେ ବାହାରି ଆସୁଥିଲା , କଣ ମନେକରି କହିଲା , ମୁଁ ଶାଢ଼ିଟା ବଦଳାଇ ନିଏ । ସେ ବାକ୍ସ ଖୋଲି ଅନେକ ଦିନ ପରେ ତାର ରଙ୍ଗିନ୍ ଶାଢ଼ିସବୁ ବାହାର କଲା ଓ କହିଲା , ତୁ ସେ ପଟକୁ ମୁହଁ କରି ବସ; ମୁଁ ଶାଢ଼ି ବଦଳାଇ ନିଏ । ବାବୁ ତଳକୁ ମୁହଁ କରି ବସି ରହିଲା ଏବଂ ସାବିତ୍ରୀ ଅନେକ ସମୟ ଧରି ଗୋଟିଏ ପରେ ଗୋଟିଏ ଶାଢ଼ି ପିନ୍ଧି ଶେଷକୁ ଗୋଟିଏ ଶାଢ଼ି ପସନ୍ଦ କଲା । ଅନେକ ଦିନ ପରେ ସାବିତ୍ରୀ ବାବୁ ସହିତ ବାହାରକୁ ଆସିଲା ଏବଂ ସେମାନେ ଚାଲି ଚାଲି ରେଲ ଲାଇନ ପାଖକୁ ଗଲେ । ରେଲ ଲାଇନ ଉପରେ ଠିଆ ହୋଇ ସାବିତ୍ରୀ ଆରପାଖକୁ ଅନାଇଲା । ସେ ପାଖରେ ରେଳବାଇର କେତୋଟି ଘର ଥିଲା ଏବଂ ଏ ପାଖ ଭଳି ଏକ ବିସ୍ତୃତ ପଡ଼ିଆ । ଅନେକ ସମୟ ଧରି ସାବିତ୍ରୀ ଦୂରକୁ ଲମ୍ବି ଯାଇଥିବା ଖୋଲା ପଡ଼ିଆ ଆଡ଼କୁ ଅନାଇଲା , ପୁଣି ତାର ଆଖି ଆସି ରେଲ ଲାଇନ ଉପରେ ପଡ଼ିଲା । ଶେଷରେ ଏକ ଦୀର୍ଘ ନିଃଶ୍ୱାସ ପକାଇ ସାବିତ୍ରୀ ଘରକୁ ଫେରିଲା । ବାବୁ ଚାଲିଯିବାକୁ ବାହାରିଥିଲା , ସାବିତ୍ରୀ କହିଲା , ମୁଁ ଶାଢ଼ି ବଦଳାଇ ନିଏ , ତତେ ଚା କରି ଦେବି ; ତୁ ପିଇସାରି ଯିବୁ ।

ବାବୁ ନିୟମିତ ଆସୁଥିଲା ଏବଂ ଯଦିଓ ସେ ଖୁବ କମ କଥା କହୁଥିଲା , ସାବିତ୍ରୀ ନିଜେ ଅନେକ କଥା କହି ତା ସହିତ ବେଶ୍ କିଛି ସମୟ କଟାଇ ଦେଉଥିଲା । ଯେଉଁ ଦିନ ବାବୁ ତାର ଦେହ ଭଲ ନାହିଁ ବୋଲି କହିଲା , ସାବିତ୍ରୀ ତାକୁ ଜୋର କରି ବିଛଣାରେ ଶୁଆଇ ତାର ମୁଣ୍ଡକୁ ଚିପି ଦେଲା ଏବଂ ଚା ସହିତ ଔଷଧ ଖାଇବାକୁ ଦେଲା । ଆଉ ଦିନେ ହଠାତ୍ ସାବିତ୍ରୀ ବାବୁକୁ ଠିଆ ହେବାକୁ

କହିଲା ଏବଂ ତାକୁ ଅନେକ ସମୟ ଉପରୁ ତଳକୁ ଦେଖି କହିଲା , ତୁ ଏଇ ଭିତରେ ବହୁତ ଲମ୍ବା ହୋଇଗଲୁଣି । ଚାଲ , କାନ୍ଥରେ ତୋର ଉଚ୍ଚତା ଚିହ୍ନ ଦେଇ ରଖିବା । କାନ୍ଥ ପାଖରେ ବାବୁକୁ ଠିଆ କରାଇ ସେ ତାର ମୁଣ୍ଡ ପାଖରେ ପେନସିଲରେ ଦାଗ ଦେଲା ଏବଂ ସେଦିନର ତାରିଖ ଲେଖି ରଖିଲା । କହିଲା , ବର୍ଷେ ପରେ ଏଇ ତାରିଖକୁ ଦେଖିବା କେତେ ବଢ଼ ହୋଇଥିବୁ । ଦିନେ ଯୋଡ଼ଦିନ ବାବୁ ଆସିଲା ନାହିଁ, ସାବିତ୍ରୀ ବଡ଼ ଅନ୍ୟମନସ୍କ ରହିଲା । ପରଦିନ ବାବୁ ଆସିବାରୁ ସେ ତାର ବହିସବୁକୁ ଖେଳାଇ ଦେଖିଲା ଏବଂ ସେ କହିଥିବା ବହିଟି ନ ଆଣିଥିବାରୁ ବାବୁକୁ ଅନେକ ଗାଳିଦେଲା ; କିନ୍ତୁ ବାବୁର ଆଖି ଯେତେବେଳେ ଲୁହରେ ଢଳ ଢଳ ହୋଇ ଆସିଲା , ସାବିତ୍ରୀ ତାକୁ କୁଣ୍ଢାଇ ଧରି ଅନେକ କାନ୍ଦିଲା ଏବଂ କହିଲା , ତୁ ମୋ ଛୋଟ ଭାଇ ।

ଆଜିକାଲି ସାବିତ୍ରୀର ମିଜାଜ ଭଲ ରହୁ ନ ଥିଲା । ସେ ମଝିରେ ମଝିରେ ଛୋଟ ଛୋଟ କଥାରେ ବିରକ୍ତ ହେଉଥିଲା ଏବଂ ଅଧିକାଂଶ ସମୟ ବିଛଣାରେ ଶୋଇ ରହୁଥିଲା । ଯଦିଓ ସେ ନିୟମିତ ପୂଜାପାଠ କରୁଥିଲା , ସେଥିରେ ମଧ୍ୟ ଯେପରି ତାର ଆଉ ମନ ନ ଥିଲା । ସଂଧ୍ୟାବେଳେ କିନ୍ତୁ ଟ୍ରେନ ଆସିବା ବେଳେ ସେ ନିଶ୍ଚୟ ଉଠି ବସୁଥିଲା ଏବଂ ବାବୁର ଆସିବାକୁ ଅପେକ୍ଷା କରୁଥିଲା । ଏ ତାର ପ୍ରତିଦିନର ଏକ ଅଭ୍ୟାସ ଭଳି ହୋଇଯାଇଥିଲା । ଦିନେ ତାକୁ ବିଛଣାରେ ଶୋଇ ରହିଥିବାର ଦେଖି ଶ୍ରୀନିବାସ ପୁଣି ଥରେ ସେଠାରୁ ବଦଳି ପାଇଁ ଚେଷ୍ଟା କରିବ କି ବୋଲି ପଚାରିଲା , କିନ୍ତୁ ସାବିତ୍ରୀ ପୁଣି ମନା କରିଦେଲା । ଶ୍ରୀନିବାସର ଗୋଟିଏ ଦିନ ପାଇଁ ପାଖ ଜଂକ୍ସନକୁ କାମରେ ଯିବାର ଥିଲା । ସେ ପରଦିନ ସକାଳେ ଯାଇ ରାତିରେ ଫେରି ଆସିଲେ ସାବିତ୍ରୀର କିଛି ଅସୁବିଧା ହେବ କି ବୋଲି ପଚାରିଲା ଏବଂ ସାବିତ୍ରୀ କହିଲା , ନା, ତାର କୌଣସି ଅସୁବିଧା ନାହିଁ । ସେଦିନ ସଂଧ୍ୟାରେ ବାବୁ ଆସିବାରୁ ସାବିତ୍ରୀ ତାକୁ ଚୁପ କରି କହିଲା , ତୁ କାଲି ସକାଳୁ ଚାଲି ଆସିବୁ , ଏଇଠି ଖାଇବୁ । ଇଏ ଘରେ ନ ଥିବେ ; ଆମେ ବହୁତ ଦୂରକୁ ବୁଲିଯିବା ।

ତା ପରଦିନ ସକାଳୁ ଶ୍ରୀନିବାସ ତାର କାମରେ ଚାଲିଗଲା ଏବଂ କହିଗଲା ଯେ ସେ ରାତିରେ ଡେରିରେ ଫେରିବ । ସାବିତ୍ରୀ ସକାଳୁ ଗାଧୋଇ ସାରି ଭଲ ଶାଢ଼ି ପିନ୍ଧିଲା ଏବଂ ସକାଳର ପ୍ରଥମ ଟ୍ରେନରେ ବାବୁର ଅପେକ୍ଷା କଲା । ଟ୍ରେନ ଚାଲିଯିବାର ଅନେକ ସମୟ ପର୍ଯ୍ୟନ୍ତ ସାବିତ୍ରୀ ଝରକା ଦେଇ ବାହାରକୁ ଚାହିଁ ରହିଲା , କିନ୍ତୁ ବାବୁ ଆସିଲା ନାହିଁ । ଏଇପରି ଭାବରେ ସାବିତ୍ରୀ ସାରା ଦିନ ଝରକା

ପାଖରେ ଠିଆ ହୋଇ ପ୍ରତିଟି ଟ୍ରେନକୁ ଦେଖିବାରେ ଲାଗିଲା , କିନ୍ତୁ ସଂଧ୍ୟାର ଟ୍ରେନରେ ମଧ୍ୟ ବାବୁ ଆସିଲା ନାହିଁ। ଦିନ ଶେଷରେ ସାବିତ୍ରୀ ତାର ଭଲ ଶାଢ଼ି ଖୋଲି ରଖିଦେଲା ଏବଂ ନ ଖାଇ ନ ପିଇ ବିଛଣାରେ ଶୋଇଗଲା । ଶ୍ରୀନିବାସ ଯେତେବେଳେ ଅନେକ ରାତିରେ ଫେରିଲା , ସେତେବେଳେ ବି ସାବିତ୍ରୀ ତାକୁ କିଛି ନ କହି ଶୋଇ ରହିଲା ।

ତା ପରଦିନ ବି ଝରକା ପାଖରେ ଠିଆ ହୋଇ ସାବିତ୍ରୀ ବାବୁର ଅପେକ୍ଷା କଲା , କିନ୍ତୁ ବାବୁ ଆସିଲା ନାହିଁ। ଦ୍ୱିତୀୟ ଦିନ ସାବିତ୍ରୀକୁ କେମିତି ମନେହେଲା ଯେ ବାବୁ ଆଉ ଆସିବ ନାହିଁ। ତାର ସେଦିନ ଦେହ ଭଲ ନ ଥିଲା , ତେଣୁ ସେ ସକାଳୁ ଆଉ ବିଛଣାରୁ ଉଠିଲା ନାହିଁ। ଷ୍ଟେସନକୁ ଯିବା ଆଗରୁ ଶ୍ରୀନିବାସ ତାକୁ ଦେହ କଣ ହୋଇଛି ଏବଂ ସେ ଔଷଧ ଆଣି ଦେବ କି ବୋଲି ପଚାରିଲା । କିନ୍ତୁ ସାବିତ୍ରୀ କହିଲା , ନା, ଦେହ ମନକୁ ଠିକ ହୋଇଯିବ । ଶ୍ରୀନିବାସ ଯେତେବେଳେ ଘରୁ ବାହାରିବା ପାଇଁ କବାଟ ଖୋଲିଲା , ସାବିତ୍ରୀ କହିଲା , ଗଲାବେଳେ ଝରକାଟା ବନ୍ଦକରି ଦେଇଯିବ ।

—

ପ୍ରତ୍ୟାବର୍ତ୍ତନ

ସହଯାତ୍ରୀମାନଙ୍କ ଉପରୁ ଆଖି ଫେରାଇ ଆଣି ମଧୁବନ ଟ୍ରେନରେ ଝରକା ଦେଇ ବାହାରକୁ ଅନାଇଲା ଏବଂ ହଠାତ୍ ନିଜର ଶୈଶବକୁ ଫେରିଗଲା। ଅତ୍ୟନ୍ତ କ୍ଷିପ୍ରଗତିରେ ପଛକୁ ଧାଇଁ ଯାଉଥିବା ବିଜୁଳି ଖୁଣ୍ଟ, ଗଛଲତା, ବିକ୍ଷିପ୍ତ ଜନବସତି ଓ କେବେ କେମିତି ଛୋଟ ସହର ବଜାର ଅନେକ ରହସ୍ୟରେ ଭରପୂର ହୋଇ ତାର ମନର ନିଭୃତତମ କୋଣମାନଙ୍କରେ ଯାଇ ସାମାନ୍ୟ ଆଘାତ ଦେଲେ। ଭିଡ଼ ଭିତରେ ବାପାଙ୍କର ଆଙ୍ଗୁଳିରୁ ତାର ଛୋଟ ହାତଟି ଖସିଗଲା ଏବଂ ଦୀର୍ଘକାୟ ଲୋକମାନଙ୍କର ଗୋଡ଼ର ଅରଣ୍ୟ ଭିତର ଦେଇ ମଧୁବନ ତାର ବାପାଙ୍କୁ ଖୋଜିବାରେ ଲାଗିଲା। ଏତିକିବେଳେ ପ୍ଲାଟଫର୍ମ ସାମାନ୍ୟ ଥରିବାକୁ ଆରମ୍ଭ କଲା, ବିକଟ ଶବ୍ଦ କରି ଟ୍ରେନ ଆସି ପହଞ୍ଚିଲା ଏବଂ ମଧୁବନର ପାଦତଳୁ ପୃଥିବୀ ଅପସରି ଗଲା। ଟ୍ରେନ ଅଟକିବା ପରେ ଯେତେବେଳେ ସମସ୍ତ ପରିବେଶ ପୁଣି ସମନ୍ୱିତ ହୋଇଗଲା, ମଧୁବନ ପ୍ରକୃତିସ୍ଥ ହେଲା। ତାର ବାପା ତାର ହାତକୁ ଧରିନେଲେ ଏବଂ ପାଖରେ ବସିଥିବା ଭଦ୍ରବ୍ୟକ୍ତି ମଧୁବନର କାନ୍ଧରେ ସାମାନ୍ୟ ଆଘାତ କରି କହିଲେ, ଆପଣଙ୍କ ପାଖରେ ଡିଆସିଲି ଅଛି ?

ଭଦ୍ରବ୍ୟକ୍ତିଙ୍କ ହାତକୁ ଡିଆସିଲି ବଢ଼ାଇ ଦେଉ ଦେଉ ମଧୁବନ ଅନ୍ୟମନସ୍କ ଭାବରେ ପକେଟ ଭିତରୁ ସିଗାରେଟ ପ୍ୟାକେଟ ବାହାର କରି ସେଥିରୁ ଗୋଟିଏ ସିଗାରେଟ ଉଠାଇଲା। ଏକ ପୂର୍ବ ନିର୍ଦ୍ଧାରିତ ପ୍ରତିକ୍ରିୟା ଭଳି ତାର ଆଖି ସମର୍ଥନ ଆଶାରେ ସୁରମାର ଆଖି ଆଡ଼କୁ ଚାଲିଗଲା। ଅନେକ ନିଷେଧ ଆଜ୍ଞାର ଲାଲବତିରେ ଦପଦପ କରୁଥିବା ସୁରମାର ଆଖି ସେତେବେଳକୁ ତା ହାତରେ ଥିବା ସିଗାରେଟ ଉପରେ ଥିଲା। ସିଗାରେଟଟିକୁ ପ୍ୟାକେଟ ଓ ପ୍ୟାକେଟଟିକୁ ପକେଟ ଭିତରେ ରଖି ମଧୁବନ ପୁଣି ଥରେ ସୁରମାର ଆଖିକୁ ଅନାଇଲା। ଏଥରକ ସାମାନ୍ୟ ପ୍ରଶମିତ ସେଇ ଆଖି ଦୁଇଟି ଚାରିପାଖେ ଶାନ୍ତିର ମୁହଁ ଥିଲା। ସେଥିରେ ମଧୁବନ ସିଗାରେଟ ପିଇବାକୁ ଇଚ୍ଛା କରିଥିବାର ଧୃଷ୍ଟତା ପାଇଁ ଶାସ୍ତିର ନିର୍ଦ୍ଦେଶ ଥିଲା। ମଧୁବନର ହୃତ୍ପିଣ୍ଡ ଭିତରେ ସ୍ପନ୍ଦନ ଥିଲା ଏବଂ ଅନେକ ପ୍ରଚେଷ୍ଟା ସତ୍ତ୍ୱେ ମଧୁବନ ନିଜର ଉଚ୍ଛ୍ୱସିତ କାଶକୁ ବନ୍ଦକରି ପାରିଲା ନାହିଁ।

ମଧୁବନ ପୁଣି ଥରେ ବାହାରକୁ ଅନାଇଲା, ଯେଉଁଠାରେ ସବୁ କିଛି ଅପସରି ଯାଉଥିଲା। ପ୍ରତିଟି ମୁହୂର୍ତ୍ତରେ ଟ୍ରେନଟି ଯେପରି ପଛରେ ଛାଡ଼ି ଆସିଥିବା ଜିନିଷସବୁର ନିଜର ଦୂରତ୍ୱକୁ ଅଧିକରୁ ଅଧିକତର କରିବା ପାଇଁ ବଦ୍ଧପରିକର ଥିଲା। ମଧୁବନ ଇଚ୍ଛା କଲା ସେ ମଧ୍ୟ ଯେପରି ଆନନ୍ଦର ସିଟି ବଜାଇ ତାର ଅତୀତ, ସ୍ମୃତି, ପରିଚିତ ମୁହଁମାନଙ୍କୁ ଅନେକ ପଛରେ ଛାଡ଼ିଦେଇ

ପିଲାଦିନର ରାସ୍ତାସବୁକୁ ଅତିକ୍ରମ କରି ଆସିବ। ପ୍ରଥମେ ସେ ଭୁଲିବାକୁ ଚେଷ୍ଟା କଲା ଏଇ ମାତ୍ର ଛାଡ଼ି ଆସିଥିବା ସହର କଥା ଯେଉଁଠାରେ ସେ ଶେଷ ତିନିବର୍ଷ କଟାଇ ଦେଇଥିଲା। ତାର ଭ୍ରାମ୍ୟମାଣ ଚାକିରି ଜୀବନରେ ସହର ଛାଡ଼ିବା ଏଇଟି ପ୍ରଥମ ଅବକାଶ ନ ଥିଲା; କିନ୍ତୁ ସେ ଚାହୁଁଥିଲା ପ୍ରଥମେ ସେ ନିଜର ସବୁଛାରୁ ନିକଟତମ ଅତୀତକୁ ନିଜ ପାଖରୁ ଦୂର କରିଦେବ।

ମଧୁବନର ମନେପଡ଼ିଲା ଯେଉଁଦିନ ସେ ପ୍ରଥମ ଥର ଶାନ୍ତିକୁ ସାଙ୍ଗରେ ନେଇ ସେଇ ଅପରିଚିତ ସହରରେ ପାଦ ଦେଇଥିଲା। ନା, ପୁଣି ଭୁଲ ହୋଇଗଲା। ସେଥରକ ତା ସହିତ ଶାନ୍ତି ନ ଥିଲା, ସୁରମା ଥିଲା। ଶାନ୍ତି ଚାରିବର୍ଷ ଆଗରୁ ମରି ଯାଇଥିଲା। ଶାନ୍ତି ସହିତ ଟ୍ରେନରେ ବସି ସେ ଯେଉଁ ସହରକୁ ଯାଇଥିଲା ସେଇଟି ଅନ୍ୟ ସହର ଥିଲା ଏବଂ ସେ ଘଟନା ଅନେକ ବର୍ଷ ତଳର ଥିଲା; କିନ୍ତୁ ମଧୁବନର ମନେହେଲା ସୁରମା ସହିତ ଟ୍ରେନରେ ବସି ଏକ ନୂଆ ସହରରେ ପହଞ୍ଚିବା ଗୋଟିଏ ପୁରୁଣା ଘଟନାର ପୁନରାବୃତ୍ତି ମାତ୍ର ଥିଲା, ଗ୍ରାମଫୋନ ରେକର୍ଡର ଗୋଟିଏ ଘରାରେ ପିନ କଣ୍ଟା ଅଟକି ଯାଇଥିବା ଭଳି। ମଧୁବନ ପାଇଁ ସମୟ ଯେପରି କେବଳ ପୁନଃପୌନିକତାରେ ପରିପୂର୍ଣ୍ଣ ଏବଂ ଜୀବନ ଥିଲା ଏକ ବାରମ୍ବାର ପହଞ୍ଚିବାର କ୍ରମ।

ଅନେକ ସମୟରେ ସେ ସୁରମାକୁ ଶାନ୍ତି ବୋଲି ଡାକି ଅପ୍ରୀତିକର ପରିସ୍ଥିତିର ସମ୍ମୁଖୀନ ହେଉଥିଲା। କାରଣ ସୁରମା ଏଇଭଳି ଘଟନା ପରେ ତା ସହିତ ଅସହଯୋଗ କରୁଥିଲା। ମଧୁବନ ଏଥିପାଇଁ ଅନୁତପ୍ତ ନ ଥିଲା, କାରଣ ସେ ନିଜର ଏଇ ଭୁଲକୁ ଏକ ସ୍ୱାଭାବିକ ଜିନିଷ ବୋଲି ମନେ କରୁଥିଲା। ଯଦିଓ ରୂପ, ବର୍ଣ୍ଣ, ବ୍ୟବହାରରେ ସୁରମା ଶାନ୍ତିଠାରୁ ସଂପୂର୍ଣ୍ଣ ଭିନ୍ନ ଥିଲା, ନିଜ ସହିତ ତାର ସମ୍ପର୍କରେ ମଧୁବନ ଦୁହିଁଙ୍କ ଭିତରେ କୌଣସି ପାର୍ଥକ୍ୟ ଦେଖିପାରୁ ନ ଥିଲା। ଏକାଭଳି ବାହାଘରର ପର୍ବ ଭିତର ଦେଇ ମଧୁବନ ଦୁହିଁଙ୍କୁ ପାଇଥିଲା। ପ୍ରଥମ ପରିଚୟର ଦ୍ୱିଧାପୂର୍ଣ୍ଣ ଅସ୍ୱସ୍ତି, ଦୁଇଟି ଦେହର କ୍ରମିକ ଅନୁସନ୍ଧାନ ଏବଂ ପାରସ୍ପରିକ ବୁଝାମଣା ଏବଂ ଶେଷରେ ପାରିବାରିକ ଜୀବନର ଆନୁଷଙ୍ଗିକ ଅନୁଭବମାନ ମଧୁବନର ଜୀବନରେ ଏକ ଦୁର୍ବାର ଅନିବାର୍ଯ୍ୟତା ନେଇ ଦୁଇଥର ଆସିଥିଲେ। ଖାଇବାବେଳେ ଆହୁରି ବେଶି ଖାଇବା ପାଇଁ ବାଧ କରିବା, ସିଗାରେଟ ପିଇବାର ନିଷେଧାଦେଶ, ବର୍ଷାବେଳେ ଛତା ନେଇ ବାହାରକୁ ଯିବାର ଅନାବଶ୍ୟକ ଉପଦେଶ ଏବଂ ସର୍ବୋପରି ସନ୍ତାନହୀନତା ଜନିତ ବିଷାଦର ଅଭିବ୍ୟକ୍ତି ସବୁକିଛିରେ ସୁରମା ଶାନ୍ତିର ବିଭାଜିତ ପ୍ରତିବିମ୍ବ ଥିଲା।

ଠିକ ସେଇପରି ପୁନରାବୃତ୍ତି ଥିଲା ତାର ଚାକିରିରେ। ବ୍ୟାଙ୍କରେ ଗୋଟିଏ ଶାଖାରୁ ଅନ୍ୟ ଶାଖା ଅଫିସ ଏବଂ ଗୋଟିଏ ସହର ଅଫିସରୁ ଅନ୍ୟ ସହରର ଅଫିସ। ଏକାଭଳି ଅଙ୍କ ସମଷ୍ଟି ଯୋଗ ବିଯୋଗ ଏବଂ ପରିସଂଖ୍ୟାନ ସୂଚୀର ଧରାବନ୍ଧା ପର୍ବ। କିଛି ବି ପାର୍ଥକ୍ୟ ନ ଥିଲା କ୍ରସ୍ୱର୍ଡ ପଜ୍ଲ ଆସକ୍ତ ସିଗାରେଟ ପିଉଥିବା ହାକିମ ଓ ଗୋଲାପ ଫୁଲର ସଉକ ରଖିଥିବା ସିଗାରେଟ ଛୁଉଁ ନଥିବା

ହାକିମଙ୍କ ଭିତରେ। ଏକାଭଳି ସମ୍ପର୍କ, ସୌଜନ୍ୟ ଓ ବ୍ୟବହାର। ମଧୁବନ ପାଇଁ ସମଗ୍ର ଚାକିରି ଜୀବନ ଏକ ପରିବର୍ତ୍ତନହୀନ ଦିନର ପୁନରୁକ୍ତି ଥିଲା: ଦଶଟାରୁ ପାଞ୍ଚଟା, ଖରାବେଳର ଛୁଟି, ଇନ୍ ଓ ଆଉଟ୍ ଟ୍ରେ, ହାକିମଙ୍କ କୋଠରୀରୁ କେବେ କେମିତି ଡାକରା, ପୁଣି ସବୁକୁ ଗୋଟିଏ ସୂତ୍ରରେ ଗୁନ୍ଥି ଦେଉଥିବା ଟଙ୍କା ପଇସା ଦଶମିକ ଚିହ୍ନ ଶହ ହଜାର ଅୟୁତ ଲକ୍ଷ ଗଣନାର ଅସରନ୍ତି ସଂଖ୍ୟା।

ସଂଧ୍ୟାର ଶେଷ ଉଜ୍ଜ୍ୱଳ ଆଲୁଅରୁ ମୁହଁ ଫେରାଇ ମଧୁବନ କମ୍ପାର୍ଟମେଣ୍ଟର ଚାରିଆଡ଼କୁ ଆଖି ବୁଲାଇଲା। ଏକ ଅଜଣା ଭୟରେ ତାର ଛାତି ଭିତର ଶିହରି ଉଠିଲା, କାରଣ ତାକୁ ମନେହେଲା କୋଠରୀର ସବୁ ମୁହଁ ସହିତ ସେ ଯେପରି ଅନେକ ବର୍ଷ ଧରି ପରିଚିତ। ତାର ଆଉ ଏକ ଅନୁଭବ ମନେପଡ଼ିଲା। ନୂଆ ସହରରେ ଘର ଖୋଜିବା ବେଳେ ବୟସ୍କା ଭଦ୍ରମହିଳା ଆସି ଯେତେବେଳେ କବାଟ ଖୋଲିଲେ ତାର ମନେହେଲା ସେ ଭଦ୍ରମହିଳାଙ୍କୁ ଆଗରୁ ଜାଣିଥିଲା। ଘର ଭିତରେ ପଶିବା ମାତ୍ରେ ହିଁ ସେ ଅନୁଭବ କଲା ଯେ ଏଇ ଘରଟିର ପ୍ରତିଟି ଅନ୍ଧି କନ୍ଧି ସହିତ ସେ ପୂର୍ବରୁ ସମ୍ପୂର୍ଣ୍ଣ ପରିଚିତ ଥିଲା। ଏ ଘରେ ସେ ଆଗରୁ ଚଳପ୍ରଚଳ ହୋଇଥିଲା ଅଥବା ଏହାକୁ ସେ ସ୍ୱପ୍ନରେ ଦେଖିଥିଲା। ଭଦ୍ରମହିଳା ତାକୁ ଘରଟି ବୁଲାଇ ଦେଖାଇବା ପୂର୍ବରୁ ମଧୁବନ ଜାଣିଥିଲା ଘରର କେଉଁ କୋଠରୀ କେଉଁଠାରେ ଏବଂ ଛୋଟ ପାହାଚ ଦେଇ ସେ ଉପର ମହଲାର ଠିକ କେଉଁ ଜାଗାରେ ପହଞ୍ଚିବ। ବର୍ତ୍ତମାନ ଟ୍ରେନର ନିବଦ୍ଧ କମ୍ପାର୍ଟମେଣ୍ଟ ଭିତରେ ସେଇପରି ଏକ ଅନୁଭବ ତାକୁ ଆଚ୍ଛନ୍ନ କରିଦେଲା। ଏଇ ସହଯାତ୍ରୀ ମାନଙ୍କ ସହିତ ପୂର୍ବରୁ ଥରେ ସେ ଠିକ ଏଇଭଳି ଭାବରେ ନୂଆ ସହରକୁ ଯାଉଥିଲା। ମଧୁବନ ଜାଣିଥିଲା ଯେ ଅତୀତର ଏକ ବାସ୍ତବିକ ଅଥବା ସ୍ୱପ୍ନରେ ଘଟିଥିବା ଘଟନାଟି ତା ପାଇଁ ପୁଣି ଥରେ ସଂଘଟିତ ହେବାକୁ ଯାଉଛି। ଅସହାୟ ହୋଇ ସେ ନିଜକୁ ଏଇ ଘଟଣାର ସ୍ରୋତରେ ଭାସିଯିବାକୁ ଦେଲା।

ପାଖରେ ବସିଥିବା ଭଦ୍ରବ୍ୟକ୍ତି ତା ଆଡ଼କୁ ଟାଇମ ଟେବୁଲଟା ବଢ଼ାଇ ଦେଇ କହିଲେ, ମୁଁ ଚଷମାଟା ଖୋଜି ପାଉ ନାହିଁ, ଟିକିଏ ଏଥିରୁ ଦେଖିବେ ଟ୍ରେନ କେତେବେଳେ ଜଙ୍କସନରେ ପହଞ୍ଚିବ। ମଧୁବନ ପୃଷ୍ଠା ଓଲଟାଇଲା ଏବଂ ପୂର୍ବ ନିର୍ଦ୍ଧାରିତ ଭଳି ଭଦ୍ରବ୍ୟକ୍ତି କହିଲେ, ଦଶ ନ ହେଲେ ଏଗାର ନମ୍ବର ଟେବୁଲରେ ଥିବ। ମଧୁବନ ତାଙ୍କୁ ସମୟ କହିଲା ଏବଂ ଭଦ୍ରବ୍ୟକ୍ତି ହାତଘଡ଼ି ଦେଖି କହିଲେ, ଟ୍ରେନ ତିନିଘଣ୍ଟା ଲେଟ ଚାଲୁଛି। ତା ପରେ ଭଦ୍ରବ୍ୟକ୍ତି ପ୍ରତ୍ୟାଶିତ ଭାବରେ ଫ୍ଲାସ୍କରୁ ଚା ବାହାର କରି ତାକୁ ଗ୍ଲାସରେ ଢାଳି ପିଇବାକୁ ଦେଲେ। ମଧୁବନ ମନା କରିପାରିଲା ନାହିଁ ଏବଂ ମନ୍ତ୍ରମୁଗ୍ଧ ଭଳି ଭଦ୍ରବ୍ୟକ୍ତିଙ୍କ ହାତରୁ ଗ୍ଲାସ ନେଲା। ଏଇ ସମୟରେ ଟ୍ରେନ ହଠାତ୍ ଜୋରରେ ଆନ୍ଦୋଳିତ ହେଲା। ଗ୍ଲାସରୁ ଚା ଉଚ୍ଛୁଳି ସୁରମାର ଶାଢ଼ି ଉପରେ ପଡ଼ିଲା ଏବଂ ବିରକ୍ତ ମୁଖଭଙ୍ଗୀ କରି ସୁରମା ଉଠି ଟୟଲେଟ ଆଡ଼କୁ ଚାଲିଗଲା। ଠିକ ପୂର୍ବଥର ଭଳି।

ମଧୁବନ ସାମାନ୍ୟ ଭୟଭୀତ ହେଲା ଏବଂ ତାର ବାପାଙ୍କ କଥା ମନେ ପଡ଼ିଲା। ବାପା ଅନେକ ଦିନରୁ ମରିଯାଇଥିଲେ କିନ୍ତୁ ନିଜର ପ୍ରତ୍ୟେକଟି ଅସହାୟ ଅବସ୍ଥାରେ ମଧୁବନକୁ ପ୍ରଥମେ ବାପାଙ୍କର ସ୍ମରଣ ଆସୁଥିଲା। ତାର ମନେ ହେଲା ଯେପରି ବାପା ହିଁ ତାକୁ ତାର ପ୍ରତି ସମସ୍ୟାର ସହଜ ସମାଧାନ ବତାଇ ଦେବେ ଏବଂ ପ୍ରତିଟି ବିପଦରୁ ଉଦ୍ଧାର କରିବେ। ପିଲାଦିନେ ଈଶ୍ୱରଙ୍କ କଥା ଶୁଣିବା ପରେ ମଧୁବନ ଈଶ୍ୱରଙ୍କୁ ବାପାଙ୍କ ଭଳି ଜଣେ କେହି ଅସୀମ ଶକ୍ତିଶାଳୀ ଲୋକ ଭଳି ମନେ କରିଥିଲା। ମଧୁବନର ବୟସ ବଢ଼ିବା ସଙ୍ଗେ ସଙ୍ଗେ ଯଦିଓ ମଧୁବନର ବାପା ତା ପାଇଁ କ୍ରମଶଃ ନିଜର ସମସ୍ତ ଶକ୍ତି ଓ ସାମର୍ଥ୍ୟ ହରାଇ ବସିଥିଲେ, ମଧୁବନ ତାଙ୍କୁ ହିଁ ମନେପକାଉଥିଲା। ବର୍ତ୍ତମାନ ବାପାଙ୍କ ଦେହରେ ଧଳା ଲୁଗା, କାନ୍ଧରେ ଚାଦର ଓ ପାଦରେ କଠଉ ଥିଲା। ସେ ଅତ୍ୟନ୍ତ ପ୍ରସନ୍ନ ଜଣାପଡୁଥିଲେ ଓ ମଧୁବନ ଆଡ଼କୁ ଆଶୀର୍ବାଦ ଦେବା ଭଙ୍ଗୀରେ ଅନାଇଥିଲେ।

ବାହାରେ ଅନ୍ଧକାରର ରାଜତ୍ୱ ଥିଲା ଏବଂ କମ୍ପାର୍ଟମେଣ୍ଟ ଭିତରେ ବିଜୁଳିବତି ଜଳିବା ଆରମ୍ଭ ହୋଇ ଯାଇଥିଲା। ଝରକାର କାଚରେ ସମଗ୍ର କୋଠରୀଟି ପ୍ରତିବିମ୍ବିତ ହୋଇ ଟ୍ରେନ ବାହାରେ ଏକ ଅପରିଚିତ ଅଥଚ ରହସ୍ୟମୟ ବାତାବରଣ ସୃଷ୍ଟି କରୁଥିଲା। ସୁରମା ଆଖି ବନ୍ଦ କରି ଅପରିଚିତ ଭଦ୍ରବ୍ୟକ୍ତିଙ୍କ କାନ୍ଧରେ ସାମାନ୍ୟ ଭରା ଦେଇ ଶୋଇଯାଇଥିଲା। ଟ୍ରେନ ଏକ ନିର୍ଦ୍ଦିଷ୍ଟ ଦୋଳାୟମାନ ଗତିରେ ଚାଲୁଥିଲା ଏବଂ କୋଠରୀ ଭିତରେ ସମ୍ପୂର୍ଣ୍ଣ ନୀତବତା ଥିଲା। ଝରକା କାଚ ପାଖକୁ ମୁହଁ ନେଇ ମଧୁବନ ବାହାରକୁ ଅନାଇଲା; କିନ୍ତୁ ସେଠାରେ ଅବିଚ୍ଛିନ୍ନ ଅନ୍ଧାର ବ୍ୟତୀତ ଆଉ କିଛି ବି ଦୃଶ୍ୟମାନ ନଥିଲା।

ନୂଆ ସହରରେ ପହଞ୍ଚିବା ବିଷୟରେ ମଧୁବନର କୌଣସି ଉଦ୍‌ବେଗ ନ ଥିଲା, କାରଣ କେଉଁଭଳି ଅତୀତ ସେଠାରେ ଅପେକ୍ଷା କରୁଛି, ସେକଥା ତାର ଜ୍ଞାତ ଥିଲା। ଟ୍ରେନର ଝରକାରୁ ଅନେକ ବର୍ଷ ପରେ ସେ ପୁଣି ଯେଉଁ ଘରଟିକୁ ଦେଖିଥିଲା ମଧୁବନ ସେଇ ଘରଟିକୁ ମନେପକାଇଲା। ସମଗ୍ର ଘରଟି ଅନ୍ଧାରରେ ବୁଡି ରହିଥିଲା ଏବଂ ତାର ଗୋଟିଏ ମାତ୍ର ଆଲୋକିତ ଝରକା ପାଖରେ ସ୍ତ୍ରୀ ଲୋକଟି ଠିଆ ହୋଇଥିଲା। ମଧୁବନ ଜାଣିଥିଲା ଯେ ଏଇ ଘରଟି ତାର ଲକ୍ଷ୍ୟସ୍ଥଳ। ମଧୁବନ ତାର ବାପାଙ୍କୁ ମନେପକାଇଲା ଏବଂ ସାମାନ୍ୟ କ୍ଳାନ୍ତ ହୋଇଯାଇଥିବା ନିଜର ଦେହକୁ ନିଦ୍ରାର ଏଭଳି ଏକ ଆଶ୍ରୟ ସ୍ଥଳରେ ସମର୍ପଣ କରିଦେଲା ଯାହା ଗର୍ଭାଶୟ ଭଳି ଅନ୍ଧକାରମୟ, କିନ୍ତୁ ଅଶେଷ ଶାନ୍ତି ତଥା ଆଶ୍ୱାସନାରେ ପରିପୂର୍ଣ୍ଣ ଥିଲା।

—

ଜୀବନ୍ମୁକ୍ତି

ଯେଉଁଦିନ ସୁଧୀର ନ ଖାଇ ଅଫିସ ବାହାରିଗଲା, ଅନସୂୟାର ଶାଶୁ ଓ ଶଶୁର ଏହି ନିଷ୍କର୍ଷରେ ପହଞ୍ଚିଲେ ଯେ ଅନସୂୟାର ଆଉ ବଞ୍ଚିବାର ଅଧିକାର ନାହିଁ। ତା ପିଉ ପିଉ ସେମାନେ ଅନସୂୟାର ହତ୍ୟାର ଯୋଜନା ତିଆରି କଲେ। ସେମାନଙ୍କ ଭିତରେ ମତଭେଦ କେବଳ ଏଥିଯୋଗୁଁ ହେଉଥିଲା ଯେ ଶାଶୁ ବିଷର ପକ୍ଷପାତୀ ଥିଲା; କିନ୍ତୁ ଶଶୁର କିରୋସିନ ଦେଇ ପୋଡ଼ି ଦେବାକୁ ଅଧିକ ନିରାପଦ ମନେକରୁଥିଲା। ଏହି ଯୋଜନାରେ ନିଜର ଝିଅକୁ ସାମିଲ କରିବେ କି ନାହିଁ, ସେ ବିଷୟରେ ମଧ୍ୟ ସେମାନେ ଏକମତ ହୋଇପାରୁ ନ ଥିଲେ।

ଶଶୁର, ଯେ କି ଅବସରପ୍ରାପ୍ତ ଛୋଟ ସରକାରୀ ଚାକିରିଆ ଥିଲା, ବର୍ତ୍ତମାନ ସମ୍ପୂର୍ଣ୍ଣ ସୁସ୍ଥିର ଜୀବନ ବିତାଉଥିଲା ଏବଂ ଅଧିକ ଅର୍ଥ ଉପାର୍ଜନର ବିଭିନ୍ନ ଉପାୟ କଥା ଭାବୁଥିଲା। ସାରା ଜୀବନ ଅଫିସର ନିୟମାବଳୀ ଭିତରେ କଟିଥିବାରୁ ଏ ବିଷୟରେ ତାର ଜ୍ଞାନ ଅତ୍ୟନ୍ତ ସୀମିତ ଥିଲା ଏବଂ ସେ ନିଜର ସମ୍ବନ୍ଧୀଙ୍କ ବ୍ୟତୀତ ଅର୍ଥଲାଭର ଅନ୍ୟ କୌଣସି ଆଧାର ଖୋଜି ପାଉ ନ ଥିଲା। ସେ ଚାକିରି ଜୀବନରେ ବିଶେଷ ସଚ୍ଚୋଟ ଥିଲା ଏବଂ ଉତ୍କୋଚରେ ବିଶ୍ୱାସ କରୁ ନ ଥିଲା। କିନ୍ତୁ ସୁଧୀରର ବିବାହ ସମୟରେ ସେ ଅନସୂୟାର ବାପାକୁ ବିଭିନ୍ନ ଭାବରେ ଶୋଷଣ କରିବାକୁ କୁଣ୍ଠିତ ହୋଇ ନ ଥିଲା।

ଅନସୂୟା ଯଦିଓ ଚାକିରି କରୁଥିଲା ଏବଂ ଘର ଚଳାଇବାରେ ବାପାକୁ ସାହାଯ୍ୟ କରୁଥିଲା, ତାର ବୟସ ବଢ଼ିଯାଉଥିବାରୁ ତାକୁ କିପରି ଶୀଘ୍ର ବାହା କରାଇ ଘରୁ ବାହାର କରିଦେବ, ତାର ବାପା ସେ ବିଷୟରେ ସବୁବେଳେ ଚିନ୍ତିତ ରହୁଥିଲା। ତା ବ୍ୟତୀତ, ଅନସୂୟା ପାଖକୁ ତା ଅଫିସର ଯେଉଁ ଅନ୍ୟ ଜାତିର ପିଲାଟି ମଝିରେ ମଝିରେ ଆସୁଥିଲା, ସେ କଥା ମଧ୍ୟ ବାପାର ପସନ୍ଦ ନ ଥିଲା। ଏଇପରି ଭାବରେ ବର ଖୋଜିବାର ଅନେକ ଦୁର୍ଗମ ପର୍ବମାନଙ୍କ ଭିତର ଦେଇ ଅନସୂୟାର ବାପା ପହଞ୍ଚିଥିଲା ସୁଧୀରର ବାପା ପାଖରେ। ସେମାନଙ୍କର ପ୍ରଥମ ଆଲୋଚନା ଅତ୍ୟନ୍ତ ସନ୍ତୋଷଜନକ ଥିଲା, କିନ୍ତୁ ପ୍ରତ୍ୟେକଟି ପରବର୍ତ୍ତୀ ସାକ୍ଷାତ୍କାରରେ ସୁଧୀରର ବାପା ଏକ ନୂଆ ଦାବି ଉପସ୍ଥାପିତ କରୁଥିଲା। ଏକଥା ଅନସୂୟାର ବାପାର ଆର୍ଥିକ ସାମର୍ଥ୍ୟର ଏକ କ୍ରମାଗତ ପରୀକ୍ଷା ଥିଲା ଏବଂ ଶେଷରେ ଯେଉଁଦିନ ଗୋଟିଏ ସ୍କୁଟର ବିଷୟ ଉଠିଲା, ଅନସୂୟାର ବାପା ଜାଣିଲା ଯେ ସେ ହାରିଯାଇଛି।

ସେ ନିଜର ବଡ଼ପୁଅ କଥା ମନେପକାଇଲା, ଯେ କି ବ୍ୟବସାୟ କରୁଥିଲା ଏବଂ ବାହାସାହା ହୋଇ ସହରର ଅନ୍ୟ ଜାଗାରେ ରହୁଥିଲା। ଅନେକ ଦ୍ୱିଧା ପରେ ସେ ଯାଇ ତାକୁ ବର ପକ୍ଷର ଏଇ ଅଯୌକ୍ତିକ ଦାବି ବିଷୟରେ କହିଲା। ସେ ଭାବିଥିଲା ଯେ ପୁଅ ନିଜେ

ସାହାଯ୍ୟ ଯାଚିବ ଏବଂ ଭଉଣୀର ବିବାହ କିପରି ସୁରୁଖୁରୁରେ ହୋଇପାରିବ ସେ ବିଷୟରେ ସହାୟକ ହେବ। ପୁଅ କିନ୍ତୁ ସବୁ ଶୁଣିସାରି ଯୌତୁକ ପ୍ରଥା ବିରୁଦ୍ଧରେ ଏକ ଅଗ୍ନିଗର୍ଭ ଭାଷଣ ଦେଲା ଏବଂ ଝିଅ ପଛେ ଅବିବାହିତ ରହୁ, କିନ୍ତୁ ଏଇକି ଦାବିକୁ ସ୍ୱୀକାର କରିବା ସମ୍ପୂର୍ଣ୍ଣ ଅନୁଚିତ ବୋଲି ମତ ଦେଲା।

ହତୋତ୍ସାହ ହୋଇ ଘରକୁ ଫେରୁ ଫେରୁ ଅନସୂୟାର ବାପା ଏଇ ବିବାହ ପ୍ରସ୍ତାବକୁ ଭୁଲିଯାଇ ଅନ୍ୟତ୍ର ଚେଷ୍ଟା କରିବା କଥା ଭାବିଲା। କିନ୍ତୁ ଦୁର୍ଭାଗ୍ୟକୁ ସେ ଠିକ ଘରେ ପହଞ୍ଚିବା ବେଳକୁ ଘର ଭିତରୁ ଅନସୂୟାର ସେଇ ସାଙ୍ଗଟି ବାହାରି ଆସୁଥିଲା। ଘର ଭିତରକୁ ଯାଇ ଘରର ଅନେକ ଆର୍ଥିକ ଦାୟିତ୍ୱ ସମ୍ଭାଳୁଥିବା ଝିଅକୁ ଗାଳି ଦେବାର ଅବକାଶ ନ ଥିବାରୁ ଅନସୂୟାର ବାପା ପୁଣି ଝିଅର ବାହାଘର କଥା ଭାବିଲା ଏବଂ ସେଇ ମୁହୂର୍ତ୍ତରେ ସିଧା ସୁଧୀର ଘରକୁ ଗଲା। ସେ ସୁଧୀରର ବାପାକୁ ସିଧାସଳଖ ସ୍କୁଟର ଦେବ ବୋଲି ନ କହି ଅନିଶ୍ଚିତ ଭାବରେ କହିଲା, ମୋ ପୁଅ ଏତେ ବଡ଼ ବ୍ୟବସାୟ କରୁଛି, ମୁଁ କଣ ଗୋଟାଏ ସାମାନ୍ୟ ସ୍କୁଟର ଦେଇପାରିବି ନାହିଁ?

ବାସ୍, ଏଇ କଥା ପରେ ବାହାଘର ଠିକ ହୋଇଗଲା। ମେଳ ଖାଉ ନ ଥିବା ଜାତକ ହଠାତ୍ ମେଳ ଖାଇଗଲା ଏବଂ ଅଳ୍ପଦିନ ଭିତରେ ହିଁ ତିଥି ମିଳିଗଲା। ଅନସୂୟାର ପାସ୍ ବହିରୁ ଟଙ୍କା ବାହାର କରି ବାହାଘରର ଜିନିଷମାନ କିଣାଗଲା। ବାହାଘର ଦିନ ସର୍ବସାଧାରଣଙ୍କ ଗୋଚର ପାଇଁ ଯୌତୁକର ଜିନିଷ ସଜା ହୋଇ ରଖାଗଲା, ଯାହାକୁ ନିମନ୍ତ୍ରିତ ଅତିଥିମାନେ ଆସି ତଦାରଖ କରି ନିଜ ନିଜର ମନ୍ତବ୍ୟମାନ ବ୍ୟକ୍ତ କଲେ। ଏତେ ଶୀଘ୍ର ସ୍କୁଟର ମିଳିପାରିବ ନାହିଁ, ଏଇ ଆଳରେ ଅନସୂୟାର ବାପା ଯୌତୁକର ଜିନିଷମାନଙ୍କ ଭିତରେ ସ୍କୁଟର ଦେଲା ନାହିଁ, କିନ୍ତୁ ଗୋଟିଏ କାଗଜରେ ସ୍କୁଟର ଏବଂ ତାର ଦାମ ଲେଖାହୋଇ ଷ୍ଟେନ୍ଲେସ ଷ୍ଟୀଲ ବାସନ ଏବଂ ଅଳଙ୍କାର ଡବା ମଝିରେ ଏକ ବିଶେଷ ସ୍ଥାନରେ ରଖାଗଲା। ଅନସୂୟାର ବାପା ମଧ୍ୟ ନିଜର ପୁଅ ଭଳି ଯୌତୁକ ପ୍ରଥାର ସଂପୂର୍ଣ୍ଣ ବିରୋଧୀ ଥିଲା ଏବଂ ବିବାହ ପରେ ସ୍କୁଟର ଦେବାର କୌଣସି ଉଦ୍ଦେଶ୍ୟ ତାର ମନରେ ନ ଥିଲା। ଗୋଟିଏ କାଗଜ ଟୁକୁଡ଼ାରେ ବରପକ୍ଷକୁ ପ୍ରତାରିତ କରିପାରି ଥିବାରୁ ସେ ମନେ ମନେ ଖୁସି ହେଉଥିଲା ଏବଂ ଏଇ କାଗଜଟି ବର୍ତ୍ତମାନ ବରପକ୍ଷର ସନ୍ତୋଷ ତଥା ଅତିଥିମାନଙ୍କର ଆମୋଦର କାରଣ ହୋଇଥିଲା।

ଅନସୂୟା ଏତେ ସହଜରେ ବାହା ହେବା ପାଇଁ ରାଜି ହୋଇଯିବ ତାର ବାପା ଏକଥା ବିଶ୍ୱାସ କରି ନ ଥିଲା। ସେ ଏକଥା ମଧ୍ୟ ଆଶଙ୍କା କରୁଥିଲା ଯେ ଅନସୂୟାର ସେଇ ସାଙ୍ଗଟି ଆସି ବାହାଘର ବେଳେ କୌଣସି ବ୍ୟାଘାତ ଘଟାଇବ; କିନ୍ତୁ ଅନସୂୟା ବୁଦ୍ଧିମତୀ ଥିଲା ଏବଂ ନିଜର ଭଲମନ୍ଦ ଠିକ ଭାବରେ ବୁଝୁଥିଲା। ବୟସ ବଢ଼ିବା ସଙ୍ଗେ ସଙ୍ଗେ ସେ ଯେ ଏଇ ଘରର ଏକ ଅଦରକାରୀ ଜିନିଷ ହୋଇଯାଇଛି, ସେ ଏକଥା ଠିକ ଜାଣିଥିଲା। ଏଇ ଘରେ ତାର

ଅବସ୍ଥିତି ତାର ବାପା ମାଙ୍କ ଉପରେ ଏକ ବୋଝ ଭଳି ଥିଲା ଏବଂ ଘରୁ ଚାଲିଯାଇ ସେ ସେମାନଙ୍କୁ ନିଷ୍କୃତି ଦେବାକୁ ଚାହୁଁଥିଲା। ଅନସୂୟା ଏକଥା ମଧ୍ୟ ଜାଣିଥିଲା ଯେ ତାର ସାଙ୍ଗ, ଯେ କି ତାକୁ ଥାକ ଥାକ ପ୍ରେମପତ୍ର ଲେଖୁଥିଲା ଏବଂ କଥାବାର୍ତ୍ତାରେ ରୋମିଓ ଜୁଲିଏଟ ପ୍ରଭୃତିଙ୍କ ଅମର ପ୍ରେମର ଉଦାହରଣ ଦେଉଥିଲା, ବାସ୍ତବରେ ସେ ଏକ ଦୁର୍ବଳ, ଭୀରୁ ଓ ଚଞ୍ଚଳମତି ଯୁବକ ଥିଲା। ଏତେଦିନର ପରିଚୟ ଏବଂ ଘନିଷ୍ଠତା ପରେ ବି ସେ ଅନସୂୟାକୁ କେବେହେଲେ ବିବାହ କଥା କହି ନ ଥିଲା। ବରଂ ଅନସୂୟା ଯେତେବେଳେ ତାକୁ ତାର ବିବାହ ଠିକ ହେବାକୁ ଯାଉଥିବା କଥା କହିଲା, ସେ ବେଶ୍ ଆଶ୍ୱସ୍ତ ଜଣାପଡ଼ିଥିଲା।

ବିବାହ ଠିକ ହୋଇଯିବା ପରେ ଅନସୂୟା ଅଫିସରୁ ଛୁଟି ନେଲା, ପ୍ରେମପତ୍ର ସବୁକୁ ଜାଳିଦେଲା ଏବଂ ତାର ଯୁବକ ବନ୍ଧୁକୁ ସାକ୍ଷାତ କରିବାକୁ ମନା କରିଦେଲା। ସୁଧୀର ଯେତେବେଳେ ତାକୁ ଦେଖିବା ପାଇଁ ଆସିଲା, ନିତାନ୍ତ ଅନୁଗତ ଭଳି ଅନସୂୟା ନିଜକୁ ସଜାଇ ତାକୁ ଚା ପିଇବାକୁ ଦେଲା ଏବଂ ମୁଣ୍ଡରେ ଓଢ଼ଣା ଟାଣି ସୁଧୀରର ବାପା ମାଙ୍କର ବିଭିନ୍ନ ଅପ୍ରାସଙ୍ଗିକ ପ୍ରଶ୍ନର ଅତି ବିନୟର ସହିତ ଉତ୍ତର ଦେଲା। ସୁଧୀରର ଚେହେରା ଓ ବ୍ୟକ୍ତିତ୍ୱ ବିଷୟରେ ତାର କୌଣସି କୌତୂହଳ ବି ନ ଥିଲା, କାରଣ ନିଜର ବଢ଼ିଯାଉଥିବା ବୟସ ଭଳି ବିବାହର ଏଇ ଘଟଣାକୁ ସେ ସଂପୂର୍ଣ୍ଣ ସ୍ୱୀକାର କରିନେଇଥିଲା ଏବଂ ବିବାହ ପରେ ସୁଧୀରର ଘରକୁ ଯାଇ ତାର ପରିବାରକୁ ଆତ୍ମୀୟ କରିବାର ଚେଷ୍ଟା କଲା।

ବିବାହ ପରର ପ୍ରଥମ କିଛିଦିନ ବେଶ ଭଲରେ କଟିଲା। ଶାଶୁ, ଶଶୁର ଅନସୂୟା ପ୍ରତି ସ୍ନେହଶୀଳ ଜଣାଯାଉଥିଲେ ଏବଂ ସୁଧୀରର ଭଉଣୀ ଯେ କି କଲେଜରେ ପଢ଼ା ଆରମ୍ଭ କରିଥିଲା, ଅନସୂୟାକୁ ନିଜର ବାନ୍ଧବୀ କରିବା ପାଇଁ ଚେଷ୍ଟା କରୁଥିଲା। ଅନସୂୟା ବିନା ଦ୍ୱିଧାରେ ନିଜ ସ୍ୱାମୀର ବ୍ୟକ୍ତିତ୍ୱ, ବ୍ୟବହାର, ଆର୍ଥିକ ଅବସ୍ଥା, ପାରିବାରିକ ସ୍ଥିତି ସବୁକୁ ଗ୍ରହଣ କରିନେଲା। ଏପରିକି ସୁଧୀର ସହିତ ତାର ଦୈହିକ ସମ୍ପର୍କକୁ ମଧ୍ୟ ସେ ଏକ କର୍ତ୍ତବ୍ୟନିଷ୍ଠ ସ୍ତ୍ରୀ ଭଳି ଉତ୍ତେଜନାବିହୀନ ଭାବରେ ସ୍ୱୀକାର କରନେଲା। ସେ ଅଫିସରୁ ଲମ୍ବା ଛୁଟି ନେଇଥିଲା, ତେଣୁ ଘର କଥା ବୁଝିବା ପାଇଁ ତା ହାତରେ ପର୍ଯ୍ୟାପ୍ତ ସମୟ ଥିଲା। ଅଳ୍ପ କେତୋଟି ଦିନ ଭିତରେ ସେ ଏଇ ନିମ୍ନ ମଧ୍ୟବିତ୍ତ ପରିବାରଟିର ସମସ୍ତ ସାଂସାରିକ ଦାୟିତ୍ୱ ହାତକୁ ନେଇଥିଲା। ଅନସୂୟାର ବିଶ୍ୱାସ ଥିଲା ଯେ ସେ ତାର ଦାୟିତ୍ୱକୁ ସୁଚାରୁରୂପେ ନିର୍ବାହ କରିପାରିବ।

ଛୁଟି ପରେ ଯେତେବେଳେ ସୁଧୀର ଅଫିସକୁ ଯିବା ଆରମ୍ଭ କଲା ଏବଂ ନଣନ୍ଦର କଲେଜ ଖୋଲିଲା, ଅନସୂୟା ନିଜର ଦାୟିତ୍ୱର ଦୁର୍ବହତା ବିଷୟରେ ସଚେତନ ହେଲା। ଅନସୂୟାର ଶାଶୁ, ଯେ କି ଏପର୍ଯ୍ୟନ୍ତ ଘରର ସମସ୍ତ ଦାୟିତ୍ୱ ଏକା ସମ୍ଭାଳୁଥିଲା, ନିଜକୁ ହଠାତ୍ ପୂର୍ଣ୍ଣ ଅବସର ଦେଇଦେଲା ଏବଂ ଅନସୂୟାର କାମକୁ ତଦାରଖ କରିବାରେ ନିଜକୁ ନିୟୋଜିତ କଲା। ଅନସୂୟାର ପ୍ରତ୍ୟେକ କାମରେ ସେ ବର୍ତ୍ତମାନ ତ୍ରୁଟି ଦେଖିବାକୁ ଆରମ୍ଭ କଲା ଏବଂ

କ୍ରମେ କ୍ରମେ ସେ ବିଷୟରେ ଅନସୂୟାକୁ ଭର୍ତ୍ସନା କରିବାକୁ ମଧ୍ୟ କୁଣ୍ଠିତ ହେଲା ନାହିଁ। ଅନସୂୟାର ସହନ ଶକ୍ତି କିନ୍ତୁ ଅସୀମ ଥିଲା ଏବଂ ସେ ଏଇ ଅଶିକ୍ଷିତା ନୀଚମନା କଳହପରାୟଣା ସ୍ତ୍ରୀଲୋକର ସମସ୍ତ ଉଦ୍ଗାର ଚୁପଚାପ ସହିନେଲା। ଏପରିକି ଏ ବିଷୟରେ ନିଜର ସ୍ୱାମୀ ଆଗରେ ଅଭିଯୋଗ କରିବାକୁ ମଧ୍ୟ ସେ ଉଚିତ ମନେକଲା ନାହିଁ।

ଆହୁରି ଅଧିକ ସମସ୍ୟା ଉପୁଜିଲା ଯେତେବେଳେ ଅନସୂୟାର ଛୁଟି ସରିଲା ଏବଂ ତାକୁ ଅଫିସ ଯିବାକୁ ପଡ଼ିଲା। ସେ ଆଶା କରୁଥିଲା ଯେ ତାର ଶାଶୁ ଘର କାମରେ ତାକୁ ଅନ୍ତତଃ ସାମାନ୍ୟ ସାହାଯ୍ୟ କରିବ; କିନ୍ତୁ ଶାଶୁ ବର୍ତ୍ତମାନ ହଠାତ୍ ସଂପୂର୍ଣ୍ଣ ଧାର୍ମିକ ହୋଇଯାଇଥିଲା ଏବଂ ସମସ୍ତ ସକାଳ ପୂଜା କରିବାରେ କଟାଇ ଦେଉଥିଲା। ପୂଜା କରୁ କରୁ ସେ ଅନସୂୟାର କାମ ଉପରେ ଆଖି ରଖୁଥିଲା ଏବଂ ଅନସୂୟା ଠିକ ଅଫିସକୁ ବାହାରିବା ବେଳକୁ ତାର ହଠାତ୍ ଚା ପିଇବାକୁ ଇଚ୍ଛା ହେଉଥିଲା। ସେ ଅତି ନରମ ସ୍ୱରରେ ଚା ମାଗୁଥିଲା। ଅନସୂୟା ହାତଘଡ଼ିକୁ ଦେଖୁଥିଲା, କେବେହେଲେ ନିଜକୁ କ୍ରୋଧିତ ହେବାକୁ ଦେବନାହିଁ ବୋଲି ନିର୍ଣ୍ଣୟ ନେଉଥିଲା ଏବଂ ରୋଷେଇ ଘରକୁ ଚା କରିବାକୁ ଯାଉଥିଲା। ଶାଶୁ ହାତକୁ ଚା କପ ବଢ଼ାଇ ଦେଲାବେଳେ ଅନସୂୟା ଏକଥା ମଧ୍ୟ ଜାଣୁଥିଲା ଯେ ଶାଶୁ ତାର ଅସୁବିଧା ଓ ଅସ୍ୱସ୍ତି ଦେଖି ମନେ ମନେ ଖୁସି ହେଉଥିଲା। ବସ ଫେଲ ହୋଇ ଅନସୂୟାକୁ ରିକ୍ସା   କରି ଅଫିସ ଯିବାକୁ ହେଉଥିଲା; ସେ ଅଫିସରେ ଡେରିରେ ପହଞ୍ଚି ଅସୁବିଧାରେ ପଡୁଥିଲା, କିନ୍ତୁ ଜୋର କରି ସେ ନିଜକୁ ଶାନ୍ତ ରଖୁଥିଲା।

ବିବାହ ପରେ ପରେ ଅନସୂୟାର ବାପା ତାକୁ ଦେଖିବାକୁ ମଝିରେ ମଝିରେ ଆସୁଥିଲା। ଏକା ସହରରେ ରହୁଥିବାରୁ ଅନସୂୟା ଭାବିଥିଲା ଯେ ତାର ନିଜ ପରିବାର ସହିତ ଘନିଷ୍ଠ ସମ୍ପର୍କ ରହିବ; କିନ୍ତୁ ତାର ବାପା ଏଠାକୁ ଆସିଲେ ତା ସହିତ ପଦେ ଦିପଦ କଥା କହି ତାର ଶଶୁର ସହିତ କଥାବାର୍ତ୍ତାରେ ବ୍ୟସ୍ତ ରହୁଥିଲା। ଏପରିକି ସେ କେତେବେଳେ ବାହାରି ଯାଉଥିଲା ସେ କଥା ଅନସୂୟା ଜାଣିପାରୁ ନ ଥିଲା। ଅନସୂୟାର ଭାଇ କେବଳ ଥରେ ମାତ୍ର ଦି ମିନିଟ ପାଇଁ ତାକୁ ଦେଖିବାକୁ ଆସିଥିଲା। ସୁଧୀରର ଘର ଛୋଟ ଗଳି ଭିତରେ ଥିଲା ଏବଂ ବେଶ୍ ଦୂରରେ ଗାଡ଼ି ରଖି ଭିତରକୁ ଚାଲି ଚାଲି ଆସିବାକୁ ପଡୁଥିଲା ଏବଂ ସେଥିପାଇଁ ଭାଇର ଧୈର୍ଯ୍ୟ ନ ଥିଲା। ତାକୁ ଥରେ ମାତ୍ର କେମିତି ଅଛୁ ବୋଲି ପଚାରି ତାର ଶଶୁରକୁ ନମସ୍କାର କରି ସେ ତାର କର୍ତ୍ତବ୍ୟ ସମାପନ କରିନେଲା ଏବଂ ପୁଣି ଥରେ ଆସିବାକୁ ଆବଶ୍ୟକ ମନେ କଲା ନାହିଁ। ଦିନେ ଅନସୂୟାର ବାପା ସେଠାକୁ ଆସିଥିବା ବେଳେ କୌଣସି କାରଣରୁ ଶାଶୁ ଗାଳି ଦେଉଥିଲା। ବାହାରେ ଥାଇ ବାପା ଏକଥା ଶୁଣିଲା ଏବଂ ଏଇ ଅବସ୍ଥାରେ ଘର ଭିତରକୁ ଆସିବା ଅନଧିକାର ଚର୍ଚ୍ଚା ହେବ ବୋଲି ଭାବି ଚାଲିଗଲା। ଅନସୂୟା ଲକ୍ଷ୍ୟ କଲା ଯେ ଏଇ ଘଟଣା ପରେ ତାର ବାପାର ସେଠାକୁ ଆସିବା ଅନେକ କମିଗଲା।

ନିଜର ସୁବିଧା ଅସୁବିଧା ବିଷୟରେ ସୁଧୀର ପ୍ରତି ଅନସୂୟାର କୌଣସି ଅଭିଯୋଗ ନ ଥିଲା। ସୁଧୀର ମଧ୍ୟ ତା ଭଳି ଅନ୍ୟ ଗୋଟିଏ ଅଫିସରେ ଛୋଟ ଚାକିରି କରୁଥିଲା। ସେ ନିଜର ଆର୍ଥିକ ଦାୟିତ୍ୱ ପ୍ରତି ବିଶେଷ ସଚେତନ ଥିଲା ଏବଂ ବାପା, ମା ଓ ଭଉଣୀ କିପରି ଭଲରେ ରହିବେ ସେଥିପାଇଁ ଯତ୍ନବାନ ଥିଲା। ଅନସୂୟାର ଦରମା ତାଙ୍କର ସ୍ୱଚ୍ଛଳତାରେ ବିଶେଷ ସହାୟକ ହୋଇଥିଲା ଯେଉଁଥିପାଇଁ ସୁଧୀର ପ୍ରଥମେ ପ୍ରଥମେ କୃତଜ୍ଞ ଥିଲା ଏବଂ ଅନସୂୟାକୁ ସାମାନ୍ୟ ସମ୍ମାନର ଦୃଷ୍ଟିରେ ଦେଖୁଥିଲା; କିନ୍ତୁ ସେ ଅତି ବିନୀତ ଏବଂ ଶିଷ୍ଟ ପ୍ରକୃତିର ଥିଲା ଏବଂ ବାପା ମାଙ୍କର ଆଜ୍ଞାବହ ଥିଲା। ଘରେ କୌଣସି ଗୋଳମାଳ ହେଲେ ସେ ସେଥିରେ ମୁଣ୍ଡ ନ ଖେଳାଇ ଚୁପଚାପ ଘରୁ ବାହାରି ଯାଉଥିଲା ଏବଂ ଡେରିରେ ଘରକୁ ଫେରୁଥିଲା। ଅନସୂୟା ଓ ତାର ଶାଶୁ ମଧ୍ୟରେ ବର୍ତ୍ତମାନ ଦେଖା ଦେଇଥିବା ମନୋମାଳିନ୍ୟ ବିଷୟରେ ସେ ସଚେତନ ଥିଲା ଏବଂ ଯଦିଓ ସେ ଜାଣୁଥିଲା ଯେ ଏଥିରେ ଅନସୂୟାର କୌଣସି ଦୋଷ ନ ଥିଲା, ସେ ଏ କଥାରୁ ନିଜକୁ ଦୂରରେ ରଖୁଥିଲା।

ଅନସୂୟାର ବାପା ସେତେବେଳକୁ ସ୍କୁଟର କଥା ଭୁଲି ଯାଇଥିଲା; କିନ୍ତୁ ତାର ଶଶୁର ଠିକ କେଉଁ ସମୟରେ ଏଇ ବିଷୟଟି ଉତ୍ଥାପନ କରିବ ସେ ବିଷୟ ଠିକ କରିପାରୁ ନଥିଲା। ଦିନେ ଅନସୂୟା଼ା ଶାଶୁକୁ ଅସମୟରେ ଚା ଦେଇ ବସ ଫେଲ ହୋଇ ଘର ବାହାରେ ବ୍ୟସ୍ତ ହୋଇ ରିକ୍ସା ଖୋଜୁଥିବା ବେଳେ ଶଶୁର କହିଲା, ଏଥର ସ୍କୁଟରର ବ୍ୟବସ୍ଥା କର, ଅଫିସ ଗଲାବେଳେ ସୁଧୀର ଅଫିସରେ ପହଞ୍ଚାଇ ଦେବ। ସୁଧୀରର ଅଫିସ ସହରର ଭିନ୍ନ ଦିଗରେ ଥିଲା ଏବଂ କର୍ତ୍ତବ୍ୟପରାୟଣ ହୋଇ ଥିବାରୁ ସେ ଅନେକ ସକାଳୁ ଅଫିସ ବାହାରି ଯାଉଥିଲା। ସ୍କୁଟରରେ ସୁଧୀର ତାକୁ ନେଇ ଅଫିସରେ ପହଞ୍ଚାଇବାର କୌଣସି ସମ୍ଭାବନା ନ ଥିଲା, ତଥାପି ଶଶୁରର କଥା ଶୁଣି ଅନସୂୟା ଏକ ଅର୍ଥହୀନ ହଁ କହିଲା ଓ ଚାଲିଯାଉଥିବା ରିକ୍ସାକୁ ଅଟକାଇଲା। ଶଶୁର କଥାକୁ ଏତିକିରେ ଛାଡ଼ି ନ ଦେଇ କହିଲା, ତମର ବାପା ଅନେକ ଦିନ ହେଲା ଆସି ନାହାନ୍ତି, ମୁଁ ତ ଆଉ ଆଜିକାଲି ଏତେବାଟ ଯାଇପାରୁ ନାହିଁ, ତାଙ୍କୁ ଆସିବାକୁ ଗୋଟାଏ ଚିଠି ଲେଖିଦେବ। ଅନସୂୟା ପୁଣି ହଁ କହିଲା ଏବଂ ଅଫିସରେ ପହଞ୍ଚି ଆଜ୍ଞାବହ ଭଳି ଚିଠି ପଠାଇଦେଲା।

ଚିଠି ପାଇ ବାପା ବୁଝିଲା ଯେ ଏଇଟି କେବଳ ଏକ ସୌଜନ୍ୟମୂଳକ ନିମନ୍ତ୍ରଣ ନ ଥିଲା ବରଂ ଏଇଟି ଥିଲା ସ୍କୁଟର ପାଇଁ ସ୍ମାରକୀ। ସେ ଏଥରକ ସୁଧୀରର ଘରକୁ ଯିବା ବନ୍ଦ କରିଦେଲା। କିନ୍ତି ଶଶୁର ବି ହାରିବାର ଲୋକ ନ ଥିଲା। ସେ ନିଜର ସମ୍ମାନ ଓ ସ୍ୱାସ୍ଥ୍ୟକୁ ଖାତିର ନ କରି ଦିନେ ସକାଳୁ ଯାଇ ଅନସୂୟାର ବାପା ଘରେ ପହଞ୍ଚିଲା। ବାପା ତାକୁ 'ଆପଣ କାହିଁକି କଷ୍ଟ କରି ଆସିଲେ' ଭଳି ଅନେକ ଶିଷ୍ଟାଚାରପୂର୍ଣ୍ଣ କଥା କହି ଚା ପିଇବାକୁ ଦେଲା ଏବଂ ଦେଶର ପରିସ୍ଥିତି ଇତ୍ୟାଦି ବିଷୟରେ ଆଲୋଚନା ଆରମ୍ଭ କରିଦେଲା। ଏଇପରି ଅନେକ

ସମୟ କଥାବାର୍ତ୍ତା କରିବା ପରେ ଶଶୁର ପକ୍ଷରେ ସ୍କୁଟର କଥା ଉଠାଇବା ସମ୍ଭବ ହେଲା ନାହିଁ। ଘରକୁ ଫେରି ଆସୁ ଆସୁ ସେ ଏଥିପାଇଁ ପଶ୍ଚାତ୍ତାପ କଲା ଏବଂ ଶାଶୁ ଯେତେବେଳେ ତାକୁ ସ୍କୁଟର କଥା କହିଲ କି ନାହିଁ ବୋଲି ପଚାରିଲା, ମିଛରେ ହଁ କହିଲା।

ତାର ନିମନ୍ତ୍ରଣ ସତ୍ତ୍ୱେ ଯେତେବେଳେ ଅନସୂୟାର ବାପା ତାଙ୍କ ଘରକୁ ଆସିଲା ନାହିଁ, ଶଶୁରକୁ ପୁଣି ବାଧ୍ୟ ହୋଇ ତା ଘରକୁ ଯିବାକୁ ପଡ଼ିଲା। ଶଶୁର ଏଥରକ ଚାଲାକ ହୋଇଯାଇଥିଲା ଏବଂ ଅନସୂୟାର ବାପା ତାକୁ ଦେଶର ପରିସ୍ଥିତି ଇତ୍ୟାଦି ବିଷୟରେ କହି ଭୁଲାଇ ଦେବା ପୂର୍ବରୁ ସ୍କୁଟର କଥା ଉଠାଇଲା। ବାପା ସିଧାସଳଖ କଥାର ଉତ୍ତର ନ ଦେଇ ସ୍କୁଟର ମିଳିବାକୁ କିପରି ଆଠ ବର୍ଷ ଲାଗୁଛି ଏବଂ କଳାବଜାରରେ କିପରି ସାତ ହଜାର ଟଙ୍କା ଅଧିକା ପଡୁଛି, ଏ କଥା କହିଲା ଏବଂ ଦେଶର ଆର୍ଥିକ ସଂକଟ କଥା କହିଲା। ତା ମତରେ ଦେଶର ଏଇ ସବୁ ପରିସ୍ଥିତି ପାଇଁ ପୁଞ୍ଜିବାଦୀ ରାଜନୀତି ହିଁ ଦାୟୀ ଥିଲା, ଇତ୍ୟାଦି। ଶଶୁର ବାହାରିବା ଆଗରୁ ଏସବୁ କଥାରେ ଆଉ ଭୁଲିବ ନାହିଁ ବୋଲି ନିଶ୍ଚୟ କରି ଯାଇଥିଲା ଏବଂ ଏଥରକ ରୋକଠୋକ କହିଲା, ଦେଶର ରାଜନୀତି ଯୁଆଡ଼େ ଯାଉ, ଆମର ସ୍କୁଟର ଲୋଡ଼ା। ଏତେ ଦିନ ହୋଇଗଲାଣି, କେତେ ଦିନ ଆଉ ଆମକୁ ଠକିବ ?

ଅନସୂୟାର ବାପା କଥାଟାର ଏକ ଶେଷ ନିଷ୍ପତ୍ତି କରିବା ଉଦ୍ଦେଶ୍ୟରେ କହିଲା, କିଏ କାହାକୁ ଠକୁଛି ? କି ସ୍କୁଟର ? ଶଶୁର ପକେଟରୁ ସ୍କୁଟର ଲେଖା ଥିବା ଛୋଟ କାଗଜଟି ବାହାର କରି ଦେଖାଇଲା। କାଗଜଟିକୁ ହାତରେ ନେଇ ବାପା କହିଲା, ସ୍କୁଟର ଦେବାଭଳି ସାମର୍ଥ୍ୟ ମୋର ଅଛି ବୋଲି ମୁଁ କହିଥିଲି। ତାର ଅର୍ଥ ନୁହେଁ ଯେ ମୋ ଘରକୁ ଆସି ମତେ ଧମକାଇ ସ୍କୁଟର ଆଦାୟ କରିବ। ଶିଶୁର କହିଲା, ଆମେ ଆପଣଙ୍କୁ ଭଦ୍ରଲୋକ ବୋଲି ଭାବି କଥାରେ ବିଶ୍ୱାସ କରି ବାହାଘର କରିଦେଲୁ, ନ ହେଲେ...। ବାପା ରାଗିଯାଇ କହିଲା, କାହାକୁ ଭଦ୍ରଲୋକ ଦେଖାଉଚ? ସେ ଏଥରକ ସେଇ କାଗଜ ଟୁକୁଡ଼ାଟିକୁ ଆହୁରି ଛୋଟ ଛୋଟ କରି ଛିଣ୍ଡାଇଦେଲା ଏବଂ ତାକୁ ଶଶୁର ଉପରକୁ ଫିଙ୍ଗିଦେଇ କହିଲା, ନିଅ ତମର ସ୍କୁଟର। ଶଶୁର, ଯେ କି ଭୟାଳୁ ଲୋକ ଥିଲା, ଆଉ କିଛି କହି ନ ପାରି ରାଗ ଓ ଅପମାନରେ ତମତମ ହୋଇ ବାହାରିଗଲା ଏବଂ ବାପା ବୁଝିଲା ଯେ ଏଇଠାରେ ସ୍କୁଟର ଅଧ୍ୟାୟର ପରିସମାପ୍ତି ହେଲା।

ଶଶୁର ଶାଶକୁ ଯାଇ ମିଛକଥା କହିବ କି ନିଜର ଅପମାନର ସଠିକ ବିବରଣୀ ଦେବ ଏ ବିଷୟରେ ଭାବିଲା ଏବଂ ଶେଷରେ ସତ କହିବ ବୋଲି ଠିକ କଲା। ତା କଥା ଶୁଣି ଶାଶୁ ତାକୁ ମାଇଚିଆ ଇତ୍ୟାଦି କହି ଅନେକ ଗାଳି ଦେଲା ଏବଂ ତାପରେ ଦୁହେଁ ବସି ପରବର୍ତ୍ତୀ ପନ୍ଥା ବିଷୟରେ ପରିକଳ୍ପନା କରିବାରେ ଲାଗିଲେ। ଏଇ ସୁଚିନ୍ତିତ ଯୋଜନା ଅନୁଯାୟୀ ଅନସୂୟାକୁ କିଛିଦିନ ପାଇଁ ତା ବାପଘରକୁ ଯାଇ ବୁଲି ଆସିବାକୁ କୁହାଗଲା। ଠିକ ଭାବରେ ବୁଝି ନ ପାରୁଥିଲେ ବି ଅନସୂୟା ଜାଣୁଥିଲା ଯେ ଏକଥା ପଛରେ କିଛି ଗୋଟାଏ ଉଦ୍ଦେଶ୍ୟ ଅଛି। ସେ

ସୁଧୀରକୁ ଏକଥା କହିଲା ଏବଂ କେବେ ବାପଘରକୁ ଯିବ ସେକଥା ପଚାରିଲା। ସୁଧୀର ତାର ବାପା ମାଙ୍କର ସ୍କୁଟର ସମ୍ବନ୍ଧୀୟ ଚକ୍ରାନ୍ତ ବିଷୟରେ ପରୋକ୍ଷରେ ଅବଗତ ଥିଲା ଏବଂ ଅନସୂୟାକୁ ସେଇଦିନ ସଂଧ୍ୟାବେଳେ ହିଁ ଚାଲିଯିବାକୁ ଉପଦେଶ ଦେଲା।

ଅନସୂୟା ଯେତେବେଳେ ନିଜ ଘରେ ଯାଇ ରିକ୍ସାରୁ ଓହ୍ଲାଇଲା, ତାର ବାପା ସବୁକଥା ଠିକ ଠିକ ବୁଝିପାରିଲା ଏବଂ କାହିଁକି ମତେ ନ ପଚାରି ଶାଶୁଘରୁ ଚାଲି ଆସିଲୁ ବୋଲି ତାକୁ ଓଲଟା ଗାଳିଦେଲା। ରିକ୍ସାବାଲାକୁ ପଇସା ଦେଉ ଦେଉ ଅନସୂୟା ଚୁପଚାପ ଗାଳି ଶୁଣିଲା ଏବଂ ଘର ଭିତରକୁ ଆସି ମା ପାଖରୁ କିଛି ଆଶ୍ୱାସନା ପାଇବା ଆଶାରେ ସିଧା ରୋଷାଇଘରକୁ ଗଲା। ମା ତାକୁ ଦେଖି ରାଗରେ ଫାଟି ପଡ଼ିଲା ଏବଂ ତାର ଏଇ ନିର୍ବୋଧତା ହେତୁ ତାକୁ ଯେ ଜୀବନସାରା ଦୁଃଖ ହିଁ ଦୁଃଖରେ କଟାଇବାକୁ ହେବ ସେ ବିଷୟ ସ୍ମରଣ କରାଇଲା। ଅନସୂୟା ବର୍ତ୍ତମାନ ଜାଣିପାରିଲା ଯେ ତାର ବାପଘରକୁ ଆସିବା ସହିତ ଯୌତୁକ ସ୍କୁଟରର ଏକ ପରୋକ୍ଷ କିନ୍ତୁ ଘନିଷ୍ଠ ସମ୍ପର୍କ ଥିଲା, ଯେଉଁଥିପାଇଁ ତାର ବାପା ମା ତା ଉପରେ ବିରକ୍ତ ହେଉଥିଲେ।

ତା ପରଦିନ ରବିବାର ଛୁଟି ଥିଲା ଏବଂ ନିଜର ମନକୁ ସ୍ଥିର କରି ଅନସୂୟା ସୋମବାର ଦିନ ଅଫିସକୁ ଗଲା। ଅଫିସର ଖାଇବା ଛୁଟି ବେଳେ ସେ ଟେଲିଫୋନ କରି ସୁଧୀର ସହିତ କଥାବାର୍ତ୍ତା କରିବା ପାଇଁ ଚେଷ୍ଟା କଲା, କିନ୍ତୁ ଟେଲିଫୋନ ଧରିଥିବା ଭଦ୍ରବ୍ୟକ୍ତି ସୁଧୀରକୁ ଡାକିବାର କଷ୍ଟ କରିବା ପାଇଁ ପ୍ରସ୍ତୁତ ନ ଥିଲେ। ପୁଣି ଥରେ ଫୋନ କରିବାବେଳେ ଆଉ ନମ୍ବର ମିଳିଲା ନାହିଁ ଏବଂ ଖାଇବା ଛୁଟି ସରିଗଲା। ସଂଧ୍ୟାବେଳେ ଅଫିସ ଛୁଟି ପରେ ଆଉ ସୁଧୀରକୁ ଟେଲିଫୋନରେ ପାଇବା ସମ୍ଭବ ନ ଥିଲା ଏବଂ ଅନସୂୟା ମଧ୍ୟ ବସ ଧରିବା ପାଇଁ ବ୍ୟସ୍ତ ଥିଲା, କାରଣ ଏଇ ବସଟି ଫେଲ ହେଲେ ତାକୁ ଆହୁରି ଘଣ୍ଟାଏ ଅପେକ୍ଷା କରିବାକୁ ପଡୁଥିଲା। ଅଫିସରେ ଥିବା ପର୍ଯ୍ୟନ୍ତ ଅନସୂୟାର ମନ ଠିକ ରହୁଥିଲା, କିନ୍ତୁ ଘରେ ପହଞ୍ଚିଲେ ଅନେକ ଚିନ୍ତା ଆସି ମନକୁ ଭାରାକ୍ରାନ୍ତ କରିଦେଉଥିଲେ। ଅଫିସ ହିଁ ତା ପାଇଁ ଏକ ଆଶ୍ରୟର ଦ୍ୱୀପ ଥିଲା ଯେଉଁଠାରେ ସେ କାମ ଭିତରେ ନିଜକୁ ସମସ୍ତ ଅପ୍ରୀତିକର ଅନୁଭବରୁ ସ୍ୱତନ୍ତ୍ର କରି ଦେଉଥିଲା; କିନ୍ତୁ ପରଦିନ ସେ ଯେତେବେଳେ ଅଫିସରେ ପହଞ୍ଚିଲା, ଜାଣିଲା ଯେ ତାର ପାରିବାରିକ ଜୀବନର ଘଟଣାମାନଙ୍କର ଅତିରଞ୍ଜିତ ବିବରଣୀ ଆସି ଅଫିସରେ ପହଞ୍ଚି ସାରିଥିଲା। ତାର ସାଙ୍ଗ ଝିଅଟି ତାକୁ କହିଲା, ତୁ କୁଆଡ଼େ ଶାଶୁ-ଶଶୁରଙ୍କ ସାଙ୍ଗରେ କଳି କରି ବାପଘରକୁ ପଳେଇ ଯାଇଚୁ ?

ଏଇ କଥା ପରେ ଅଫିସ ମଧ୍ୟ ତାକୁ ଏକ ଅନାତ୍ମୀୟ ଜାଗା ଭଳି ମନେହେଲା। ସେ ଫାଇଲରେ ଭୁଲ କରି ବଡ଼ବାବୁଙ୍କ ପାଖରୁ ଗାଳି ଖାଇଲା ଏବଂ ସେଦିନ ଖାଇବା ଛୁଟିରେ ବଡ଼ବାବୁଙ୍କ ଟେଲିଫୋନରୁ ସୁଧୀରକୁ ଫୋନ କରିବା ପାଇଁ ତାର ସାହସ ହେଲା ନାହିଁ। ତାକୁ

ଏଥରକ ମନେହେଲା ଯେମିତି ଅଫିସର ଲୋକମାନେ ତା ପଛରେ ତା ବିଷୟରେ କଥାବାର୍ତ୍ତା ହେଉଥିଲେ ଏବଂ ତାର ଚାଲିଚଳନକୁ ନାପସନ୍ଦ କରୁଥିଲେ। ତାର ସେଇ ପୁରୁଣା ସାଙ୍ଗ, ଯେ କି ତାର ବାହାଘର ପରେ ପରେ ତା ପାଖକୁ ଆସିବାକୁ ଅନେକ ଚେଷ୍ଟା କରୁଥିଲା, କିନ୍ତୁ ଅନସୂୟା ତାକୁ ପ୍ରଶ୍ରୟ ଦେଉ ନ ଥିଲା, ସେ ମଧ୍ୟ ଆଜିକାଲି ଆଉ ପାଖରେ ଦେଖା ଯାଉ ନ ଥିଲା। ଦିନେ ସାହସ କରି ଅନସୂୟା ଅନ୍ୟ ମହଲାରେ ସେ ବସୁଥିବା ଜାଗାକୁ ଗଲା। ତାକୁ ଦେଖି ତାର ସାଙ୍ଗ ତମେ ଯାଅ ମୁଁ ଆସୁଛି ବୋଲି କହିଲା, କିନ୍ତୁ ଆଉ ତା ସହିତ ସାକ୍ଷାତ କଲା ନାହିଁ।

ପରବର୍ତ୍ତୀ ରବିବାର ଦିନ ଅନସୂୟାକୁ ନେଇ ତାର ବାପା ତାକୁ ଶାଶୁଘରେ ଛାଡ଼ିବାକୁ ଗଲା। ଘରର କବାଟ ବନ୍ଦ ଥିଲା ଏବଂ ଶଶୁର କବାଟକୁ ସାମାନ୍ୟ ଖୋଲି ବାହାରକୁ ଆସିଲା ଓ ଦୁଆରକୁ ଜଗି ଠିଆ ହେଲା। ରାସ୍ତା ଉପରେ ଠିଆ ହୋଇ ବାପା ଝିଅକୁ କହିଲା, ଯା ତୁ ଭିତରକୁ ଯା, ଆମେ ବାହାରେ ଟିକିଏ କଥା ହବୁ। ଶଶୁର ଏଥରକ କବାଟକୁ ପୂରା ବନ୍ଦ କରି ବାହାରକୁ ଆସିଲା ଏବଂ କହିଲା, ମତେ ତମ ଘରେ ଯୋଉ ଅପମାନ ଦେଇଥିଲ ଆଗେ ସେ କଥାର ନିଷ୍ପତ୍ତି ହେଉ, ତା ପରେ ବୋହୂ ଘର ଭିତରକୁ ଯିବା ନଯିବା କଥା ବୁଝାଯିବ। ଶଶୁର ବେଶ୍ ବଡ଼ ପାଟିରେ ଏକଥା କହିଲା ଯାହା ଫଳରେ ସାହିର କିଛି ଲୋକ ଆସି ସେଠାରେ ଜମା ହେଲେ। ସେମାନେ ଯଦିଓ ଘଟଣା ବିଷୟରେ ସଂପୂର୍ଣ୍ଣ ଅଜ୍ଞ ଥିଲେ, ସେମାନେ ହଠାତ୍ ଶଶୁରର ଅନ୍ଧ ସମର୍ଥକ ହୋଇଗଲେ। ତାଙ୍କ ଭିତରୁ ଜଣେ କହିଲା, ଯେତେ ହଉ ପୁଅର ବାପ ତ। ଆମ ସାହିରେ ଏକଥା ଚଳିବ ନାହିଁ। ଝିଅ ଘରୁ ଲୋକ ଆସି ଆମ ସାହିରେ ଅପମାନ ଦେଇ ଚାଲିଯିବ, ଏ କଥା ଆମେ ସହିବୁ ନାହିଁ। ଅନସୂୟାର ବାପା ତାଙ୍କ ଆଡ଼କୁ ଅନାଇ କହିଲା, ପୂରା କଥାଟା ଟିକିଏ ବୁଝନ୍ତୁ। ଏଥରକ ସାହିର ଲୋକ ରାଗିଯାଇ କହିଲା, କଣ ଆଉ ବୁଝିବୁ ? ସିଧାସଳଖ ଘରକୁ ଚାଲିଯାଅ।

ସେତେବେଳକୁ ଆଉ କିଛି ଲୋକ ଆସି ଜମି ଯାଇଥିଲେ ଏବଂ ପାଖ ଘରମାନଙ୍କର କବାଟ ଝରକା ଦେଇ ସ୍ତ୍ରୀ ଲୋକମାନେ ଏହି ମନୋରଞ୍ଜକ ଦୃଶ୍ୟକୁ ଉପଭୋଗ କରିବାରେ ଲାଗିଥିଲେ। ଆଉ ଉଚ୍ଚବାଚ୍ୟ ନ କରି ଅନସୂୟାର ବାପା କହିଲା, ହଉ ଚାଲ। କଚେରୀରେ ଏ କଥାର ବୁଝାମଣା ହେବ। ଏତିକି କହି ଲମ୍ବା ଲମ୍ବା ପାଦ ପକାଇ ସେ ସେଠାରୁ ଗଳିମୁଣ୍ଡ ଆଡ଼କୁ ଚାଲିଗଲା। ଅନସୂୟା ମୁହୂର୍ତ୍ତେ ଶଶୁର ଆଡ଼େ ଅନାଇଲା ଓ ସୁଟକେଶ ଉଠାଇ ବାପକୁ ଅନୁସରଣ କଲା। କଚେରୀ କଥା ଶୁଣି ସାହି ଲୋକେ ବର୍ତ୍ତମାନ ବେଶ ଉତ୍ତେଜିତ ଥିଲେ। ଗଳି ମୁଣ୍ଡରେ ପାନ ଦୋକାନ ପାଖରେ ରିକ୍ସା ମିଳିଲା ଏବଂ ବାପା ସାଙ୍ଗରେ ରିକ୍ସାରେ ବସି ଅନସୂୟା ପୁଣି ଘରକୁ ଫେରିଲା।

ଏହି ଘଟଣାଟିର ଖବର ମଧ୍ୟ ଅତି ଶୀଘ୍ର ଅଫିସରେ ପହଞ୍ଚିଗଲା। ଭୁଲ କାମ ପାଇଁ ଅନସୂୟାକୁ ଗାଳି ଦେବାବେଳେ ବଡ଼ବାବୁ ଏଥରକ କହିଲା, ଘରେ ଯାହା କଳିତକରାଳ ହେଲେ

ବି ଅଫିସ କାମକୁ ଠିକରେ କରିବାକୁ ହେବ। ଘର କଥା ଘରେ, ଅଫିସ କାମ ଅଫିସରେ। ତାର ବ୍ୟକ୍ତିଗତ ଜୀବନ ବିଷୟରେ ଏ ପର୍ଯ୍ୟନ୍ତ କେହି କେବେ କିଛି କହିବାକୁ ସାହସ କରି ନ ଥିଲେ, କିନ୍ତୁ ଅନସୂୟା ବର୍ତ୍ତମାନ ବଡ଼ବାବୁର କଥାକୁ ନୀରବରେ ଶୁଣିନେଲା। ଏପରିକି ଅଫିସର ସେଇ ଅଭଦ୍ର ଲୋକଟି, ଯେ କି ଆଗରୁ ସବୁବେଳେ ତା ପଛରେ ଲାଗିବାକୁ ଚେଷ୍ଟା କରୁଥିଲା କିନ୍ତୁ ସାହସ କରୁ ନ ଥିଲା; ସେ ଅନସୂୟାର ଟେବୁଲ ପାଖକୁ ଆସିଲା ଏବଂ ତା ମୁହଁ ପାଖକୁ ମୁହଁ ନେଇ କିଛି ଅସୁବିଧା ହେଲେ ମତେ କହିବ, ତମେ ସିନା ମତେ ପଚାର ନାହିଁ ମୁଁ ତମ ନିଜର ବୋଲି କହିଲା। ଅନସୂୟା ଚୁପ ହୋଇ ଏଇ ଔଦ୍ଧତ୍ୟକୁ ସହିନେଲା।

କିଛିଦିନ ପରେ ଅନସୂୟାର ବାପା ସତକୁ ସତ ଓକିଲଠାରୁ ନୋଟିସ ଲେଖାଇ ତାର ଦସ୍ତଖତ ପାଇଁ ଆଣି ପହଞ୍ଚିଲା। ଅନସୂୟା ସେଥିରେ ଦସ୍ତଖତ କରିବା ପାଇଁ ସାମାନ୍ୟ କୁଣ୍ଠାବୋଧ କରୁଥିଲା; କିନ୍ତୁ ବାପାର ବଦ୍ଧପରିକର ମୁହଁ ଆଡ଼କୁ ଅନାଇ କାଗଜକୁ ନ ପଢ଼ି ସେଥିରେ ଦସ୍ତଖତ କରିଦେଲା। ସେଇଦିନ ଅଫିସକୁ ଯାଇ ସେ ସୁଧୀର ପାଖକୁ ଦୀର୍ଘ ଚିଠି ଲେଖିଲା ଏବଂ ତାକୁ ଆସି ଘରକୁ ନେଇଯିବାକୁ ଅନୁନୟ କଲା। ତା ପରେ ଅନେକ ଥର ଫୋନ କରିବା ପରେ ସେ ଯେତେବେଳେ ସୁଧୀରକୁ ଟେଲିଫୋନରେ ପାଇଲା ସେ ତାକୁ ହଁ ମୁଁ ଆସିବି ଏତିକି କହି ଫୋନ ରଖିଦେଲା।

ପର ରବିବାର ଦିନ ନିଜେ ନ ଯାଇ ଅନସୂୟାର ବାପା ତାକୁ ଏକା ଶାଶୁଘରକୁ ପଠାଇଲା। ହାତରେ ସୁଟକେଶ ଧରି ଅନସୂୟା ଯେତେବେଳେ ଶାଶୁଘର ପାଖେ ଓହ୍ଲାଇଲା, ସାହିର ଲୋକେ ତା ଚାରିପାଖେ ଘେରି ଠିଆହେଲେ। ଏଥରକ କେହି କେହି ସ୍ତ୍ରୀଲୋକ ମଧ୍ୟ ରାସ୍ତା ଉପରକୁ ଓହ୍ଲାଇ ଆସିଲେ। ଜଣେ କିଏ ସାହିବାଲା କହିଲା, ଏଥର ଏକଥା କେବଳ ଦି ପରିବାରର ନୁହେଁ। ତମ ବାପା ଆମ ସାହିବାଲାଙ୍କୁ ଅପମାନ ଦେଇଛନ୍ତି। ସେ ଏଠାକୁ ଆସିଲେ କଥାର ବିଚାର ହେବ। ସ୍ତ୍ରୀଲୋକମାନେ ନିଜ ନିଜ ଭିତରେ ହସିଲେ ଏବଂ କିଏ ଜଣେ ଏଯୁଗ କୁଆଡ଼େ ଯାଉଚି ବୋଲି ମନ୍ତବ୍ୟ କଲା। ସୁଟକେଶ ଧରି ଅନସୂୟା ପୁଣି ଚାଲି ଚାଲି ଗଳିମୁଣ୍ଡକୁ ଗଲା। ତାର ଘରୁ ପଳାଇ ଯାଇଥିବା କଥା ଗଳିମୁଣ୍ଡର ଦୋକାନୀମାନଙ୍କୁ ଜଣାଥିଲା, କାରଣ ଏଥର ପାନଦୋକାନୀ ତାକୁ ଫେରୁଥିବାର ଦେଖି ଉଚ୍ଚ ସ୍ୱରରେ ହସିଲା ଏବଂ ତାର ଶୁଣିବା ନ ଶୁଣିବାକୁ ଖାତିର ନ କରି କହିଲା, ଏଥରକ ଏମିତି ଯିବା ଆସିବା ଲାଗିଲା। ତାକୁ ସେଠାକୁ ଆଣିଥିବା ରିକ୍ସାବାଲା ମଧ୍ୟ ତା ଆଡ଼କୁ ଅବଜ୍ଞାରେ ଅନାଇଲା ଏବଂ ସେ ରିକ୍ସାରେ ବସିବା ପରେ ତଳକୁ ଛେପ ପକାଇଲା।

ଅନସୂୟା ଜାଣିଲା ଯେ ସମସ୍ତଙ୍କ ପାଇଁ ସେ ତାର ସ୍ୱାମୀକୁ ଛାଡ଼ି ଘରୁ ପଳାଇଥିବା ଗୋଟିଏ ଚରିତ୍ରହୀନା ସ୍ତ୍ରୀ ହୋଇଯାଇଛି। ଘରକୁ ଫେରି ବାପା ପାଖରୁ ସେ ପୁଣି ଗାଳି ଖାଇଲା ଏବଂ ସୁଧୀର ପାଖକୁ ଆହୁରି ଅନୁନୟ କରି ଚିଠି ଲେଖିଲା। ସେଦିନ ଅଫିସ କାମରେ ତାର

ମନ ଲାଗିଲା ନାହିଁ। ତାର ସାଙ୍ଗ ଝିଅଟି ଆସି ତାକୁ ଅନେକ ବୁଝାଇଲା ଏବଂ ବାହାରକୁ ଡାକିନେଲା। ବାହାରକୁ ଯାଇ ଅନସୂୟା ପ୍ରଥମଥର ପାଇଁ ଅନେକ କାନ୍ଦିଲା ଏବଂ ଆଖି ପୋଛି ପୁଣି ନିଜ ଟେବୁଲକୁ ଫେରିଲା। ସେ ଖୋଲା ଫାଇଲକୁ ବନ୍ଦ କଲା ଏବଂ କଣ ଭାବି ଉପର ମହଲାରେ ବସୁଥିବା ତାର ପୁରୁଣା ସାଙ୍ଗ ପାଖକୁ ଗଲା। ଅନସୂୟାକୁ ଦେଖି ସେ ବାହାରକୁ ଆସିଲା ଏବଂ କହିଲା, ଏଠାରେ ଏତେ ଲୋକ ବସିଛନ୍ତି ଦେଖୁଚ, ଏଠାକୁ କାହିଁକି ଆସିଲ ? ଅନସୂୟା କହିଲା, ତମ ପାଖରେ ମୋର ଅନେକ ଜରୁରୀ କାମ ଅଛି। ଅଫିସ ପରେ ମତେ ମୋ ରାଣ ଯେମିତି ହେଲେ ଦେଖା କରିବ।

ଅଫିସ ପରେ ସିଧା ବସ ଷ୍ଟପ୍କୁ ନ ଯାଇ ଅନସୂୟା ବାହାରେ ଠିଆ ହେଲା। ଅନେକ ସମୟ ପରେ ତାର ସାଙ୍ଗ ଆସିଲା ଏବଂ ବିନା ଭୂମିକାରେ କହିଲା, ହଁ, କଣ କହୁଚ କୁହ। ଅନସୂୟା କହିଲା, ମୁଁ ବର୍ତ୍ତମାନ ବଡ଼ ଅସୁବିଧାରେ ପଡ଼ିଛି। ତମେ ସାହାଯ୍ୟ ନ କଲେ ମୁଁ ମରିଯିବି। ତମ ଛଡ଼ା ମୋର ଆଉ କେହି ନାହାନ୍ତି। ତାର ସାଙ୍ଗ ସାମାନ୍ୟ ବିଦ୍ରୁପର ହସ ହସିଲା; କହିଲା, ଯେତେବେଳେ ବାହା ହୋଇ ଗଲ, ମୁଁ ତ ତମର ମନେପଡ଼ି ନ ଥିଲି। ଅନସୂୟା ଏ ବିଷୟରେ ଆଉ ବାଦାନୁବାଦ କରିବା ଅବସ୍ଥାରେ ନ ଥିଲା। କହିଲା, ସେ ପଛକଥା ସବୁ ଭୁଲିଯାଅ। ମୋର ବିପଦ ବେଳେ ତ ଅନ୍ତତଃ ସାହାଯ୍ୟ କର। ସାଙ୍ଗ କହିଲା, ହଉ କଣ କହୁନ ଶୀଘ୍ର କହ। ଅନସୂୟା କହିଲା, ତମେ ଯେମିତି ହେଲେ ଯାଇ ମୋର ସ୍ୱାମୀକୁ ଡାକିଆଣି ମୋ ସାଙ୍ଗରେ ଦେଖା କରାଅ। ସାଙ୍ଗ, ଯେ କି ଅନସୂୟାଠାରୁ ପୁଣି ପ୍ରେମର ନିବେଦନ ଶୁଣିବ ବୋଲି ଆଶା କରିଥିଲା, ଏକଥା ଶୁଣି ନିରାଶ ଓ ରୁଷ୍ଟ ହେଲା ଏବଂ ଆଚ୍ଛା ହଉ ବୋଲି କହି ବାହାରିଗଲା।

କିଛି ଦିନ ପରେ ଓକିଲ ତାକୁ ସେ ବିଷୟରେ ଆଲୋଚନା କରିବ ବୋଲି ଡକାଇ ପଠାଇଲା। ଓକିଲର କୋଠରୀରେ ବସି ଅନସୂୟା ପ୍ରଥମଥର ପାଇଁ ଦସ୍ତଖତ କରିଥିବା କାଗଜଟିକୁ ପଢ଼ିଲା। ଦରଖାସ୍ତଟିର ପ୍ରତ୍ୟେକ ଧାଡ଼ି ମିଥ୍ୟାରେ ପରିପୂର୍ଣ୍ଣ ଥିଲା ଏବଂ ସେଥିରେ ଏପରି ସବୁ ଘଟଣାମାନଙ୍କର ବର୍ଣ୍ଣନା ଥିଲା ଯାହା ଅସତ୍ୟ ହିଁ ନ ଥିଲା, ଅନସୂୟାର କଳ୍ପନା ବହିର୍ଭୂତ ଥିଲା। ଓକିଲ କହିଲା, ମକଦ୍ଦମା ଦିନ ତମକୁ ହଲପ କରି ଏସବୁ ବିଷୟରେ କହିବାକୁ ପଡ଼ିବ। ଯନ୍ତ୍ରଚାଳିତ ଭଳି ଅନସୂୟା ମୁଣ୍ଡକୁ ନୁଆଁଇ ହଁ କହିଲା। ଓକିଲ ଏଥରକ ନିଜ ଚଉକିରୁ ଉଠି ଆସି ତା ପଛରେ ଠିଆହେଲା ଏବଂ ଦରଖାସ୍ତକୁ ଓଲଟାଇ ଗୋଟାଏ ଜାଗାକୁ ଦେଖାଇଲା ଯେଉଁଠାରେ ସୁଧୀରର ପୌରୁଷ ବିଷୟରେ ତିର୍ଯ୍ୟକ୍ ଉଲ୍ଲେଖ ଥିଲା। ଅନସୂୟା ପୁଣି ଥରେ ତାକୁ ପଢ଼ିଲା ଏବଂ ଓକିଲ ମୁହଁକୁ ଅନାଇଲା। ଓକିଲ ଏଥରକ ତାର ଆହୁରି ପାଖକୁ ଲାଗି ଆସି ତା କାନ୍ଧରେ ହାତର ଚାପ ଦେଲା ଏବଂ ଅଦ୍ଭୁତ ଧୀର ଗଳାରେ କହିଲା, ପାରିବ ତ ? ଅନସୂୟା ଏଇ ଅଶ୍ଳୀଳ ଆତିଶଯ୍ୟକୁ ମଧ୍ୟ ସହିନେଲା ଏବଂ ହଁ କହି ସେଠାରୁ ଉଠି ଚାଲି ଆସିଲା।

ତାର ସୌଭାଗ୍ୟକୁ ଅନସୂୟାକୁ ଆଉ କଚେରୀ ଯିବାକୁ ପଡ଼ିଲା ନାହିଁ, କାରଣ ତାର ବାପା ବର୍ତ୍ତମାନ ଏଇ ମକଦ୍ଦମାର ନିରର୍ଥକତା ବୁଝିପାରିଥିଲା। ଓକିଲ ବେଶି ଟଙ୍କା ନେବାରେ ଲାଗିଥିଲା ଏବଂ ଅନସୂୟାର ବାପା ଅନ୍ୟ ଓକିଲ ପାଖକୁ ଯାଇ ବୁଝିଲା ଯେ ଏ ମକଦ୍ଦମାରେ କୌଣସି ଲାଭ ହେବ ନାହିଁ। ତେଣୁ ସେ ନିଜର ସମ୍ମାନକୁ ଜଳାଞ୍ଜଳି ଦେଇ ପୁଣି ସ୍କୁଟର କଥା ଭାବିଲା ଏବଂ ଦିନେ ବଡ଼ ପୁଅ ପାଖକୁ ଗଲା। ପୁଅ କଥାକୁ ଅଧା ଶୁଣି କହିଲା, ମୁଁ ମୂଳରୁ କହିଥିଲି ଯେ ଯୌତୁକରେ ପଣ ନାହିଁ ବୋଲି। ବାପା କହିଲା, ସେ ସ୍କୁଟର କଥା ପଛେ ଯାଉ, ତୁ ଟିକିଏ ଯାଇ ତାର ଶଶୁରକୁ ବୁଝାଇ ଦେ। ପୁଅ କହିଲା, ନା, ସେଥିରେ କିଛି ଲାଭ ନାହିଁ। ବରଂ ତାକୁ ସ୍କୁଟର ଦେଇଦିଅ। ଏଥରକ ଆଉ ବାକ୍ୟ ବ୍ୟୟ ନ କରି ସେ ଭିତରକୁ ଗଲା ଏବଂ ସ୍କୁଟରର ଟଙ୍କା ଆଣି ବାପା ହାତରେ ଧରାଇଦେଲା।

ଯୋଉଦିନ ନୂଆ ସ୍କୁଟର କିଣାହୋଇ ଆସିଲା, ସମସ୍ତେ ଭାବିଲେ ଏକ ଅପ୍ରୀତିକର ଘଟଣାର ପରିସମାପ୍ତି ଘଟିଲା ଏବଂ ଅନସୂୟା ବି ଏତେ ଦିନ ପରେ ସାମାନ୍ୟ ଖୁସି ହେଲା। ପ୍ରଥମେ ଆଉ ଜଣକ ହାତରେ ଶାଶୁ ଘରକୁ ସ୍କୁଟର ପଠାଗଲା ଏବଂ ତାର ଦିନକ ପରେ ଅନସୂୟାକୁ ନେଇ ତାର ବାପା ଶାଶୁ ଘରେ ପହଞ୍ଚିଲା। ଅନସୂୟା ତଳେ ମୁଣ୍ଡ ଲଗାଇ ଶଶୁରକୁ ନମସ୍କାର କଲା ଏବଂ ଶଶୁର ତାର ବାପାକୁ ଚା ପିଇବାକୁ କହିଲା। ଅନସୂୟା ସିଧା ରୋଷେଇ ଘରକୁ ଯାଇ ରୋଷେଇର ଦାୟିତ୍ୱ ନେଲା, ଯେପରି କି ମଝିରେ କିଛି ବି ବ୍ୟତିକ୍ରମ ହୋଇ ନ ଥିଲା। ଏପରିକି ରାତିରେ ଫେରି ସୁଧୀର ଖାଇପିଇ ଶୋଇବାକୁ ଗଲା ବେଳେ ମଧ୍ୟ ଅନସୂୟାକୁ ଏତେ ଦିନର ଅନୁପସ୍ଥିତି ବିଷୟରେ କିଛି ବି ପଚାରିଲା ନାହିଁ। ଖାଲି କହିଲା, ଆଜି ମୋର ଦେହ ଭଲ ନାହିଁ, ଟିକିଏ ଗୋଡ଼ ମୋଡ଼ିଦେବ।

ଅନସୂୟା ଭାବିଥିଲା ସବୁ କିଛି ପୁଣି ଆଗ ଭଳି ହୋଇଯିବ, କିନ୍ତୁ ତା ଆଉ ହେଲା ନାହିଁ। ତାର ଶାଶୁ ଶଶୁର ତା ପ୍ରତି ଏବେ ବି ବିମୁଖ ଥିଲେ ଏବଂ ଅନସୂୟାର ଅନେକ ଚେଷ୍ଟା ସତ୍ତ୍ୱେ ବି ତା ସହିତ ଭଲରେ କଥାବାର୍ତ୍ତା କରୁ ନଥିଲେ। ବରଂ ଶାଶୁ ମଝିରେ ମଝିରେ ସେ ଘରଛାଡ଼ି ଚାଲି ଯାଇ ଥିବାରୁ ତାକୁ ପରୋକ୍ଷରେ ଗାଳି ଦେଉଥିଲା। ଘରେ ଅନସୂୟାର ଏକମାତ୍ର ବନ୍ଧୁ ଥିଲା ସୁଧୀରର ଭଉଣୀ; କିନ୍ତୁ ସେ ମଧ୍ୟ ନିଜ ପାଠପଢ଼ା ଓ ବନ୍ଧୁମାନଙ୍କ ମେଳରେ ବ୍ୟସ୍ତ ରହୁଥିଲା ଏବଂ ଅନସୂୟା ପାଇଁ ତାର ବହୁତ କମ ସମୟ ଥିଲା। ଦିନେ ତାର ପଢ଼ା ବହି ଭିତରୁ ଅନସୂୟା କାହାର ପ୍ରେମପତ୍ର ଆବିଷ୍କାର କଲା। ଏ କଥା ତାକୁ ପଚାରିବ କି ଘରେ ଅନ୍ୟମାନଙ୍କୁ କହିବ ଏ ବିଷୟରେ ଅନସୂୟା ଦୁଇ ଦିନ କାଳ ଭାବିଲା। ଶେଷରେ ସେ ଏକଥା ସୁଧୀରକୁ କହିଲା। ସୁଧୀର ତାର ଭଉଣୀକୁ ଗାଳି ଦେଲା ଏବଂ ସେଇଦିନଠାରୁ ଘରର ଏକମାତ୍ର ବନ୍ଧୁ ବି ଅନସୂୟାର ଶତ୍ରୁ ହୋଇଗଲା। ସେ ବର୍ତ୍ତମାନ ଅନସୂୟା ନାଁରେ

ଅଭିଯୋଗମାନ କରୁଥିଲା। ଶାଶୁ ଶଶୁରଙ୍କୁ ସନ୍ତୁଷ୍ଟ କରିବା ପାଇଁ ଅନସୂୟା ତାର ବାପା ମାଙ୍କ ସହିତ ସଂପର୍କ କାଟି ଦେଇଥିଲା ଏବଂ ବର୍ତ୍ତମାନ ସଂସାରରେ ଏକାକୀ ହୋଇଯାଇଥିଲା।

ଅନସୂୟା ଏଇଭଳି ଅବ୍ୟୈକ୍ତିକ ଅଫିସ ଓ ଅନାତ୍ମୀୟ ଘରର ଜୀବନକୁ ସ୍ୱୀକାର କରିନେଲା। ଶାଶୁର ଦୁର୍ବ୍ୟବହାର, ଶଶୁରର କଠୋରତା, ସ୍ୱାମୀର ଅନାସକ୍ତି ଓ ନଣନ୍ଦର ଶତ୍ରୁତା– ସବୁକୁ ସେ ଗ୍ରହଣ କରିନେଲା ଏବଂ ଜୀବନର କଟି ଯାଇଥିବା ଦିନଗୁଡ଼ିକୁ ଏକ ଉଦାସୀନ ବିରକ୍ତିର ସହିତ ଗଣିବାରେ ଲାଗିଲା। ଏଇ ଅବସ୍ଥାରେ ତାର ପ୍ରଥମ ଅବ୍ୟାହତି ହେଲା ଯେଉଁଦିନ ସେ ଜାଣିଲା ଯେ ସେ ମା ହେବାକୁ ଯାଉଛି। ସେ ଖୁସି ହୋଇ ଏ କଥା ସୁଧୀରକୁ କହିଲା। ସୁଧୀର ବାହାରକୁ ଯିବାକୁ ବାହାରୁଥିଲା ଏବଂ ଏ କଥା ଶୁଣି ତା ମୁହଁରୁ ଓଃ ବ୍ୟତୀତ ଆଉ କିଛି ବାହାରିଲା ନାହିଁ। ଯାହାହେଉ ନିଜର ଶାରୀରିକ ଅସୁସ୍ଥତା, ହସପିଟାଲକୁ ସମୟ ଅସମୟରେ ଯିବାର କଷ୍ଟ, ଅଫିସରୁ ଛୁଟି ନେବାର ଅସୁବିଧା ମଝିରେ ଅନସୂୟା ନିଜକୁ ପ୍ରସନ୍ନ ରଖିବାକୁ ଚେଷ୍ଟା କଲା ଏବଂ ଅନାଗତ ସନ୍ତାନର ପ୍ରତୀକ୍ଷାରେ ତାର ଦୁଃଖର ଦିନ ଗଣିବାକୁ ଭୁଲିଗଲା। ଏଇଭଳି ମାନସିକ ଅବସ୍ଥାରେ ତାର ଶାଶୁ ବି ତାକୁ ସାମାନ୍ୟ ସଦୟ ଜଣାଗଲା।

କିନ୍ତୁ ଅନସୂୟାର ଦୁର୍ଭାଗ୍ୟକୁ ତାର ପୁଅ ନୁହେଁ ଝିଅ ଜନ୍ମ ହେଲା। ହସପିଟାଲରେ ତାକୁ ସାରା ରାତି ଜଗି ରହିଥିବା ଶାଶୁ ମୁହଁ ବୁଲାଇ ଘରକୁ ଚାଲିଗଲା। ସୁଧୀର, ଯେ କି ନିଜେ ପୁଅ ହେଉ କି ଝିଅ ହେଉ ସେ ବିଷୟରେ ନିରପେକ୍ଷ ଥିଲା, ମାର ନାପସନ୍ଦକୁ ସମ୍ମାନ ଦେଖାଇ, କଣ ଶେଷରେ ଝିଅଟାଏ ଜନ୍ମ କଲ ବୋଲି କହିଲା। ଦେହ ପାଖରେ ଲାଗି ହୋଇ ଶୋଇଥିବା ଛୁଆକୁ ଅନାଇ ଅନସୂୟା ଖୁସି ହେବ କି ଦୁଃଖ କରିବ ଠିକ କରି ପାରିଲା ନାହିଁ ଏବଂ ଯେତେବେଳେ ସମସ୍ତେ ଚାଲିଗଲେ ସେ ମନ ପୂରାଇ ଅନେକ କାନ୍ଦିଲା। ଘରକୁ ଫେରି ମଧ ଅନସୂୟାର ଦୁଃଖର ଶେଷ ହେଲା ନାହିଁ। ତାର ଛୁଆ ସବୁବେଳେ ବେମାର ରହିଲା। ମ୍ୟାଟରନିଟି ଛୁଟି ଶେଷରେ ଦୁଇଦିନ ଅଫିସରେ ଯୋଗ ଦେବା ପରେ ଅନସୂୟାକୁ ପୁଣି ଛୁଟି ନେବାକୁ ପଡ଼ିଲା। ଏଥରକ ଅଧା ଦରମାର ଛୁଟି ଥିଲା ଏବଂ ଏଥିଯୋଗୁ ଘରର ଆୟ ବ୍ୟାହତ ହେଲା। ଶେଷକୁ ଛୁଆ ତାର ସବୁଠାରୁ ବଡ଼ ଶତ୍ରୁ ହେଲା। ସେ ଦିନରାତି ସବୁବେଳେ କାନ୍ଦୁଥିଲା, ତା ଯୋଗୁ ରାତିରେ କେହି ଶାନ୍ତିରେ ଶୋଇପାରୁ ନ ଥିଲେ ଏବଂ ଏଥିପାଇଁ ଅନସୂୟାକୁ ଦାୟୀ ମାନୁଥିଲେ।

ଛୁଆ ଜନ୍ମ ହେବା ପରେ ଅନସୂୟାର ଦେହ ବି ଭଲ ରହିଲା ନାହିଁ। ସାରା ରାତି ଅନିଦ୍ରା ଓ ଦିନସାରା ଘରର କାମ ଭିତରେ ସେ ବାରମ୍ବାର ଅସୁସ୍ଥ ହୋଇପଡୁଥିଲା। ତଥାପି ସେ ମଝିରେ କିଛିଦିନ ପାଇଁ ଯାଇ ଅଫିସରେ ଯୋଗ ଦେଲା। ଅଫିସରୁ ଫେରିବା ବେଳକୁ ଶାଶୁ ତାର ଅଭିଯୋଗର ଫର୍ଦ୍ଦ ତିଆରି କରି ରଖୁଥିଲା ଏବଂ ନଣନ୍ଦକୁ ଛୁଆର ଦାୟିତ୍ୱ ନେବାକୁ

ପଡୁଥିବାରୁ ସେ ମଧ୍ୟ ବିରକ୍ତ ହେଉଥିଲା। ତେଣୁ ଅନସୂୟା ପୁଣି ଛୁଟି ନେଲା ଏବଂ ଏଥରକ ଛୁଟି ସବୁ ବିନା ଦରମାର ଥିଲା। ଏକଥା ମଧ୍ୟ ଘରେ ବିଶେଷ କ୍ଷୋଭର କାରଣ ହେଲା। ଏଇ ସମୟରେ ଘରେ ବସି ରହିବା ଅବସ୍ଥାରେ ଅନସୂୟାକୁ ଏକ ଅଦ୍ଭୁତ କ୍ଷୁଣ୍ଣତା ଛାଇ ରଖିଲା। ଛିଡ଼ାହେଲାବେଳେ ଏଥରକ ତାର ହାତଗୋଡ଼ ଥରୁଥିଲା, ସେ ନିଜକୁ ଅତ୍ୟଧିକ ଦୁର୍ବଳ ଅନୁଭବ କରୁଥିଲା ଏବଂ କିଏ ତାକୁ ଡାକିଲେ ସେ ଭୟରେ କାତର ହୋଇଯାଉଥିଲା। କେବଳ ଛୁଆ ପାଖରେ କଟାଉଥିବା ସମୟତକ ଅନସୂୟା ପ୍ରକୃତିସ୍ଥ ରହୁଥିଲା। ଛୁଆ ହସିବା ବେଳେ ନିଜର ସବୁ ଦୁଃଖ ଭୁଲିଯାଇ ସେ ଖୁସି ହେଉଥିଲା ଏବଂ ଚୁମା ଦେଇ ଛୁଆକୁ ଅଣନିଃଶ୍ୱାସୀ କରିଦେଉଥିଲା।

ଛ'ମାସ ପୂରୁ ନ ପୂରୁଣୁ ଛୁଆ ମରଗଲା ଏବଂ ଅନସୂୟା ପାଗଳ ଭଳି ହୋଇଗଲା। ତାକୁ ଯେତେବେଳେ ଶାଶୁ ଶଶୁର କିଛିଦିନ ଘରକୁ ଯିବାକୁ କହିଲେ, ସେ ମନା କରିଦେଲା। ସେ ଅଧିକାଂଶ ସମୟ ଗୋଟାଏ ଜାଗାରେ ସାମନାକୁ ଅନାଇ ବସି ରହୁଥିଲା ଏବଂ ଛୁଆ କଥା ମନେପକାଇ କେତେବେଳେ ହସୁଥିଲା, ପୁଣି କେତେବେଳେ କାନ୍ଦୁଥିଲା। ତାର ଏ ଅବସ୍ଥା ଦେଖି, ଶଶୁର ଯଦିଓ ତାକୁ ପୁଣି ଅଫିସ ଯାଇ ରୋଜଗାର କରିବାକୁ ଚାହୁଁଥିଲା, କିଛି କହୁ ନ ଥିଲା। ଅନସୂୟା ଯନ୍ତ୍ରଚାଳିତ ଭଳି ଘରକାମ ସବୁ କରୁଥିଲା, କିନ୍ତୁ ବର୍ତ୍ତମାନ ସେ ଅନେକ ଜିନିଷ ଭୁଲି ଯାଉଥିଲା ଏବଂ ସବୁକଥା ଠିକ ଭାବରେ ଜାଣିପାରୁ ନଥିଲା। ନଣନ୍ଦ ବର୍ତ୍ତମାନ ତା ସହିତ କଥାବାର୍ତ୍ତା ବନ୍ଦ କରିଦେଇଥିଲା ଏବଂ ସୁଧୀର ମଧ୍ୟ ଯେତେଦୂର ସମ୍ଭବ ତା ପାଖରୁ ଦୂରରେ ରହୁଥିଲା।

ଯୋଉଦିନ ଅନସୂୟା ରୋଷେଇ ଘରେ ବସି ଚୁଲିକୁ ଅନାଇ ରହିଥିବାବେଳେ ତରକାରି ଜଳିଗଲା, ଶାଶୁ ଦଉଡ଼ି ଆସିଲା ଏବଂ ଅନସୂୟାକୁ ଧକ୍କା ଦେଇ ସେଠାରୁ ଉଠାଇ ଦେଲା। ଏଇ ଘଟଣା ପରେ ଶାଶୁ ଅନସୂୟା ଉପରକୁ ହାତ ଉଠାଇବାକୁ କୁଣ୍ଠିତ ହେଲା ନାହିଁ। ଶଶୁର ମଧ୍ୟ ପଛରେ ପଡ଼ି ନ ଯାଇ ଅନସୂୟାକୁ ମଝିରେ ମଝିରେ କଠୋର ଗାଳି ଦେବାରେ ଲାଗିଲା। ଗାଳିମାଡ଼ ଖାଇବା ପରେ ଅନସୂୟା କେବଳ ଭୟରେ ଥରୁଥିଲା ଏବଂ ସବୁ କାମରେ ଗୋଳମାଳ କରିଦେଉଥିଲା, ଯାହା ପୁଣି ଗାଳି ଓ ମାଡ଼ର କାରଣ ହେଉଥିଲା। ଅନସୂୟା ଏଥରକ ସୁଧୀରକୁ ମଧ୍ୟ ସିଧା ଅନାଉ ନ ଥିଲା ଏବଂ ତା ପାଖରୁ ଦୂରରେ ରହିବାକୁ ଚେଷ୍ଟା କରୁଥିଲା।

ସେଦିନ ସୁଧୀର ଅଫିସ ବେଳକୁ ଖାଇବା ପାଇଁ ଯାଇ ବସିବାରେ ଅନସୂୟା କହିଲା, ରୋଷେଇ ଆଉ ଟିକିଏ ଡେରି ଅଛି। ସୁଧୀର ବିରକ୍ତିରେ କହିଲା, ମୋ ଅଫିସ ବେଳ ହୋଇଗଲାଣି, ମୁଁ ଆଉ ଅପେକ୍ଷା କରିପାରିବି ନାହିଁ ଏବଂ ବାହାରିଗଲା। ଶାଶୁ ଆସି ଅନସୂୟାକୁ ଗାଳିଦେଲା ଏବଂ ଏଇ କଥା ପରେ ହିଁ ଯାଇ ଶଶୁର ସହିତ ଅନସୂୟାକୁ

ମାରିଦେବାର ଯୋଜନା କଲା। ଦୁହେଁ ମିଶି ଶେଷରେ ନିଷ୍ପତ୍ତି କଲେ ଯେ ତାକୁ କିରୋସିନ ଦ୍ୱାରା ଜାଳି ଦେଇ ଘଟଣାଟିକୁ ଆତ୍ମହତ୍ୟାର ରୂପ ଦିଆଯିବ।

ଯୋଉଦିନ ସକାଳେ ଦେହ ଖରାପ ଥିବାରୁ ଅନସୂୟା ଠିକ ସମୟରେ ବିଛଣାରୁ ଉଠି ପାରିଲା ନାହିଁ, ସେଇ ଦିନଟିକୁ ସେମାନେ ଉପଯୁକ୍ତ ଦିନ ବୋଲି ନିଶ୍ଚୟ କଲେ। ଶାଶୁ ଯାଇ କପଟ ସ୍ନେହରେ ଅନସୂୟାକୁ ଦେହ କଣ ହୋଇଚି ବୋଲି ପଚାରିଲା ଏବଂ ସେଦିନର ରୋଷାଇ କାମ ତୁଲାଇଲା। ପୁଅ ଅଫିସକୁ ଓ ଝିଅ କଲେଜକୁ ଚାଲିଯିବା ପରେ ଶାଶୁ ଅନସୂୟାକୁ ବିଛଣାରୁ ଉଠାଇ ଖାଇବାକୁ କହିଲା। ଅବସନ୍ନ ହୋଇ ଅନସୂୟା ଆସି ଖାଇବାକୁ ବସିଲା, କିନ୍ତୁ କିଛି ଖାଇ ପାରିଲା ନାହିଁ। ତାର ଖାଇବାରେ ମିଶାଇଥିବା ନିଦ ଔଷଧ ବୃଥା ଗଲା ବୋଲି ଶାଶୁ କ୍ଷୁବ୍ଧ ହେଲା ଏବଂ ଅନସୂୟାକୁ ବିଛଣାରେ ଶୁଆଇ ପୁଣି ନିଦ ଔଷଧ ଆଣି ସ୍ନେହରେ ତାକୁ ଖୁଆଇଲା। ଅନସୂୟା ଔଷଧ ଖାଇ ପାଣି ପିଇଲା ଏବଂ ଖଟ ଉପରେ ଶୋଇ ନିଜ କଥା ଭାବିବାରେ ଲାଗିଲା।

ନିଦରେ ତାର ଆଖି ବନ୍ଦ ହୋଇ ଆସୁଥିଲା; କିନ୍ତୁ ଜୋର କରି ନିଜକୁ ନିଦରୁ ନିବୃତ୍ତ ରଖି ସେ ତାର ପରିଚିତ ମୁହଁ ସବୁକୁ ମନେ ପକାଇଲା। ବାପା, ମା, ଭାଇ, ବଡ଼ବାବୁ, ପାନ ଦୋକାନୀ, ରିକ୍ସାବାଲା ସମସ୍ତେ ତା ଆଖି ଆଗରେ ଭାସିଗଲେ। ଶାଶୁ ଆସି ତାର ଶୋଇବା ଘରେ ଦୁଇଟି କିରୋସିନ ଟିଣ ଆଣି ରଖିଲା। ଅନସୂୟା ସୁଧୀର କଥା, ପୁଣି ଅଫିସର ସେଇ ସାଙ୍ଗଟି କଥା ମନେପକାଇଲା। ଶାଶୁ ସେ ଘରୁ ତାଙ୍କର ସବୁ ଭଲ ଜିନିଷମାନ ବାହାର କରିନେଲା। ଅନସୂୟା ଏଥରକ ତାର ମରି ଯାଇଥିବା ଛୁଆଟି କଥା ମନେ ପକାଇଲା ଏବଂ ଏକ ମ୍ରିୟମାଣ ହସରେ ତାର ମୁହଁ ସାମାନ୍ୟ ଉଜ୍ଜ୍ୱଳ ହୋଇଗଲା। ଶାଶୁ ଏଥରକ ତା ଉପରେ ଚାଦର ଘୋଡ଼ାଇ ଦେଇ ଶଶୁରକୁ ଡାକିବା ପାଇଁ ଘରୁ ବାହାରକୁ ଚାଲିଗଲା।

ଅନସୂୟା ଏଥରକ ବିଛଣାରୁ ଉଠି ବସିଲା। ତା ଦେହରୁ ବର୍ତ୍ତମାନ ସମସ୍ତ କ୍ଳାନ୍ତି, ଦୁର୍ବଳତା ଓ ଅସହାୟତା ଚାଲି ଯାଇଥିଲା ଏବଂ ତାର ମୁହଁରେ ଏକ ଅସମ୍ଭବ ପ୍ରସନ୍ନତା ଥିଲା। ସେ ନିଶ୍ଚିତ ପଦକ୍ଷେପରେ ଯାଇ ଭିତର ପାଖରୁ କବାଟ ବନ୍ଦ କଲା। ଦର୍ପଣ ପାଖରେ ଯାଇ ମୁଣ୍ଡ ବାଳକୁ ଠିକ କରୁ କରୁ ସେ ନିଜ ମୁହଁକୁ ଅନାଇଲା। ତା ଆଖିରେ ବର୍ତ୍ତମାନ ନିର୍ଣ୍ଣୟର ଅଦ୍ଭୁତ ପ୍ରଶାନ୍ତି ଥିଲା। ସେଠାରୁ ଆସି ସେ ବିଛଣା ଉପରେ ସବୁ କିରୋସିନ ଢାଳିଦେଲା। ତାପରେ ସେ ନିଜର ସ୍ଥିର ଓ ଅବିଚଳିତ ହାତରେ କାନିରୁ ଖୋଲି ଡିଆସିଲି ବାହାର କଲା। ଏଥରକ ଡିଆସିଲି ଜଳାଇବାବେଳେ ଅନସୂୟାର କୃତସଂକଳ୍ପ ଅଙ୍ଗୁଳିରେ କମ୍ପନର ଲେଶମାତ୍ର ନ ଥିଲା।

—

ନିର୍ଦ୍ଧାରିତ ସ୍ଥାନ

ଅନେକ ସମୟ ଏପାଖ ସେପାଖ ଅନାଇ ହରିରାମ ଶେଷରେ ସବୁଠାରୁ ଦୂରରେ ଗୋଟାଏ କଣରେ ପଡ଼ିଥିବା ଚଉକିରେ ଯାଇ ବସିଲା। ତାଭଳି ଆହୁରି ଅନେକ ଲୋକ ସେ କୋଠରୀରେ ବସି ଇଣ୍ଟରଭିଉର ଡାକରା ପାଇଁ ଅପେକ୍ଷା କରୁଥିଲେ। ସମସ୍ତଙ୍କ ମୁହଁ ଉଦ୍‌ବେଗରେ ପରିପୂର୍ଣ୍ଣ ଥିଲା ଏବଂ ଅପେକ୍ଷାର ଏହି ସମୟକୁ କଟାଇବା ପାଇଁ ସମସ୍ତେ ପରସ୍ପର ସହିତ ପରିଚୟ ଓ ସୌଜନ୍ୟ ବିନିମୟରେ ବ୍ୟସ୍ତ ଥିଲେ। ସମସ୍ତେ ନିଜ ନିଜର ସବୁଠାରୁ ଭଲ ପୋଷାକ, ବ୍ୟବହାର ଓ ଆଚରଣ ପିନ୍ଧି ଆସିଥିଲେ ଏବଂ ଏଇ ପରିବେଶ ଭିତରେ ହରିରାମ ନିଜକୁ ଖାପଛଡ଼ା ମନେକରୁଥିଲା।

ହରିରାମ ଜାଣିଥିଲା ଯେ ନିଜର ଅନେକ ଚେଷ୍ଟା ସତ୍ତ୍ୱେ ବି ସେ ଏମାନଙ୍କର ସମକକ୍ଷ ହୋଇପାରି ନ ଥିଲା। ସେ କୃଷ୍ଣକାୟ ଥିଲା ଏବଂ ନିଜକୁ କୁରୂପ ମନେକରୁଥିଲା। ତାର ପୋଷାକ, ଚାଲିଚଳନ, ଉଚ୍ଚାରଣ ସବୁ ଯେପରି ଏକ ନ୍ୟୂନତାର ପରିଚାୟକ ଥିଲା। ସେ ନିଜର ନୀଚ ଜାତିରେ ଜନ୍ମ, ଦରିଦ୍ର ପିତା, ଅଶିକ୍ଷିତା ସ୍ତ୍ରୀ ଓ ପରଶ୍ରୀକାତର ଜ୍ଞାତିମାନଙ୍କୁ ମନେ ମନେ ଧିକ୍କାର କଲା ଏବଂ ନ୍ୟୂନବୋଧରେ ନିଜକୁ ଆହୁରି ସଙ୍କୁଚିତ କରିନେଲା।

ନିଜକୁ ଏତେ ହେୟ ଜ୍ଞାନ କରିବା ମୂଳରେ ହରିରାମର କୌଣସି ଯୁକ୍ତି ନ ଥିଲା, କାରଣ ସେ ବର୍ତ୍ତମାନ ଯେଉଁଠାରେ ପହଞ୍ଚିଥିଲା ତା ଏକ ଗୌରବର ବିଷୟ ଥିଲା। ତାର ବାପା ମୋଚି କାମ କରୁଥିଲା ଏବଂ ତାର ପୂର୍ବପୁରୁଷମାନଙ୍କ ଭିତରୁ କେହି ପାଠ ପଢ଼ି ନ ଥିଲେ। ହରିରାମ ଜାଣିଥିଲା ଯ ସେ ନିଜର ଅଦମ୍ୟ ନିଷ୍ଠା ଏବଂ ଅଧ୍ୟବସାୟ ବଳରେ ହିଁ ତାର ଗାଁ ଲୋକ ଜ୍ଞାତି ପରିଜନଙ୍କଠାରୁ ଅନେକ ଉପରକୁ ଚାଲି ଆସିପାରିଥିଲା। କିନ୍ତୁ ବର୍ତ୍ତମାନ ତାକୁ ଏକ ଅନତିକ୍ରମଣୀୟ ହତୋତ୍ସାହ ଆଚ୍ଛନ୍ନ କରି ରଖିଥିଲା। ଏଇ ମୁହୂର୍ତ୍ତରେ ତାର ଇଚ୍ଛା ହେଲା ସେ ସେଇ ଅନ୍ୟ ଯୁବକଟି ଭଳି ହୋଇପାରନ୍ତା କି, ଯେ ନିଜର ସମସ୍ତ ଅଭାବମାନଙ୍କୁ ଗୋଟିଏ ଗୋଟିଏ ଗୁଣରେ ପରିଣତ କରିଦେଇଥିଲା।

ଏଇପରି ଅନ୍ୟ କୌଣସି ଇଣ୍ଟରଭିଉର ଅପେକ୍ଷା କରିବା ବେଳେ ଯୁବକଟି ଆସି ପହଞ୍ଚିଥିଲା। ତା ମୁହଁରେ ଅସମ୍ଭବ ପ୍ରତ୍ୟୟ ଥିଲା ଏବଂ ହରିରାମ ସମେତ ଆଉ କେତେଜଣକ ଆଗରେ ଠିଆ ହୋଇ ସିଗାରେଟ ଧୂଆଁ ଉଡ଼ାଇ ଯୁବକଟି କହିଲା, ତମେମାନେ ବୃଥା ସମୟ ନଷ୍ଟ କରୁଛ, ଚାକିରିଟି ମୋର। କିଏ ଜଣେ ପଚାରିଲା, ମନ୍ତ୍ରୀଙ୍କର ଲୋକ ? ଯୁବକଟି କହିଲା, ମୋର ଏତେ ଯୋଗ୍ୟତା ଅଛି ଯେ ମୋର କୌଣସି ସୁପାରିଶର ପ୍ରୟୋଜନ ନାହିଁ। ଆଉ ଜଣେ

ବ୍ୟଙ୍ଗ କରି କହିଲା, ତମେ ତା ହେଲେ ହରିଜନ ହୋଇଥିବ। ଏ ପ୍ରଶ୍ନରେ ହରିରାମ ଛାତିରେ ହଠାତ୍ ଆଘାତ ଲାଗିଲା ଏବଂ ହୃତ୍ସ୍ପନ୍ଦନ ଦ୍ରୁତ ହୋଇଗଲା। କିନ୍ତୁ ଯୁବକ ଅନାୟାସରେ କହିଲା, ହଁ, କିନ୍ତୁ ମୁଁ ଦରଖାସ୍ତରେ ଲେଖି ଦେଇଛି ମୁଁ ମୋର ନୀଚ ଜାତି ପାଇଁ କୌଣସି ବିଶେଷ ସୁବିଧା ଚାହେଁ ନାହିଁ। ମୁଁ ନିଜର ଯୋଗ୍ୟତା ଉପରେ ହିଁ ବିବେଚିତ ହେବି। ଯୁବକ ଏଥରକ କିଛି ସମୟ ଚୁପ ରହିଲା। ପୁଣି ସିଗାରେଟରୁ ଧୂଆଁ ଉଡ଼ାଇ ସମସ୍ତଙ୍କ ଆଡ଼କୁ ଅବଜ୍ଞାର ସହିତ ଅନାଇ ହସିଲା। କହିଲା, ମୋର ବାପା ସଫାଇବାଲା କାମ କରନ୍ତି। ସଫାଇବାଲା ଗୋଟାଏ ଭଦ୍ର ଶବ୍ଦମାତ୍ର। ପ୍ରକୃତ କାମ ହଉଚି ମେହେନ୍ତର। ମୋର ମା ବି ମେହନ୍ତରାଣୀ।

ହରିରାମ ଜାଣିଥିଲା ଯେ ସେ କେବେହେଲେ ସେଇ ଯୁବକଟି ଭଳି ହୋଇପାରିବ ନାହିଁ। ନିଜର ନୀଚ କୁଳର ଜନ୍ମ ବିଷୟରେ ଗର୍ବ କରିବା ତ ଦୂରର କଥା, ଏକଥାକୁ କାହାକୁ କହିବା ବେଳେ ସେ ସଙ୍କୁଚିତ ହୋଇଯାଉଥିଲା। ସେ ଭାବିଲା ହୁଏତ ସହରଠାରୁ ଦୂରରେ ଅନ୍ୟ ଜାଗାରେ ମଫସଲ ଗାଁର ଜାତିଆଣ ପରିବେଶ ଭିତରେ ବଢ଼ିଆସିଥିବା ତାର ସଂକୋଚର କାରଣ ଥିଲା। ତାର ନିଜ ପିଲାଦିନ କଥା ମନେପଡ଼ିଲା। ଯଦିଓ ସେ ପିଲାଦିନୁ ଭଲ ପାଠ ପଢୁଥିଲା, ତାକୁ ସବୁ ପିଲାଙ୍କଠାରୁ ଦୂରରେ ବସିବାକୁ ପଡୁଥିଲା। ଖେଳ ଛୁଟିରେ ସେ ଅନ୍ୟମାନଙ୍କଠାରୁ ଦୂରରେ ରହୁଥିଲା ଏବଂ ଛୁଟି ହେଲେ ସିଧା ଘରକୁ ଫେରି ନିଜ ବାପାଙ୍କୁ କାମରେ ସାହାଯ୍ୟ କରୁଥିଲା। ତାର ମାଷ୍ଟର ତାର ପାଠପଢ଼ାରେ ଖୁସି ଥିଲେ ମଧ୍ୟ ଗୋଟିଏ ହରିଜନ ପିଲା ଭଲ ପାଠ ପଢୁଛି, ଏ ବିଷୟରେ କେବେହେଲେ ସନ୍ତୁଷ୍ଟ ନ ଥିଲେ।

ତାଙ୍କ ଅଞ୍ଚଳର ସବୁଠାରୁ ଧନୀ ଲୋକ ଥିଲା ସେ ଗାଁର ଖଣି ମାଲିକ ଯାହାକୁ ସମସ୍ତେ ସେଠ ବୋଲି କହୁଥିଲେ। ସେ କେଉଁ ଜାତିର ଥିଲା ସେ ବିଷୟରେ କେହି ସଠିକ ଜାଣି ନ ଥିଲେ ମଧ୍ୟ ତାକୁ ଉଚ୍ଚ ଜାତିରେ ଗଣୁଥିଲେ ଏବଂ ସେଠର ପିଲାମାନେ ବ୍ରାହ୍ମଣତ୍ୱ ଦାବି କରିବା କଥାକୁ ମଧ୍ୟ କେହି ପ୍ରତିବାଦ କରୁ ନ ଥିଲେ। ହରିରାମର ପିଲାଦିନ କଥା ମନପଡ଼ିଲା, ଯେଉଁଦିନ ହଠାତ୍ ବର୍ଷା ହେବାରୁ ସ୍କୁଲରୁ ଦୌଡ଼ି ଦୌଡ଼ି ଘରକୁ ଆସିବାବେଳେ ଅଜାଣତରେ ତାର ଧକ୍କାରେ ସେଠର ପିଲା ତଳକୁ ପଡ଼ିଯାଇଥିଲା। ସ୍କୁଲର ମାଷ୍ଟର ତାକୁ ଏଥିପାଇଁ ମାଡ଼ ଦେଇଥିଲା ଏବଂ ସେ ଯେତେବେଳେ ଘରେ ଯାଇ ଏ କଥା କହିଲା, ତା ବାପା ତାକୁ ଗାଳିଦେଲା। ତାପରେ ତା ବାପା ତାକୁ ନେଇ ସେଠ ଘରକୁ ଗଲା ଏବଂ ସେଠାରେ ସମସ୍ତଙ୍କ ଆଗରେ ତାକୁ ମାଡ଼ ଦେଲା। ସେତେବେଳେ ସେ ଅନେକ କାନ୍ଦିଥିଲା ଏବଂ ବାପ ଉପରେ କ୍ରୋଧ କରିଥିଲା। ପରେ ଅବଶ୍ୟ ସେ ବୁଝିପାରିଥିଲା ଯେ ତାର ବାପା ତାର ଭଲ ପାଇଁ ଏ କଥା କରିଥିଲା। କାରଣ ତାର ବାପା ଯଦି ତାକୁ ସେଇ ସାମାନ୍ୟ ମାଡ଼ ଦେଇ ନ ଥାନ୍ତା, ତାହେଲେ ତାକୁ ସେଠର ଚାକରମାନଙ୍କ ପାଖରୁ ଆହୁରି ବେଶି ମାଡ଼ ଖାଇବାକୁ ହୋଇଥାନ୍ତା !

ହରିରାମ ହାଇସ୍କୁଲ ବି ପାସ କଲା। ସେ ବର୍ତ୍ତମାନ ଦେଶର ସ୍ୱାଧୀନତା, ଅସ୍ପୃଶ୍ୟତା ନିବାରଣ ଇତ୍ୟାଦି ବିଷୟରେ କିଛି କିଛି ଜାଣୁଥିଲେ ବି ଏ କଥା ବୁଝୁଥିଲା ଯେ ତାଙ୍କର ଗାଁରେ ଏସବୁ କଥାର କୌଣସି ମାନେ ନାହିଁ। ତାର ବାପା ଏ ପର୍ଯ୍ୟନ୍ତ ମୋଚି କାମ କରୁଥିଲା, ସେମାନଙ୍କର ଆର୍ଥିକ ଅବସ୍ଥାର କୌଣସି ଉନ୍ନତି ହୋଇ ନ ଥିଲା ଏବଂ ସେମାନଙ୍କ ଜାତିର ଲୋକମାନେ ଏ ପର୍ଯ୍ୟନ୍ତ ଗାଁ ମୁଣ୍ଡରେ ଭାଙ୍ଗି ପଡୁଥିବା ନୁଆଁଣିଆ ଚାଳଘରେ ଅନ୍ୟମାନଙ୍କଠାରୁ ଅଲଗା ରହୁଥିଲେ। ସେ ଯୋଉଦିନ ମାଟ୍ରିକ ପରୀକ୍ଷା ପାସ କଲା ତାର ବାପା ତାକୁ ନେଇ ସେଠ ଘରକୁ ଗଲା। ସେଠ ଘର ବାରଣ୍ଡାରେ ଖାଲି ଦେହରେ ବସିଥିଲା। ହରିରାମର ବାପା ମାଟି ଉପରେ ଶୋଇଯାଇ ତାକୁ ସାଷ୍ଟାଙ୍ଗ ନମସ୍କାର କଲା। ତା ଦେଖାଦେଖି ନିଜର ସଫା ପ୍ୟାଣ୍ଟକୁର୍ତ୍ତା କଥା ନ ଭାବି ହରିରାମ ମଧ୍ୟ ତଳେ ପଡ଼ି ନମସ୍କାର କଲା। ସେଠ ନିଜର ମୋଟା ଦେହକୁ ପଙ୍ଖାରେ ବିଞ୍ଚି ବିଞ୍ଚି ହରିରାମର ମାଟ୍ରିକ ପାସ କରିଥିବା ଖବର ଶୁଣି ଖୁସି ହେଲା ଏବଂ କହିଲା, ଶଳା ଯୁଗ ଓଲଟା ହେଲା, ଆମ ପିଲା ସବୁ ପାଠ ନ ପଢ଼ି ଘରେ ବସୁଛନ୍ତି, ଏଣେ ମୋଚି ପିଲା ମାଟ୍ରିକ ପାସ କଲାଣି ! ହରିରାମ ଏ କଥା ଶୁଣି ପୁଣି ହାତ ଯୋଡ଼ି ସେଠକୁ ନମସ୍କାର କଲା; ହରିରାମର ବାପା କହିଲା, ହଜୁର ଏ ପିଲାର କିଛି ଗୋଟାଏ ବ୍ୟବସ୍ଥା କରି ଦିଅନ୍ତୁ।

ସେଠ ହରିରାମକୁ ଗୋଡ଼ରୁ ମୁଣ୍ଡ ପର୍ଯ୍ୟନ୍ତ ଥରେ ଦେଖିନେଲା। ବାପା ତାକୁ ଠାରିଲା ଏବଂ ହରିରାମ ତଳକୁ ମୁଣ୍ଡ ପୋତି ପୁଣି ଥରେ ହାତ ଯୋଡ଼ିଲା। ସେଠ ବେଶ୍ ପ୍ରସନ୍ନ ଥିଲା ଏବଂ କହିଲା, କଣ, ଆଉ ପାଠ ପଢ଼ିବୁ ? ହରିରାମ ମୁଣ୍ଡ ନୁଆଁଇ ହଁ କହିଲା। ସେଠ ତାର ମ୍ୟାନେଜରକୁ ଡାକି କହିଲା, ଏ ମୋଚି ପିଲା ମାଇନିଙ୍ଗ୍ ସ୍କୁଲରେ ପଢ଼ିବ। ତା ବାପକୁ ମାସକୁ ମାସ ଖର୍ଚ୍ଚ ଦେଇଦେବ। ହରିରାମର ବାପା ପୁଣି ତଳେ ଶୋଇ ସେଠକୁ ଜୁହାର କଲା ଏବଂ ଏଇପରି ଭାବରେ ହରିରାମ ପୁଣି ପାଠ ପଢ଼ିଲା।

ସ୍କୁଲ ହଷ୍ଟେଲରେ ହରିରାମ ଏକମାତ୍ର ଅଛବ ପିଲା ଥିଲା ଏବଂ ସେ ସମୟର ଅପମାନଜନକ ଓ ଯାତନାପୂର୍ଣ୍ଣ ଅନୁଭବସବୁ ଭୁଲିଯିବାକୁ ସେ ଶ୍ରେୟସ୍କର ମନେ କରୁଥିଲା। ସେ ଅନ୍ୟ ପିଲାମାନଙ୍କଠାରୁ ଯେତେଦୂର ସମ୍ଭବ ଅଲଗା ରହୁଥିଲା ଓ ପାଠପଢ଼ାରେ ମନ ଦେଉଥିଲା। ଖୁବ ଭଲ ପାଠ ପଢୁ ନ ଥିଲେ ବି ଠିକ ସମୟରେ ସେ ପରୀକ୍ଷାମାନଙ୍କରେ ପାସ କରୁଥିଲା ଏବଂ ଦେଖୁ ଦେଖୁ ମାଇନିଙ୍ଗ ସ୍କୁଲର ପାଠ ବି ଶେଷ କରିଦେଲା। ପୁଣି ବାପ ପୁଅ ଯାଇ ହାତ ଯୋଡ଼ି ସେଠ ଆଗରେ ଠିଆ ହେଲେ। ସେଠ ସେତେବେଳକୁ ବେମାର ଥିଲା, କିନ୍ତୁ ଏମାନଙ୍କୁ ଦେଖି ଖୁସି ହେଲା। ହରିରାମର ବାପା କହିଲା, ଆପଣଙ୍କ ଦୟାରୁ ଏ ପିଲା ମଣିଷ ହେଲା, ଆପଣଙ୍କ ଟଙ୍କାରେ ପାଠ ପଢ଼ିଲା। ଟିକିଏ କାମରେ ଲଗାଇ ଦିଅନ୍ତୁ। ପଛେ ଦରମା ନ ପାଉ, କାମ ଶିଖୁ।

ସେଠ କହିଲା, ମୁଁ ତାକୁ ଟଙ୍କା ଦେଇ ପାଠ ପଢ଼ାଇଲି, ସେ କଥା ଭୁଲିଯାଅ। ଯଦି ସେ ଆଉ କେଉଁଠି ଭଲ ଚାକିରି ପାଉଛି, ଯାଇ ଚାକିରି କରୁ। କିନ୍ତୁ ମୋ ପାଖରେ ଯଦି କାମ କରିବ ତାହେଲେ ଦିନମଜୁରିରେ ହିଁ କାମ କରିବ। କାମଥିଲା ଦିନଯାକ ଦରମା ପାଇବ, କାମ ନ ଥିଲେ ମଜୁରି ନାହିଁ। ଦେଖ, ତମର ଇଚ୍ଛା। ହରିରାମ ତା ବାପା ମୁହଁକୁ ଅନାଇଲା ଏବଂ ବାପା କହିଲା, ନା, ସେ ଆପଣଙ୍କ ପାଖରେ କାମ କରିବ। ସେଠ ଖୁସି ହେଲା, କହିଲା, କିଛି ଜୋର ଜବରଦସ୍ତି ନାହିଁ, ଯେମିତି ତମର ଇଚ୍ଛା। ମୁଁ ଭଲ ମଜୁରି ଦେବି। ଦିନକୁ ସାତଟଙ୍କା। ବାପ ପୁଅ ପୁଣି ନମସ୍କାର କଲେ। ସେଠ ମ୍ୟାନେଜରକୁ ଡାକି କହିଲା, ଏ ମୋଚି ପିଲା ପାଇଁ ବାହାରେ ଗୋଟାଏ ଚଉକି ପକାଇ ଦିଅ।

ଏଇ ତାର ଚାକିରି ଜୀବନର ଆରମ୍ଭ ଥିଲା। ଅଛବ ଥିବାରୁ ସେ ଅଫିସର ଅନ୍ୟମାନଙ୍କ ସଙ୍ଗରେ ନ ବସି ବାହାରେ ବସୁଥିଲା। ଯଦିଓ ସେ ଅନ୍ୟମାନଙ୍କ ଅପେକ୍ଷା ଅଧିକ ଦରମା ପାଉଥିଲା, ତାକୁ ସମସ୍ତେ, ଏପରିକି ତାର ଅଧସ୍ତନମାନେ ମଧ୍ୟ, ହେୟ ଦୃଷ୍ଟିରେ ଦେଖୁଥିଲେ ଏବଂ ଏ କଥା ତାର କାମରେ ଅସୁବିଧା ସୃଷ୍ଟି କରୁଥିଲା। ହରିରାମ ବର୍ତ୍ତମାନ ଏ କଥା ବୁଝିଥିଲା ଯେ ତାର ଏତେ ପାଠ ପଢ଼ିଥିବା ସତ୍ତ୍ୱେ ବି ସେ ତାର ଜାତି ଓ ପରିବାରର ନିମ୍ନ ସାମାଜିକ ସ୍ତରରୁ ଉପରକୁ ଯାଇପାରି ନ ଥିଲା ଏବଂ ତାର ମାଇନିଙ୍ଗ ପାଠ ଓ କାମ ସତ୍ତ୍ୱେ ସେ ପ୍ରକୃତରେ ମୋଚି ହିଁ ଥିଲା।

ଏଇ ଅବସ୍ଥାରୁ ବାହାରିଯିବା ପାଇଁ ସେ ଘରୋଇ ଭାବରେ ପାଠ ପଢ଼ିଲା ଏବଂ କେତେ ବର୍ଷ ଭିତରେ ଡିପ୍ଲୋମା ପାଇବାରେ ସମର୍ଥ ହେଲା। ଏଇ ଭିତରେ ସେ ଗୋଟିଏ ଅଶିକ୍ଷିତା ଝିଅକୁ ବାହା ହୋଇଥିଲା ଏବଂ ତାର ପିଲାମାନେ ଏକ ଅସୁସ୍ଥ ଓ ଦାରିଦ୍ର୍ୟଗ୍ରସ୍ତ ବାୟୁମଣ୍ଡଳରେ ବଢୁଥିଲେ। ସେ ଭାବିଲା ତା ଗାଁର ପରିବେଶ ଭିତରୁ ବାହାରିଗଲେ ସେ ଏଇ ଶ୍ୱାସରୁଦ୍ଧ କରୁଥିବା ତାର ଜନ୍ମଜାତ ନୀଚସ୍ତରରୁ ମୁକ୍ତି ପାଇଯିବ। ତେଣୁ ସେ ତାର ଦିନମଜୁରି ଚାକିରି ଛାଡ଼ି ସହରରେ ଚାକିରି ପାଇଁ ଚେଷ୍ଟା କରିବା ଠିକ କଲା।

କିନ୍ତୁ ଚାକିରି ଏତେ ସହଜରେ ମିଳିବାର ନ ଥିଲା। ବାରମ୍ବାର ଇଣ୍ଟରଭିଉ ଦେବାପରେ ସେ ବୁଝିଲା ଯେ ଅଧିକାଂଶ କ୍ଷେତ୍ରରେ ଏହା କେବଳ ଲୋକଦେଖାଣିଆ ବ୍ୟବସ୍ଥା ଥିଲା, କାରଣ ଚାକିରିରେ କାହାକୁ ନିଆଯିବ, ସେ ବିଷୟ ଆଗରୁ ନିର୍ଣ୍ଣିତ ହୋଇଯାଉଥିଲା। ଇଣ୍ଟରଭିଉ ବେଳେ ତାକୁ ଅନେକ ବିଦ୍ରୁପାତ୍ମକ ପ୍ରଶ୍ନର ସମ୍ମୁଖୀନ ହେବାକୁ ପଡୁଥିଲା। ତାର ଦିନମଜୁରିର ଚାକିରି ବିଷୟରେ ମନ୍ତବ୍ୟ ହେଉଥିଲା ଏବଂ ଶେଷକୁ ସେ ମନୋନୀତ ହେଉ ନ ଥିଲା। ସେ ସେଠର ଅଫିସକୁ ଫେରିଯାଉଥିଲା। ସେଠ ଭଲଲୋକ ଥିଲା ଏବଂ ତାର କାମରେ ସନ୍ତୁଷ୍ଟ ଥିଲା। କେବଳ ତାକୁ ଥଟ୍ଟା କରି କହୁଥିଲା, କଣ ପୁଣି ଫେରି ଆସିଲୁ ? ମ୍ୟାନେଜର ତା ପାଇଁ ପୁଣି ବାହାରେ ଚଉକିର ବ୍ୟବସ୍ଥା କରୁଥିଲା।

ଏଇଭଳି ଅନେକ ବର୍ଷ ଚାଲିଗଲା ଏବଂ ହରିରାମ ବାରମ୍ବାର ବିଭିନ୍ନ ଇଣ୍ଟରଭିଉରୁ ଫେରିଆସି ପୁଣି ବାରଣ୍ଡାରେ ପଡ଼ିଥିବା ଚଉକିରେ ଆସି ବସୁଥିଲା। ତାର ବୟସ ଚାଲି ଯାଇଥିଲା ଏବଂ ସେ ଜାଣିଥିଲା ଯେ ଆଉ ଇଣ୍ଟରଭିଉ ପାଇଁ ମଧ୍ୟ ଡାକରା ଆସିବ ନାହିଁ। ଏଇଟି ତାର ଶେଷ ଇଣ୍ଟରଭିଉ ଥିଲା। ଘରୁ ବାହାରିବା ବେଳେ ଜଣା ଅଜଣା ସବୁ ଦେବଦେବୀଙ୍କୁ ନମସ୍କାର କରି ସେ ତାର ବାପର ଆଶୀର୍ବାଦ ନେଇ ଆସିଥିଲା। ଏଇ ଶେଷ ଇଣ୍ଟରଭିଉ ତା ପାଇଁ ଏକ ଅନ୍ୟ ପ୍ରକାର ଭବିଷ୍ୟତର ଅନ୍ତିମ ପ୍ରବେଶଦ୍ୱାର ଥିଲା।

ଅପେକ୍ଷା କରି କରି ସେ ଯେତେବେଳେ ସମ୍ପୂର୍ଣ୍ଣ କ୍ଳାନ୍ତ ହୋଇଯାଇଥିଲା, ତାକୁ ଭିତରକୁ ଯିବାପାଇଁ ଡାକରା ଆସିଲା। ଇଣ୍ଟରଭିଉ କୋଠରୀର କବାଟ ଭିତରକୁ ଖୋଲିବ କି ବାହାରକୁ ସେକଥା ସବୁବେଳେ ତା ପାଇଁ ଏକ ସମସ୍ୟା ହେଉଥିଲା। ଯାହାହେଉ ସେ ଭିତରକୁ ଯାଇ ପାଞ୍ଚଜଣ ବିଜ୍ଞ ବ୍ୟକ୍ତିଙ୍କ ବୋର୍ଡ଼ର ସମ୍ମୁଖୀନ ହେଲା। ତାକୁ ବସିବାକୁ କହିବା ପରେ ପ୍ରଶ୍ନର ବାଣ ସବୁ ଆରମ୍ଭ ହେଲା। ତାର ଜନ୍ମ, ବିଦ୍ୟା, ବୁଦ୍ଧି, ଅଧ୍ୟୟନ ଓ ଚାକିରିର ତାଲିକା ନେବା ପରେ ଶେଷକୁ ସେଇ ଅନିବାର୍ଯ୍ୟ ପ୍ରଶ୍ନ ହେଲା, ତମେ ଏତେଦିନ ଦିନମଜୁରିର ଚାକିରି କାହିଁକି କରୁଛ, ଭଲ ଚାକିରି କାହିଁକି ପାଇ ନାହଁ ? ହରିରାମ ଯଦିଓ ଏ ପ୍ରଶ୍ନ ଆସିବ ବୋଲି ଜାଣିଥିଲା, ତା ପାଇଁ ଏ ପ୍ରଶ୍ନର ଉତ୍ତର ଏତେ ସହଜ ନ ଥିଲା। ସେ କହିବାକୁ ଆରମ୍ଭ କଲା, ମୋର ଜନ୍ମ ଗୋଟିଏ ନିପଟ ମଫସଲ ଗାଁରେ। ମୁଁ ଗୋଟିଏ ନିତାନ୍ତ ଗରିବ ହରିଜନ ପରିବାରରେ ଜନ୍ମ ହୋଇଥିଲି ... ।

ଏତିକି କହି ସେ ତାର ପ୍ରଶ୍ନକର୍ତ୍ତାଙ୍କ ମୁହଁକୁ ଅନାଇଲା। ସେ ଗୋଟାଏ କାଗଜରେ କଣ ଲେଖିବାରେ ନିବିଷ୍ଟ ଥିଲେ। ଆଉ ଦୁଇଜଣ ନିଜ ନିଜ ଭିତରେ କଥୋପକଥନରେ ବ୍ୟସ୍ତ ଥିଲେ। ଜଣେ ତାଙ୍କ ପାଇପ ସଫା କରୁଥିଲେ। ତା କଥାକୁ ଶୁଣୁଥିବା ଭଦ୍ରବ୍ୟକ୍ତି ବିରକ୍ତିର ସହ ତା କଥା ଶୁଣୁଥିଲେ ଏବଂ ତାକୁ କହିଲେ, ଏତେ ଭୂମିକାର ଦରକାର ନାହିଁ। ସଂକ୍ଷେପରେ ଉତ୍ତର ଦିଅ।

ହରିରାମ ତାଙ୍କ ମୁହଁକୁ ଅନାଇଲା। ଭଦ୍ରବ୍ୟକ୍ତିଙ୍କ ଅସହିଷ୍ଣୁ ପ୍ରଶ୍ନ ଓ ବିରକ୍ତ ମୁହଁ ତାକୁ ହତୋତ୍ସାହ କରିଦେଲା। ସେ ନିଜକୁ ନିଜ ଭିତରେ ଆହୁରି ସଂକୁଚିତ କରିନେଲା ଏବଂ କହିଲା, ସଂକ୍ଷେପରେ କହିବାକୁ ଗଲେ ...। ତା ପରେ ସେ ଚୁପ ରହିଲା। ଏତେ କଥାକୁ କିପରି ସଂକ୍ଷେପରେ କୁହାଯାଇ ପାରେ: ଅନେକ ଶତାବ୍ଦୀରର ଶୋଷଣ, କୁସଂସ୍କାର, ଅତ୍ୟାଚାର, ଦାରିଦ୍ର୍ୟ, ଋଗ୍ବେଦ , ବ୍ରହ୍ମାଙ୍କର ପାଦ, ମନୁ, ବ୍ରହ୍ମବୈବର୍ତ୍ତ ପୁରାଣ, ଗାନ୍ଧୀ, ଅସ୍ପୃଶ୍ୟତା ଆଇନ, ଆମ୍ବେଦକର, ମନ୍ଦିର ପ୍ରବେଶ, ମୋଚି ସାହି, ସନାତନ ହିନ୍ଦୁ ଧର୍ମ, ଛୁଆଁ ଅଛୁଆଁ, ପଞ୍ଚାମୃତ, ଜଗଦ୍ଗୁରୁ ଶଙ୍କରାଚାର୍ଯ୍ୟ, ଭଙ୍ଗୀ କଲୋନୀ, ବେଠି ବେଗାରି, ସଦ୍ଗତି , ମୁକ୍ତିମଣ୍ଡପ ପଣ୍ଡିତ ସଭା, ଶ୍ରୀୟା ଚଣ୍ଡାଳୁଣୀ, ସ୍ଥାନ ସଂରକ୍ଷଣ, ଅଲଗା କୂଅ, ଧର୍ମାନ୍ତର ଗ୍ରହଣ, ତଫସିଲଭୁକ୍ତ, ଶୁଦ୍ଧି,

ହରିଜନ, ଅପରିଚ୍ଛନ୍ନ ବୃତ୍ତି, ବେଲଛି ? ହରିରାମ ଚୁପ ରହିଲା ଏବଂ ଜାଣିଲା ଯେ ସେ ଅକୃତକାର୍ଯ୍ୟ ହୋଇଛି। ତାର ଭବିଷ୍ୟତ ବର୍ତ୍ତମାନ ନିଶ୍ଚିତ ଓ ନିର୍ଦ୍ଧାରିତ ଥିଲା ଯାହାକୁ ହରିରାମ ବର୍ତ୍ତମାନ ଇଣ୍ଟରଭିଉ କୋଠରୀରେ ନିର୍ବାକ୍ ବସି ରହିଥିବା ବେଳେ ସ୍ପଷ୍ଟ ଭାବରେ ଦେଖି ପାରୁଥିଲା।

କୋଠରୀର କବାଟ ବାହାରକୁ ଖୋଲୁଥିଲା, ଯାହାକୁ ଅନାୟାସରେ ଖୋଲି ସେ ବାହାରକୁ ଆସିଲା। ସେଠାରୁ ଚାଲି ଚାଲି ସେ ବସଷ୍ଟପ୍ ଗଲା; ପୁଣି ବସରୁ ଓହ୍ଲାଇ ଉପରବେଳାର ଟ୍ରେନ, ସଂଧ୍ୟାବେଳେ ଗାଁର ରାସ୍ତା ଧରି ଘରେ କାହାରି ସହିତ କିଛି କଥା ନ କହି ଗୋଟିଏ ରାତି କଟାଇଲା। ଆର ଦିନ ସକାଳେ ସେ ଯାଇ ସେଠର ଘରେ ହାତ ଯୋଡ଼ି ଛିଡ଼ାହେଲା। ସେଠ ଅନେକ ଦିନୁ ମରିଯାଇଥିଲା। ତାର ପୁଅ, ଯେ କି ବର୍ତ୍ତମାନ ବ୍ୟବସାୟ କଥା ବୁଝୁଥିଲା, ସାଫାରି ସୁଟ ପିନ୍ଧୁଥିଲା ଏବଂ ସୁସଜ୍ଜିତ କୋଠରୀରେ ବସୁଥିଲା। ଅତି ସନ୍ତର୍ପଣରେ ହରିରାମ ତାକୁ ଯାଇ ନମସ୍କାର କଲା। ତାକୁ ଦେଖି ସେଠର ପୁଅ ହସିଲା; କହିଲା, କଣ ପୁଣି ଫେରି ଆସିଲୁ ? ଏବଂ ମ୍ୟାନେଜରକୁ ଡାକି କହିଲା, ମୋଚି ପାଇଁ ବାହାରେ ଚଉକି ପକାଇ ଦିଅ।

—

BLACK EAGLE BOOKS

www.blackeaglebooks.org
info@blackeaglebooks.org

Black Eagle Books, an independent publisher, was founded as a nonprofit organization in April, 2019. It is our mission to connect and engage the Indian diaspora and the world at large with the best of works of world literature published on a collaborative platform, with special emphasis on foregrounding Contemporary Classics and New Writing.